NICHOLAS SPARKS

O GUARDIÃO

ARQUEIRO

Título original: *The Guardian*

tradução: Maria Clara de Biase

preparo de originais: Rachel Agavino

revisão: Ana Lúcia Machado e Cristiane Pacanowski

projeto gráfico e diagramação: Valéria Teixeira

capa: Alan Ayers

adaptação de capa: Raul Fernandes

imagens de capa: Chev Wilkinson / Getty Images

impressão e acabamento: Associação Religiosa Imprensa da Fé

CIP-BRASIL. CATALOGAÇÃO-NA-FONTE
SINDICATO NACIONAL DOS EDITORES DE LIVROS, RJ

S726g Sparks, Nicholas
O guardião / Nicholas Sparks [tradução de Maria Clara de Biase]; São Paulo: Arqueiro, 2016.
352 p.; 16 x 23 cm

Tradução de: The guardian
ISBN 978-85-8041-612-1

1. Ficção americana. II. Biase, Maria Clara de. III. Título.

CDD 813
16-35161 CDU 821.111(73)-3

Rua Funchal, 538 – conjuntos 52 e 54
Vila Olímpia – 04551-060 – São Paulo – SP
Tel.: (11) 3868-4492 – Fax: (11) 3862-5818
E-mail: atendimento@editoraarqueiro.com.br
www.editoraarqueiro.com.br

Para Larry Kirshbaum e Maureen Egen
Pessoas maravilhosas, amigos maravilhosos

Prólogo

Véspera de Natal, 1998

Exatos quarenta dias após ter segurado a mão de seu marido pela última vez, Julie Barenson estava sentada diante da janela, olhando as ruas tranquilas de Swansboro, Carolina do Norte. Fazia frio. O céu estava fechado havia uma semana e a chuva batia suavemente na vidraça. As árvores estavam desfolhadas e os galhos ásperos, curvados ao vento como dedos artríticos.

Julie sabia que Jim teria desejado que ela ouvisse música essa noite. Ao fundo, Bing Crosby cantava "White Christmas". Também havia sido para ele que montara a árvore, mas quando decidira fazer isso os únicos pinheiros restantes já estavam secos, abandonados do lado de fora do supermercado para quem quisesse levá-los. Não tinha importância. Na verdade, não conseguira reunir energia suficiente para se importar nem mesmo depois de terminar de decorar a árvore. Estava difícil sentir qualquer coisa desde que o tumor no cérebro de Jim enfim lhe tirara a vida.

Aos 25 anos, Julie era viúva e detestava tudo nessa palavra: o som, o significado, o modo como sua boca se movia ao pronunciá-la. Evitava-a ao máximo. Se as pessoas lhe perguntavam como estava, limitava-se a dar de ombros. Mas às vezes, apenas às vezes, sentia necessidade de responder.

Quer saber como é ser viúva? Então lhe direi: Jim está morto e agora sinto como se eu também já não vivesse mais.

Julie se perguntava se era isso que as pessoas queriam ouvir. Ou se esperavam que ela dissesse os lugares-comuns: *Vou ficar bem. É difícil, mas vou superar isso. Obrigada por perguntar.* Ela achava que poderia se mostrar forte, mas nunca fizera isso. Era mais simples e honesto apenas dar de ombros e não dizer nada.

Afinal de contas, não sentia que ficaria bem. Durante metade do tempo não achava nem que seria capaz de chegar ao fim do dia sem desmoronar. Sobretudo em noites como essa.

Julie encostou a mão na janela, que refletia o brilho das luzes da árvore, sentindo o vidro frio em sua pele.

Mabel a havia convidado para jantar naquela noite, mas Julie recusara. O mesmo convite tinha sido feito por Mike, Henry e Emma – todos rejeitados. Eles compreenderam, ou fingiram compreender, porque estava óbvio que achavam que ela não deveria ficar sozinha. Talvez estivessem certos. Tudo na casa – tudo o que via, cheirava e tocava – fazia com que ela se lembrasse de Jim. As roupas dele ocupavam metade do closet, o barbeador ainda estava perto da saboneteira no banheiro e o último número da *Sports Illustrated* chegara pelo correio no dia anterior. Na geladeira ainda havia duas garrafas de Heineken, a cerveja favorita dele. Mais cedo naquela noite, ao vê-las na prateleira, Julie havia sussurrado para si mesma: "Jim nunca as beberá." Em seguida fechara a porta, se encostara nela e passara uma hora chorando na cozinha.

A cena do lado de fora da janela estava desfocada. Perdida em pensamentos, Julie aos poucos notou o som surdo de um galho batendo na parede. A batida era persistente e firme, e um instante depois ela percebeu que não era um galho.

Alguém estava batendo à porta.

Julie se levantou com movimentos letárgicos. À porta, parou para passar as mãos pelos cabelos, numa tentativa de se recompor. Se fossem seus amigos querendo saber como ela estava, não queria que eles se sentissem obrigados a ficar um pouco para lhe fazer companhia. Porém, ao abrir, ficou surpresa por ver um jovem com uma capa de chuva amarela. Em suas mãos havia uma grande caixa embrulhada.

– Sra. Barenson?

– Sim.

O rapaz deu um passo à frente, hesitante.

– Vim lhe entregar isto. Meu pai disse que era importante.

– Seu pai?

– Ele quis ter certeza de que a senhora receberia esta noite.

– Eu o conheço?

– Não sei. Mas ele insistiu muito. É um presente de outra pessoa.

– De quem?

– Meu pai disse que você entenderia quando abrisse a caixa. Mas não a balance e mantenha este lado para cima.

Antes que Julie pudesse impedi-lo, o jovem pôs a caixa nos braços dela e se virou para ir embora.

– Espere – disse ela. – Não entendo...

O jovem olhou por cima do ombro e disse:

– Feliz Natal!

Julie ficou parada à porta, observando-o entrar na picape. Ao voltar para dentro, pôs a caixa no chão em frente à árvore e se ajoelhou ao lado dela. Uma rápida olhada confirmou que não havia nenhum cartão ou qualquer outra indicação de quem a enviara. Ela desfez o laço, levantou a tampa e se viu olhando, sem palavras, para o presente.

Ele era pequeno e peludo, pesava menos de um quilo e estava sentado num canto da caixa. Era o cãozinho mais feio que ela já vira. Tinha uma cabeça grande, desproporcional ao resto do corpo. Ganindo, ele a olhou com olhos remelentos.

Alguém resolveu me dar um filhote de cachorro, pensou Julie. E um filhote feio.

Preso dentro da caixa havia um envelope. Ao estender a mão para pegá-lo, ela reconheceu a letra e se deteve. Não, pensou, não pode ser...

Julie tinha visto aquela letra nas cartas de amor que Jim lhe escrevera em seus aniversários de casamento, em recados anotados às pressas quando ele atendia o telefone e em papéis empilhados na escrivaninha. Segurou o envelope na sua frente, lendo repetidamente seu nome. Então, com as mãos trêmulas, tirou a carta de dentro dele. Seu olhar se fixou nas primeiras palavras:

Querida Jules,

Era assim que Jim a chamava e Julie fechou os olhos, com a sensação de que seu corpo estava encolhendo de repente. Obrigou-se a respirar fundo e recomeçou a ler:

Querida Jules,

Sei que, se você está lendo esta carta, eu já parti. Não sei exatamente há quanto tempo, mas espero que você esteja se recuperando. Sei que isso seria difícil para mim se eu estivesse em seu lugar, mas você sabe que sempre a achei mais forte que eu.

Como pode ver, comprei um cachorrinho para você. Harold Kuphaldt era amigo de meu pai e cria cães da raça dinamarquês desde que eu era criança. Quando garoto, eu queria ter um, mas a casa era muito pequena e minha mãe nunca deixou. Eles são cães grandes, mas, segundo Harold, são os mais doces do mundo. Espero que você goste dele (ou dela).

Acho que no fundo eu sempre soube que não iria sobreviver. Mas não queria pensar nisso, pois sabia que você não tinha ninguém para ajudá-la a passar por algo assim. Quero dizer, ninguém da família. Eu ficava de coração partido ao pensar que você enfrentaria tudo isso sozinha. Sem saber o que mais poderia fazer, tomei providências para lhe dar esse cão.

É claro que você não é obrigada a ficar com ele se não quiser. Harold disse que o aceitará de volta, sem problemas. (O número do telefone dele deve estar na caixa.)

Espero que você esteja bem. Desde que adoeci sempre me preocupei com isso. Eu amo você, Jules. Amo de verdade. Fui o homem mais sortudo do mundo por você ter entrado em minha vida. Eu ficaria arrasado se você nunca mais voltasse a ser feliz. Então, por favor, faça isso por mim. Seja feliz de novo. Encontre alguém que a faça feliz. Isso pode ser difícil ou talvez você pense que é impossível, mas eu gostaria que tentasse. O mundo fica melhor quando você sorri.

E não se preocupe. De onde estiver, cuidarei de você. Serei seu anjo da guarda, querida. Pode contar comigo para protegê-la.

Amo você,

Jim

Com lágrimas nos olhos, Julie estendeu o braço para dentro da caixa. O filhote se aconchegou em sua mão. Ela o ergueu e o levou até perto de seu rosto. O cão era pequeno e dava para sentir suas costelas enquanto ele tremia.

Ele era feio mesmo, pensou. E ficaria do tamanho de um cavalo pequeno. O que ela faria com um cão daqueles?

Por que Jim não lhe dera um schnauzer miniatura com bigode cinzento ou um cocker spaniel com olhos redondos e tristes? Algo mais simples? Um cão fofinho que pudesse se aninhar no colo dela de vez em quando?

O filhote, um macho, começou a ganir, um lamento agudo que aumentava e diminuía como o eco do apito de um trem ao longe.

– Shh... você vai ficar bem – sussurrou ela. – Não vou machucá-lo...

Julie continuou a falar baixinho com o filhote, deixando que ele se acostumasse com ela e ainda assimilando o que Jim fizera. O cachorrinho continuou a ganir, quase como se acompanhando a música ao fundo, e Julie acariciou o pescoço dele.

– Está cantando para mim? – perguntou, sorrindo pela primeira vez. – É o que parece, sabe?

Por um momento, o cão parou de ganir e olhou para ela, sustentando seu olhar. Então começou a ganir de novo, embora desta vez não parecesse tão assustado.

– Singer – sussurrou ela. – Acho que vou chamá-lo de Singer.

1

Quatro anos depois

Nos anos que se seguiram à morte de Jim, Julie Barenson de algum modo conseguiu retomar a vida. Mas isso não aconteceu logo. Os primeiros anos foram difíceis e solitários, mas com o tempo sua perda se transformou em algo mais suave. Embora amasse Jim e soubesse que parte dela *sempre* o amaria, a dor não era mais tão forte quanto antes. Ela se lembrava das lágrimas e de como a vida se tornara vazia depois da morte dele, mas a dor dilacerante havia ficado para trás. Agora, quando pensava em Jim, era com um sorriso no rosto, grata por ele ter feito parte de sua vida.

Também se sentia grata por Singer. Jim tinha feito a coisa certa ao comprar o cão para ela. De certo modo, o cachorro lhe possibilitara seguir em frente.

Mas neste momento, deitada na cama em uma manhã fria de primavera em Swansboro, Julie não pensava no apoio maravilhoso que Singer representara para ela nos últimos quatro anos. Em vez disso, maldizia a existência dele enquanto se esforçava para respirar e pensava: não acredito que vou morrer assim.

Esmagada na cama pelo meu próprio cão.

Com Singer esparramado em cima dela, Julie imaginou seus lábios ficando azuis por falta de oxigênio.

– Levante-se, seu cão preguiçoso – disse, ofegante. – Você está me matando.

Roncando profundamente, Singer não deu ouvidos a Julie, que começou a se contorcer, tentando acordá-lo. Sufocando sob seu peso, tinha a sensação de que havia sido enrolada num cobertor e jogada num lago, como a Máfia costumava fazer com seus desafetos.

– Estou falando sério – disse com dificuldade. – Não consigo respirar.

Singer enfim levantou sua grande cabeça, piscou os olhos e a encarou, sonolento. *Por que esse barulho todo?* – parecia perguntar. *Não está vendo que estou tentando descansar?*

– Saia! – ordenou Julie.

Singer bocejou, encostando seu focinho frio no rosto dela.

– Ok, ok, bom dia. Agora saia.

Com isso, Singer bufou e se levantou, pisoteando várias partes do corpo de Julie. Ele ficou mais alto. Mais alto. E mais alto. Um instante depois, assomava acima dela com um único fio de baba escorrendo da boca, parecendo ter saído de um filme de terror barato. Meu Deus, pensou Julie, ele é *enorme.* A esta altura eu já devia ter me acostumado com isso. Ela respirou fundo e olhou para Singer, franzindo as sobrancelhas.

– Eu falei que você podia dormir na minha cama?

Singer costumava dormir em um canto do quarto de Julie. Mas nas duas últimas noites havia se esgueirado para a cama e deitado ao lado dela. Ou, mais exatamente, em cima dela. Cão maluco.

Singer abaixou a cabeça e lambeu o rosto de Julie.

– Não, não desculpo – disse ela, afastando-o. – Nem tente se safar. Você poderia ter me matado. Sabia que tem quase o dobro do meu peso? Agora saia da cama.

Singer gemeu como uma criança amuada e pulou para o chão. Julie se sentou na cama, com o peito e as costas doendo. Olhou para o relógio e pensou: Já? Ela e Singer se espreguiçaram ao mesmo tempo, antes de Julie afastar as cobertas.

– Venha – chamou. – Vou deixá-lo ir lá fora antes de eu entrar no chuveiro. Mas não revire as latas de lixo dos vizinhos de novo. Eles deixaram uma mensagem grosseira na secretária eletrônica.

Singer olhou para ela.

– Eu sei, eu sei – disse Julie. – É só lixo. Mas algumas pessoas são estranhas mesmo.

Singer saiu do quarto e foi até a porta da frente. Julie o seguiu, girando os ombros para relaxá-los. Fechou os olhos por apenas um instante. Grande erro. Ao sair do quarto, bateu com um dos dedos do pé na cômoda. Ela deu um grito e começou a praguejar, combinando os mais incríveis palavrões. Pulando num pé só e vestida com seu pijama cor-de-rosa, tinha certeza de que estava parecendo uma versão louca daquele coelho da propaganda das pilhas Energizer. Singer apenas lhe lançou um olhar que parecia dizer: *Por que está demorando tanto? Foi você que me acordou, portanto ande logo. Tenho coisas a fazer lá fora.*

Ela gemeu.

– Não está vendo que eu me machuquei?

Singer bocejou de novo e Julie esfregou o dedo do pé antes de segui-lo, mancando.

– Obrigada por me ajudar. Você é inútil numa emergência.

Logo depois de pisar no dedo machucado de Julie – ela *sabia* que ele tinha feito isso de propósito –, Singer saiu. Em vez de se dirigir às latas de lixo dos vizinhos, perambulou pelos terrenos arborizados e vazios que ficavam ao lado da casa de Julie. Ela o viu virando sua grande cabeça de um lado para o outro, como se estivesse se certificando de que ninguém houvesse plantado árvores ou arbustos novos na véspera. Todos os cachorros gostavam de marcar seus territórios, mas Singer parecia achar que, se tivesse lugares suficientes para se aliviar, seria coroado o rei de todos os cães do mundo. Pelo menos isso deixava Julie livre dele por algum tempo.

Deus, obrigada por isso, pensou Julie. Nos últimos dias, Singer a estava enlouquecendo. Seguia-a por toda parte, recusando-se a perdê-la de vista por um instante sequer, exceto quando ela o deixava sair. Julie não conseguia nem lavar a louça sem esbarrar nele uma dúzia de vezes. E à noite era ainda pior. Na noite passada Singer tivera um ataque de uivos, intercalados com latidos ocasionais. Isso deixou Julie pensando se deveria comprar uma casa de cachorro com isolamento acústico ou uma espingarda.

Não que Singer algum dia tivesse sido... bem, normal. Com exceção da questão de demarcar o território, ele sempre agira como se fosse humano. Recusava-se a comer numa tigela, nunca precisava de guia na coleira e, quando Julie assistia à televisão, subia no sofá e olhava para a tela. Quando Julie falava com ele – ou melhor, sempre que alguém falava com ele –, Singer inclinava a cabeça e olhava atentamente, como se estivesse acompanhando a conversa. Na metade das vezes parecia mesmo entender o que Julie dizia. Não importava o que ela falasse ou quão absurda fosse a ordem, Singer obedecia. *Pode buscar minha bolsa?* Singer voltava saltitando com a bolsa um momento depois. *Pode apagar a luz do quarto?* Ele se equilibrava sobre duas patas e apertava o interruptor com o focinho. *Ponha esta lata de sopa na despensa, está bem?* Ele a carregava em sua boca e a colocava na prateleira. É claro que há outros cães bem treinados, mas não tanto assim. Além do mais, Singer não precisara de treinamento. Pelo menos não de treinamento formal. Tudo o que Julie fizera fora lhe mostrar as coisas uma única vez. Para os outros isso parecia muito estranho, mas Julie gostava disso, pois fazia com que ela se sentisse um Dr. Dolittle moderno.

Mesmo que isso significasse dizer frases completas para o cão, ter discussões com ele e lhe pedir conselhos de vez em quando.

Não era tão estranho assim, era?, perguntava a si mesma. Eles estavam juntos desde que Jim morrera e durante a maior parte do tempo Singer era uma ótima companhia.

Contudo, o cão vinha agindo de modo estranho desde que ela voltara a sair e não tinha gostado de nenhum dos homens que apareceram à sua porta nos últimos meses. Julie esperava que isso fosse acontecer. Desde filhote Singer tendia a rosnar para os homens quando os via pela primeira vez. Julie costumava pensar que Singer tinha um sexto sentido que lhe permitia distinguir os homens bons dos que ela deveria evitar, mas mudara de opinião recentemente. Agora não conseguia deixar de pensar que o cão era uma versão grande e peluda de um namorado ciumento.

Isso se tornaria um problema, concluiu. Precisaria ter uma conversa séria com ele. Singer não queria que ela ficasse sozinha, queria? É claro que não. Ele poderia demorar um pouco para se habituar a ter outra pessoa por perto, mas acabaria se acostumando. Com o tempo, até ficaria feliz por ela. Mas qual seria a melhor maneira de explicar tudo isso a ele?, perguntou-se.

Julie parou por um momento, refletindo, antes de perceber as implicações do que estava pensando.

Explicar tudo isso a ele? Pelo amor de Deus! Estou ficando louca.

Foi mancando até o banheiro, para se arrumar para o trabalho, tirando o pijama no caminho. Em pé na frente da pia, fez uma careta ao ver seu reflexo no espelho. Olhe só para mim, pensou: tenho 29 anos e estou um caco. Suas costelas doíam quando ela respirava, seu dedão do pé latejava e ela se deu conta de que o espelho não estava ajudando em nada. Durante o dia, seus cabelos castanhos eram longos e lisos, mas depois de uma noite de sono pareciam ter sido atacados por gnomos. Estavam desgrenhados e eriçados, "em posição de defesa", como Jim costumava dizer. O rímel havia borrado seu rosto. Ela estava com a ponta do nariz vermelha e os olhos verdes inchados por causa do pólen da primavera. Mas uma ducha resolveria isso, não resolveria?

Bem, talvez não o problema da alergia. Ela abriu o armário de remédios e tomou um antialérgico antes de se olhar de novo no espelho, como se esperasse ver uma súbita melhora.

Argh.

Pensou que, no fim das contas, não teria que se esforçar muito para fazer com que Bob perdesse o interesse nela. Havia um ano que ela cortava os cabelos dele – ou o que restava deles. Dois meses antes, Bob enfim criara coragem para convidá-la para sair. Ele não era o homem mais bonito do mundo – estava ficando careca, tinha um rosto redondo, olhos muito próximos e uma barriguinha saliente –, mas era solteiro e bem-sucedido e Julie não saía com ninguém desde a morte de Jim. Ela imaginara que essa seria uma boa oportunidade para voltar a ter encontros. Ledo engano. Havia um bom motivo para Bob ser solteiro. Ele não era apenas feio. Tinha sido tão enfadonho no restaurante que até as pessoas nas mesas próximas a olharam com pena. Seu assunto favorito era contabilidade. Bob não demonstrara interesse em mais nada: no cardápio, no tempo, em esportes, em Julie, nem no vestido preto curto que ela usava. Só em contabilidade. Durante três horas ela o ouvira discorrer sobre deduções de imposto de renda e distribuições de lucro, depreciações e fundos. No fim do jantar, quando ele se inclinou sobre a mesa e confessou que "conhecia pessoas importantes na Receita Federal", os olhos de Julie já estavam vidrados.

Desnecessário dizer que Bob havia se divertido muito. Desde então telefonava três vezes por semana perguntando "se eles poderiam se encontrar para uma segunda consulta, he, he, he". Sem dúvida, Bob era persistente. Chato à beça, mas persistente.

Então houve Ross, o médico, o segundo homem com quem ela saiu. Ross, o belo; o pervertido. Um encontro com ele foi suficiente, obrigada.

E não podia se esquecer do bom e velho Adam. Ele disse que trabalhava para o condado, que gostava do que fazia e que era apenas um homem comum.

Julie descobriu que Adam trabalhava nos esgotos.

Embora ele não cheirasse mal, não tivesse substâncias desconhecidas sob as unhas e seus cabelos não fossem ensebados, Julie sabia que jamais aceitaria a ideia de que um dia Adam poderia aparecer à sua porta com essa aparência. *Houve um acidente nas instalações, querida. Desculpe-me por voltar para casa assim.* Sentia arrepios só de pensar nisso. Tampouco conseguia se imaginar separando as roupas de trabalho dele para lavar. O relacionamento estava fadado ao fracasso.

Foi justamente quando Julie começara a se perguntar se ainda existiam pessoas normais como Jim ou o que nela parecia atrair homens esquisitos – como um letreiro em néon anunciando "Disponível, Normalidade Não Exigida" – que Richard entrou em cena.

E por milagre, mesmo depois do primeiro encontro, no sábado, ele ainda parecia... *normal.* Consultor da J. D. Blanchard Engineering – a empresa que estava consertando a ponte sobre o Intracoastal Waterway –, nos arredores de Cleveland, eles se conheceram quando Richard foi ao salão para cortar os cabelos. Acabaram combinando de sair. Durante o encontro, ele abriu as portas para ela, sorriu nos momentos certos, pediu o jantar de Julie ao garçom e não tentou beijá-la ao se despedir. O melhor de tudo: Richard era bonito de um modo artístico, com maçãs do rosto proeminentes, olhos cor de esmeralda, cabelos pretos e bigode. Depois que ele a deixou em casa, Julie teve vontade de gritar: *Aleluia! Encontrei a luz!*

Singer não parecera tão impressionado. Depois que ela se despediu de Richard, o cão fez uma de suas cenas de "quem manda aqui sou eu", rosnando até Julie abrir a porta.

– Ah, pare com isso – disse ela. – Não seja tão duro com ele.

Singer fez o que ela mandou, mas se retirou para o quarto, onde ficou amuado pelo resto da noite.

Se meu cão fosse um pouco mais bizarro, pensou Julie, poderíamos participar de um show de variedades, bem ao lado do homem que engole espadas. Mas minha vida também não tem sido exatamente normal.

Julie abriu a torneira e entrou no chuveiro, tentando parar a torrente de lembranças. De que adiantava pensar nos momentos difíceis? Muitas vezes ela refletia que sua mãe tivera duas atrações fatais: bebida e homens nocivos. Qualquer uma delas já teria sido ruim, mas a combinação das duas fora insuportável para Julie. A mãe trocava de namorado toda hora e alguns deles fizeram Julie se sentir muito desconfortável ao chegar à adolescência. De fato, o último tinha tentado assediá-la e, quando Julie contou para a mãe, ela, com uma raiva chorosa provocada pelo álcool, a acusara de *se insinuar* para ele. Não demorou muito para Julie se ver sem casa.

Viver na rua foi apavorante, mesmo que não tenha sido por mais de seis meses, até Jim aparecer. A maioria das pessoas que Julie conhecia usava drogas, mendigava, roubava ou fazia coisa pior. Temendo se tornar como os fugitivos que via todas as noites nos abrigos e nos becos mal iluminados, Julie procurou desesperadamente qualquer serviço fora das ruas que lhe oferecesse um prato de comida. Aceitou todos os trabalhos humilhantes que lhe propuseram e manteve a cabeça baixa. Quando conheceu Jim num restaurante em Daytona, estava tomando uma xícara de café com os últimos trocados que lhe restavam. Jim pagou seu café da manhã e, ao sair, disse que faria a mesma coisa no dia seguinte, se ela voltasse. Faminta, Julie voltou, e quando lhe perguntou sobre seus motivos para fazer isso – presumira saber quais eram e havia se preparado para constrangê-lo em público falando sobre abuso de menores e tempo de prisão –, Jim negou ter quaisquer segundas intenções. No fim daquela semana, quando ele se preparava para ir para casa, fez uma proposta a Julie: se ela se mudasse para Swansboro, Carolina do Norte, ele a ajudaria a encontrar um emprego em tempo integral e um lugar para ficar.

Julie se lembrava de ter olhado para ele como se houvesse insetos saindo de suas orelhas.

Um mês depois, porém, como não tinha muita coisa programada em sua agenda, Julie foi para Swansboro. Ao saltar do ônibus, pensou: *O que estou fazendo aqui?* Mas, apesar do ceticismo inicial, procurou Jim, que a levou ao salão de cabeleireiro para conhecer a tia Mabel. E, para sua surpresa, ela logo estava varrendo o chão em troca de um salário e morando no quarto em cima do salão.

No início, Julie ficou aliviada com a aparente falta de interesse de Jim. Depois, curiosa. A seguir, aborrecida. Por fim, após encontrar várias vezes com ele e fazer o que lhe pareceram insinuações descaradas, Julie se deu por vencida e perguntou a Mabel se Jim não a achava atraente. Só então ele pareceu entender a mensagem. Eles tiveram um encontro e, um mês mais tarde, os hormônios estavam à flor da pele. O verdadeiro amor veio pouco depois e Jim a pediu em casamento. A cerimônia foi na igreja onde ele havia sido batizado e Julie passou os primeiros anos de casada desenhando rostos sorridentes em todos os pedaços de papel que encontrava. Considerando seu passado, o que mais ela podia desejar?

Muito, como logo percebeu. Algumas semanas após o quarto aniversário de casamento, Jim teve uma convulsão ao voltar da igreja e foi levado às pressas ao hospital. Dois anos depois, o tumor cerebral o matou e, com 25 anos, Julie se viu obrigada a recomeçar. Acrescentando-se a isso o aparecimento inesperado de Singer, ela havia chegado a um ponto da vida em que nada mais a surpreendia.

Hoje em dia, pensava, eram as pequenas coisas que importavam. Eram os acontecimentos cotidianos que definiam quem ela era. Mabel, Deus a abençoe, tinha sido um anjo. Ajudara Julie a se tornar cabeleireira e a levar uma vida decente, sem extravagâncias. Henry e Emma, dois grandes amigos de seu marido, não só a ajudaram a se adaptar quando se mudara para a cidade, como continuavam próximos, mesmo depois da morte de Jim. E havia Mike, o irmão mais novo de Henry e melhor amigo de Jim na juventude.

No chuveiro, Julie sorriu. Mike.

Um dia ele faria uma mulher muito feliz, mesmo que às vezes parecesse um pouco perdido.

Alguns minutos depois, Julie se enxugou, escovou os dentes, penteou os cabelos, passou um pouco de maquiagem e se vestiu. Como seu carro estava na oficina, teria que ir a pé para o trabalho – cerca de um quilômetro e meio, seguindo pela mesma rua –, por isso calçou sapatos confortáveis. Quando estava prestes a sair, chamou Singer e quase não notou o que haviam deixado para ela.

Pelo canto do olho viu um cartão preso na tampa da caixa de correio.

Ela o abriu, curiosa, e leu o cartão na varanda enquanto Singer saía do bosque e vinha correndo em sua direção.

Querida Julie,

Eu me diverti muito no sábado. Não consigo parar de pensar em você.

Richard

Então esse era o motivo de Singer ter enlouquecido na noite passada.

- Está vendo? - disse ela estendendo o cartão para Singer. - Eu lhe disse que ele era um cara legal.

Singer lhe deu as costas.

- Não faça isso comigo. Você pode admitir que errou, sabe? Acho que só está com ciúme.

Singer esfregou o focinho nela.

- É isso? Você está com ciúme?

Julie não precisava se abaixar para acariciar as costas dele. Singer era mais alto do que ela quando era adolescente.

- Nada de ciúme, está bem? Fique feliz por mim.

Singer girou em volta dela e ergueu os olhos para Julie.

- Agora vamos. Temos que ir à pé porque Mike ainda está consertando o jipe.

Ao ouvir o nome de Mike, Singer abanou o rabo.

2

As letras das canções de Mike Harris deixavam muito a desejar e a voz dele não faria com que os executivos das gravadoras batessem à porta de sua casa, em Swansboro. Entretanto, ele tocava guitarra e ensaiava todos os dias, esperando que sua grande oportunidade estivesse próxima. Em dez anos, havia tocado em uma dúzia de bandas diferentes, desde as formadas por roqueiros cabeludos e barulhentos dos anos 1980 às de estilo country, singelo e meloso. No palco, usara de tudo, de calças de couro e pele de cobra a calças de vaqueiro e chapéus de caubói. Embora tocasse com um entusiasmo evidente e os membros das bandas gostassem dele, em geral era descartado após algumas semanas, sob a alegação de que as coisas não estavam funcionando por algum motivo. Isso tinha acontecido vezes suficientes para que até Mike percebesse que talvez não fosse apenas um conflito de personalidade, embora ainda não conseguisse admitir que não era bom o bastante.

Ele também tinha um caderno em que, em seu tempo livre, anotava seus pensamentos, pretendendo usá-los num futuro romance. Porém o processo de escrita era mais difícil do que ele havia imaginado. Não que ele não tivesse ideias. Pelo contrário: tinha até de mais e não conseguia decidir o que deveria incluir na história ou não. No ano anterior, tentara escrever um romance policial ambientado num cruzeiro – algo no estilo de Agatha Christie, que incluía a costumeira dúzia de suspeitos. Mas ele achou que a trama não era muito empolgante, por isso tentou usar todas as ideias que já tivera: uma ogiva nuclear escondida em São Francisco, um policial corrupto que testemunhara o assassinato de John Fitzgerald Kennedy, um terrorista irlandês, a Máfia, um garoto e seu cão, um investidor em capital de risco inescrupuloso e um cientista que, viajando no tempo, escapara da perseguição do Sacro Império Romano. No fim das contas, o prólogo se estendera por centenas de páginas sem que os principais suspeitos tivessem entrado em cena. É claro que ele não levou o projeto adiante.

No passado, Mike também tentara desenhar, pintar, trabalhar com vitrais, cerâmica, entalhe em madeira e macramê. Fizera até algumas peças de arte livre numa explosão de inspiração que o mantivera afastado do trabalho durante uma semana. Juntou e soldou peças velhas de carros em três estruturas altas e desequilibradas e, quando terminou, sentou-se nos degraus da frente de sua casa, olhando com orgulho para o que fizera, sabendo no fundo do seu coração que enfim encontrara sua vocação. Esse sentimento durou uma semana, até que, numa reunião convocada às pressas, o conselho municipal expediu uma ordem de proibição de "lixo no quintal". Como muitas pessoas, Mike Harris tinha o sonho e o desejo de ser artista; só não tinha talento para isso.

Contudo, Mike conseguia consertar praticamente qualquer coisa. Era o perfeito faz-tudo, um verdadeiro cavaleiro de armadura brilhante quando apareciam vazamentos na pia da cozinha ou quando o triturador de lixo dava defeito. Além de um bom faz-tudo, ele era um Merlin dos tempos modernos quando se tratava de qualquer coisa com quatro rodas e um motor. Ele e Henry eram donos da oficina mais concorrida da cidade e, enquanto Henry lidava com a papelada, Mike se encarregava do trabalho de verdade. Carros importados ou nacionais, ele era capaz de consertar todos. Conseguia ouvir um motor – os silvos e cliques que ninguém mais ouvia – e descobrir o que estava errado, em geral em poucos minutos. Entendia de tubulações e válvulas de admissão, amortecedores, pistões, radiadores e ajustes de chassis, e se lembrava do tempo de conserto de quase todos os carros que já haviam passado pela oficina. Era capaz de reconstituir motores sem precisar consultar um manual. Estava sempre com as pontas dos dedos manchadas de preto. Sabia que esse era um bom modo de ganhar a vida, mas às vezes desejava poder pegar uma pequena parte de todo esse talento e usar em outras áreas.

A tradicional fama de que os mecânicos e os músicos têm sucesso com as mulheres não se aplicava a Mike. Ele tivera apenas duas namoradas firmes. Uma delas no ensino médio. O outro namoro, com Sarah, terminara havia três anos. Então seria possível pensar que Mike não queria um relacionamento sério, ou mesmo um que durasse todo o verão. Às vezes ele mesmo refletia sobre isso, mas atualmente, mesmo que desejasse o contrário, parecia que todos os seus encontros terminavam com um beijo no rosto e a acompanhante lhe agradecendo por ser um ótimo amigo. Aos 34 anos, Mike Harris era mestre na doce arte de abraçar fraternalmente mulheres que choravam em seu ombro por um ex-namorado idiota. Não que Mike fosse feio. Tinha cabelos castanho-claros, olhos azuis e um sorriso sincero, além de um corpo em boa forma. Encaixava-se em todos os padrões de beleza. Também não era o caso de as mulheres não apreciarem sua companhia. O problema era que as mulheres com quem saía não sentiam que ele realmente queria manter um relacionamento com elas.

Seu irmão, Henry, e a esposa dele, Emma, sabiam por que as mulheres sentiam isso. Mabel sabia. Quase todos que Mike Harris conhecia também sabiam.

Mike era apaixonado por outra pessoa.

– Oi, Julie! Espere aí.

Julie tinha acabado de chegar ao velho bairro industrial na periferia de Swansboro e se virou ao ouvir Mike chamá-la. Singer a olhou e ela assentiu com a cabeça.

– Pode ir – falou Julie para o cachorro.

Singer correu e encontrou Mike no meio do caminho. Ele acariciou a cabeça e as costas do cão e depois coçou a parte de trás de suas orelhas. Quando Mike parou, Singer levantou e abaixou a cabeça, pedindo mais.

– Por enquanto chega, grandalhão – disse Mike. – Tenho que falar com Julie.

Os dois foram até ela e Singer se sentou ao lado de Mike, ainda esperando mais carinho.

– Oi, Mike – cumprimentou Julie. – O que foi?

– Nada importante. Só queria lhe dizer que o jipe está pronto.

– O que havia de errado com ele?

– O alternador.

Exatamente o que ele dissera na sexta-feira, quando Julie deixara o carro lá.

– Você teve que trocá-lo?

– Sim. O seu estava ruim. Não foi difícil, porque a revendedora tinha bastante em estoque. A propósito, também consertei o vazamento de óleo. Tive que trocar um anel de vedação do filtro.

– Havia um vazamento de óleo?

– Não notou as manchas na garagem?

– Na verdade, não, mas não prestei atenção.

Mike sorriu.

– Bem, como eu disse, isso também está consertado. Quer que eu traga o carro agora?

– Não, virei buscá-lo depois. Só vou precisar dele mais tarde. Estou com a agenda lotada hoje. Você sabe como são as segundas-feiras. – Ela sorriu. – Então, como foi no Clipper? Infelizmente não pude ir.

Mike havia passado o fim de semana tocando rock grunge com um grupo de jovens que acabara de sair do ensino médio e não sonhava com nada além de conhecer garotas, beber cerveja e passar os dias assistindo à MTV. Mike era pelo menos 12 anos mais velho do que qualquer um deles. Quando mostrou a Julie as calças largas e a camiseta surrada que usaria no show, ela fez um sinal afirmativo com a cabeça e dissera, "Que legal", mas na verdade queria dizer: *Você vai fazer papel de ridículo.*

– Bem, eu acho – respondeu Mike.

– Só isso?

Ele deu de ombros.

– Esse não é meu tipo de música mesmo.

Julie assentiu. Embora gostasse *dele,* não gostava muito de sua voz. Singer, porém, parecia adorá-la. Sempre que Mike cantava para amigos, ele o acompanhava uivando. As pessoas diziam que aquilo era uma disputa para ver quem faria sucesso primeiro.

– Quanto devo pelo conserto? – perguntou ela.

Mike pareceu pensar na resposta, coçando distraidamente o queixo.

– Dois cortes de cabelo devem ser suficientes.

– Ora, Mike. Deixe-me pagar desta vez. Pelo menos as peças. Tenho o dinheiro, você sabe.

No último ano, o jipe, um modelo antigo CJ7, tinha ido para a oficina três vezes. Nesse meio-tempo, Mike conseguira dar um jeito de mantê-lo funcionando.

– Você está pagando – protestou Mike. – Embora meus cabelos estejam rareando, ainda precisam de um corte de vez em quando.

– Bem, dois cortes não me parecem uma troca justa.

– O conserto não demorou muito. E as peças não foram caras. O homem me devia um favor.

Julie ergueu ligeiramente o queixo.

– Henry sabe que você está fazendo isso?

Mike abriu os braços, com um ar inocente.

– É claro que sabe. Ele é meu sócio. E, além disso, foi ideia dele.

Até parece, pensou ela.

– Bem, obrigada – disse Julie por fim.

– Foi um prazer.

Mike fez uma pausa. Queria conversar um pouco mais, só que não sabia o que dizer. Olhou na direção de Singer. O cão o observava atentamente, com a cabeça inclinada para o lado, como se o encorajasse: *Vá em frente, Romeu. Nós dois sabemos o verdadeiro motivo de você estar falando com ela.* Mike engoliu em seco.

– Então, como foi com... hum... – Ele tentou parecer o mais casual que pôde.

– Richard?

– Sim. Richard.

– Foi legal.

– Ah.

Mike aquiesceu, sentindo gotas de suor se formando em sua testa. Perguntou-se como podia fazer tanto calor neste início de manhã.

– E... aonde vocês foram? – perguntou ele.

– À Slocum House.

– Bem elegante para um primeiro encontro – observou Mike.

– Era lá ou Pizza Hut. Ele me deixou escolher.

Mike transferiu o peso do corpo de um pé para o outro, esperando para ver se Julie diria mais alguma coisa. Ela não disse.

Isso não era bom, pensou ele. Richard era bem diferente de Bob, o romântico fanático por números. E de Ross, o maníaco sexual. E de Adam, dos esgotos de Swansboro. Com concorrentes desse tipo, Mike achava que tinha uma chance. Mas com Richard? Com a Slocum House? *Isso era legal?*

– Então... vocês se divertiram? – perguntou ele.

– Sim, nós nos divertimos.

Ah, se divertiram? Muito? Isso não era nada bom, pensou ele.

– Fico feliz em saber – mentiu, fazendo o possível para demosntrar entusiasmo.

Julie pegou no braço dele.

– Não se preocupe, Mike. Você sabe que sempre gostarei muito de você, não é?

Mike enfiou as mãos nos bolsos.

– Só porque eu conserto seu carro.

– Não se subestime. Você também ajudou a consertar meu telhado.

– E a máquina de lavar.

Julie se inclinou e deu um beijo no rosto dele. Depois apertou seu braço.

– O que posso dizer, Mike? Você é um cara legal.

Enquanto caminhava para o salão, Julie sentiu os olhos de Mike cravados nela, mas ao contrário do que sentia com a atenção de alguns homens, isso não a incomodava. Ele é um bom amigo, pensou. E logo se corrigiu. Na verdade Mike era um *ótimo* amigo, alguém que ela não hesitaria em chamar numa emergência. O tipo de pessoa que tornava a vida em Swansboro muito mais fácil só pelo fato de ela saber que sempre poderia contar com ele. Amigos como Mike eram raros, por isso Julie se sentia mal por lhe esconder alguns dos aspectos mais íntimos de sua vida – como alguns de seus encontros recentes.

Julie não tinha coragem de entrar em detalhes sobre isso, porque Mike... bem, não era nenhum segredo que ele gostava dela e Julie não queria ferir seus sentimentos. O que ela deveria ter dito? *Comparado com os outros, o encontro com Richard foi ótimo! É claro que eu sairia com ele de novo!* Havia anos que Julie sabia que Mike queria namorar com ela. Mas, além de considerá-lo seu melhor amigo, seus sentimentos por ele eram confusos. Como poderia ser diferente? Jim e Mike tinham sido grandes amigos. Mike foi padrinho do casamento deles, e foi nele que Julie procurou apoio depois da morte de Jim. Mike era como um irmão, e ela não podia apertar um botão e mudar subitamente seus sentimentos por ele.

Mas não era só isso. Como Jim e Mike tinham sido amigos íntimos, e Mike fizera parte de sua vida com o marido, só de se imaginar saindo com ele despertava nela um vago sentimento de traição. O que Jim pensaria disso? Ela algum dia conseguiria olhar para Mike sem pensar em Jim e nos momentos em que estiveram todos juntos? Julie não sabia. E o que aconteceria se eles saíssem, mas por algum motivo as coisas não dessem certo? Tudo poderia mudar e ela não suportaria perder a amizade de Mike. Era mais fácil deixar as coisas como estavam.

Ela suspeitava de que Mike soubesse disso tudo e provavelmente era por esse motivo que nunca a tinha convidado para sair, embora estivesse claro que desejava fazer isso.

Às vezes, porém, Julie tinha a sensação de que Mike tentava reunir coragem para convidá-la – como no último verão, quando eles estavam praticando esqui aquático com Henry e Emma. Nesses momentos, ele ficava um tanto engraçado. Em vez de ser o Sr. Contente – o primeiro a rir das piadas, mesmo das que o tinham como alvo, aquele que não se importava de sair para comprar mais cerveja na loja de conveniência –, Mike de repente ficava calado, como se suspeitasse de que todo seu problema com Julie fosse que ela não o considerava bom o suficiente. Em vez de rir do que os outros diziam, ele piscava, revirava os olhos ou examinava as unhas. Naquele dia no barco, quando ele sorriu para ela, parecia estar tentando dizer: *Ei, querida, que tal a gente ir embora e fazer algo realmente divertido?* Quando Mike ficava desse jeito, Henry tornava-se implacável. Ao notar a súbita mudança de atitude do irmão mais novo, Henry lhe perguntou o que ele tinha comido no almoço, porque não parecia muito bem.

O ego de Mike desinflou imediatamente.

Ao pensar nisso, Julie sorriu. Pobre Mike.

No dia seguinte ele voltara a ser o mesmo de sempre. E Julie gostava muito mais dessa versão. Entediava-se com homens duros e frios, que consideravam sorte da mulher ter a companhia deles, ou que arranjavam brigas em bares para mostrar a todo mundo que não tinham medo de nada. Homens como Mike eram um prêmio, não importava como ela o visse. Ele era bom e bonito. Julie gostava do modo como os cantos de seus olhos se enrugavam quando ele sorria e adorava suas covinhas. Tinha aprendido a apreciar seu jeito de descartar as más notícias com um simples dar de ombros. Gostava de homens que riam, e Mike ria muito.

Ela adorava sua risada.

Mas sempre que começava a seguir essa linha de raciocínio, Julie logo ouvia uma voz interior dizer: *Não faça isso. Mike é seu melhor amigo e você não quer estragar as coisas, quer?*

Enquanto refletia sobre isso, Singer a cutucou com o focinho, afastando-a de seus pensamentos. O cão ergueu os olhos para ela.

– Sim, pode ir, seu vadio – disse-lhe.

Singer trotou à frente dela, passou pela padaria e depois virou na direção do salão de Mabel, que estava com a porta aberta. A mulher dava um biscoito a ele todos os dias.

– Então, como foi o encontro da Julie? – perguntou Henry por sobre a borda de um copo de isopor. Ele estava encostado na porta, perto da cafeteira.

– Não perguntei a ela sobre isso – respondeu Mike, seu tom sugerindo que isso seria ridículo. Ele vestiu o macacão de trabalho sobre seus jeans.

– Por que não perguntou?

– Nem pensei nisso.

– Hum – murmurou Henry.

Henry tinha 38 anos, quatro a mais que Mike, e de muitos modos era o alter ego mais maduro do irmão. Mais alto e mais pesado, estava chegando à meia-idade com uma barriga que crescia no mesmo ritmo que seus cabelos diminuíam. Casado com Emma havia 12 anos, com três filhas pequenas e morando numa casa em vez de num apartamento, ele gozava de certa estabilidade na vida. Ao contrário de Mike, nunca sonhara em ser artista. Na universidade, especializara-se em finanças empresariais. E, como a maioria dos primogênitos, não conseguia evitar a sensação de que tinha que cuidar do irmão mais novo, certificar-se de que ele estava bem e de que não fizesse coisas de que mais tarde se arrependeria. Alguns o considerariam insensível por seu apoio fraternal incluir provocações, insultos e até comentários irônicos. Mas de que outra forma ele poderia trazer Mike de volta à realidade? Henry sorriu. Alguém tinha que zelar por Mike.

– Eu só queria dizer a ela que o carro está pronto.

– Já? Achei que você tivesse dito que estava com um vazamento de óleo.

– Eu disse.

– E já o consertou?

– Só levei algumas horas.

– Hum... – Henry fez um sinal afirmativo com a cabeça, pensando: *Se você se derreter um pouco mais, maninho, poderão servi-lo como calda de sorvete.* Mas não falou nada. – Então foi isso que você fez esse fim de semana? Trabalhou no carro dela?

– Não o tempo todo. Também toquei no Clipper, mas acho que você se esqueceu disso, não foi?

Henry ergueu as mãos, na defensiva.

– Você sabe que prefiro Garth Brooks e Tim McGraw. Não gosto muito dessas coisas novas. E, além disso, os pais de Emma vieram jantar conosco.

– Eles também poderiam ter ido.

Henry riu e quase derramou o café.

– Sim, certo. Pode imaginar os dois lá? Eles acham que a música que toca nos elevadores é alta demais e que o rock é a forma de Satanás controlar a mente das pessoas. Os ouvidos deles sangrariam se fossem ao Clipper.

– Vou contar isso para Emma.

– Ela concordaria comigo. Na verdade são palavras dela, não minhas. Então, como foram as coisas? Quero dizer, no Clipper.

– Bem.

Henry assentiu, entendendo perfeitamente.

– Sinto muito.

Mike deu de ombros enquanto fechava o zíper do macacão.

– Quanto você cobrou pelo conserto do carro da Julie dessa vez? Três lápis e um sanduíche?

– Não.

– Uma pedrinha brilhante?

– Rá, rá, rá.

– Falando sério. Só estou curioso.

– O de sempre.

Henry assobiou.

– Ainda bem que sou eu que cuido da contabilidade aqui.

Mike lhe lançou um olhar impaciente.

– Você também teria proposto uma troca.

– Eu sei.

– Então por que está resmungando sobre isso?

– Porque quero saber como foi o encontro dela.

– E o que uma coisa tem a ver com a outra?

Henry sorriu.

– Não sei ao certo, maninho. O que você acha?

– Acho que você tomou café demais esta manhã e não está raciocinando direito.

Henry terminou de beber o café da xícara.

– Sabe, talvez você tenha razão. Estou certo de que você não se importa nem um pouco com o encontro de Julie.

– É isso aí.

Henry pegou a cafeteira e se serviu de outra xícara.

– Então provavelmente também não está interessado em saber o que Mabel pensa sobre isso.

Mike ergueu os olhos.

– Mabel?

Sem pressa, Henry pôs creme e açúcar no café.

– Sim, Mabel. Ela os viu na noite de sábado.

– Como você sabe?

– Ela me contou ontem, quando nos encontramos na igreja.

– Contou?

Henry deu as costas para Mike e se dirigiu ao escritório, sorrindo.

– Mas, como você disse que não está interessado, vou parar por aqui.

Sabia que Mike continuaria paralisado do lado de fora da porta, muito depois de ele se sentar à escrivaninha.

3

Embora Andrea Radley tivesse obtido sua licença de esteticista um ano atrás e houvesse nove meses que trabalhava para Mabel, ela não era a melhor funcionária do salão. Costumava tirar dias de folga sem se dar o trabalho de avisar e, quando ia trabalhar, quase nunca era pontual. Também não era muito chegada a pentear e cortar cabelos, pelo menos não seguindo as instruções dos clientes. Não fazia diferença se eles lhe traziam uma foto ou lhe explicavam devagar e com clareza exatamente o que queriam, Andrea cortava os cabelos de todos eles da mesma maneira. Não que isso importasse. Ela já tinha quase o mesmo número de clientes que Julie, embora não admirasse que todos fossem homens.

Andrea era uma loura de 23 anos, pernas compridas e um eterno bronzeado que a fazia parecer ter vindo direto das praias da Califórnia, não da pequena cidade montanhosa de Boone, na Carolina do Norte, onde fora criada. E ela se esforçava ao máximo para cultivar essa imagem: por mais que estivesse frio, sempre ia trabalhar de minissaia. No verão, combinava a peça com blusas curtas e justas; no inverno, com botas de couro de cano alto. Chamava todos os clientes de "meu bem", piscava seus cílios compridos e realçados com rímel e mascava chicletes sem parar. Julie e Mabel costumavam rir dos olhares sonhadores dos homens ao verem o reflexo dela no espelho. Achavam que, se Andrea barbeasse acidentalmente a cabeça de um cliente, ele voltaria mesmo assim.

Apesar de sua aparência, Andrea era um pouco ingênua em relação aos homens. Acreditava saber o que eles queriam e na maioria das vezes estava certa. Mas não sabia mantê-los interessados. Nunca lhe ocorreu que sua aparência pudesse atrair os homens errados. Não tinha nenhuma dificuldade em marcar encontros com caras tatuados que dirigiam motos Harley Davidson, bêbados que frequentavam o Clipper ou sujeitos em liberdade condicional. Mas não conseguia sair com homens que tinham empregos estáveis. Pelo menos era o que dizia a si mesma em suas crises de autopiedade. Na verdade, homens honestos e trabalhadores a convidavam para sair, mas ela logo perdia o interesse neles e se esquecia de que a haviam convidado.

Nos últimos três meses, Andrea saíra com sete homens diferentes, o que contabilizava 31 tatuagens, seis Harleys, duas violações de condicional e nenhum emprego. Por isso, nesse momento ela estava sentindo um pouco de pena de si mesma. No sábado, tivera que pagar o jantar e o cinema, porque seu acompanhante estava sem dinheiro. Ele ao menos tinha telefonado de manhã? Não, é claro que não. E não pensaria em ligar hoje. Os caras com quem ela saía nunca telefonavam, a menos que precisassem de dinheiro ou estivessem "um pouco solitários", como muitos deles gostavam de dizer.

Mas Richard havia telefonado para o salão esta manhã, perguntando por Julie.

Pior: Julie provavelmente não tivera que pagar o jantar para que ele ligasse para ela. Por que Julie conseguia todos os homens bons?, perguntou-se Andrea. Não era por se vestir bem. Na maior parte do tempo ela era bem básica, com seus jeans e suéteres folgados e – para ser bem franca – sapatos feios. Julie não se esforçava muito para se produzir, não fazia as unhas e não se bronzeava, exceto no verão, o que qualquer um podia fazer. Então por que Richard havia ficado tão interessado nela? Ambas estavam lá na semana passada, quando ele entrou no salão para cortar os cabelos. Ambas tinham a agenda livre, o olharam e cumprimentaram ao mesmo tempo. Mas Richard tinha escolhido Julie, não ela, e de algum modo isso levara a um encontro. Andrea franziu as sobrancelhas.

– Ai!

O grito a arrancou de seus devaneios. Andrea olhou para o reflexo de seu cliente no espelho. Era um advogado de 30 e poucos anos e estava esfregando a cabeça. Andrea tirou as mãos dele.

– O que foi, meu bem?

– Você espetou minha cabeça com a tesoura.

– Eu fiz isso?

– Sim. E doeu.

Os cílios de Andrea tremularam.

– Sinto muito, meu bem. Não tive a intenção de machucá-lo. Você não está zangado comigo, está?

– Não... não estou – disse ele, tirando a mão da cabeça. Olhando-se novamente no espelho, examinou o corte que ela estava fazendo. – Não acha que meu cabelo está um pouco desigual?

– Onde?

– Aqui. – Ele apontou. – Esta costeleta ficou muito curta.

Andrea piscou duas vezes e então moveu lentamente sua cabeça de um lado para o outro.

– Acho que o espelho está deformado.

– O espelho?

Andrea pôs uma das mãos no ombro dele e sorriu.

– Eu acho que você está lindo, meu bem.

– Acha?

Do outro lado da sala, perto da janela, Mabel tirou os olhos de sua revista e notou que o homem estava praticamente se derretendo. Balançou a cabeça enquanto Andrea voltava a cortar o cabelo dele. Um instante depois, sentindo-se mais tranquilo, o homem se aprumou na cadeira.

– Olhe, tenho ingressos para o show de Faith Hill em Raleigh, daqui a algumas semanas – disse ele. – Você gostaria de ir?

Infelizmente, os pensamentos de Andrea já tinham voltado para Richard e Julie. Mabel lhe dissera que eles iriam à Slocum House! Embora Andrea nunca tivesse ido lá, sabia que era um restaurante elegante, o tipo de lugar com candelabros na mesa. E, se você precisasse, eles penduravam seu casaco em uma sala especial. E havia toalhas de pano, não aquelas de plástico baratas, quadriculadas de vermelho e branco. Os homens com quem saía nunca a tinham levado a lugares assim. Era provável que nem *soubessem* onde ficavam.

– Sinto muito, mas não posso – respondeu ela automaticamente.

Conhecendo Richard (embora ela não soubesse nada a seu respeito, claro), ele também devia ter enviado flores. Talvez até rosas! Andrea viu isso com clareza em sua mente. Por que Julie conseguia todos os homens bons?

– Ah – disse seu cliente.

O modo como ele falou a trouxe de volta para o presente.

– O que disse? – perguntou.

– Nada. Eu só disse “ah”.

Andrea não tinha a menor ideia de sobre o que ele estava falando. Na dúvida, sorriu. Um momento depois, o homem começou a se derreter de novo.

Em seu canto, Mabel conteve uma risada.

Mabel viu Julie passar pela porta um minuto depois de Singer entrar. Ia cumprimentá-la quando Andrea falou:

– Richard telefonou. – Ela não se deu o trabalho de esconder a irritação em sua voz.

Estava retocando suas unhas perfeitas com vigor, como se tentasse tirar insetos das pontas.

– O que ele queria? – perguntou Julie.

– Não perguntei – disparou Andrea. – Não sou sua secretária, sabe?

Mabel balançou a cabeça, como se dizendo a Julie para não ligar para aquilo.

Com 63 anos, Mabel era uma das melhores amigas de Julie – e o fato de ser tia de Jim era quase irrelevante. Onze anos antes ela lhe dera um emprego e um lugar para ficar e Julie jamais se esqueceria disso. Mas onze anos era tempo suficiente para saber que gostaria daquela mulher mesmo se nada disso tivesse acontecido.

Julie não se importava com o fato de Mabel ser um pouco excêntrica. Durante seu tempo ali, aprendera que quase todos na cidade eram meio pitorescos. Mas Mabel era excêntrica com E maiúsculo, especialmente naquela cidade conservadora, e não só porque tinha algumas esquisitices inócuas. Mabel *era* diferente das outras pessoas da cidade e, como quase todas elas, sabia disso. Nunca se casara, apesar de ter recebido três propostas diferentes, e só isso já a desqualificava para vários clubes e grupos de pessoas de sua faixa etária. Mas, mesmo se você ignorasse suas idiossincrasias – ir de moto para o salão mesmo com chuva, dar preferência a roupas com poás e se referir a sua coleção de lembranças de Elvis como “obras de arte” –, Mabel ainda seria considerada totalmente estranha por algo que fizera quase trinta anos antes. Quando tinha 36 anos, depois de morar em Swansboro durante toda a vida, mudou-se sem dizer a ninguém para onde ia ou mesmo que ia se mudar. Ao longo dos oito anos seguintes, enviou cartões-postais para a família de todos os lugares do mundo: monte Kilimanjaro, na África, fiordes da Noruega, porto de Hong Kong, na China, e Wawel, na Polônia. Quando enfim retornou para Swansboro – de forma tão inesperada quanto havia partido –, recomeçou exatamente de onde havia parado, voltando para a mesma casa e para o trabalho no salão. Ninguém soube por que Mabel tinha partido ou onde arranjara dinheiro para viajar ou comprar o salão, um ano depois. Ela nunca respondeu a essas perguntas. "Isso é um mistério", dizia com uma piscadela, o que só aumentava as especulações do povo quanto ao seu passado ser um pouco indecente e também sobre ela ter muitos segredos a esconder.

Ela não se importava com o que as pessoas pensavam, e para Julie isso era parte de seu charme. Mabel se vestia como queria, andava com quem bem entendia e fazia o que tinha vontade. Mais de uma vez Julie se perguntou se suas esquisitices eram reais ou se ela apenas as representava para manter as pessoas curiosas a seu respeito. De qualquer modo, Julie adorava tudo nela. Até mesmo sua tendência a bisbilhotar.

– Então, como foi com Richard? – perguntou Mabel.

– Bem. Para ser sincera, passei o tempo todo preocupada com você – disse Julie. – Achei que poderia ter um torcicolo se esticasse mais a cabeça para tentar nos ouvir.

– Ah, não se preocupe com isso – disse Mabel. – Um analgésico me deixou novinha em folha no dia seguinte. Mas não tente mudar de assunto. Correu tudo bem?

– Sim, considerando que eu tinha acabado de conhecê-lo.

– De onde eu estava sentada quase pareceu que ele a conhecia de algum lugar.

– Por que está dizendo isso?

– Não sei. Por causa da expressão dele, eu acho, ou talvez do modo como ficou olhando para você a noite toda. Por um segundo achei que os olhos dele estivessem ligados a você por um fio invisível.

– Isso não foi assim tão óbvio, foi?

– Querida, ele parecia um marinheiro antes de zarpar, assistindo a um show de garotas.

Julie riu, vestindo o avental.

– Acho que o deixei encantado.

– Suponho que sim.

Algo em seu tom fez Julie erguer os olhos.

– O que foi? Não gostou dele?

– Não é isso. Ainda não o conheço, lembra? Eu não estava no salão quando ele veio e você não nos apresentou direito no sábado. Estava ocupada demais retribuindo os olhares dele. – Mabel deu uma piscadela. – Além disso, no fundo sou uma velha romântica. Desde que um homem a ouça e esteja interessado no que você diz, a aparência dele não é tão importante.

– Não o achou bonito?

– Ah, você me conhece. Tenho uma predileção pelo tipo de homem que corre atrás da Andrea. Acho sexy braços cobertos de tatuagens.

Julie riu.

– Não deixe Andrea ouvi-la dizer isso. Ela poderá ficar ofendida.

– Não, ela não ficará. Não saberia do que estamos falando, a menos que eu desenhasse.

Naquele exato momento, a porta se abriu e uma mulher entrou. A primeira cliente de Julie naquele dia. A cliente de Mabel entrou um instante depois.

– Então... vai sair com ele de novo? – perguntou Mabel.

– Não sei se ele vai me convidar, mas eu provavelmente aceitaria.

– Quer que ele a convide?

– Sim – admitiu ela. – Acho que sim.

Mabel pestanejou.

– Bem... e o que o seu querido Bob dirá? Ele vai ficar com o coração partido.

– Se ele ligar de novo, talvez eu diga que você está interessada nele.

– Ah, por favor, faça isso. Preciso de ajuda com meus impostos. Mas infelizmente Bob poderia me achar ousada demais para ele. – Ela fez uma pausa. – Como será que Mike vai reagir a isso?

De seu lugar perto da janela, Mabel os vira conversando.

Julie deu de ombros. Sabia que ela faria essa pergunta.

– Bem.

– Ele é um homem bom, você sabe.

– É, sim.

Mabel não a pressionou mais, pois sabia que não ia adiantar. Já havia feito algumas tentativas, sem resultados. Em sua opinião, era uma pena que não tivesse acontecido nada entre eles até agora. Ela achava que Mike e Julie formariam um belo casal. E, apesar do que os dois imaginavam, tinha certeza de que Jim não se importaria nem um pouco com isso.

Ela deveria saber. Afinal de contas, era tia dele.

O sol da manhã proporcionava um calor típico do início da estação. A chave inglesa de Mike ficou presa em um parafuso de difícil acesso no motor. Ao tentar soltá-la, ele puxou com força demais e cortou as costas da mão. Depois de desinfetar e enfaixar o ferimento, tentou soltar a ferramenta pela segunda vez e obteve exatamente o mesmo resultado. Dizendo palavrões para si mesmo, afastou-se do carro, frustrado, e ficou olhando para ele com uma expressão fria, como se tentasse intimidá-lo. Durante toda a manhã Mike cometera um erro estúpido após outro enquanto fazia um conserto simples e agora não estava conseguindo nem soltar a droga da chave inglesa. Não que a culpa fosse toda sua, é claro. No mínimo, pensou Mike, era culpa de Julie. Como ele podia se concentrar no trabalho quando não conseguia parar de pensar no encontro dela com Richard?

O *bom* encontro dela. O encontro *divertido* dela.

O que tinha sido tão bom?, ele queria saber. E o que Julie quisera dizer com *nós nos divertimos*?

Mike sabia que só havia um jeito de descobrir, embora temesse sequer pensar nisso. Mas que outra escolha tinha? Julie não lhe dissera muita coisa e ele não podia ir ao salão perguntar pessoalmente a Mabel com Julie lá. Henry era sua única opção.

Henry, seu bom e gentil irmão mais velho.

Sim, certo, pensou Mike.

Henry podia ter lhe contado antes, mas *não*, ele teve que deixá-lo na expectativa. Sabia exatamente o que estava fazendo quando deixou a conversa pela metade. Queria que Mike fosse lhe implorar por informações. Que rastejasse. Para que ele tivesse a oportunidade de fazer alguns comentários irônicos.

Bem, não desta vez, meu amigo, decidiu Mike. Não desta vez.

Mike se aproximou de novo do carro e começou a esticar sua mão na direção da chave inglesa. Ainda presa. Olhando por cima do ombro, ele se perguntou se uma chave de fenda serviria como alavanca para soltá-la. Decidiu tentar, mas ao colocá-la em posição, ouviu a voz de Julie de novo e a chave de fenda escorregou de sua mão.

Foi bom, dissera Julie. *Nós nos divertimos.*

Quando Mike tentou segurar a ferramenta, ela escorregou mais, fazendo um barulho e sumindo de vista. Ele se inclinou para a frente. Apesar de saber tudo sobre aquele motor, não tinha a menor ideia de onde ela tinha ido parar.

Mike ficou olhando, sem acreditar.

Ótimo, pensou. A chave inglesa está presa, a chave de fenda sumiu num buraco negro mecânico e eu não estou conseguindo fazer nada aqui. Estou trabalhando há uma hora e, se continuar assim, terei que fazer uma encomenda expressa à loja de ferramentas.

Ele precisava falar com Henry. Era o único modo de superar isso.

Droga.

Mike pegou um pano e começou a limpar as mãos enquanto atravessava a oficina, odiando ter chegado a esse ponto e tentando descobrir o melhor modo de abordar o assunto com o irmão. O mais difícil seria não deixar Henry perceber por que ele estava interessado. Seria melhor se o assunto surgisse naturalmente, para Henry não esfregar isso na sua cara. Seu irmão vivia esperando momentos como esse. Devia ter passado a manhã toda ensaiando o que iria dizer. Com pessoas assim, só havia uma coisa a fazer: praticar a arte do engano. Depois de traçar seu plano, Mike enfiou a cabeça pela porta do escritório.

Henry estava sentado à sua mesa desarrumada, fazendo uma encomenda pelo telefone. Bem na sua frente havia um pacote de rosquinhas e uma lata de Pepsi. Ele sempre tinha alguma besteira escondida na gaveta para compensar os almoços saudáveis que Emma lhe preparava. Henry fez um sinal para que o irmão entrasse e Mike se sentou do outro lado da escrivaninha bem na hora em que ele desligou o telefone.

– Era o fornecedor em Jacksonville – disse Henry. – Eles só terão o interruptor de que você precisa para o Volvo daqui a uma semana. Lembre-me de telefonar para Evelyn, está bem?

– Pode deixar – disse Mike.

– Então o que faz aqui, maninho?

É claro que Henry já sabia sobre o que Mike queria falar. O olhar em seu rosto deixava isso claro. Embora pudesse ter ido direto ao assunto e repetido o que Mabel lhe contara, não fez isso. Ver Mike se contorcer sempre o deixava alegre pelo resto do dia.

– Bem – disse Mike –, eu estava pensando... – Ele não conseguiu continuar.

– O quê?

– Bem, eu estava pensando que talvez devesse voltar a ir à igreja com você e a família.

Henry levou a mão ao queixo, pensando: *Esse é um modo original de puxar conversa. Não vai adiantar de nada, mas sem dúvida é original.*

– É mesmo? – perguntou ele, escondendo o sorriso.

– Sim. Sabe como é, não vou há algum tempo... Talvez fosse bom para mim.

Henry concordou com a cabeça.

– Hum... talvez você esteja certo. Quer se encontrar conosco lá ou prefere que o busquemos?

Mike se remexeu na cadeira.

– Antes quero saber como é o novo reverendo. Quero dizer, as pessoas gostam dos sermões dele? Conversam sobre isso depois dos cultos?

– Às vezes.

– Mas as pessoas conversam. Quero dizer, depois dos cultos.

– É claro. Mas você descobrirá isso neste domingo. Iremos às nove.

– Nove. Certo. – Mike fez um sinal afirmativo com a cabeça, parando por um instante. – Bem, apenas como exemplo, o que as pessoas disseram depois do último domingo?

– Ah, vamos ver... – Henry tamborilou de leve, fingindo concentração. – Tenho que pensar, realmente não sei. Eu conversei com Mabel.

Bingo, pensou Mike, sorrindo por dentro. Bem como planejei. Sou um mestre na enganação.

– Mabel, é? – perguntou.

Henry estendeu o braço para pegar uma rosquinha. Deu uma mordida, fez um aceno com a mão, se recostou na cadeira e falou, de boca cheia:

– Ela costuma ir ao culto mais cedo, mas acho que se atrasou. Nós conversamos por um bom tempo e, puxa... Mabel me contou algumas coisas interessantes. – Ele olhou para o teto por um momento, começando a contar os pequenos buracos nos azulejos para causar uma tensão e depois girou sua cadeira de novo para a frente, balançando a cabeça. – Mas você não vai querer saber disso. Nós falamos sobre o encontro de Julie e você já me disse que não está interessado. Então, podemos buscar você no domingo ou não?

Percebendo que seu plano acabara de fracassar, Mike ficou sentado ali, tentando em vão se recuperar.

– Hum... bem...

Henry olhou na direção dele, a provocação brilhando em seus olhos.

– A menos, é claro, que você tenha mudado de ideia.

Mike empalideceu.

– Ah...

Henry riu. Já tinha se divertido o bastante e, por mais que gostasse disso, sabia que era hora de parar.

– Diga-me uma coisa, Mike – começou, inclinando-se para a frente. – Por que você continua a fingir que não quer sair com Julie?

Mike pestanejou.

– Somos apenas amigos – respondeu automaticamente.

Henry ignorou aquilo.

– É por causa de Jim?

Como Mike não disse nada, Henry deixou a rosquinha sobre a mesa.

– Jim morreu há muito tempo. Não é como se você estivesse tentando roubar a mulher dele.

– Então por que você tem agido como se eu não devesse sair com ela? Como no último verão, no barco?

– Porque ela precisava de tempo, Mike. Você sabe disso. No ano passado, ou há seis meses, ela não estava pronta para sair com ninguém. Mas agora está.

Vendo-se numa situação difícil, Mike não sabia o que dizer. Tampouco entendia como Henry parecia saber tanto.

– Não é tão fácil assim – respondeu.

– É claro que não. Você acha que foi fácil para mim chamar Emma para sair pela primeira vez? Havia muitos homens querendo sair com ela, mas pensei que o pior que podia acontecer era ela dizer não.

– Deixe disso. Emma me falou que estava de olho em você mesmo antes de convidá-la. Vocês dois foram feitos um para o outro.

– Mas na época eu não sabia disso. Sabia apenas que tinha que tentar.

Mike encarou o irmão.

– Mas ela não tinha sido casada com seu melhor amigo.

– Não – disse Henry. – Não tinha. Mas nós também não éramos amigos antes, como você e Julie.

– É isso que torna tudo tão difícil. E se as coisas mudassem entre nós?

– Já estão mudando, maninho.

– Na verdade, não.

– É claro que estão – disse Henry. – Ou então você não precisaria me perguntar sobre o encontro, não é? A própria Julie teria lhe contado. Ela lhe contou sobre Bob, não foi?

Mike não tinha nenhuma resposta para isso, mas quando saiu do escritório, um minuto depois, sabia que Henry estava certo.

4

Singer ergueu a cabeça assim que Richard entrou no salão e, embora tenha rosnado, o som saiu abafado, como se ele achasse que Julie fosse repreendê-lo de novo.

– Oi, meu bem. Veio cortar o cabelo de novo? – perguntou Andrea, sorrindo.

Richard estava de calças jeans e uma camisa de brim desabotoada na parte de cima que revelava apenas alguns pelos cacheados de seu peito. E aqueles olhos!

– Acabarei este daqui a alguns minutos – acrescentou ela.

Ele balançou a cabeça.

– Não, obrigado. Julie está aí?

O sorriso de Andrea desapareceu e ela fez um sinal com a cabeça na direção dos fundos do salão.

– Lá dentro – disse, fazendo beicinho. – Nos fundos.

Mabel ouvira o sino da porta tocar e saiu de trás do biombo.

– Ah... Richard, certo? – perguntou. – Como vai?

Ele a cumprimentou com um aceno, reconhecendo-a da outra noite no restaurante. Embora Mabel tivesse uma expressão satisfeita, ele sabia que ainda estava sendo avaliado. Já estivera em cidades pequenas e eram todas iguais.

– Bem, obrigado. E a senhora, como vai?

– Bem. Julie virá num minuto. Ela está colocando uma cliente no secador, mas eu lhe direi que o senhor está aqui.

– Obrigado.

Embora ele não tivesse se virado na direção de Andrea, sabia que ela ainda o observava. A maioria das pessoas diria que ela é linda, mas ele não estava muito impressionado. A beleza de Andrea lhe parecia artificial, como se ela fizesse muito esforço para ficar bonita. Ele gostava de mulheres com uma aparência natural, como Julie.

– Richard? – disse Julie um instante depois.

Ela lhe sorriu, mais uma vez impressionada com a beleza dele.

Singer se levantou da manta para segui-la, mas ela levantou a mão para impedi-lo. O cão ficou imóvel e parou de rosnar.

– Oi – disse Richard. – Acho que ele está se acostumando comigo, não é?

Julie olhou para Singer.

– Ele? Ah, nós tivemos uma conversa. Acho que ele está bem agora.

– Uma conversa?

– Sim. Ele é ciumento.

– Ciumento?

Julie deu de ombros.

– É preciso conviver com ele para entender.

Richard ergueu uma das sobrancelhas, mas não comentou nada.

– Então, o que está fazendo aqui? – perguntou ela.

– Pensei em vir ver como você estava.

– Eu estou bem, mas um pouco ocupada agora. Trabalhei muito a manhã toda. Por que você não está trabalhando?

– Eu estou. Bem, mais ou menos. Ser consultor me dá um pouco de liberdade e decidi dar um pulo aqui.

– Só para me ver?

– Não consegui pensar em nada melhor para fazer.

Julie sorriu e disse:

– Eu me diverti muito no sábado à noite.

– Eu também. – Richard olhou para Mabel e Andrea. Embora elas parecessem ocupadas com outras coisas, ele sabia que estavam ouvindo. – Você acha que tem um tempinho para conversarmos lá fora? Eu telefonei antes, mas você não estava.

– Eu adoraria, mas tenho uma cliente me esperando lá atrás.

– Não vai demorar muito.

Julie hesitou, olhando para o relógio.

– Eu prometo – insistiu Richard. – Sei que você está trabalhando.

Julie fez uma avaliação rápida e decidiu que dispunha de alguns minutos.

– Acho que posso, mas não por muito tempo. Do contrário terei que passar o resto do dia tentando consertar a cor e você vai ficar muito malvisto. Deixe-me olhar o cabelo dela um segundo, está bem?

– É claro.

Julie foi ver sua cliente, que estava com uma touca de reflexo. Os fios de cabelo que saíam dos furinhos na touca estavam cobertos por um creme lilás. Julie verificou a cor, pôs o secador em velocidade baixa para ganhar alguns minutos e voltou para a frente do salão.

– Tudo bem – disse, dirigindo-se para a porta. – Vamos.

Richard a seguiu até o lado de fora. A porta se fechou atrás deles, fazendo o sino soar de novo.

– Então, sobre o que você queria conversar?

Richard deu de ombros.

– Na verdade, nada importante. Apenas queria ter você só para mim por um minuto.

– Está brincando.

– Não.

– Mas por quê?

– Ah – disse ele, bancando o inocente. – Juro que não sei.

– Encontrei o cartão que você deixou – disse Julie. – Não precisava ter feito isso.

– Sei que não. Mas eu quis.

– Foi por isso que telefonou para o salão esta manhã? Para ver se eu o tinha recebido?

– Não, só queria ouvir sua voz. Boas lembranças, sabe?

– Já?

– Eu fiquei encantado por você.

Julie olhou para ele, pensando: lisonja é um *ótimo* modo de começar o dia. Um instante depois, Richard começou a mexer na pulseira do relógio.

– Mas, para ser sincero, além de querer vê-la, há outro motivo para eu ter vindo.

– Ah, entendi. Agora que estou toda envaidecida, vem a verdade, não é?

Ele riu.

– Mais ou menos. Eu queria saber se você gostaria de sair comigo de novo, no sábado.

No sábado iria jantar na casa de Emma, com Henry e Mike, lembrou Julie, aflita.

– Eu adoraria, mas não posso. Vou jantar com um casal de amigos. Pode ser na sexta-feira? Ou em outro dia da semana?

Richard balançou a cabeça.

– Eu bem que gostaria, mas estou de partida para Cleveland esta noite e só voltarei no sábado. E acabei de descobrir que talvez tenha que ficar fora da cidade de novo no próximo fim de semana. Ainda não está certo, mas são grandes as chances de que eu precise viajar. – Ele fez uma pausa. – Tem certeza de que não pode no sábado?

– Não posso mesmo – respondeu Julie, desejando não ter que dizer essas palavras. – Eles são bons amigos. Não dá para cancelar o jantar assim de última hora.

Por um instante uma expressão indecifrável cruzou o rosto de Richard, mas ela desapareceu tão rapidamente quanto havia surgido.

– Tudo bem.

– Sinto muito – falou Julie, esperando que ele acreditasse.

– Não se preocupe. – O olhar dele pareceu distante antes de se concentrar de novo em Julie. – Olhe, essas coisas acontecem. Não tem importância. Posso ligar para você daqui a algumas semanas? Quero dizer, quando eu voltar? Talvez possamos combinar alguma coisa.

Algumas semanas?

– Espere – disse Julie. – Você poderia vir ao jantar comigo. Tenho certeza de que meus amigos não se importarão.

Richard balançou a cabeça.

– Não, eles são seus amigos e não sou muito bom em conhecer pessoas novas. Nunca fui. Por timidez, eu acho. E não quero que você mude seus planos. – Ele sorriu antes de fazer um sinal com a cabeça na direção do salão. – Você me fez prometer que não ia demorar muito e sou o tipo de homem que mantém a palavra. Também tenho que voltar ao trabalho. – Ele sorriu de novo. – A propósito, você está linda.

Quando Richard se virou para ir embora e antes que ela pudesse pensar duas vezes, Julie o chamou.

– Espere!

Ele parou.

– O que foi?

Eles vão entender, não vão?, pensou ela.

– Bem, como você não estará na cidade na próxima semana, talvez eu possa remarcar com eles. Vou falar com Emma. Tenho certeza que ela não vai se importar.

– Não quero que você falte ao seu jantar.

– Não é tão importante... Saio com eles o tempo todo.

– Tem certeza?

– Sim, tenho.

Ele a olhou nos olhos como se a visse pela primeira vez.

– Ótimo – disse.

Antes que Julie percebesse o que estava acontecendo, ele se inclinou e a beijou.

Não com força, não por muito tempo, mas ainda assim, um beijo.

– Obrigado – murmurou ele.

Antes de Julie conseguir pensar em algo para dizer, Richard se virou e começou a andar pela calçada. E tudo o que ela pôde fazer foi vê-lo se afastar.

– Ele simplesmente a beijou? – perguntou Mike, boquiaberto.

Ele estava no estacionamento aberto da oficina, quando vira Richard caminhando pela rua. Observara-o entrar sozinho no salão e sair com Julie. Henry chegara no exato momento em que Richard se inclinava para beijá-la.

– Foi o que pareceu – respondeu Henry.

– Eles nem se conhecem.

– Agora se conhecem.

– Obrigado, Henry. Você está fazendo eu me sentir muito melhor.

– Você preferiria que eu mentisse?

– Neste momento, acho que sim – murmurou Mike.

– Está bem – disse Henry, pensativo. – Aquele cara é mesmo feio.

Ao ouvir o comentário de Henry, Mike levou as mãos à cabeça.

Lá dentro, Julie voltou para sua cliente.

– Pensei que tivesse se esquecido de mim – queixou-se a mulher, abaixando a revista.

Julie verificou a cor de alguns fios de cabelo.

– Desculpe, mas eu estava atenta ao relógio. Ainda vai levar alguns minutos. A menos que queira os reflexos escuros.

– Acho melhor mais claros, você não acha?

– Acho.

A mulher disse a cor exata que desejava. Embora Julie a escutasse, não conseguia se concentrar no que ela dizia. Em vez disso, pensava em Richard e no que havia acabado de acontecer do lado de fora da porta.

Ele a beijara.

É claro que isso não era muito importante, não no quadro geral. Mesmo assim, por algum motivo, não conseguia parar de pensar nisso. Não sabia como exatamente se sentia a respeito. O modo como aquilo aconteceu foi tão... *o quê*?

Prematuro? Surpreendente?

Julie estava indo até a pia pegar o xampu certo, ainda tentando entender, quando Mabel se aproximou.

– Eu vi o que acho que vi? – perguntou ela. – Você acabou de beijá-lo?

– Na verdade, foi ele que me beijou.

– Você não parece muito feliz com isso.

– Não sei se "feliz" é a palavra certa.

– Por quê?

– Não sei – disse Julie. – É só que pareceu... – Ela hesitou, ainda procurando a palavra adequada.

– Inesperado? – completou Mabel.

Julie pensou um pouco. Embora *fosse* prematuro, ele não tinha ido longe demais. Ela *de fato* o achava atraente e concordara em sair com ele, por isso talvez "surpreendente" não fosse bem a palavra. Ao mesmo tempo sabia que, se ele tivesse agido assim depois do encontro no próximo sábado, ela provavelmente não o questionaria. Talvez fosse ficar ofendida se ele *não* tentasse beijá-la.

Então por que tinha a sensação de que ele havia acabado de atravessar uma barreira sem lhe pedir permissão?

Julie deu de ombros.

– Acho que é isso.

Mabel a estudou por um momento.

– Bem, eu diria que isso significa que ele se divertiu tanto quanto você – disse ela. – Embora eu não esteja muito surpresa. Ele obviamente está partindo para o ataque.

Julie assentiu devagar.

– Acho que sim.

– Você acha?

– Ele também deixou um cartão na minha varanda. Eu o encontrei esta manhã.

Mabel ergueu as sobrancelhas.

– Você acha isso exagerado? – perguntou Julie. – Considerando que acabamos de nos conhecer?

– Não necessariamente.

– Mas poderia ser?

– Ah, não sei. Ele pode ser o tipo de homem que sabe o que quer e corre atrás do que deseja com entusiasmo. Conheci muitos assim. Eles têm seus encantos. E você é sua presa, sabia?

Julie sorriu.

– Ou então – disse Mabel encolhendo os ombros de um jeito afetado – ele é louco.

– Muito obrigada.

– Não há de quê. Mas, seja como for, tudo o que posso dizer é bem-vinda de volta ao mundo do namoro. Como eu sempre digo: isso nunca é entediante, é?

Fazia muito tempo que Richard não dava uma gargalhada e, dentro do carro, ela pareceu ainda mais alta.

Ele é ciumento – dissera Julie sobre seu cão. Como se ela acreditasse mesmo que ele é humano. Que fofo.

A noite que passaram juntos tinha sido maravilhosa. Havia gostado da companhia de Julie, é claro, porém o que mais admirava nela era sua resiliência.

A vida de Julie tinha sido difícil e, no lugar dela, a maioria das pessoas seria marcada pela amargura ou pela raiva, mas ele não percebera nenhum traço disso no encontro com ela.

Julie era adorável. O modo como sorrira para ele, com uma animação quase infantil, e a expressão que revelava seu conflito interior enquanto ela decidia se devia mudar seus planos com os amigos... ele tinha a sensação de que poderia observá-la durante horas, sem nunca se cansar.

Eu me diverti muito no sábado à noite, dissera Julie.

Richard estava quase certo de que ela havia se divertido, mas precisara vê-la hoje para confirmar. Sabia que a mente era capaz de criar coisas estranhas no dia seguinte a um encontro. Perguntas, anseios, preocupações... Deveria ter feito isso, deveria ter dito aquilo? Ele havia reconstituído cada detalhe do encontro, lembrando-se das expressões de Julie e tentando encontrar sinais em suas afirmações que sugerissem que ele havia feito algo errado. Não conseguia dormir, até que enfim escreveu o bilhete que deixaria na casa dela para que o encontrasse de manhã.

Mas ele não precisava ter se preocupado. Ambos tinham se divertido muito. Era ridículo pensar que ele havia feito algo errado.

Seu celular tocou e ele verificou quem era.

Blansen, seu supervisor no trabalho. Sem dúvida para dar más notícias sobre o cronograma, atrasos e custos mais altos que os previstos. Blansen sempre tinha notícias ruins. Um homem deprimente. Dizia que se preocupava com seus subordinados, mas isso significava que não queria que eles trabalhassem duro.

Richard não atendeu. Em vez disso, voltou a pensar em Julie. Só podia ser obra do destino eles terem se conhecido, pensou. Havia milhares de outros lugares onde ele poderia ter estado naquela manhã. Só precisaria cortar os cabelos dali a algumas semanas, mas havia entrado no salão como se guiado por uma força desconhecida. *Destino.*

O celular tocou de novo.

Sim, o encontro correra bem, mas havia uma coisa. Hoje, perto do fim...

Talvez ele não devesse tê-la beijado. Não havia planejado fazer isso, mas ficara tão feliz quando ela mudou seus planos para sair com ele de novo que aquilo simplesmente... *aconteceu.* Uma surpresa para os dois. Mas passara dos limites. Seria cedo demais?

Provavelmente, concluiu, e lamentou. Não havia nenhuma pressa. Seria melhor ir devagar na próxima vez que a visse. Dar-lhe um pouco de espaço, deixá-la chegar às suas próprias conclusões sobre ele, sem pressão. Com naturalidade.

O celular tocou pela terceira vez, mas Richard continuou a ignorá-lo. Reviu a cena em sua mente.

Muito fofo.

5

No sábado à noite, durante o jantar, Richard olhou para Julie, do outro lado da mesa, com um leve sorriso brincando em seus lábios.

– Por que você está sorrindo? – perguntou ela.

Richard pareceu voltar ao presente, com uma expressão encabulada.

– Desculpe. Eu só estava sonhando acordado por um segundo.

– Estou sendo tão entediante assim?

– De jeito nenhum. Só estou feliz por você estar comigo esta noite. – Levando o guardanapo ao canto da boca, ele a olhou. – Eu já disse que você está linda hoje?

– Um monte de vezes.

– Quer que eu pare de repetir?

– Não. Pode achar estranho, mas gosto que me coloquem num pedestal.

Richard riu.

– Farei o possível para mantê-la nele.

Eles estavam no Pagini's, um restaurante aconchegante em Morehead City, com cheiro de temperos frescos e manteiga derretida. O tipo de lugar em que os funcionários vestiam uniformes preto e branco e a comida muitas vezes era preparada ao lado da mesa. Havia uma garrafa de chardonnay num balde de gelo sobre a mesa e o garçom lhes servira duas taças que produziam um brilho amarelo à luz suave. Richard havia aparecido à porta usando um paletó de linho, segurando um buquê de rosas e com um cheiro discreto de água-de-colônia.

– Então, como foi sua semana? – perguntou ele. – Que coisas empolgantes aconteceram na minha ausência?

– Quer dizer, no trabalho?

– No trabalho, na vida, no que for. Quero saber de tudo.

– Provavelmente eu é que deveria estar lhe fazendo essa pergunta.

– Por quê?

– Porque minha vida não é nem um pouco excitante – respondeu ela. – Trabalho num salão de beleza numa cidade pequena, lembra? – Julie disse isso de um modo alegre e bem-humorado, não como se quisesse inspirar compaixão. – Além disso, acabei de perceber que não sei muito sobre você.

– É claro que sabe.

– Não sei, não. Você ainda não me falou muito sobre si mesmo. Nem sei direito o que faz.

– Mas eu não lhe disse que sou consultor?

– Sim, mas não entrou em detalhes.

– Porque meu trabalho é entediante.

Ela fingiu ceticismo, e Richard pensou por um momento.

– Está bem... o que eu faço... – Ele fez uma pausa. – Bem, trabalho nos bastidores, certificando-me de que nada desmorone.

– Isso não é entediante.

– É apenas um modo elegante de dizer que trabalho com números o dia inteiro. Nesse sentido, sou o que a maioria das pessoas consideraria um nerd.

Ela o olhou, pensando: duvido.

– A reunião era sobre isso?

– Que reunião?

– Aquela em Cleveland.

– Ah... não – respondeu ele, balançando a cabeça. – A empresa está com outro projeto, preparando-se para participar de uma licitação na Flórida, e há muita pesquisa a fazer: projeções de custos, estimativas de tráfego, cargas esperadas, esse tipo de coisa. Eles têm uma equipe própria, é claro, mas chamam consultores para se certificarem de que tudo estará de acordo com as normas governamentais. Você ficaria surpresa com a quantidade de trabalho a fazer antes de se iniciar um projeto. Sozinho, sou responsável pela destruição de grandes áreas florestais só para produzir a papelada exigida pelo governo, e neste momento estou com pouco pessoal.

Julie o observou à luz pálida do restaurante. Seu rosto anguloso, ao mesmo tempo rude e jovial, fez com que ela se lembrasse dos homens que ganhavam a vida fazendo propaganda de cigarros. Ela tentou, sem sucesso, imaginar como seria a aparência dele quando criança.

– O que você faz em seu tempo livre? Quero dizer, como hobby?

– Na verdade, não muito. Entre trabalhar e tentar me manter em forma, não me sobra muito tempo para nada. Mas eu costumava me dedicar um pouco à fotografia. Fiz alguns cursos na faculdade e por um tempo pensei em seguir essa profissão. Cheguei até a comprar alguns equipamentos. Mas essa é uma atividade em que não é fácil pagar as contas, a menos que você queira abrir um estúdio, e eu não tinha a menor intenção de passar meus fins de semana fotografando casamentos e bar mitzvahs, ou crianças levadas à força pelos pais.

– Em vez disso se tornou engenheiro.

Ele assentiu. Por um momento a conversa foi interrompida e Julie estendeu a mão para pegar sua taça de vinho.

– E você é de Cleveland? – perguntou Julie.

– Não, não morei em Cleveland durante todo esse tempo. Apenas por um ano, mais ou menos. Na verdade, fui criado em Denver e passei a maior parte da vida lá.

– O que seus pais faziam?

– Meu pai trabalhava numa fábrica de produtos químicos e minha mãe era dona de casa. Pelo menos no início. Sabe como é, cozinhava, mantinha a casa limpa. Mas, depois que meu pai morreu, ela teve que arranjar um emprego como doméstica. Não ganhava muito, mas de algum modo conseguiu nos sustentar. Para ser franco, não sei como ela fez isso.

– Ela parece ser uma mulher notável.

– Era.

– Era?

– Sim. – Ele olhou para baixo, girando o vinho em sua taça. – Teve um derrame há alguns anos e... bem, não é nada bom. Minha mãe mal tem consciência do que acontece ao seu redor e não se lembra de mim. Na verdade, não se lembra de quase nada. Tive que mandá-la para um lugar em Salt Lake City especializado em tratar vítimas de acidente vascular cerebral.

Julie se retraiu. Vendo a expressão dela, Richard balançou a cabeça.

– Não se preocupe. Você não tinha como saber. Mas, para ser sincero, não costumo falar sobre isso, justamente porque deixa as pessoas desconfortáveis, ainda mais quando elas sabem que meu pai também morreu. Ficam se perguntando como deve ser não ter uma família. Mas acho que você não precisa que eu lhe diga isso.

Não, pensou ela. Não preciso. Entendo muito bem como é.

– Foi por isso que você saiu de Denver? Por causa de sua mãe?

– Também. – Ele olhou para a mesa antes de erguer os olhos de novo. – Acho que é hora de lhe contar que já fui casado. Com uma mulher chamada Jessica. Fui embora também por causa dela.

Apesar de estar um pouco surpresa por Richard não ter mencionado isso antes, Julie não disse nada. Percebeu que ele estava em dúvida se deveria ou não prosseguir, mas enfim continuou, com a voz neutra:

– Não sei o que deu errado. Eu poderia falar sobre isso a noite toda, tentando entender, mas, para ser sincero, até hoje não consegui. Simplesmente não deu certo.

– Por quanto tempo vocês foram casados?

– Quatro anos. – Ele a fitou. – Você quer mesmo ouvir essa história?

– Não se você não quiser contar.

– Obrigado – disse ele, com um suspiro e uma risada. – Você não faz ideia de como estou feliz por ter dito isso.

Ela sorriu.

– Então, depois você foi para Cleveland. Gosta de lá?

– Sim, mas não fico muito por lá. Em geral fico onde a empresa está com um projeto, como agora. Depois que o projeto termina, não tenho a menor ideia de para onde irei.

– Aposto que às vezes isso é difícil.

– Sim, às vezes é. Principalmente quando tenho que me hospedar em hotéis. Este projeto é bom, porque ficarei aqui por algum tempo e poderei encontrar um lugar para alugar. E, é claro, terei a chance de ver você.

Enquanto ele falava, Julie se surpreendeu com o fato de suas vidas terem aspectos em comum: desde serem filhos únicos criados apenas por suas mães até a decisão de recomeçar num lugar novo. E, embora seus casamentos tivessem terminado de maneiras bem diferentes, algo no tom de Richard sugeria que ele havia sido abandonado e experimentara sentimentos de perda. Em todo o tempo que passara em Swansboro, Julie nunca conhecera ninguém que entendesse como ela às vezes se sentia solitária, sobretudo durante as férias, quando Mike e Henry iam visitar os pais ou Mabel ia para Charleston passar um tempo com a irmã.

Mas Richard sabia como era isso e ela começava a sentir a afinidade entre eles, a mesma afinidade que os turistas sentem no exterior quando descobrem que as pessoas na mesa ao lado são de seu país.

À medida que a noite avançava, o céu ia escurecendo, revelando as estrelas. Nem Julie nem Richard se apressaram em terminar o jantar. No fim da refeição pediram café e dividiram uma fatia de torta de limão.

Ainda fazia calor quando eles finalmente foram embora. Esperando que Richard lhe oferecesse a mão ou o braço, Julie ficou surpresa por ele não fazer nem uma coisa nem outra. Uma parte dela se perguntou se ele estaria se contendo por ter percebido que ela fora apanhada desprevenida por aquele beijo, no início da semana. Outra parte se perguntou se Richard estaria surpreso consigo mesmo por tudo o que lhe contara sobre seu passado. Havia muito a digerir, pensou ela. A revelação sobre ter sido casado viera do nada e Julie se questionou sobre o porquê de ele não ter mencionado isso no primeiro encontro, quando ela lhe falou a respeito de Jim.

Mas tudo bem. Julie lembrou que as pessoas agem de maneira diferente quando o assunto é seu passado. E, agora que eles se sentiam mais à vontade um com o outro, percebeu que estava gostando deste encontro tanto quanto gostara do primeiro. Estava sendo agradável, nada muito emocionante, mas agradável. Quando eles pararam na faixa de pedestres, Julie olhou de relance para Richard. Gosto dele, pensou. Ainda não estou louca por ele, não sofreria se tivesse que lhe dizer adeus, mas gosto dele. E por enquanto isso é suficiente para mim.

– Você gosta de dançar? – perguntou ela.

– Por quê? Quer ir dançar?

– Se você quiser.

– Ah, não sei. Não danço muito bem.

– Vamos – disse Julie. – Conheço um lugar ótimo.

– Tem certeza de que não quer ficar mais um pouco por aqui? Poderíamos tomar um drinque em algum lugar.

– Estamos sentados há horas. Acho que estou pronta para me divertir um pouco.

– Não achou a noite divertida até agora? – perguntou ele, fingindo estar magoado. – Eu me diverti muito.

– Você entendeu o que eu quis dizer. Se isso o faz se sentir melhor, também não danço muito bem, por isso prometo não reclamar se você pisar no meu pé. Tentarei nem fazer cara de dor.

– Sofrer e sorrir?

– Sabe como é, esse é o drama típico feminino.

– Está bem – disse ele –, mas vou fazer você cumprir a promessa.

Julie riu e fez um sinal com a cabeça na direção do carro dele.

– Vamos.

Richard se enterneceu com o som da risada dela, a primeira vez em que a ouvia aquela noite.

Ela é cautelosa, observou. Eu a beijei uma vez e ela pareceu questionar nossa relação. Porém, se a deixo conduzir as coisas, a cautela parece desaparecer. Sabia que Julie estava tentando avaliá-lo, combinar a história dele com o homem sentado à sua frente. Mas sem dúvida viu compreensão em seu rosto no momento em que ela se deu conta de como eles eram parecidos.

6

O Sailing Clipper era um bar típico das cidades pequenas litorâneas: pouco iluminado e com cheiro de mofo, cigarro e bebidas alcoólicas envelhecidas, popular entre os trabalhadores, que se amontoavam ao redor do balcão. Encostado à parede oposta, o palco destacava-se mais alto que a pista de dança um pouco torta, que quase nunca ficava vazia quando as bandas tocavam. Dezenas de mesas que tinham gravadas as iniciais de quase todos que já haviam entrado pela porta estavam dispostas ao acaso, com cadeiras que não combinavam ao redor.

O grupo no palco, Ocracoke Inlet, se apresentava no Clipper com frequência. O dono do estabelecimento, um homem com uma perna só chamado Joe Torto, gostava da banda porque tocava canções que deixavam as pessoas bem-humoradas e com vontade de ficar mais tempo, o que era bom para os negócios, pois elas bebiam mais. Eles não tocavam nada de original, ousado ou que não pudesse ser encontrado em jukeboxes em bares de todo o país, e era exatamente por isso que Mike achava que todos gostavam tanto deles. Gostavam *de verdade*. Quando se apresentavam, a casa ficava cheia, o que não acontecia com as bandas em que ele tocava. Contudo, Mike nunca fora convidado a tocar com eles, embora conhecesse bem a maioria de seus integrantes. Mesmo sendo uma banda de segunda categoria, esse pensamento o deprimia.

A noite toda fora deprimente. Droga, toda a semana, na verdade. Mike estava arrasado desde segunda-feira, quando Julie tinha ido buscar suas chaves e mencionara, *casualmente*, que sairia com Richard no sábado, em vez de ir jantar com eles. Passava o tempo todo resmungando para si mesmo sobre a injustiça daquela situação e alguns clientes até comentaram sobre isso com Henry. O pior é que Mike não teve coragem para falar com Julie durante o resto da semana, pois, se falasse, ela insistiria em saber o que o estava incomodando. Não estava pronto para lhe dizer a verdade, mas vê-la passar na frente da oficina todos os dias fazia com que se lembrasse de que não tinha a menor ideia do que fazer.

É claro que Henry e Emma eram ótimos e ele gostava de passar o tempo com eles. Mas Mike sabia que era uma peça sobressalente nesse trio. Eles tinham a companhia um do outro para ir para casa. Mike, por sua vez, não tinha companhia nenhuma, exceto o rato que corria por sua cozinha de vez em quando. Eles tinham um ao outro para dançar; Mike era obrigado a ficar metade do tempo sozinho à mesa, lendo rótulos de cerveja que arrancava das garrafas. E quando Emma o convidava para dançar, o que fizera esta noite, ele abaixava a cabeça e pedia a Deus que ninguém o visse dançando com sua irmã.

Irmã. Cunhada. Os detalhes não faziam diferença num momento como este. Quando ela o convidava para dançar, ele se sentia como se sua mãe tivesse se oferecido para ir com ele ao baile de formatura porque ele não conseguira arranjar uma acompanhante.

Não era assim que as coisas deviam ter sido esta noite. Era para Julie estar lá. Devia dançar com ele, sorrir enquanto tomava uma bebida, rir e flertar. E teria sido assim, não fosse Richard.

Richard.

Mike o odiava.

Não o conhecia. Nem queria conhecê-lo. Não lhe interessava. Franzia a testa só de pensar no nome dele – e fizera isso a noite toda.

Observando o irmão atentamente, Henry terminou sua cerveja Coors e pôs a garrafa de lado.

– Acho que você devia parar de beber essa cerveja barata – comentou. – Parece que ela está lhe dando gases.

Mike ergueu os olhos. Henry estava sorrindo e esticava o braço para pegar a garrafa de Emma. Ela tinha ido ao banheiro e, considerando as filas sempre longas com uma multidão como aquela, Henry sabia que poderia demorar um pouco, até já pedira outra garrafa para substituir a dela.

– Estou bebendo o mesmo que você.

– É verdade – disse Henry –, mas você deve saber que alguns homens lidam com isso melhor do que outros.

– Sim, sim... pode falar à vontade.

– Nossa, você está de mau humor hoje – disse Henry.

– Você ficou me azucrinando a noite toda.

– Considerando o modo como tem agido ultimamente, foi bem merecido. O jantar foi ótimo, eu passei a noite fazendo brincadeiras para ver se você participava da conversa e Emma fez o que pôde para você não ficar sentado sozinho o tempo todo, como se tivesse tomado um bolo de uma mulher.

– Isso não tem a menor graça.

– Não é para ter. Só estou falando a verdade. Pense em mim como sua consciência. Quando precisar de respostas, me procure. Você precisa relaxar. Está deixando isso estragar a noite.

– Olhe, estou fazendo o melhor que posso, está bem?

– Ah – disse Henry, erguendo uma das sobrancelhas. – Eu sei. Sinto muito. Acho que todos os suspiros profundos foram imaginação minha.

Mike arrancou o resto do rótulo de sua garrafa e o amassou, fazendo uma bolinha.

– Você é uma piada, Henry. Deveria ganhar a vida nos palcos da Las Vegas. Eu mesmo faria suas malas, pode acreditar.

Henry se recostou na cadeira.

– Ora, vamos. Eu só estou me divertindo um pouco.

– Sim, à minha custa.

Henry ergueu as mãos, parecendo inocente.

– Só tem você aqui. Quem mais posso azucrinar?

Mike o encarou e depois desviou os olhos.

– Está bem... me desculpe – disse Henry. – Mas preste atenção: o fato de ela ter saído com Richard não significa que você perdeu sua chance para sempre. Em vez de se lastimar, encare isso como um desafio que talvez possa inspirá-lo a convidá-la para sair.

– Era o que eu estava planejando.

– Era?

– Sim. Depois que conversamos na segunda-feira, decidi fazer exatamente o que você disse. E faria esta noite.

Henry o estudou.

– Bom – disse por fim. – Estou orgulhoso de você.

Mike esperou que ele dissesse mais alguma coisa, mas Henry permaneceu em silêncio.

– O que foi? Acabaram as piadas?

– Não há nenhum motivo para fazer piadas.

– Não acredita em mim?

– Acredito, sim. Acho que tenho que acreditar.

– Por quê?

– Porque vou ver você fazer isso.

– Como?

– A sorte está do seu lado, maninho.

– Do que você está falando?

Henry ergueu o queixo na direção da porta.

– Adivinhe quem acabou de entrar?

Richard estava ao lado de Julie, perto da porta, enquanto ela esticava o pescoço procurando um lugar para se sentarem.

– Não achei que estaria tão cheio – gritou Richard, para se fazer ouvir apesar do barulho. – Tem certeza de que quer ficar?

– Ah, vamos! Vai ser divertido. Você vai ver.

Embora tivesse concordado com um sorriso rápido, Richard duvidava. O lugar lhe parecia um refúgio para os que bebiam a fim de esquecer os problemas, pessoas desesperadas pela companhia de um estranho. Era o tipo de ambiente que passava a ideia de que todos ali, acompanhados ou não, estavam disponíveis. Nem ele nem Julie se encaixavam num lugar como este.

No palco, a banda voltara a tocar e as pessoas trocavam de lugar na pista, umas entrando e outras saindo para descansar. Richard se inclinou para Julie e ela sentiu a respiração dele em seu ouvido.

– Vamos beber alguma coisa antes de encontrarmos um lugar – sugeriu ele.

Julie assentiu.

– Certo. Vá na frente. O bar é logo ali.

Espremendo-se entre as pessoas, Richard estendeu a mão para Julie. Ela a pegou sem hesitação. Quando chegaram ao bar, Richard não a soltou e ergueu a outra mão para chamar o atendente.

– Então é ele, hum? – perguntou Emma.

Com 38 anos, Emma era uma loura de olhos verdes cujo temperamento alegre mais do que compensava o fato de não ter uma beleza clássica. Baixa e com o rosto redondo, vivia fazendo dietas sem sucesso, embora Mike e Henry não soubessem por que ela se dava esse trabalho. As pessoas gostavam de Emma não por motivos superficiais, mas por quem ela era e pelas suas ações. Fazia trabalho voluntário regularmente na escola dos filhos e todas as tardes, às três horas, abria as portas de sua casa para que as crianças do bairro tivessem um lugar onde se reunir. E elas se reuniam. Durante horas a casa de Emma ficava parecendo uma colmeia, com crianças entrando e saindo atraídas pelas pizzas caseiras que ela fazia quase todos os dias.

Henry a adorava e se considerava feliz por tê-la ao seu lado. Eles eram bons um para o outro. Como costumavam dizer, ficavam ocupados demais rindo juntos e não sobrava tempo para brigar. Como Henry, Emma adorava provocar e, quando começavam, parecia que um incitava mais o outro. Depois de algumas bebidas, então, eles eram terríveis, pensava Mike. Como tubarões adultos que se alimentavam dos mais novos.

Infelizmente, Mike sabia que neste momento era apenas um filhote de tubarão nadando na frente da boca aberta da mãe. Bastou um olhar para o brilho faminto nos olhos deles para que Micke tivesse vontade de se esconder.

Henry assentiu.

– Sim, é.

Emma continuou olhando.

– Ele é mesmo impressionante, não é?

– Acho que Mabel usou a palavra... sexy – disse Henry.

Emma ergueu um dos dedos, como se Henry fosse um advogado e tivesse acabado de dizer algo importante num tribunal.

– Sim... sexy. Muito sexy. Quero dizer, de um modo estranho e cativante.

Mike cruzou os braços e afundou na cadeira, perguntando a si mesmo se a noite poderia ficar pior.

– Concordo plenamente – disse Henry, avaliando Richard e Julie, que ainda esperavam as bebidas no bar. – Eles formam um lindo casal – acrescentou.

– Sem dúvida se destacam na multidão – concordou Emma.

– Parece um daqueles artigos de revista sobre os casais mais glamourosos do mundo.

– Eles deveriam estrelar um filme juntos.

– Parem com isso – disse Mike, por fim. – Já entendi. Ele é maravilhoso, o Sr. Perfeito.

Henry e Emma encararam Mike com um brilho divertido nos olhos.

– Não estamos dizendo isso, Mike – observou Henry. – Só que ele *parece* ser.

Emma estendeu a mão por sobre a mesa e acariciou o ombro de Mike.

– Além disso, não há nenhum motivo para perder a esperança. A aparência não é a única coisa que importa.

Mike olhou para eles.

Henry se inclinou na direção de Emma.

– Acho que você deveria saber que meu maninho está tendo dificuldade em lidar com tudo isso. E, pela expressão dele, acredito que não estamos ajudando.

– Não? – perguntou Emma com ar inocente.

– Seria bom se vocês dois parassem de me perturbar. Fizeram isso a noite toda.

– Mas você é um alvo fácil quando está assim. – Emma deu uma risadinha. – Ficar de cara amarrada dá nisso, sabia?

– Henry e eu já discutimos esse assunto.

– E você não fica nem um pouco bonito com essa cara – continuou Emma, ignorando o comentário dele. – Entenda isso como o conselho de uma mulher que sabe o que diz. A menos que você queira perder para um homem como esse, é melhor mudar seu jeito antes que seja tarde demais. Se continuar agindo como agiu a noite toda, pode desistir agora mesmo.

Mike pestanejou diante da franqueza dela.

– Então devo agir como se não me importasse?

– Não, Mike. Aja como se você se importasse e quisesse o melhor para ela.

– Como farei isso?

– Seja amigo dela.

– Mas eu sou amigo dela.

– Não, neste momento não é. Se fosse, ficaria feliz por Julie.

– Por que eu deveria ficar feliz por Julie estar com ele?

– Porque – disse Emma como se a resposta fosse óbvia – isso significa que ela está pronta para começar a procurar o homem certo e todos sabemos quem é esse cara. E duvido muito que seja aquele ali. – Ela sorriu e tocou de novo no ombro de Mike. – Acha mesmo que o estaríamos azucrinando se não acreditássemos que as coisas entre vocês dois irão dar certo?

Por mais que ela o provocasse, naquele momento Mike soube por que Henry a amava tanto. E por que ele também a amava.

Como irmão, é claro.

As bebidas de Julie e Richard finalmente chegaram – uísque para ele e uma Coca Light para ela. Depois de pagá-las, Richard guardou sua carteira e olhou para o lado, na direção do homem sentado no final do bar.

O homem estava mexendo sua bebida e parecia absorto em si mesmo. Mas Richard esperou e, um instante depois, olhou para Julie. Durante todo o tempo em que Richard e Julie esperaram as bebidas, o homem apenas ficara mexendo no copo, como se tentasse não ser notado. Contudo, dessa vez Richard o viu olhando e o encarou sem piscar, até que o homem desviou os olhos.

– Para quem você está olhando? – perguntou Julie.

Richard balançou a cabeça.

– Ninguém – respondeu. – Só estava pensando em outra coisa por um segundo. – Ele sorriu.

– Pronto para ir para a pista de dança? – perguntou Julie.

– Ainda não. Acho que preciso terminar minha bebida primeiro.

Andrea, usando uma minissaia preta justa, sapatos de salto alto e blusa curta, havia puxado uma ponta do chiclete e agora o enrolava no dedo, entediada, enquanto Cobra bebia de um só gole sua sexta dose de tequila com suco de limão. Limpando a boca com as costas da mão, ele lhe sorriu, o dente de ouro brilhando à luz do letreiro de néon atrás deles.

Cobra havia aparecido na frente do salão em sua Harley Davidson na quinta-feira de manhã. Embora Andrea não soubesse disso, o nome dela era mencionado diversas vezes em bares frequentados por motociclistas de Swansboro até a Louisiana. E, quando Cobra fora embora, ela já tinha lhe dado seu número de telefone e depois passara o resto do dia desfilando pelo salão, sentindo-se muito feliz consigo mesma. Em seu entusiasmo, não havia notado os olhares de pena de Mabel nem que Cobra era, como todos os homens com quem saía, um perdedor.

Cobra lhe telefonara no início daquela tarde, após tomar algumas cervejas, e a convidara para ir com ele e alguns amigos no Clipper. Embora aquilo não fosse tecnicamente um encontro – ele não tinha se oferecido para buscá-la em casa e nenhum dos dois sugerira que comessem alguma coisa antes –, Andrea estava empolgada quando desligou o telefone, achando que o convite estava perto o suficiente de parecer um encontro. Passara uma hora escolhendo o que vestir – as primeiras impressões eram importantes – antes de se dirigir ao Clipper.

A primeira coisa que ele fez foi abraçá-la e pôr as mãos em sua bunda enquanto beijava seu pescoço.

Isso não a havia incomodado. Afinal de contas, Cobra não era feio, ainda mais se comparado a alguns dos homens com quem tinha saído. Usando uma camiseta preta com a estampa de uma caveira ensanguentada e apliques de couro sobre calças jeans surradas, não era gordo nem peludo. E ela tinha de admitir que a tatuagem de sereia em seu braço até que era bonita perto de outras que já vira. Não gostava muito do dente de ouro, mas Cobra parecia limpo o bastante e cheirava bem, coisas que ela julgava imprescindíveis.

Contudo, Andrea acabou percebendo que a noite havia sido uma total perda de tempo e que ela cometera um erro ao dar seu número de telefone a Cobra. Isso porque, depois das primeiras doses, quando as coisas estavam começando a ficar interessantes, alguns amigos haviam aparecido e um deles lhe dissera que o nome verdadeiro de Cobra era Ed DeBoner.

Foi aí que o interesse de Andrea começou a diminuir, embora ela jamais fosse admitir isso para ninguém. Ao contrário de Cobra (ou Serpente, Rato e até mesmo Dean), Ed não era nome de alguém que dirigisse uma Harley, alguém um passo à frente da lei e com um estilo de vida livre. Ed não era nem mesmo nome de um homem de verdade. Pelo amor de Deus! Era nome de cavalo. Um cavalo falante. E isso para não mencionar o sobrenome.

DeBoner.

Ao ouvir isso, Andrea quase derramou sua bebida.

– Você quer voltar para casa, princesa? – perguntou Cobra, com a fala arrastada.

Andrea pôs o chiclete de volta na boca.

– Não.

– Então vamos tomar outra bebida.

– Você não tem dinheiro.

– Então me pague uma e eu a compensarei depois, princesa.

Andrea tinha gostado de ser chamada de "princesa" mais cedo, isso a fazia parecer sexy. Mas tinha sido quando ele ainda era Cobra, e não Ed DeBoner. Ela fez uma bola de chiclete e a estourou.

Cobra pareceu ignorar seu desdém. Por baixo da mesa, passou a mão na coxa de Andrea, que se levantou e saiu, precisando de outra bebida.

Quando se aproximou do bar, reconheceu Richard.

O rosto de Julie se iluminou quando ela viu Mike, Henry e Emma em uma mesa perto da pista de dança. Ela pegou a mão de Richard.

– Venha – disse. – Acho que encontrei um lugar onde podemos nos sentar.

Eles abriram caminho pela multidão, passando pela beira da pista de dança até chegarem à mesa.

– Oi, pessoal. Não esperava ver vocês aqui – disse Julie. – Tudo bem?

– Tudo – respondeu Henry. – Resolvemos vir depois do jantar para ver o que estava rolando.

Richard estava em pé atrás de Julie e ela o puxou pela mão.

– Quero lhes apresentar uma pessoa. Richard, estes são Henry e Emma. E este é meu melhor amigo, Mike.

Henry estendeu a mão.

– Olá.

Richard hesitou antes de pegá-la.

– Oi – disse simplesmente.

Mike e Emma foram os próximos. Quando Julie olhou para Mike, ele deu um sorriso amigável, embora isso quase o matasse. No ar quente do bar, o rosto de Julie estava um pouco corado. Mike a achou particularmente bonita esta noite.

– Vocês querem se sentar? – convidou Henry. – Temos algumas cadeiras sobrando.

– Não, não queremos incomodar – disse Richard.

– Não é incômodo nenhum. Venham. Juntem-se a nós – insistiu Emma.

– Têm certeza de que não se importam? – perguntou Julie.

– Não seja boba – disse Emma. – Somos seus amigos.

Julie sorriu e deu a volta na mesa para se sentar; Richard a seguiu. Quando estavam acomodados, Emma se inclinou sobre a mesa.

– Então, Richard – disse ela. – Fale-nos sobre você.

No início a conversa foi forçada, quase desconfortável, porque Richard não disse muito mais do que lhe foi perguntado. Em alguns momentos Julie forneceu informações adicionais sobre ele e em outros lhe deu uma cotovelada amigável, como se o incitasse a falar.

Mike fez o possível para parecer interessado.

E estava mesmo, pelo menos em benefício próprio, para conhecer seu adversário. Mas, com o passar dos minutos, começou a sentir que nadava contra a corrente. Até ele podia ver por que Julie estava interessada em Richard. O cara era inteligente (e sim, tinha que admitir, bonito, mas só para quem gostava de tipos rudes e atléticos) e, ao contrário de Mike, tinha formação universitária e era viajado. Embora não risse muito ou fizesse piadas – nem apreciasse quando Emma ou Henry as faziam –, seu desconforto parecia mais timidez do que arrogância. E seus sentimentos em relação a Julie eram óbvios. Sempre que ela falava, Richard não tirava os olhos dela. Parecia um marido que acordara na primeira manhã de sua lua de mel.

Durante todo o tempo Mike ficou sorrindo, concordando com a cabeça e odiando Richard.

Pouco depois, enquanto Emma e Julie falavam sobre as novidades na cidade, Richard terminou sua bebida. Depois de perguntar se Julie queria mais alguma coisa, pediu licença para voltar ao bar. Quando Henry lhe perguntou se ele se importaria de pegar mais algumas cervejas, Mike se levantou e se ofereceu para acompanhá-lo.

– Eu ajudo.

Foram para o bar e o atendente fez um sinal indicando que os atenderia assim que pudesse. Richard pegou sua carteira e, embora Mike estivesse bem ao seu lado, permaneceu em silêncio.

– Ela é uma grande mulher – observou Mike.

Richard se virou e pareceu estudá-lo antes de voltar a olhar para o outro lado.

– É, sim – respondeu simplesmente.

Nenhum deles disse mais nada um ao outro.

Quando retornaram à mesa, Richard convidou Julie para dançar e, logo depois, se despediram e saíram.

– Não foi tão difícil assim, foi? – perguntou Emma.

Mike deu de ombros, sem querer responder.

– E ele pareceu bastante simpático – acrescentou Henry. – Um pouco quieto, mas educado.

Mike pegou sua cerveja.

– Não gostei dele – declarou.

– Ah, isso não é de admirar – disse Henry, sorrindo.

– Não sei se confio nele.

Henry continuou sorrindo.

– Bem, já que você perdeu sua oportunidade, acho que teremos que ficar aqui por mais um tempo.

– Que oportunidade?

– Você disse que a convidaria para sair hoje à noite.

– Cale a boca, Henry.

Um pouco depois, Mike estava sentado tamborilando na mesa. Henry e Emma tinham ido cumprimentar um casal de conhecidos. Agora que estava sozinho, ele tentava descobrir do que exatamente não gostara em Richard Franklin.

Além do óbvio.

Havia mais do que isso. Apesar do que Henry dissera ou do que Julie parecia pensar, Mike não o achara particularmente *simpático*. Isso tinha ficado claro no bar. Quando lhe dissera o que pensava de Julie, Richard o olhara como se já soubesse dos sentimentos de Mike por ela e seu rosto expressou o que pensava a respeito disso: *você perdeu, fique longe dela.*

O que não era exatamente coisa de um caral *legal*.

Então por que Julie parecia não ver o lado de Richard que ele via? E Henry e Emma? Será que era tudo fruto da sua imaginação?

Mike reviu a cena. Não, concluiu, não era fruto da sua imaginação. Sei o que vi. E não gosto dele.

Ele se inclinou na cadeira, respirou fundo e estudou o ambiente. Avistou Richard e Julie e os observou por um momento antes de se forçar a olhar para o outro lado.

Durante o intervalo da banda, Richard e Julie haviam saído da pista e encontrado uma mesa menor do outro lado do bar. Desde então Mike os observava. Não conseguia evitar. Embora tentasse fingir que ainda estava avaliando Richard, sabia que sua compulsão para observar tinha mais a ver com o que as pessoas sentem quando deparam com um terrível acidente. Para ser mais preciso, observá-los juntos era como ver um carro caindo de um enorme precipício, só que de um ponto privilegiado, através do para-brisa.

Com o passar da noite, não pôde deixar de pensar que suas chances com Julie estavam indo por água abaixo. Enquanto Mike estava sentado sozinho, Julie e Richard se olhavam com sorrisos estúpidos no rosto. Inclinavam-se para sussurrar e riam, obviamente apreciando a companhia um do outro.

Nojento.

Pelo menos era assim na última vez em que olhara, alguns segundos atrás.

Mas o que estavam fazendo *agora*?

De um jeito sutil o olhar de Mike voltou para eles. Julie estava de costas, por isso, felizmente, não podia ver que ele a observava. Se o pegasse olhando, talvez até acenasse, fizesse um sinal com a cabeça ou sorrisse. Ou, pior ainda, poderia ignorá-lo. As duas primeiras opções o fariam se sentir um idiota, e a última partiria seu coração.

Ao se virar, viu Julie procurando alguma coisa na bolsa.

Contudo, o olhar de Richard encontrou o dele e tinha uma expressão fria, quase confiante. *Sim, Mike, eu sei que você está olhando.*

Mike ficou paralisado como uma criança pega no flagra ao furtar dinheiro na carteira da mãe.

Quis se virar, mas não pareceu ter energia suficiente até ouvir uma voz atrás dele. Olhou por cima do ombro e viu Drew, o vocalista da banda, em pé perto da mesa.

– Oi, Mike – disse Drew. – Tem um minuto? Gostaria de conversar com você.

Uma hora depois, quando Cobra já estava completamente bêbado, Andrea se dirigiu ao banheiro. Como vinha fazendo desde que vira Richard, examinou o ambiente à procura dele enquanto estava na fila. Richard e Julie estavam saindo da pista de dança. Ele se inclinou para sussurrar algo em seu ouvido e depois seguiu até o banheiro masculino.

Sabendo que Richard passaria por ela, Andrea deslizou rapidamente a mão pelos cabelos, ajeitou a saia e a blusa e saiu da fila, para ficar no caminho dele.

– Oi, Richard – disse, alegre. – Como vai?

– Bem, obrigado – respondeu ele. Demorou um pouco, mas ela enfim viu o reconhecimento no rosto dele. – Andrea, não é?

Ela sorriu, pensando: Eu sabia que ele ia se lembrar.

– Nunca o vi aqui – disse.

– É a primeira vez que venho.

– Não acha o lugar ótimo?

– Não muito.

– Bem, na verdade, eu também não, mas não há muitos outros lugares por aqui. Essa é a vida nas cidades pequenas, sabe?

– Sei.

– Mas geralmente as noites de sexta-feira são melhores.

– São?

– Sim. É quando costumo vir. Ou melhor, venho quase sempre.

Richard encarou Andrea antes de finalmente fazer um sinal com a cabeça na direção de Julie.

– Olha, eu adoraria ficar e conversar, mas não posso.

– Por causa de Julie?

Ele deu de ombros.

– Estou com ela.

– Sim, eu sei – disse Andrea.

– Bem, foi bom ver você de novo – disse Richard.

– Obrigada. Também gostei de ver você.

Um momento depois Richard empurrou a porta e a deixou fechar atrás de si. Enquanto Andrea ficava olhando naquela direção, Cobra veio cambaleando por trás dela, murmurando algo grosseiro sobre necessidades fisiológicas.

Assim que ele entrou no banheiro, ela decidiu que estava na hora de ir embora.

Ver Cobra mais uma vez arruinaria a sensação que tivera quando seus olhos encontraram os de Richard.

Logo depois da meia-noite, Julie e Richard estavam na varanda da casa dela. Rãs e grilos cantavam, uma leve brisa agitava as folhas e Singer até parecia aceitar Richard melhor. Embora estivesse com a cara enfiada por entre as cortinas observando-os cuidadosamente, não emitira nenhum som.

– Obrigada por esta noite – disse ela.

– Não há de quê. Eu me diverti muito.

– Mesmo no Clipper?

– Se você se divertiu, fico feliz por termos ido.

– Não é o tipo de lugar de que você gosta, é?

Richard deu de ombros.

– Para ser sincero, acho que eu preferiria algo um pouco mais íntimo. Para ficarmos a sós.

– Nós ficamos a sós.

– Não o tempo todo.

Julie o olhou com uma expressão intrigada.

– Está falando de quando nos sentamos um pouco com meus amigos? – perguntou. – Acha que fiz isso porque não estava me divertindo?

– Eu não sabia bem o que pensar. Às vezes as mulheres usam isso como uma espécie de fuga, quando o encontro não está indo bem. Como se dissessem: "Socorro! Me salvem!"

Julie sorriu.

– Ah, não foi nada disso. Era com eles que eu devia jantar esta noite e, quando os vi, quis cumprimentá-los.

Richard olhou para a luz da varanda e depois para Julie.

– Sei que fiquei um pouco calado com seus amigos. Sinto muito. Parece que nunca sei o que dizer.

– Você se saiu bem. Tenho certeza de que gostaram de você.

– Acho que Mike não gostou muito.

– Mike?

– Ele estava nos observando.

Embora Julie não tivesse notado, deu-se conta de que devia ter esperado por algo desse tipo.

– Mike e eu nos conhecemos há anos – explicou. – Ele se preocupa comigo.

Richard pareceu refletir sobre isso. Finalmente um pequeno sorriso iluminou seu rosto.

– Certo.

Por um longo momento, nenhum dos dois disse nada. Então Richard foi na direção dela.

Dessa vez, apesar de esperar o beijo e até o desejar – ou pelo menos *achar* que o desejava –, Julie não pôde negar o alívio que sentiu quando, um minuto depois, Richard se virou para ir embora.

Não é preciso ter pressa, pensou. Se isso for certo, eu saberei.

7

– Lá vai ele – disse Henry. – Na mesma hora.

Era terça-feira de manhã, alguns dias depois da noite no Clipper. Henry estava bebendo refrigerante e observando Richard andar em direção ao salão. Carregava uma caixa pequena – um presente, mas não era por isso que Henry estava curioso.

Quando eles se encontraram no sábado, Henry dissera a Richard onde trabalhava, portanto, esperava que ele ao menos olhasse na direção da oficina. Na véspera, Henry chegara até a acenar para ele, mas Richard não o vira, ou fingira não ver. Continuou olhando para a frente e passou direto. Como hoje.

Ao ouvir seu irmão, Mike saiu de debaixo do capô de um carro, pegou um pano preso em seu cinto e começou a limpar as mãos.

– Deve ser bom ser consultor – disse Mike. – Esse cara nunca tem que trabalhar?

– Não se aborreça agora. Você esgotou sua cota na semana passada. Além disso, é melhor que ele a visite no trabalho do que em casa, não é?

Um olhar disse a Henry que Mike não havia pensado nisso. Então, quase imediatamente, o rosto de Mike se mostrou surpreso.

– Ele está levando um presente? – perguntou.

– Sim.

– Qual é a ocasião especial?

– Talvez ele queira impressioná-la.

Mike limpou as mãos de novo.

– Bem, nesse caso, talvez eu deva levar um presente para ela mais tarde.

– É assim que se fala – disse Henry, dando um tapinha nas costas do irmão. – Era exatamente isso que eu queria de você. Um pouco menos de lamúrias e um pouco mais de ação. Nós, os Harris, sempre fomos homens dispostos a enfrentar todas as situações.

– Obrigado, Henry.

– Mas, antes que você entre no salão cheio de disposição, deixe-me lhe dar um conselho.

– É claro.

– Esqueça o presente.

– Mas você disse...

– Isso é coisa *dele*. Não vai funcionar com você.

– Mas...

– Acredite em mim. Você pareceria desesperado.

– Eu estou desesperado.

– Pode até estar – concordou Henry. – Mas não pode deixá-la saber disso. Ela o achará patético.

– Richard... – disse Julie, olhando para a caixa de joia aberta em sua mão. Dentro dela havia um medalhão em forma de coração pendurado numa corrente de ouro. – É lindo!

Eles estavam do lado de fora do salão, sem saber que Mike e Henry os observavam do outro lado da rua e Mabel e Singer espiavam pela janela.

– Mas... por quê? Quero dizer, qual é a ocasião?

– Nenhuma. Eu só o vi e, bem... gostei dele. Pensei em você e achei que deveria ser seu.

Julie olhou para o medalhão. Sem dúvida tinha sido caro, portanto representava expectativas.

Como se lesse sua mente, Richard ergueu as mãos.

– Por favor, quero que o aceite. Pense nele como um presente de aniversário.

– Meu aniversário é só em agosto.

– Então estou um pouco adiantado. – Ele fez uma pausa. – Por favor.

Ainda assim...

– Richard... é lindo, mas eu não deveria aceitar.

– É só um medalhão, não um anel de noivado.

– Obrigada – murmurou ela, enfim cedendo.

Richard apontou para a joia.

– Experimente.

Julie abriu o fecho e pôs a corrente no pescoço.

– Como ficou?

Richard olhou para o medalhão com um sorriso estranho, como se estivesse pensando em outra coisa, e manteve os olhos nele ao responder:

– Perfeito. Bem como eu me lembro dele.

– Lembra?

– Na joalheria – respondeu. – Mas fica ainda melhor em você.

– Ah. Você não devia ter feito isso.

– Você está errada. Fiz exatamente o que devia fazer.

Julie pôs uma das mãos no quadril.

– Você está me mimando, sabia? As pessoas não costumam me comprar presentes sem motivo algum.

– Então foi bom eu ter feito isso. Acha mesmo que sempre precisa haver um motivo? Nunca viu nada que achou perfeito para outra pessoa e comprou?

– É claro que sim. Mas não dessa maneira. E não quero que você pense que espero que faça essas coisas, porque não espero.

– Sei que não. E é justamente por isso que gosto de fazer. Todos precisam de uma surpresa de vez em quando. – Ele fez uma pausa. – Então, quer fazer alguma coisa na sexta à noite?

– Achei que você fosse viajar para a reunião.

– Eu ia. Mas ela foi cancelada. Ou melhor, minha participação nela foi cancelada. Estarei livre durante todo o fim de semana.

– O que você tem em mente? – perguntou ela.

– Algo muito especial. Mas gostaria que fosse uma surpresa.

Julie não respondeu de imediato e, como se percebesse sua hesitação, Richard pegou a mão dela.

– Você vai adorar, Julie. Acredite em mim. Mas vai ter que acordar um pouco mais cedo. Vou buscá-la por volta das quatro horas.

– Por que tão cedo?

– Demora um pouco para chegar aonde vamos. Você acha que consegue?

Ela sorriu.

– Vou ter que mudar um pouco o meu horário, mas acho que consigo. Devo usar algo elegante ou casual?

Aquele era um jeito educado de perguntar se deveria fazer uma mala. Se ele dissesse que ela deveria levar os dois tipos de roupa, significaria que passariam o fim de semana fora. Julie ainda não conseguia imaginar-se fazendo isso.

– Se isso a ajudar, usarei terno e gravata.

Parecia um encontro de verdade.

– Acho que vou precisar fazer umas compras – disse Julie por fim.

– Tenho certeza de que você ficará linda, não importa o que vestir.

Ele a beijou de novo e, quando finalmente foi embora, Julie passou os dedos pelo medalhão. A joia se abriu com um clique e ela viu que estava certa ao presumir que havia espaço para pequenas fotos dentro dela. Ficou surpresa ao ver que Richard já gravara as iniciais dela, uma de cada lado.

– Isso não parece bom, maninho – admitiu Henry. – Não importa o que Emma disse na outra noite, isso não parece bom.

– Obrigado pela informação, Einstein – resmungou Mike.

– Deixe-me lhe dar um conselho.

– Outro?

Henry assentiu, como se dissesse a Mike que não precisava lhe agradecer.

– Antes de mais nada você precisa de um plano.

– Que tipo de plano?

– Não sei. Mas no seu lugar eu elaboraria um bom.

– É lindo – disse Mabel, olhando para o medalhão. – Acho que ele está mesmo apaixonado por você. Isso deve ter custado uma pequena fortuna. – Ela apontou para o medalhão. – Posso?

– É claro – disse Julie, inclinando-se para a frente.

Mabel o pegou e examinou.

– Definitivamente não é de nenhuma das joalherias da cidade. Parece feito à mão.

– Você acha?

– Tenho certeza. Além disso, você aprendeu algo importante sobre Richard Franklin.

– O quê?

– Ele tem bom gosto.

Mabel soltou o medalhão e Julie o sentiu bater suavemente em seu peito. Olhou de novo para ele.

– Agora tenho que encontrar duas fotos para pôr aí.

Mabel piscou.

– Ah, querida, não se preocupe. Eu ficaria muito feliz em lhe dar uma foto minha para levar com você. Na verdade, seria uma honra.

Julie riu.

– Obrigada. Você foi a primeira pessoa em quem pensei, sabia?

– Tenho certeza disso. Então, vai pôr uma foto de Singer?

À menção de seu nome, o cão olhou para cima. Ele ficara ao lado da dona desde que Julie voltara para o salão e ela acariciou suas costas.

– Eu teria que me afastar uns cem metros para tirar uma foto deste grandalhão que coubesse aí dentro.

– É verdade – disse Mabel. – Mas afinal de contas, o que está acontecendo com ele? Singer anda muito grudado em você o ultimamente.

– Não tenho a menor ideia. Mas você tem razão. Ele está me deixando louca. Tropeço nele sempre que me viro.

– Como ele fica com Richard? Quero dizer, em casa.

– Como aqui – respondeu ela. – Encarando. Pelo menos não rosna mais como na primeira vez.

Singer deu um ganido que pareceu baixo demais para vir dele.

Pare de reclamar, parecia dizer. *Nós dois sabemos que você me ama não importa como eu aja.*

Um plano, pensou Mike, preciso de um plano.

Ele esfregou o queixo, sem perceber que o estava sujando de graxa. Henry tinha razão, pensou. Dessa vez o irmão dissera algo importante e que fazia sentido. Ele *definitivamente* precisava de um plano.

Mas logo se deu conta de que era muito mais fácil falar do que elaborar um.

Mike nunca fora um grande planejador. As coisas simplesmente aconteciam e ele seguia a corrente, como uma rolha sobre as ondas. Em geral isso não era ruim. Na maioria das vezes ele era feliz e se sentia bem em relação a si mesmo, embora aquela coisa toda de artista e músico ainda não tivesse dado certo.

Mas agora a aposta era um pouco mais alta. Os dados haviam sido lançados e era o momento de pôr as cartas na mesa. Apostar ou desistir. A partida estava difícil, mas era hora de continuar. Era hora de rolar os dados. De "simplesmente agir".

Ainda que todos esses clichês parecessem apropriados, Mike ainda não sabia o que fazer.

Um *plano.*

O problema era que ele não sabia por onde começar. No passado, tinha sido o cara legal, o amigo, aquele com quem Julie sempre pudera contar. O homem que consertava o carro dela e brincava com Singer, que passou os primeiros dois anos após a morte de Jim amparando-a enquanto ela chorava. Nada disso parecera adiantar; só levara aos primeiros encontros com Richard. Então, numa reviravolta na última semana, ele a evitara. Não havia falado com Julie, telefonado para a casa dela ou passado por lá para dizer oi. E qual fora o resultado? Julie também não havia telefonado ou lhe feito uma visita e, no fim das contas, com base no que ele acabara de ver na rua, tudo isso levara a um *terceiro* encontro com Richard.

O que ele deveria fazer? Não poderia simplesmente ir lá e convidá-la para sair. Ela provavelmente sairia com Richard e, nesse caso, o que Mike diria? *Ah, você tem um compromisso no sábado? E na sexta-feira? Ou talvez na semana que vem? Então que tal tomarmos um café da manhã juntos?* Isso o faria parecer desesperado, o que Henry dissera que ele precisava evitar a todo custo.

Um plano.

Mike balançou a cabeça. A pior parte disso tudo era que, com ou sem plano, ele estava só.

Sim, a situação com Richard era a pior possível, mas nos últimos anos Mike se acostumara a falar com Julie pelo menos uma vez por dia. Às vezes mais.

Ele ficaria arrasado se Julie e Richard ficassem juntos. Mas, se acontecesse, paciência. Com o passar do tempo, *talvez* conseguisse aceitar algo assim.

O que não podia suportar era a possibilidade de sentir o que sentira na última semana. Não tinha sido apenas frustração, medo ou ciúme. Também não fora depressão. Mais do que tudo, ele sentia saudade de Julie.

Sentia falta de conversar com ela, de ver seu sorriso, ouvir sua risada. De observar o modo como no final da tarde, quando o sol estava na posição certa, seus olhos pareciam mudar de cor, de verde para turquesa. De ouvir sua respiração rápida quando ela estava no fim de uma história engraçada. Até do modo como ela às vezes lhe dava socos no braço.

Talvez devesse apenas ir lá mais tarde e conversar com ela, como sempre fez, como se nada tivesse mudado entre eles. Talvez devesse lhe dizer que estava feliz por ela ter se divertido na noite passada, como Mabel, Henry ou Emma diriam.

Não, pensou, mudando de ideia de repente. Não irei tão longe. Não há motivo para me precipitar. Darei um passo de cada vez.

Mas *irei* falar com ela.

Ele sabia que esse não era um grande plano, mas foi o único em que conseguiu pensar.

8

– Ei, Julie! – gritou Mike. – Espere!

Ela seguia para o carro e, quando se virou, o viu correndo em sua direção. Singer disparou para ele. Erguendo uma pata de cada vez, parecia estar tentando preparar Mike para uma série de lambidas amigáveis. Mike evitou isso. Por mais que gostasse de Singer, era um pouco nojento ficar coberto de saliva, mas acariciou o cão. Como Julie, falava com Singer como se ele fosse uma pessoa.

– Sentiu minha falta, grandalhão? Sim, sim, também senti a sua. Deveríamos fazer alguma coisa juntos.

Singer ergueu as orelhas, parecendo interessado, e Mike balançou a cabeça.

– Não, nada de frisbee hoje. Eu quis dizer outro dia.

O cão não pareceu se importar com isso. Quando Mike voltou a andar na direção de Julie, Singer se virou e caminhou atrás dele, empurrando-o de brincadeira. Mike quase caiu sobre a caixa de correio antes de recuperar o equilíbrio.

– Acho que você precisa passear mais com seu cachorro – disse Mike. – Ele está muito agitado.

– Só está agitado porque viu você. Como vai? Não temos nos visto muito ultimamente.

– Estou bem. Só tenho trabalhado demais.

Ao responder, Mike não deixou de notar que os olhos dela estavam muito verdes hoje. Como jade.

– Eu também – disse ela. – Como foi a outra noite, com Henry e Emma?

– Divertida. Gostaria que você tivesse ido, mas...

Mike deu de ombros como se aquilo não tivesse importância, embora Julie soubesse, pelo que Richard dissera, que devia ter. Contudo, ele a surpreendeu, mudando logo de assunto.

– Tive algumas boas notícias – disse ele. – Sabe a banda que estava tocando naquela noite? Ocracoke Inlet? Quando eu já estava indo embora, Drew me perguntou se eu poderia substituir o guitarrista deles, que vai ter que ir a um casamento em Chicago no dia da próxima apresentação deles no Clipper.

– Puxa, isso é ótimo. Quando vai ser?

– Daqui a algumas semanas. Sei que é só uma vez, mas deve ser divertido.

– Tocar para uma casa cheia?

– É claro – respondeu Mike. – Por que não? Conheço a maioria das músicas e a banda não é *muito* ruim.

– Não era o que você dizia antes.

– Eles nunca tinham me convidado para tocar.

– Ah, você tinha inveja deles, não é?

Ela se arrependeu assim que disse isso, mas Mike não pareceu notar.

– Inveja, não. Talvez me sentisse apenas humilhado. E quem sabe onde isso poderá levar? Talvez seja exatamente do que preciso para conseguir algo mais regular.

– Bem – disse Julie, sem querer diminuir o entusiasmo dele –, fico feliz por você ter conseguido isso.

Por um momento nenhum dos dois disse nada.

– Então, o que você tem feito? Quero dizer, sei que tem saído com Richard, mas não temos nos falado muito. Há algo de especial acontecendo?

– Não, não muito. Singer está me deixando louca, mas isso é normal.

– Singer? O que ele anda fazendo?

Julie lhe falou sobre o comportamento recente de Singer e Mike riu.

– Talvez ele precise de um tranquilizante ou algo do gênero.

– Quem sabe? Mas, se ele não parar, vou comprar uma casa de cachorro e colocá-lo para fora.

– Olhe, ficarei feliz em ajudar com Singer quando você quiser. Posso levá-lo à praia e, quando voltar para casa, ele estará exausto. Não terá energia para rosnar, latir ou seguir você durante o resto do dia.

– É bem provável que eu aceite sua oferta.

– Espero que sim. Adoro o grandalhão. – Ele estendeu a mão para acariciar o cachorro. – Não é, Singer?

Singer recebeu o carinho de Mike com um latido amigável.

– Quais são as últimas notícias de Andrea? – perguntou Mike.

Andrea era um assunto recorrente nas conversas entre eles.

– Ela me contou sobre o encontro que teve no sábado.

Mike torceu o nariz.

– O homem com quem estava no Clipper?

– Você o viu?

– Sim. Era um sujeito repulsivo. Com dente de ouro e tudo. Pensei que ela tinha chegado ao fundo do poço com o homem do tapa-olho, mas acho que estava enganado.

Julie riu.

– Gostaria de tê-lo visto. Mabel disse exatamente a mesma coisa.

Então Julie começou a lhe contar o que Andrea dissera sobre Cobra. Mike gostou particularmente da parte do Ed DeBoner, embora não entendesse por que *aquela* parte incomodava Andrea e os outros defeitos dele, não. No final, Julie também estava rindo.

– Afinal de contas, o que há com Andrea? – perguntou Mike. – Ela não consegue ver o que todos veem? Quase sinto pena dela.

– Pelo menos você não tem de trabalhar com ela. Embora, para ser sincera, isso torne as coisas divertidas no salão.

– Aposto que sim. A propósito, Emma falou para você ligar para ela. Pelo menos foi o que Henry disse.

– Vou ligar. Você sabe o que ela quer?

– Não. Provavelmente quer lhe dar uma nova receita ou conversar sobre as coisas de que vocês duas costumam falar.

– Nós não falamos sobre receitas. Falamos sobre coisas *boas.*

– Em outras palavras: fofocam.

– Isso não é fofocar. Nós só nos mantemos a par dos acontecimentos.

– Bem, se você souber de algo de bom, me ligue, está bem? Ficarei em casa a noite toda. E talvez possamos programar alguma coisa para eu ficar com Singer, pelo menos um pouco. Pode ser neste fim de semana?

Julie sorriu.

– Combinado.

Estou feliz por ter feito isso, pensou Mike, sentindo-se bastante satisfeito consigo mesmo.

Era verdade que aquela não tinha sido exatamente a conversa mais intelectual ou íntima, mas lhe garantira que Julie ainda gostava de falar com ele. Os dois fizeram piadas e riram juntos, e isso contava para alguma coisa, não é? Claro que sim!

Ele havia feito tudo certo – mantido a conversa leve e evitado assuntos constrangedores. O melhor de tudo é que se sentia confiante em que eles se falariam de novo mais tarde, depois de ela conversar com Emma. Sua cunhada sempre dizia algo que valia a pena repetir e, no caso pouco provável de não dizer, toda aquela coisa de "ficarei feliz em ajudar com Singer" era praticamente uma garantia de que Julie ligaria para ele.

Mike se recusava a pensar em Richard. Sempre que a imagem dele – ou dele com Julie, ou daquele estúpido medalhão – lhe vinha à cabeça, ele se forçava a afastá-la. Richard podia estar em uma posição privilegiada, mas Mike não deixaria isso estragar seus pensamentos sobre Julie agora.

E a maior parte da sua estratégia estava dando certo. Mike continuou de bom humor durante o resto do expediente, a volta para casa e no jantar. Na verdade, a alegria durou até que ele estivesse deitado na cama, assistindo ao noticiário noturno.

Quando percebeu tristemente que o telefone não havia tocado.

Para Mike, o resto da semana foi torturante.

Julie não telefonou nem apareceu na oficina para cumprimentá-lo.

Embora ele pudesse ter ligado e no passado nunca tivesse hesitado em falar com ela, simplesmente não estava preparado para fazer isso. Até onde sabia, Julie não havia telefonado porque estava com Richard, e ele não suportava a ideia de ir à casa dela apenas para ouvi-la explicar que não podia falar porque "tinha companhia". Ou porque "estava se arrumando para sair". Ou porque "estava bem no meio de alguma coisa". E, se por acaso Julie não estivesse em casa, ele passaria o resto da noite se perguntando aonde ela fora e não conseguiria pregar o olho.

Como se não bastasse Julie não ter telefonado naquela semana e Richard ter aparecido *todos* os dias (e provavelmente todas as noites também!), na sexta-feira Mike a viu saindo do salão no meio da tarde. Apesar de não saber para onde ela estava indo, tinha quase certeza de que sabia por que estava saindo cedo.

Richard, pensou.

Tentou não se importar; disse a si mesmo que não havia motivo para isso. Por que deveria se importar com o que eles estavam fazendo? Sua noite já estava programada: havia cerveja na geladeira, uma locadora de filmes na esquina e uma pizzaria a apenas trinta minutos dali. Passaria bons momentos. Não, *ótimos* momentos. Relaxaria no sofá a tensão da semana, talvez ouvisse música antes de assistir ao vídeo e ficaria acordado a noite toda se quisesse.

Por um momento, imaginou como isso seria e logo seus ombros se curvaram. Sou patético, pensou. Minha vida seria capaz de levar pessoas saudáveis a entrar em coma.

Mas o pior era que, apesar de sua determinação de *não se importar*, ele ficara sabendo para onde Richard e Julie tinham ido. Não por ela, mas por gente que mal conhecia, em fragmentos de conversas ouvidos aqui e ali pela cidade: na mercearia, no restaurante e até mesmo na oficina. Subitamente parecia que pessoas que Julie só conhecia de vista e com quem se encontrara por alguns minutos numa tarde qualquer sabiam muito mais do que ele. Na manhã de segunda-feira, Mike demorou quase vinte minutos para reunir energia e sair da cama.

Ao que parecia, Richard tinha buscado Julie numa limusine com champanhe e eles foram jantar em Raleigh. Depois assistiram a uma apresentação ao vivo de *O fantasma da ópera*, sentados nas cadeiras da frente do centro cívico.

Como se aquilo não bastasse e não fosse *especial* o suficiente para impressioná-la, Richard e Julie também tinham passado o sábado juntos, perto de Wilmington.

Passearam de balão antes de fazerem um piquenique na praia.

Como diabos ele competiria com um homem que fazia coisas desse tipo?

9

Aquilo é que era fim de semana, pensou Julie. Richard bem que poderia dar a Bob algumas aulas sobre como impressionar uma mulher. Não, ele poderia dar *palestras* sobre o assunto.

Na manhã de domingo, enquanto olhava seu reflexo no espelho, ela ainda não podia acreditar. Não tinha um fim de semana como aquele havia... bem, nunca tivera um fim de semana como aquele. Era a primeira vez que Julie ia ao teatro e, quando estavam na limusine e Richard enfim lhe dissera para onde iriam, ela havia achado que provavelmente gostaria do programa. Sua ideia de musicais se baseava em filmes de uma geração anterior, como *O vendedor de ilusões* e *Oklahoma!*. No fundo, achava que assistir a um espetáculo em Raleigh, em vez de em Nova York, seria como assistir a uma peça de teatro de uma escola secundária.

Como estava errada!

Julie ficou encantada com tudo: os casais em trajes noturnos tomando vinho no jardim antes de o espetáculo começar; o silêncio da multidão quando as luzes se apagaram; as primeiras notas vigorosas da orquestra, que fizeram com que ela se sobressaltasse; o romance e a tragédia da história; o virtuosismo das interpretações e as canções, algumas tão lindas que a deixaram com os olhos marejados. E as cores! Os adereços e trajes muito coloridos, o uso de focos de luz intensa e sombras assustadoras, tudo combinando para criar um mundo no palco estranhamente surreal e muito vivo.

Toda a noite parecera uma fantasia, concluiu. Nada daquilo era familiar e, durante algumas horas, ela havia se sentido como se tivesse entrado em um universo paralelo, no qual não era uma cabeleireira de uma cidade pequena, o tipo de garota cujo grande feito da semana era algo trivial, como tirar uma marca de sujeira ao redor da banheira. Não, aquele era outro mundo, um lugar ocupado por habitantes de comunidades fechadas e exclusivas, que analisavam cotações de ações nos jornais enquanto a babá arrumava as crianças para a escola. Mais tarde, quando ela e Richard saíram do teatro, não teria achado estranho se tivesse visto duas luas no céu.

Não, ela não estava se queixando. Lembrou-se de que na limusine, a caminho de casa – sentindo o cheiro almiscarado de couro e as borbulhas de champanhe fazendo cócegas em seu nariz –, havia pensado: então é assim que as pessoas privilegiadas vivem. Entendo perfeitamente por que elas se acostumam com isso.

O dia seguinte também fora uma surpresa, não só pela diversão, mas por ter sido bem diferente do anterior. Eles saíram de dia em vez de à noite, foram passear num balão movido a ar quente, andaram por ruas animadas e fizeram um piquenique na praia. Foi um repertório completo de programas em apenas dois dias, como recém-casados aproveitando as últimas horas da lua de mel.

Embora o passeio de balão tivesse sido divertido – apesar de um pouco assustador quando o vento ficou mais forte –, de tudo o que eles fizeram, de andar de mãos dadas a posar alegremente enquanto Richard tirava fotos dela, o programa de que Julie mais gostou foi o piquenique. Estava mais de acordo com as coisas às quais estava acostumada, refletiu. Tinha ido a muitos piqueniques em sua vida – Jim gostava deles – e por um momento se sentiu ela mesma de novo. Essa sensação não durou muito. Na cesta de piquenique havia uma garrafa de Merlot, além de queijos e frutas e, quando acabaram de comer, Richard se ofereceu para massagear seus pés. Isso lhe pareceu antiquado. No início ela riu e disse não, mas quando ele pegou seu pé com delicadeza, tirou sua sandália e começou a massageá-lo, ela cedeu, imaginando que Cleópatra devia se sentir de um modo muito parecido quando relaxava sob o abanar suave de folhas de palmeira.

Estranhamente, naquele momento Julie pensou em sua mãe.

Ainda que tivesse concluído havia muito tempo que ela não era nem um pouco confiável como mãe ou modelo de comportamento, lembrou-se de algo que ela dissera certa vez, quando Julie lhe perguntara por que havia parado de se encontrar com um namorado recente.

– Ele não me balança – respondera a mãe, sem rodeios. – Às vezes isso acontece.

Julie, que na época tinha 8 anos, assentiu, perguntando-se onde ficava o parquinho com o balanço e por que nunca o vira.

Anos depois, enfim percebera o que a mãe quisera dizer e, ao olhar para Richard segurando seu pé, lembrou-se dessa expressão.

Richard a balançava?

Julie sabia que deveria balançar. Deus sabia que ela provavelmente não encontraria ninguém melhor, pelo menos não em Swansboro. Richard tinha todas as qualidades de um homem adequado, mas mesmo agora, depois de quatro encontros românticos e de terem passado muito tempo juntos, subitamente Julie percebeu que ele não a balançava. Isso a deixou com a sensação de estar presa no fundo de uma piscina, mas não podia negar que, fosse o que fosse que unisse os casais – química, magia ou uma combinação de ambas –, não existia entre eles. Richard não lhe provocava os arrepios no pescoço que ela havia sentido quando Jim pegara pela primeira vez em sua mão. Não a fazia ter vontade de fechar os olhos e sonhar com um futuro juntos. E Julie tinha certeza de que não passaria o dia seguinte num estado de enlevamento romântico. Os encontros que Richard planejava eram fabulosos, porém, por mais que Julie quisesse que fosse diferente, a única certeza que tinha em relação a ele era a de que parecia um homem bom... o tipo de homem perfeito para qualquer mulher.

Às vezes isso acontece, dissera sua mãe.

Julie se perguntou se parte do problema era que ela estava tentando apressar seus sentimentos. Talvez precisasse de algum tempo para as coisas se tornarem mais fáceis e confortáveis. Afinal de contas, seu relacionamento com Jim demorara bastante para deslanchar. Depois de mais alguns encontros talvez ela pudesse olhar para trás e se perguntar por que tinha sido tão esquiva, certo?

Ao escovar os cabelos diante do espelho, Julie considerou isso. Talvez. Então, pousando a escova, pensou: sim, deve ser isso. Só precisamos nos conhecer melhor. E em parte a culpa é minha. Eu que estou na defensiva.

Embora ela tivesse falado durante horas com Richard, a maior parte de suas conversas tinham sido superficiais. Sim, um sabia das coisas óbvias a respeito do outro. Mas Julie não tinha ido muito além. Sempre que o passado havia surgido na conversa, dera um jeito de evitá-lo. Não chegara nem a falar para Richard quão difícil fora seu relacionamento com a mãe, quão inquietante fora ver homens entrando e saindo da casa dela a qualquer hora e como se sentiu desolada saindo de casa ainda tão jovem. Nem do medo que sentia quando vivia nas ruas, sobretudo tarde da noite. Ou do que sentiu após a morte de Jim, quando se perguntou se algum dia encontraria forças para seguir em frente. Essas eram lembranças difíceis, que deixavam um sabor amargo quando verbalizadas. Parte de Julie ficava tentada a dividi-las com Richard, para que ele a conhecesse de verdade.

Mas não fez isso. Por algum motivo não conseguiu. E notou que Richard não falou muito sobre si mesmo. Também tendia a evitar o passado.

Porém, no fim das contas, não era a isso que tudo se resumia? A capacidade de se comunicar, se abrir, confiar? Isso estava presente no relacionamento com Jim, mas Julie não conseguia se lembrar do que surgira primeiro: os arrepios na nuca ou todas aquelas outras coisas.

O toque do telefone interrompeu suas reflexões. Quando foi atendê-lo, Singer a seguiu até a sala de estar.

– Alô?

– Então, como foi? – perguntou Emma. – Quero saber tudo. Não me esconda nada.

– Uma massagem no pé? – perguntou Mike, sem se dar o trabalho de esconder a incredulidade. Essa era a única parte que não tinha ouvido de estranhos.

– Foi o que ela contou a Emma ontem.

– Mas... uma massagem no pé?

– Temos que admitir que o homem tem talento.

– Não foi isso que eu quis dizer.

Mike fez uma pausa, enfiando as mãos nos bolsos. Seu rosto assumiu uma expressão distraída.

Henry se inclinou para a frente.

– Olha, detesto dar más notícias, mas Benny telefonou para avisar que vem aqui hoje.

Mike se retesou. Santo Deus, o Benny!

Ah, hoje estava sendo um dia e tanto.

– E Blansen ainda precisa do caminhão – continuou Henry. – Você vai aprontá-lo, certo? É parte do meu contrato com o pessoal da ponte, por isso é importante.

– Sim, vou.

Andrea não podia acreditar. Não queria acreditar. Toda aquela história a deixava nauseada, principalmente a atitude desinteressada de Julie. Limusine? Champanhe? A peça... *O fantasma da ópera* ou qualquer que fosse? Passeio de balão? Piquenique na praia?

Andrea não queria mais ouvir. Nem por acaso, mas isso era impossível em um ambiente pequeno como o do salão.

Seu fim de semana fora muito diferente do de Julie. Tinha sido como todos os outros nos últimos tempos: apenas mais um a ser esquecido. Ela havia passado a noite de sexta-feira no Clipper, evitando pela segunda vez as investidas de Cobra. Embora não tivesse planejado encontrá-lo lá, ele a vira imediatamente e passara o tempo todo atrás dela. E o sábado? O que dizer de passar horas consertando as pontas das unhas que estragara na noite anterior? *O que você acha desse fim de semana, meu bem?*, teve vontade de gritar. *Aposto que estou fazendo seu sangue ferver de inveja, não estou?*

Mas, é claro, ninguém havia lhe perguntado sobre isso. Não. Mabel só se importava com o que Julie fazia. *Então, o que aconteceu? Aposto que você ficou surpresa, não foi? Parece maravilhoso.* Julie, Julie, Julie. Tudo sempre girava em torno de Julie. E Julie dava de ombros, agindo como se nada daquilo fosse importante.

Num canto, Andrea lixava as unhas com a força de uma lixadeira elétrica. Não era assim que as coisas deviam ser, pensou.

Richard abriu a porta do salão e a segurou para a cliente de Julie sair.

– Ah, oi, Richard – disse Julie. – Chegou em boa hora. Acabei de terminar.

Embora ela ainda não entendesse seus sentimentos, ficou feliz por ele ter aparecido, nem que fosse para ver se a presença de Richard ajudaria a torná-los mais claros.

– Você está linda – disse ele, inclinando-se para beijá-la.

Mesmo breve, o beijo foi quase um objeto de análise para Julie. Não era como uma explosão de fogos de artifício, mas também não era ruim. Foi apenas... um beijo.

Se eu continuar assim, pensou ela, acabarei tão maluca quanto minha mãe.

– Você tem alguns minutos para tomar um café? – perguntou ele.

Mabel tinha ido ao banco. Andrea estava folheando o *National Enquirer* a um canto – "lendo o jornal", como dizia –, mas Julie sabia que ela estava ouvindo.

– Sim – respondeu Julie. – Tenho algum tempo. Minha próxima cliente é só daqui a meia hora.

Enquanto ela respondia, os olhos de Richard se concentraram na pele de seu pescoço.

– Onde está o medalhão? – perguntou.

Num gesto automático, Julie levou a mão ao colo.

– Ah, não o usei hoje. Estava prendendo na minha roupa enquanto eu trabalhava e tenho clientes que querem fazer permanentes esta tarde.

– Por que não o pôs para dentro?

– Eu tentei, mas ele ficou saindo. – Ela deu um passo na direção da porta. – Venha. Vamos sair daqui. Não fui lá fora a manhã inteira.

– Devo lhe comprar uma corrente mais curta?

– Não seja ridículo. Ele é perfeito.

– Mas você não o está usando – insistiu Richard.

Julie não respondeu, e no longo silêncio que se seguiu olhou-o atentamente. Embora ele estivesse sorrindo, havia algo quase plástico em sua expressão.

– Incomoda-o tanto assim eu não estar usando o medalhão? – perguntou.

– É que achei que você tivesse gostado.

– Eu gostei. Só não quero usá-lo no trabalho.

Mais uma vez a expressão branda de Richard pareceu forçada, porém, antes que ela pudesse se concentrar nisso, ele pareceu sair do encantamento em que se encontrava e seu sorriso de repente voltou a se tornar mais natural, como se a coisa toda tivesse sido uma ilusão.

– Vou comprar uma corrente mais curta para você – disse ele. – Assim terá duas e poderá usar o medalhão sempre que quiser.

– Não precisa.

– Eu sei – disse ele, baixando os olhos por um momento e depois encontrando os dela de novo. – Mas quero.

Ela o olhou, subitamente sentindo... o quê?

Desgostosa, Andrea largou o *Enquirer* assim que eles saíram do salão. Achava Julie a maior idiota da face da Terra.

Depois de um fim de semana como aquele, o que Julie estava pensando?

Ela tinha de saber que Richard viria. Ele vinha todos os dias. Andrea entendia muito bem por que ele ficava magoado com a falta de consideração de Julie. Quem não ficaria? Um homem como ele não aparecia todos os dias, dando presentes como um político em véspera de eleição. Mas Julie dava valor às coisas que ele fazia? Será que algum dia parou para pensar que talvez, apenas talvez, devesse considerar o que o faria feliz, em vez de só se preocupar consigo mesma? Teria imaginado que talvez Richard tivesse lhe comprado o estúpido medalhão porque queria que ela o usasse e que isso mostraria que ela se sentia grata por tudo o que ele fazia?

O problema era que Julie não dava valor ao que tinha. Sem dúvida achava que todos os homens eram como Richard. Provavelmente pensava que todos gastavam rios de dinheiro em presentes e encontros e levavam as mulheres para passear em limusines. Mas as coisas não eram assim. Pelo menos não naquela cidadezinha. Até onde Andrea sabia, não havia um único homem decente naquele lugar. Droga, só a limusine devia ter custado mais do que todos os encontros de Andrea juntos no último ano – talvez mais do que a maioria dos homens com quem ela saía *ganhava* em um ano.

Andrea balançou a cabeça. Julie não merecia um homem como ele.

Para sua sorte, Richard era um sujeito ótimo. Sem esquecer, é claro, a aparência dele. Andrea estava começando a achar que Richard era o homem mais sexy que ela já vira.

Manipulada.

Era assim que Julie se sentia, agora que Richard tinha voltado ao trabalho.

Manipulada. Como se Richard quisesse ouvi-la prometer que voltaria a usar o medalhão no trabalho. Como se devesse se sentir culpada por não usá-lo.

Como se devesse usá-lo *o tempo todo.*

Ela não gostava desse sentimento e estava tentando reconciliá-lo com o homem que a levara para sair no fim de semana. Por que Richard se aborrecera tanto com algo tão... insignificante? Aquilo seria mesmo um grande problema para ele?

A menos, é claro, que Richard achasse que isso poderia ser uma afirmação inconsciente do que ela sentia por ele.

Julie ficou paralisada por um momento, perguntando a si mesma se isso era verdade, principalmente por causa do modo como se sentira no domingo. Ela havia usado o medalhão desde que o ganhara e durante o fim de semana. E não era impossível trabalhar com ele, apenas inconveniente. Mas esta manhã decidira deixá-lo em casa, portanto talvez...

Não, pensou, balançando a cabeça. Não era isso. Ela sabia exatamente o que estava fazendo. O medalhão a atrapalhava *de verdade.* Na semana anterior, em duas ocasiões a corrente quase arrebentara e muitas vezes o medalhão ficara preso nos cabelos de seus clientes. Não o havia usado porque não queria estragá-lo.

E essa não era a questão. O que importava não era por que ela o usava ou não, mas a reação de Richard. E não só com *o que* acontecera, mas *como* acontecera. O modo como ele falara, seu olhar, a sensação que despertou nela... tudo isso a incomodava.

Jim nunca havia sido assim. Quando ele ficava com raiva – o que, tinha de admitir, era raro –, não tentava manipulá-la. Também não tentava esconder sua raiva com um sorriso. Além disso, Jim nunca a tinha deixado com a impressão que Richard deixara, da qual ela não gostava nem um pouco.

Desde que façamos as coisas do meu jeito, tudo ficará bem, parecia sugerir Richard. *Não voltaremos a ter esse problema.*

O que significava tudo aquilo?, perguntou-se Julie.

10

Mike estava na oficina, balançando a cabeça pensativamente e fazendo o possível para não estrangular seu cliente.

E para não matar Henry, por ter lhe empurrado esse cliente em particular. Assim que Benny Dickens havia entrado, Henry subitamente se lembrara de dar um telefonema importante e sumira de vista.

– Você não se importa de atendê-lo, não é, Mike?

Benny era um rapaz de 21 anos cuja família era dona da mina de fosfato na saída da cidade, uma empresa com mais de três mil funcionários, o que a tornava a maior empregadora de Swansboro. Benny tinha abandonado a escola na décima série, mas possuía uma casa enorme na beira do rio, comprada com o dinheiro do pai. O rapaz nunca nem pensara em trabalhar e tinha dois filhos pequenos, de mães diferentes. Sua família era de longe o maior cliente da oficina, do tipo que as pequenas empresas não podiam se dar ao luxo de perder. O velho Dickens adorava Benny. Achava que o filho era um deus. Muito tempo atrás, Mike concluíra que o pai dele era um idiota.

– Mais alto – dizia Benny, começando a ficar com as bochechas coradas e a voz estridente. – Eu disse que queria *alto*!

Benny se referia ao ronco do motor de seu Corvette Callaway recém-comprado. Ele o levara para a oficina para Mike "deixá-lo mais alto". Provavelmente para combinar com as chamas que pintara no capô na semana anterior e com o sistema de som estéreo que mandara instalar. Benny iria com o carro para Fort Lauderdale nas férias de verão, na semana seguinte, com a esperança de seduzir o máximo de jovens que pudesse. Um rapaz realmente impressionante.

– Está alto – disse Mike. – Mais alto do que isso é ilegal.

– Não é ilegal.

– Você será parado pela polícia – disse Mike. – Posso lhe garantir.

Benny piscou como se tentando entender o que Mike dizia.

– Você não sabe do que está falando, seu mecânico estúpido. Isso não é ilegal, ouviu?

– Mecânico estúpido – disse Mike, balançando a cabeça. – Entendi.

Duas mãos em volta de seu pescoço, os polegares no pomo de Adão. Era só apertar e sacudir.

Benny pôs as mãos nos quadris. Como sempre, usava um Rolex.

– Meu pai não conserta todos os caminhões dele aqui?

– Sim.

– E não é um bom cliente?

– Sim.

– Não foi para cá que eu trouxe meu Porsche *e* meu Jaguar?

– Sim.

– Não pago sempre em dia?

– Sim.

Benny agitou os braços, exasperado, sua voz se tornando mais estridente.

– Então por que você não deixou o motor *alto*? Lembro que vim aqui e expliquei isso muito claramente. Eu falei que queria *alto*! *Para passear pela avenida principal! As garotas gostam de barulho! E não estou indo lá para me bronzear, ouviu?*

– Garotas, nada de bronze – disse Mike. – Ouvi.

– *Então faça com que fique alto!*

– Alto.

– *Sim! E quero o carro pronto amanhã!*

– Amanhã.

– *Alto!* Consegue entender isso, não é? *Alto!*

– Sim.

Atrás de Mike, Henry coçava o queixo. Assim que Benny saíra cantando os pneus do Jaguar, ele voltara para a oficina. Mike ainda estava mexendo no motor, fervendo de raiva e resmungando, e não notara a presença do irmão.

– Talvez você devesse deixá-lo mais barulhento – disse Henry. – Estou me referindo ao motor.

Mike olhou para cima.

– Cale a boca, Henry.

Henry ergueu as mãos, bancando o inocente.

– Só estou tentando ajudar.

– Sim, sei. Como o homem que liga o interruptor da cadeira elétrica. Por que me fez atender aquele moleque?

– Você sabe que não o suporto.

– Ah, e eu suporto?

– Talvez não. Mas você é muito melhor em aceitar abusos do que eu. Lida com isso muito bem e sabe que a empresa do pai dele é um cliente que não podemos perder.

– Eu quase o estrangulei.

– Mas não estrangulou. E pense nisto: poderemos lhe cobrar mais.

– Mesmo assim não vale a pena.

– Ah, Mike, pare com isso. Você se portou como um verdadeiro profissional. Fiquei impressionado.

– Ele me chamou de mecânico estúpido.

– Vindo de Benny, você deveria encarar isso como um elogio. – Henry pôs a mão no ombro do irmão. – Mas ouça, se isso acontecer de novo, talvez deva tentar algo diferente. Para acalmá-lo um pouco.

– Amordaçá-lo, talvez?

– Não, eu estava pensando em algo um pouco mais sutil.

– Como o quê?

– Não sei. – Ele fez uma pausa e começou a coçar o queixo de novo. – Que tal uma massagem nos pés?

Mike ficou boquiaberto.

Às vezes odiava o irmão.

Um pouco depois das quatro, Jake Blansen chegou para pegar seu caminhão. Depois de pagar a conta no escritório, foi falar com Mike.

– As chaves estão na ignição – disse Mike. – Também dei uma regulada nos freios. Só para você saber. De resto, está tudo em ordem.

Jake Blansen fez um sinal afirmativo com a cabeça. Trabalhador típico, ele tinha barriga de cerveja, ombros largos e trazia sempre um palito entre os dentes e um boné da NASCAR na cabeça. A camisa estava ensopada de suor, com manchas nas axilas. Os jeans e as botas estavam cobertos de pó de concreto.

– Vou avisá-los disso – disse Jake. – Para ser sincero, eu não sei dizer por que me meti nisso. A manutenção deveria se encarregar de toda essa parte de veículos. Mas acho que você sabe como é. Os chefes lá fazem tudo errado.

Mike inclinou a cabeça na direção de Henry.

– Sei o que quer dizer. Aquele ali às vezes me enche a paciência. Mas ouvi dizer que ele toma Viagra, então acho que não posso culpá-lo. Deve ser difícil saber que não é um homem pleno.

Jake riu, gostando da piada.

Mike também riu, sentindo-se pelo menos em parte vingado.

– Então, quantas pessoas estão trabalhando lá?

– Não sei. Talvez umas duzentas. Por quê? Está procurando emprego?

– Não. Sou mecânico. É só que conheci um dos engenheiros que presta consultoria para a obra da ponte.

– Qual?

– Richard Franklin. Você o conhece?

Jake tirou o palito de entre os dentes, encarando Mike.

– Sim, conheço – respondeu.

– É uma boa pessoa?

– O que você acha? – perguntou ele.

A cautela em seu tom fez Mike hesitar.

– Vou tomar isso como um não.

Jake pareceu pensar na resposta.

– Por que quer saber? – perguntou por fim. – É amigo dele?

– Não. Como eu disse, só estive com ele uma vez.

– É bom que continue assim. Você não vai querer conhecê-lo.

– Por quê?

Depois de um longo instante, Jake balançou a cabeça e, embora Mike tentasse descobrir mais, o outro não disse nada. Em vez disso, voltou a falar sobre o caminhão e saiu da oficina alguns minutos depois, deixando Mike curioso sobre o que ele não lhe contara e por que isso subitamente pareceu mais importante do que as coisas que ele disse.

Contudo, seus pensamentos foram interrompidos pela chegada de Singer.

– Oi, grandalhão! – disse Mike.

Singer se aproximou, pulou e se equilibrou sobre as patas traseiras, pondo as dianteiras no peito de Mike, como se eles estivessem dançando. Rosnou baixinho, parecendo empolgado.

– O que você está fazendo aqui? – perguntou Mike.

Singer voltou a ficar sobre as quatro patas, se virou e se dirigiu ao armário de Mike.

– Não tem comida aí – disse Mike, seguindo-o. – Mas sei que Henry tem no escritório. Vamos lá roubar alguma coisa.

Singer foi na frente. Mike abriu a gaveta da escrivaninha do irmão, sentou-

-se em sua cadeira e pegou as guloseimas favoritas dele – minirrosquinhas polvilhadas de açúcar e biscoitos de chocolate. Atirou as guloseimas um por um para Singer, que os pegou no ar e devorou como um sapo caçando moscas. Embora provavelmente isso não fosse bom para o cão, Singer gostou, abanando o rabo o tempo todo. O melhor era que Henry ficaria muito chateado quando descobrisse que seu estoque havia acabado. Era como matar dois coelhos com uma cajadada só.

Quando seu último cliente foi embora, Julie olhou ao redor do salão.

– Você viu Singer? – perguntou a Mabel.

– Eu o deixei sair há algum tempo. Ele estava em pé junto da porta.

– Há quanto tempo foi isso?

– Uma hora, mais ou menos.

Julie olhou para o relógio. Singer nunca ficava tanto tempo fora.

– E ele não voltou?

– Acho que o vi indo para a oficina do Mike.

Singer estava enroscado sobre uma velha manta, roncando depois de comer os biscoitos açucarados, enquanto Mike regulava a transmissão de um Pontiac Sunbird.

– Mike – gritou Julie. – Você ainda está aí?

Ao ouvir a voz dela, Mike levantou a cabeça e foi para o estacionamento.

– Estou aqui – gritou de volta.

Singer também ergueu a cabeça, com os olhos sonolentos.

– Você viu Singer?

– Sim, ele está aqui.

Mike apontou para o lado e pegou um pano para limpar as mãos. O cão se levantou e começou a caminhar na direção de Julie.

– Ah, aí está você – disse ela. Quando Singer a alcançou, Julie acariciou suas costas, com o cão girando em volta dela. – Estava começando a ficar preocupada.

Mike sorriu, grato por Singer não ter voltado.

Julie olhou para ele.

– Alguma novidade?

– Não muitas. Como você está?

– Bem.

– Só bem?

– Tive um dia daqueles – disse ela. – Sabe como é.

– Sim, acho que sei – disse ele, assentindo. – Ainda mais hoje. Para começar, Benny veio aqui, e depois Henry quase morreu.

– Espere... Henry quase morreu?

– Hum... quase foi assassinado... Eu me contive no último minuto. Não suportei pensar no que nossos pais me diriam quando eu estivesse atrás das grades. Mas vou lhe contar, cheguei bem perto de matá-lo.

– Ele implicou com você hoje?

– Quando é que ele não implica?

– Coitadinho. Lembre-me de chorar um mar de lágrimas por você esta noite.

– Eu sabia que podia contar com você – disse Mike.

Julie riu. Às vezes ele era uma graça, especialmente com aquela covinha no rosto.

– Então, o que Henry fez? Um buraco na parte de trás do seu macacão de novo?

– Não. Isso já perdeu a graça. Da última vez cobri uma chave inglesa com supercola e lhe pedi que a segurasse enquanto eu fazia outra coisa. Ele só conseguiu se livrar dela na manhã seguinte. Dormiu com ela na mão.

– Eu me lembro disso. – Julie deu uma risadinha. – Ele ficou semanas sem aceitar nada que você lhe oferecia.

– Sim – disse Mike, parecendo nostálgico. Esse tinha sido um de seus melhores momentos. – Eu deveria fazer coisas desse tipo mais vezes, mas não sou assim.

– Não importa o que você faça, Henry sempre implicará com você. Mas lembre-se de que ele faz isso por inveja.

– Você acha?

– Tenho certeza. Ele está ficando careca e tem barriga caída.

– Barriga caída?

– Sim, a barriga dele cai sobre o cinto.

Mike riu e comentou:

– Deve ser difícil envelhecer assim.

– Então... você não respondeu à minha pergunta. O que Henry aprontou hoje?

Mike não podia explicar o comentário de Henry. Em vez disso, foi até a máquina de refrigerante e pegou uma moeda no bolso.

– Ah, você sabe. O mesmo de sempre.

Ela pôs as mãos nos quadris.

– Ele deve ter aprontado uma das boas, para você não querer me contar.

– Jamais contarei – disse Mike. Então se aprumou e sua voz assumiu um tom sério. – Mas às vezes não posso evitar achar que você tolera as palhaçadas dele, e isso dói.

Ele lhe entregou uma Coca Light e se serviu de um Dr. Pepper. Não precisava perguntar o que Julie queria; já sabia.

– Dói? – perguntou ela, pegando a lata.

– Como uma punhalada.

– Devo chorar *dois* mares de lágrimas esta noite?

– Seria bom. Mas, se chorar três, eu definitivamente a perdoarei.

Quando Mike sorriu, Julie percebeu quanto sentira falta de conversar com ele.

– Então, fora Henry, aconteceu algo importante hoje?

Mike fez uma pausa. *Um homem chamado Jake Blansen veio e disse coisas enigmáticas sobre Richard. Quer ouvi-las?*

Não, este não era o momento.

Ele balançou a cabeça.

– Na verdade, não. E com você?

– Nada. – Ela olhou para Singer. – Exceto a fuga dele. Por um momento temi que tivesse lhe acontecido alguma coisa.

– Com Singer? Nenhum carro teria a mínima chance se o atropelasse. O veículo seria esmagado como um inseto.

– Ainda assim, fiquei preocupada.

– Porque você é mulher. Nós, os homens, não nos preocupamos. Somos treinados para não entrar em pânico.

Julie sorriu.

– Bom saber. Quando o furacão chegar, ligarei para você para pregar tábuas na casa.

– Você sempre faz isso mesmo, lembra? Até me deu um martelo especial.

– Bem, então não espere que eu ligue. Posso entrar em pânico ou algo assim.

Mike deu uma risada e por um momento eles ficaram em silêncio. E agora, o que tinha a dizer?, pensou. Além do óbvio.

– Então, como vão as coisas com Richard? – perguntou, tentando parecer casual.

Julie hesitou. Ela se fez a mesma pergunta.

– Bem – respondeu. – O fim de semana foi bom, mas... – Ela se deteve, pensando quanto realmente queria contar a Mike.

– Mas?

– Não é nada importante.

Mike a estudou.

– Tem certeza?

– Tenho. – Ela se forçou a dar um breve sorriso. – Como eu disse, não é nada importante.

Mike percebeu seu desconforto, mas não insistiu. Se ela não queria falar sobre Richard, ele também não. Não havia nenhum problema nisso.

– Bem, se você quiser conversar sobre alguma coisa, estarei aqui, certo?

– Certo.

– É sério – disse Mike. – Estou sempre por perto.

– Eu sei. – Julie pôs a mão amigavelmente no ombro dele, tentando aliviar a tensão. – Parte de mim acha que você deveria sair mais. Ver o mundo, fazer viagens exóticas.

– O quê? E perder minhas noites vendo reprises de *S.O.S Malibu*?

– Exatamente – disse ela. – Qualquer coisa é melhor do que televisão. Mas se você não se interessa por viagens, pode pensar em outra coisa. Como aprender a tocar um instrumento musical ou algo assim.

Mike mordeu os lábios.

– Isso foi golpe baixo, minha querida.

Os olhos de Julie brilharam.

– Tão bom quanto o de Henry?

Mike refletiu por um momento.

– Não – respondeu. – O de Henry foi melhor.

– Droga!

– O que posso dizer? O seu foi de principiante.

Ela sorriu e se inclinou um pouco para trás, como se o estivesse avaliando.

– É muito fácil se dar bem com você, sabia?

– Porque é fácil zombar de mim?

– Não, porque você leva as coisas na esportiva.

Mike tirou um pouco de graxa das unhas.

– Isso é engraçado – disse ele.

– O quê?

– As palavras que você usou. Andrea me disse exatamente a mesma coisa no outro dia.

– Andrea? – repetiu Julie, sem saber se tinha ouvido direito.

– Sim, este fim de semana. Quando saímos juntos. O que me faz lembrar que preciso ir buscá-la daqui a alguns minutos.

Ele olhou na direção do relógio e depois do armário.

– Mas... espere... Andrea? – Julie não conseguiu esconder seu espanto.

– Sim, ela é ótima. Nós nos divertimos muito. Mas escute, preciso correr...

Julie o pegou pelo braço.

– Mas.... Você e *Andrea*?

Mike a olhou seriamente por alguns segundos, depois deu uma piscadela.

– Você acreditou, não foi?

Julie cruzou os braços.

– Não – disparou.

– Ora, vamos. Apenas um pouco?

– Não.

– Admita.

– Está bem. Eu admito.

Mike lhe lançou um olhar satisfeito.

– Ótimo. Agora estamos quites.

11

Julie deixou a porta se fechar atrás dela, ainda saboreando sua conversa com Mike. Mabel a olhou da escrivaninha.

– Você ia se encontrar com Richard esta noite? – perguntou ela.

– Não. Por quê?

– Ele veio aqui e perguntou por você. Não o viu?

– Eu estava na oficina com Mike.

– Não o viu ao voltar para cá?

– Não.

– Isso é estranho – disse ela. – Devia tê-lo visto na rua. Quero dizer, ele saiu há poucos minutos e achei que tinha ido atrás de você.

– Acho que não. – Julie olhou de relance para a porta. – Ele disse o que queria?

– Na verdade, não. Só perguntou por você. Talvez ainda consiga alcançá-lo, se você se apressar.

Mabel ligou a secretária eletrônica e acabou de arrumar a escrivaninha, enquanto observava Julie tentando decidir se deveria ou não fazer isso. Quando o momento havia passado – e a decisão tinha sido tomada –, Mabel continuou como se não tivesse sugerido aquilo.

– Não sei quanto a você, mas eu estou exausta. Hoje todos os meus clientes reclamaram. Se não dos cabelos, dos filhos ou maridos, do novo pastor, de cães latindo ou de como os motoristas de outras cidades são loucos. Às vezes você só quer lhes falar para crescerem. Entende o que quero dizer?

Julie ainda estava pensando em Richard.

– Deve ser a lua cheia – murmurou ela. – Todo mundo estava um pouco estranho hoje.

– Até Mike?

– Não, ele não. – Julie fez um gesto com a mão, aliviada. – Mike é sempre o mesmo.

Mabel abriu a gaveta da escrivaninha e pegou um cantil.

– Bem, é hora de deixar os problemas de lado – anunciou. – Você me acompanha?

Mabel gostava de afastar os problemas regularmente, por isso tinha menos questões a resolver do que todas as pessoas que Julie conhecia.

– Sim. Vou trancar a porta.

Mabel tirou dois copos de plástico da gaveta e se instalou confortavelmente no sofá. Quando Julie se juntou a ela, Mabel já havia tirado os sapatos, posto os pés sobre a mesa e tomado alguns goles. Com os olhos fechados e a cabeça inclinada para trás, parecia achar que estava sentada em uma espreguiçadeira numa praia paradisíaca, deliciando-se ao sol dos trópicos.

– Então, o que Mike tem feito? – perguntou ela, de olhos ainda fechados. – Ele não tem vindo muito aqui.

– Nada de interessante. Trabalhado, brigado com o irmão, o de sempre. – Ela fez uma pausa e seu rosto se iluminou. – Ah, você soube que ele vai tocar no Clipper daqui a algumas semanas?

– Ah... viva! – A falta de entusiasmo de Mabel era evidente.

Julie riu.

– Não seja má. Dessa vez a banda é bastante boa.

– Isso não vai ajudar.

– Ele não é *tão* ruim assim.

Mabel sorriu antes de se aprumar no sofá.

– Ah, querida, sei que ele é seu amigo, mas, para mim, é como se fosse da família. Eu o vi de fraldas. Pode acreditar quando lhe digo que ele é *muito* ruim. Sei que isso também o deixa louco, porque é tudo o que ele sempre quis fazer.

Mas, como diz o livro sagrado: "Não atures os péssimos músicos, porque eles arruinarão teus ouvidos."

– O livro sagrado não diz isso.

– Pois deveria. E provavelmente diria, se Mike tivesse vivido naquele tempo.

– Ah, puxa, ele adora tocar. Se isso o deixa feliz, fico contente por ele.

Mabel sorriu.

– Você é realmente uma garota gentil e especial, Julie. Não me importo com o que os outros dizem a seu respeito. *Gosto* de você. – Ela ergueu seu copo em um brinde.

– Também gosto de você – disse Julie, encostando seu copo no dela.

– Então, como estão as coisas entre você e Richard? Depois que ele veio hoje, você mal falou nele.

– Acho que estão bem.

Mabel ergueu o queixo.

– *Acha*? Como em "*Acho* que não estou vendo o iceberg, capitão"?

– Estão bem – repetiu ela, com mais firmeza.

Mabel examinou o rosto de Julie por um momento.

– Por que não foi atrás dele há alguns minutos?

– Por nada – respondeu Julie. – É só que já o vi hoje.

– Ah – murmurou Mabel. – *Acho* que isso faz sentido.

Julie tomou um gole da bebida, sentindo-a arder no fundo da garganta. Embora não pudesse conversar com Mike sobre Richard, com Mabel era diferente. Talvez ela pudesse ajudá-la a entender o que sentia por ele.

– Você se lembra do medalhão que ele me deu? – perguntou.

– Como eu poderia esquecer, o com as iniciais J.B.?

– Bem – disse Julie –, o problema foi que não o usei hoje.

– E daí?

– Exatamente. Foi o que pensei. Mas acho que Richard ficou ofendido.

– Se ele não gostou disso, lembre-me de nunca lhe oferecer meu bolo de carne. – Quando Julie não respondeu, ela ergueu seu copo e continuou: – Então ele ficou ofendido. E daí? Os homens têm suas peculiaridades e talvez essa seja uma das dele. Acredite, há coisas piores. Mas acho que você tem de pôr na balança o que aconteceu hoje e tudo o mais. Quantos encontros vocês tiveram até agora? Três?

– Na verdade, quatro. Se você contar como dois o encontro do último fim de semana.

– E você disse que ele tem sido gentil, não é?

– Sim. Até agora.

– Talvez ele só estivesse tendo um dia ruim. Você me disse que Richard não tem um horário de trabalho fixo, não é? Quem sabe não precisou trabalhar até tarde no domingo?

Julie tamborilou em seu copo.

– Pode ser.

Mabel girou o uísque que estava bebendo.

– Não se preocupe muito com isso – disse tranquilamente. – Desde que ele não tenha ido longe demais, não é um grande problema.

– Devo apenas deixar para lá?

– Não exatamente. Você também não deveria ignorar isso por completo.

Julie olhou Mabel com atenção.

– Aceite o conselho de uma mulher que já teve muitos namorados e conheceu vários homens na vida – disse Mabel. – Todos, e isso inclui você, se comportam melhor no início de um relacionamento. Às vezes pequenas peculiaridades acabam se tornando importantes e a única vantagem das mulheres é sua intuição.

– Mas achei que você tinha dito para eu não me preocupar.

– Sim. Mas também nunca ignore sua intuição.

– Então você *realmente* acha que isso é um problema?

– Querida, assim como você, não sei o que pensar. Não há nenhum livro de respostas mágicas sobre isso. Só estou dizendo que, se isso a incomodou tanto, você não deve ignorar, mas também não deve estragar uma coisa boa por causa disso. Sabe, é para isso que servem os encontros, para que as pessoas se conheçam. Para descobrir se combinam. Estou apenas pondo um pouco do velho bom senso na mistura.

Julie ficou quieta por um momento.

– Acho que você tem razão – disse.

O telefone começou a tocar e Mabel se virou na direção do som. Um instante depois, a secretária eletrônica atendeu. Após ouvir quem era, Mabel voltou a olhar para Julie.

– Então, foram quatro encontros, não é?

Julie fez que sim com a cabeça.

– Haverá um quinto?

– Ele ainda não me convidou para sair de novo, mas deve convidar.

– Essa é uma resposta estranha.

– O que quer dizer?

– Você *não* me disse qual seria sua resposta.

Julie desviou seu olhar.

– Não. Acho que não.

Quando Julie chegou em casa, Richard estava à sua espera.

Ele estava encostado no carro em frente da casa, com os braços cruzados, observando Julie virar na entrada da garagem.

Depois de parar, Julie olhou para Singer e soltou seu cinto de segurança.

– Fique no jipe até eu mandar você sair, o.k.?

O cão ergueu as orelhas.

– E se comporte – acrescentou, ao saltar do carro.

A essa altura, Richard já estava em pé na garagem.

– Oi, Julie.

– Oi, Richard. O que você está fazendo aqui?

Ele transferiu o peso do corpo de um pé para o outro.

– Eu tinha alguns minutos livres e resolvi dar uma passada. Tentei encontrá-la no salão, mas você tinha saído.

– Fui buscar Singer. Ele estava na oficina.

Richard fez um sinal afirmativo com a cabeça.

– Foi o que Mabel me disse. Mas não pude esperar. Precisava entregar algumas plantas antes de o escritório fechar. Na verdade tenho que voltar para lá assim que sair daqui. Mas só queria dizer que sinto muito por esta manhã. Fiquei pensando no modo como agi e acho que fui um pouco longe demais.

Ele sorriu, parecendo arrependido, como um garoto surpreendido roubando biscoitos.

– Bem – começou Julie –, já que você tocou no assunto...

Richard ergueu as mãos para evitar que ela prosseguisse.

– Eu sei, eu sei. Nada justifica isso. Só queria dizer que sinto muito.

Julie afastou uma mecha de cabelos do rosto.

– Você realmente ficou muito chateado por eu não ter usado o medalhão?

– Não – respondeu ele. – Acredite. Não foi nada disso.

– Então o que foi?

Richard desviou o olhar. Sua voz saiu tão baixa que ela mal pôde ouvi-la.

– Eu me diverti muito no fim de semana e, quando a vi sem o medalhão, achei que você não havia sentido o mesmo. Achei que eu a tivesse decepcionado de alguma forma. Quero dizer... você não sabe quanto estou gostando do tempo que passamos juntos. Entende o que estou tentando dizer?

Julie pensou por um momento antes de assentir.

– Sim.

– Sabia que você entenderia – disse Richard. Ele olhou ao redor, como se de repente se sentisse nervoso na presença dela. – Bem, como falei, tenho que voltar ao trabalho.

– Está bem – disse Julie simplesmente, obrigando-se a dar um sorriso.

Um instante depois, dessa vez sem tentar beijá-la, ele foi embora.

12

No escuro, sob uma nesga de lua, Richard se aproximou da porta da frente da casa vitoriana que alugara por temporada. Situada nos arredores da cidade, era cercada por terra cultivada e ficava a uns 100 metros da estrada principal.

Pálida à luz fraca do luar, a casa tinha metade da altura dos pinheiros que a cercavam. Embora um tanto degradada, ainda mantinha certo encanto, com acabamentos e revestimentos de madeira que lembravam um convite enfeitado para uma festa na casa do governador. A propriedade precisava de manutenção; o antes bem cuidado jardim estava repleto de ervas daninhas, mas Richard não se importava com isso. Achava que havia beleza na aleatoriedade da natureza, nas linhas curvas e irregulares das sombras à noite e nas cores e formas variadas dos galhos e das folhas à luz do dia.

Contudo, a aleatoriedade acabava à porta. Do lado de dentro preferia ordem. Acendeu as luzes ao entrar. Os móveis alugados – não muitos, mas o suficiente para deixar a casa apresentável – não eram do seu gosto, mas numa cidade pequena como Swansboro as escolhas eram limitadas. Num mundo de produtos baratos e vendedores usando jaquetas de poliéster, ele havia escolhido os itens menos feios que havia encontrado: sofás de veludo bege, mesas laterais revestidas de carvalho e luminárias de plástico imitando metal.

Esta noite, porém, não notou a decoração. Só pensava em Julie. E no medalhão. E no modo como ela o olhara alguns minutos antes.

Mais uma vez ele havia sido muito insistente e Julie se ressentira disso. Ela estava se tornando um desafio, mas Richard apreciava e respeitava isso, pois o que mais desprezava era a fraqueza.

Por que Julie vivia numa cidade pequena como aquela?

Richard achava que o lugar dela era a cidade grande, com calçadas cheias de gente e sinais luminosos, insultos rápidos e respostas incisivas. Julie era muito inteligente e elegante para um lugar como aquele. Não havia energia ali para movê-la, nada para mantê-la a longo prazo. Quando não é usada, a força se dissipa e, se Julie permanecesse ali, acabaria se tornando fraca, como a mãe dele. E, com o passar do tempo, não haveria nada para respeitar.

Como a mãe dele. A vítima. Sempre a vítima.

Richard fechou os olhos, voltando ao passado. Tudo havia acontecido em 1974 e a imagem era sempre a mesma.

Com o olho esquerdo fechado de tão inchado e um hematoma, a mãe carregava uma mala para a caminhonete, tentando andar depressa. A mala continha roupas para os dois. Ela levava na bolsa 37 dólares em moedas. Demorara quase um ano para juntá-las. Vernon controlava as finanças e só lhe dava o suficiente para a comida. Ela não podia tocar no talão de cheques e não sabia em que banco o salário dele era depositado. O pouco dinheiro que tinha fora recolhido das almofadas do sofá, moedas caídas dos bolsos de Vernon quando ele cochilava diante da televisão. Sua mãe as escondera numa caixa de sabão em pó na prateleira de cima da despensa e sempre que Vernon ia nessa direção seu coração disparava.

Ela disse a si mesma que dessa vez estava indo embora para sempre; que ele não a convenceria a voltar. Disse a si mesma que não acreditaria nele, não importava quanto fosse gentil e quão sinceras parecessem suas promessas. Disse a si mesma que, se voltasse, ele a mataria. Talvez não naquele mês ou no seguinte, mas a mataria. E depois mataria o filho deles. Disse e repetiu tudo isso como um mantra, como se as palavras pudessem lhe dar forças para prosseguir.

Richard pensou em sua mãe naquele dia. Em como o mantivera em casa, sem ir à escola e lhe dissera que corresse lá dentro para pegar o pão e a manteiga de amendoim porque eles iam fazer um piquenique. Em como lhe dissera que também deveria pegar uma jaqueta, caso esfriasse. Ele tinha 6 anos e fez o que a mãe mandou, embora soubesse que ela estava mentindo.

Na noite anterior, deitado na cama, ele a ouvira gritar e chorar. Ouvira o som forte da mão do pai atingindo o rosto dela, a mãe batendo na parede fina que separava o quarto de Richard do deles, gemendo e implorando que ele parasse, dizendo que sentia muito, que planejara lavar a roupa, mas precisara levar o filho ao médico. Richard escutara Vernon xingar sua mãe e fazer as acusações que sempre fazia quando estava bêbado. "Ele não se parece comigo! Não é meu filho!"

Deitado na cama ouvindo os gritos, Richard rezara para que aquilo fosse verdade. Não queria que aquele monstro fosse seu pai. Odiava-o. Odiava o brilho oleoso de seus cabelos ao voltar para casa da fábrica de produtos químicos e seu cheiro de álcool à noite. Odiava o fato de as outras crianças do bairro terem ganhado bicicletas e patins no Natal e ele, um taco de beisebol, sem luvas ou bola. Odiava o modo como o pai batia na mãe quando a casa não estava suficientemente limpa ou não conseguia encontrar algo que ela guardara. Odiava o modo como eles sempre mantinham as cortinas fechadas e nunca podiam receber visitas.

– Depressa – disse sua mãe, acenando. – Temos que encontrar uma boa mesa no parque.

Richard correu para dentro da casa.

O pai voltaria em uma hora, para o almoço, como fazia todos os dias. Embora fosse a pé para o trabalho, levava as chaves do carro, junto com muitas outras, numa argola presa ao cinto. Naquela manhã sua mãe havia pegado uma das chaves enquanto ele fumava, lia o jornal e comia os ovos com bacon que ela havia preparado.

Eles deviam ter ido embora imediatamente, logo depois de o pai desaparecer na colina a caminho da fábrica. Até Richard, com apenas 6 anos, sabia disso, mas sua mãe havia ficado sentada à mesa durante horas, fumando um cigarro após outro, com as mãos trêmulas. Só havia falado ou se mexido minutos antes.

Mas agora eles estavam ficando sem tempo. A mãe se apavorava com a ideia de que não fossem conseguir. De novo.

Richard saiu correndo pela porta, trazendo o pão, a manteiga de amendoim e a jaqueta, e foi na direção do carro. Mesmo correndo, conseguiu ver o olho esquerdo da mãe injetado de sangue. Ele bateu a porta do Pontiac e a mãe tentou enfiar a chave na ignição, mas não conseguiu. Suas mãos tremiam. Respirou fundo e tentou de novo. Dessa vez o motor ligou e ela tentou sorrir. Seus lábios estavam inchados e deformados. Havia algo de apavorante naquele sorriso. Ela deu ré e saiu da garagem. Na estrada, andaram em marcha lenta por um momento e então ela olhou para o painel.

Suspirou. O mostrador indicava que o tanque estava quase vazio.

Então eles ficaram. De novo. Como sempre.

Naquela noite, Richard ouviu a mãe e o pai no quarto, mas não eram sons de raiva. Em vez disso, eles riam e se beijavam. Mais tarde ouviu a mãe ofegando e dizendo o nome do pai. Na manhã seguinte, quando Richard saiu da cama, eles estavam abraçados na cozinha. O pai piscou e Richard o viu abaixar as mãos até a saia da mãe.

Viu-a corar.

Richard abriu os olhos. Não, pensou. Julie não podia ficar ali. Não se quisesse ter a vida que deveria ter, a vida que merecia. Ele a levaria para longe daquilo tudo.

Tinha sido estúpido de sua parte ter lhe falado sobre o medalhão. Não faria isso de novo.

Perdido em pensamentos, mal ouviu o telefone tocar, mas se levantou a tempo de atendê-lo antes de a secretária eletrônica ser acionada.

Parando por um momento, reconheceu o código de área de Daytona no identificador de chamadas e respirou fundo antes de atender.

13

Na escuridão de seu quarto, com uma forte dor de cabeça provocada por alergia, Julie atirou seu travesseiro sobressalente em Singer.

– Quer fazer o favor de calar a boca? – resmungou.

Singer ignorou o ataque. Em vez disso, ficou perto da porta do quarto ofegando e ganindo, obviamente esperando que Julie se levantasse e o deixasse sair para "investigar", como só os cães sabem fazer. Na última hora ele havia ficado andando pela casa, do quarto para a sala de estar e de volta para o quarto, e mais de uma vez encostara o focinho molhado em Julie, assustando-a.

Ela pusera o travesseiro sobre a cabeça, mas isso não foi suficiente para bloquear o som e sua dor só aumentava.

– Não há nada lá fora – murmurou. – Estamos no meio da noite e minha cabeça está doendo. Não vou sair da cama.

Singer continuou a ganir. Não era um ganido sinistro, um rosnado nem o barulho que fazia quando os funcionários da companhia elétrica iam medir o consumo, ou quando o carteiro ia entregar a correspondência. Apenas um ganido irritante e alto demais para ser ignorado.

Ela atirou o último travesseiro nele. Singer se vingou atravessando o quarto silenciosamente e cutucando a orelha dela com o focinho.

Julie se sentou, limpando o ouvido com o dedo.

– Chega! Você venceu!

Singer abanou o rabo, parecendo satisfeito. *Agora estamos nos entendendo. Venha!* Ele trotou para fora do quarto, indicando o caminho.

– Ótimo! Quer que eu me certifique de que não há nada lá fora, cachorro maluco?

Julie esfregou as têmporas, gemeu, saiu da cama e cambaleou na direção da sala de estar. Singer já estava perto das janelas. Afastara as cortinas com o focinho e olhava de um lado para outro.

Julie também olhou, mas não viu nada.

– Está vendo? Não há nada. Como eu falei.

Singer não se convenceu. Foi até a porta da frente e se posicionou diante dela.

– Se você for lá para fora, não pense que vou esperá-lo. Se sair, ficará lá. Vou voltar para a cama. Minha cabeça está doendo muito. Não que você se importe.

O cão não parecia se importar.

– Bom – disse ela. – Como você quiser.

Julie abriu a porta. Embora esperasse ver Singer correr na direção do bosque, ele não correu. Em vez disso, foi para a varanda e latiu duas vezes antes de abaixar o focinho para farejar. Ela cruzou os braços e olhou ao redor.

Nada. Nenhum sinal de que alguém estivera ali. Exceto pelos sapos e grilos, tudo estava quieto. As folhas não se moviam; a rua estava vazia.

Satisfeito, Singer se virou para voltar para dentro.

– Está contente agora? Foi para isso que me tirou da cama?

Ele olhou para ela. *A barra está limpa*, parecia dizer. *Não tem com que se preocupar. Agora você pode voltar a dormir.*

Ela o olhou de cara feia antes de voltar para o quarto. Singer não a seguiu. Quando ela olhou por cima do ombro, a caminho da cama, viu-o sentado de novo perto da janela, com as cortinas afastadas.

– Não sei o que deu nele – murmurou.

No banheiro, com a cabeça ainda latejando, ela tomou um analgésico.

Uma hora depois, Singer recomeçou a rosnar e latir, dessa vez seriamente, mas Julie – que havia fechado a porta do quarto e ligado o exaustor do banheiro – não o ouviu.

Na manhã seguinte, Julie estava em pé de óculos escuros na entrada da garagem, sob um sol ofuscante e um céu tão azul que parecia artificial. Ainda sentia um pouco de dor de cabeça, embora nem de longe tão forte quanto na noite anterior. Singer estava ao seu lado quando ela leu o bilhete sob o limpador de para-brisa de seu jipe.

Julie

Houve uma emergência e tive que sair da cidade, por isso não poderei vê-la durante alguns dias. Telefonarei assim que puder. Não paro de pensar em você.

Richard

Julie olhou para Singer.

– Então este foi o motivo de todo aquele barulho? – perguntou, segurando o bilhete. – Richard?

Singer pareceu convencido como só ele sabia ser. *Está vendo? Eu lhe disse que havia alguém aqui.*

O analgésico havia deixado Julie grogue e letárgica, com um gosto amargo na boca e sem disposição para tolerar o ar de superioridade dele.

– Não me venha com essa. Você não me deixou dormir durante horas. E ele não é um estranho, portanto pare com isso.

Singer resfolegou e pulou para dentro do jipe.

– Ele nem chegou perto da porta.

Julie fechou a porta de trás do carro e se acomodou no banco do motorista. Pelo retrovisor, viu Singer girar e se sentar de costas para ela.

– Tudo bem, também estou chateada com você.

A caminho do trabalho, quando olhou de novo pelo retrovisor, Singer ainda não havia se virado de frente nem inclinado a cabeça para o lado a fim de deixar o vento bater em sua língua e em suas orelhas, como costumava fazer. Assim que Julie estacionou, ele saiu do carro. Embora ela o tivesse chamado, Singer seguiu seu caminho, atravessando a rua e se dirigindo à oficina.

Cães.

Às vezes, pensou Julie, eles eram tão infantis quanto os homens.

Mabel estava no salão, cancelando os horários marcados pelos clientes de Andrea. Ela não iria trabalhar porque havia tirado outro "dia para si mesma". Pelo menos desta vez avisara, pensou Mabel. Sem dúvida, quando viesse, contaria uma história maluca. Em seu último "dia para si mesma", ela disse que tinha visto Bruce Springsteen andando pelo estacionamento do Food Lion e que o seguira o dia inteiro, antes de perceber que não era ele. Em momento algum lhe ocorreu questionar por que Bruce Springsteen estaria no Food Lion de Swansboro.

Quando ouviu o sino da porta soar atrás dela, Mabel se virou para Julie. Ao pegar a caixa de biscoitos Milk Bone que mantinha à mão para Singer, percebeu que ela entrara sozinha.

– Onde está Singer? – perguntou Mabel.

Julie pôs a bolsa numa prateleira ao lado de sua estação de trabalho.

– Acho que foi visitar Mike.

– De novo?

– Nós brigamos.

Era exatamente a mesma coisa que ela dizia quando tinha uma discussão com Jim, e Mabel sorriu. Só Julie parecia não perceber como aquilo parecia ridículo para as outras pessoas.

– Brigaram, é? – disse Mabel.

– Sim, parece que Singer está de mau humor. Como se estivesse me punindo por ter tido a audácia de gritar com ele. Mas ele mereceu.

– Ah – disse Mabel. – O que houve?

Julie lhe contou o que acontecera na noite anterior.

– Richard deixou um bilhete para se desculpar? – perguntou Mabel.

– Não, ele fez isso ontem pessoalmente, quando cheguei em casa. O bilhete era só para avisar que ficaria fora da cidade por alguns dias.

Embora Mabel quisesse perguntar como tinha sido o pedido de desculpas, era óbvio que Julie não estava a fim de falar sobre isso. Mabel pôs a caixa de Milk Bone de volta no armário e olhou na direção da manta de Singer no canto.

– Isto aqui fica vazio sem ele – comentou. – Como se alguém tivesse tirado um sofá do lugar ou algo do gênero.

– Ah, ele voltará daqui a pouco. Você sabe como Singer é.

Contudo, para surpresa delas, oito horas depois o cão ainda não tinha voltado.

– Tentei levá-lo de volta algumas vezes – disse Mike, parecendo tão perplexo quanto Julie. – Mas ele não me seguia até lá fora, por mais que eu o chamasse. Cheguei a tentar atraí-lo com um pouco de carne-seca, mas ele deixou a oficina. Pensei em arrastá-lo, mas, para ser sincero, acho que ele é que me arrastaria.

Julie olhou para Singer, que estava sentado ao lado de Mike, observando-a com a cabeça inclinada de lado.

– Ainda está chateado comigo, Singer? – perguntou Julie. – É por isso que está agindo assim?

– Por que ele estaria chateado com você?

– Nós brigamos.

– Ah.

– Você vai ficar sentado aí ou vem para cá? – perguntou ela.

O cão lambeu os beiços, mas não se moveu.

– Singer, venha – ordenou Julie.

Ele continuou onde estava.

– Junto!

Embora Julie nunca tivesse lhe dado esse comando, não sabia mais o que dizer, e quando pareceu que ela estava começando a ficar irritada, Mike acenou com a mão.

– Vá, Singer. Antes que você fique ainda mais encrencado.

Ao comando de Mike, Singer se levantou e, parecendo um pouco relutante, foi para perto de Julie. Ela pôs as mãos nos quadris.

– Então agora você obedece ao Mike?

– Não me culpe por isso – disse ele, tentando parecer inocente. – Eu não fiz nada.

– Não o estou culpando. Só não sei o que deu em Singer. – O cão se sentou ao lado dela e olhou para cima. – Então, o que ele fez aqui o dia inteiro?

– Cochilou, roubou meu sanduíche de peru quando me levantei para pegar uma bebida e foi lá para os fundos fazer suas necessidades. Como se ele tivesse se mudado para cá por um dia.

– Você o achou estranho?

– Nem um pouco. Fora estar aqui, pareceu bem.

– Não estava chateado?

Mike coçou a cabeça, sabendo que ela considerava aquela pergunta séria.

– Bem, para ser sincero, ele não mencionou nada, pelo menos não para mim. Quer que eu pergunte ao Henry? Talvez eles tenham conversado quando saí para resolver alguma coisa.

– Está zombando de mim?

– Não, de jeito nenhum. Você sabe que eu jamais faria isso.

– Ótimo, porque, depois de quase perder meu cão, não estou com humor para piadas.

– Você não o perdeu. Ele estava comigo.

– Sim. E agora ele gosta mais de você.

– Talvez apenas sinta saudade de mim. Sou meio viciante, sabe?

Pela primeira vez desde que chegara, Julie sorriu.

– Ah, é?

– O que posso dizer? Isso é uma maldição.

Julie riu.

– Deve ser difícil estar no seu lugar.

Mike balançou a cabeça, pensando em como Julie estava bonita.

– Você não tem ideia.

Uma hora depois, Julie estava debruçada sobre a pia da cozinha, esforçando-se para manter no lugar os panos de prato que amarrara às pressas na torneira quebrada e fazendo o possível para conter o fluxo de água que jorrava para o teto como um gêiser doméstico. Pegou outro pano, juntou aos demais e o apertou com mais força, reduzindo um pouco o jato. Infelizmente, isso também fez a água esguichar em sua direção.

– Pode me trazer o telefone? – gritou ela, erguendo bem o queixo para a água não atingir seu rosto.

Singer foi para a sala de estar e um instante depois, com sua mão livre, Julie pegou o telefone sem fio da boca do cão. Ela apertou a tecla com o primeiro número em sua lista de discagem rápida.

Mike estava no sofá comendo Doritos, com os dedos cheios de pó cor de laranja e uma lata de cerveja entre as pernas. Junto com o Big Mac que havia comprado (e comido) a caminho de casa, esse era o seu jantar. Ao seu lado no sofá estava a guitarra e, como sempre, quando terminou de tocar, ele fechou os olhos e se recostou, imaginando Katie Couric descrevendo a cena em um programa de televisão de audiência nacional.

"Este é o show mais esperado do ano", diz Katie com entusiasmo. "Com um único álbum, Michael Harris incendiou o mundo da música. Seu primeiro disco vendeu mais do que os Beatles e Elvis Presley venderam juntos e espera-se que a apresentação televisionada tenha a maior audiência da história. O show está sendo transmitido ao vivo para todo o mundo, e o número estimado de telespectadores é de quase dois milhões de pessoas. Isso é que é fazer história!"

Sorrindo, Mike pôs outro Doritos na boca. Ah, sim, pensou. Ah, sim.

"Vocês podem ouvir a multidão atrás de mim gritando seu nome. É impressionante quantas pessoas foram afetadas por ele. Procuram-me todos os dias dizendo que Michael Harris mudou a vida delas com sua música... e agora, aí vem ele!"

A voz de Katie é abafada quando a plateia explode em aplausos ensurdecedores. Mike anda pelo palco, segurando a guitarra.

Ele olha a multidão, que vai ao delírio; o som é de romper os tímpanos. As pessoas lhe atiram flores enquanto ele se dirige ao microfone. Mulheres e crianças se encantam com a visão dele. Os homens, lutando contra a inveja, gostariam de estar em seu lugar. Katie quase desmaia.

Mike bate no microfone, indicando que está pronto para começar, e de repente o público fica em silêncio, à espera. Mas ele não começa a tocar de imediato. Passam-se segundos, um minuto, e a essa altura a multidão está em uma expectativa febril, mas ainda assim ele deixa a ansiedade aumentar.

E faz isso até que seja quase insuportável. O público sente isso, Katie sente isso. Milhões de pessoas diante de suas televisões sentem isso.

Mike também sentiu.

No sofá, deixou-se banhar em adoração, com a mão no saco de Doritos.

Ah, *sim*...

Quando o telefone na mesa ao lado subitamente tocou como um alarme, Mike foi arrancado de sua fantasia e se sobressaltou. Sua mão se moveu para a frente, enviando uma erupção vulcânica de Doritos em todas as direções e derramando cerveja em seu colo. Agindo por instinto, tentou retirá-la, mas só conseguiu deixar marcas cor de laranja em sua calça.

– Droga – disse ele, pondo de lado a lata e o saco vazios.

Estendeu o braço para pegar o telefone enquanto, com a outra mão, tentava limpar a mancha de cerveja. Mais manchas.

– Vamos – disse ele. – Pare com isso.

O telefone tocou de novo antes que ele o pegasse.

– Alô?

– Oi, Mike – disse Julie, parecendo estressada. – Está ocupado?

A cerveja continuou a ensopar o tecido e ele mudou um pouco de posição, esperando ficar mais confortável. Não foi uma boa ideia, porque a cerveja escorreu até o fundo de suas calças. Agora estava com uma sensação de frio que poderia dispensar.

- Não muito.

- Você parece distraído.

- Desculpe-me. Foi só um pequeno acidente envolvendo meu jantar.

- O quê?

Mike pegou o saco e começou a tirar Doritos de sua guitarra.

- Não foi nada sério - declarou. - Ficarei bem. Então, o que houve?

- Preciso de você.

- Precisa?

Com o ego inflado, por um momento ele se esqueceu da bagunça sobre a qual estava sentado.

- Minha torneira quebrou.

- Ah - disse ele, seu ego desinflando rapidamente. - Como isso aconteceu?

- Como vou saber?

- Você a abriu com força ou fez alguma coisa?

- Não, só tentei usá-la.

- Ela estava solta antes?

- Realmente não sei. Você pode vir aqui ou não?

- Primeiro tenho de trocar de calça - disse, decidindo rapidamente.

- O quê?

- Esqueça. Chegarei em alguns minutos. Tenho que passar na loja de ferragens para comprar uma torneira nova.

- Não vai demorar muito, vai? Estou presa, segurando um pano aqui, e preciso ir ao banheiro. Se eu cruzar mais as pernas, vou acabar torcendo os joelhos.

- Estou a caminho.

Na pressa de se arrumar e sair, e com a perspectiva de ver Julie, conseguiu cair apenas uma vez ao pôr as calças limpas.

Isso lhe pareceu razoável naquelas circunstâncias.

14

— Julie? - chamou Mike ao entrar na casa.

Ela esticou o pescoço, aliviando um pouco a pressão sobre os panos de prato.

– Estou aqui, Mike. Mas acho que aconteceu alguma coisa. Parece que não está mais vazando.

– Eu fechei o registro de água lá fora. Agora tudo deve ficar bem.

Mike enfiou a cabeça pela porta da cozinha e uma coisa logo lhe chamou a atenção: *seios*. Julie estava ensopada e o contorno de seus seios era claramente visível. Parecia uma daquelas garotas cobiçadas por rapazes arruaceiros nas férias de primavera, que acham que camisetas molhadas e competições de quem bebe mais cerveja são o ponto alto de suas vidas.

– Você nem imagina como estou grata por ter vindo – disse Julie.

Ela sacudiu o excesso de água das mãos e tirou os panos de prato da torneira.

Mike mal conseguiu ouvi-la. Não olhe para os seios dela, disse a si mesmo, faça o que fizer, não olhe para os seios dela. Um *cavalheiro* não olharia. Um *amigo* não olharia. Abaixando-se, ele abriu a caixa de ferramentas. Singer se sentou ao seu lado e cheirou a caixa, como se procurasse petiscos.

– Não precisa agradecer – murmurou ele.

Julie começou a torcer os panos de prato, um de cada vez.

– Estou sendo sincera. Espero não ter interrompido nada importante.

– Não se preocupe com isso.

Julie afastou a camiseta de sua pele e olhou para ele.

– Você está bem? – perguntou.

Mike começou a procurar a chave articulada.

– Estou. Por quê?

– Parece chateado.

– Não estou.

– Você não está nem olhando para mim.

– Não estou olhando.

– Foi o que acabei de dizer.

– Ah.

– Mike?

– Aqui está! – disse ele de repente, dando graças a Deus pela oportunidade de mudar de assunto. – Estava rezando para tê-la trazido.

Julie continuou a olhar para ele, intrigada.

– Acho que vou trocar de roupa – disse ela por fim.

– É uma boa ideia – murmurou Mike.

O trabalho deu a Mike algo em que se concentrar e ele tratou de iniciá-lo na mesma hora, nem que fosse para tirar a imagem de Julie de sua mente.

Espalhou ao redor alguns panos que pegou no armário e enxugou a maior parte da água que escorrera para o chão. Depois esvaziou o gabinete debaixo da pia, pondo os frascos dos vários produtos de limpeza ao lado da porta. Quando Julie voltou, ele já estava trocando a torneira. Só dava para ver seu tronco e suas pernas esticadas. Apesar dos panos, tinha as calças molhadas em vários lugares, por ter se ajoelhado no chão inundado. Singer estava deitado ao seu lado, com a cabeça enfiada no armário escuro.

– Quer parar de ofegar? – queixou-se Mike.

Singer ignorou esse comentário e Mike bufou, tentando respirar pela boca.

– Estou falando sério. Você está com um bafo horrível.

Singer agitou o rabo para cima e para baixo.

– E me dê um pouco de espaço, está bem? Você está me atrapalhando.

Julie viu-o empurrar – ou melhor, tentar empurrar – Singer, sem muito sucesso. Ela estava com frio, por isso vestira calças jeans e uma blusa de moletom leve. Ainda estava com os cabelos molhados, porém penteados para trás, afastados do rosto.

– Como está aí embaixo? – perguntou ela.

Ao som de sua voz, Mike levantou a cabeça, batendo-a no sifão da pia. Sentia no rosto o bafo quente de Singer e o cheiro fazia seus olhos lacrimejarem.

– Está quase pronto.

– Já?

– Não foi muito difícil. Só tive que tirar algumas porcas para a torneira sair. Não sabia que tipo de torneira você queria, por isso comprei uma parecida com a antiga. Espero que goste.

Julie olhou para a torneira.

– Está ótima.

– Posso comprar uma diferente, se você quiser. Não seria problema.

– Não, desde que funcione, está perfeita.

Ela o observou trabalhar com a chave articulada e, para sua surpresa, se pegou olhando os músculos rijos dos braços dele. Um instante depois ouviu o som de algo caindo no armário.

– Consegui – disse Mike.

Ele saiu de debaixo da pia e, ao ver que Julie havia trocado de roupa, relaxou. Assim era mais fácil. Menos ameaçador. Havia menos seios à vista. Mike se levantou, pegou a torneira velha e a entregou para Julie.

– Você realmente a destruiu – observou, apontando para o grande buraco em cima. – O que usou para abri-la? Um martelo?

– Não. Dinamite.

– Deveria usar um pouco menos da próxima vez.

Julie sorriu.

– Pode me dizer o que causou isto?

– Acho que a idade. Provavelmente é a torneira original da casa. Era a única coisa que eu ainda não havia trocado aqui. Eu devia tê-la examinado melhor na última vez que consertei o triturador de lixo.

– Está me dizendo que a culpa é sua?

– Se é o que você acha... – respondeu Mike. – Quero dizer, se isso a faz se sentir melhor... Só mais um minuto e deixarei tudo em perfeitas condições, está bem?

– É claro.

Ele pôs a torneira no lugar, voltou para debaixo da pia e a fixou. Depois, pedindo licença para sair da cozinha, desapareceu pela porta por um instante, com Singer trotando atrás dele. Após religar o registro, voltou e testou a torneira para se certificar de que não estava vazando.

– Parece que você já pode usar.

– Ainda acho que você fez isso parecer muito simples – disse ela. – Antes de vir, eu estava me perguntando para qual bombeiro poderia ligar se você não conseguisse consertá-la.

Mike se fez de ofendido.

– Não posso acreditar que pensou uma coisa dessas, mesmo depois de todo esse tempo.

Julie riu e ele se agachou para começar a pôr os produtos de limpeza no lugar.

– Ah, não! Deixe que eu faço isso – disse Julie, ajoelhando-se perto dele. – Eu posso fazer *alguma coisa.*

Enquanto eles arrumavam o armário, Julie sentiu mais de uma vez o braço de Mike roçar no seu e se perguntou por que estava reparando nisso. Um minuto depois, o armário estava fechado e os panos de prato, ainda pingando, haviam sido reunidos numa trouxa. Julie levou-os para a lavanderia e Mike começou a guardar suas ferramentas. Quando ela voltou, foi direto para a geladeira.

– Não sei quanto a você, mas depois de toda essa agitação eu preciso de uma cerveja.

– Eu adoraria.

Julie pegou duas garrafas e entregou uma a Mike. Após tirar a tampa, ela bateu com sua garrafa na dele.

– Obrigada por ter vindo. Sei que já disse isso, mas precisava dizer de novo.

– Não é para isso que servem os amigos?

– Venha – chamou Julie, acenando com a garrafa. – Vamos nos sentar na varanda. O tempo está bom demais para ficarmos aqui dentro.

Ela estava a se dirigindo à porta quando parou de repente.

– Espere. Você disse que já havia jantado? Quero dizer, quando telefonei?

– Por que está perguntando?

– Porque estou morrendo de fome. Com toda essa confusão, não tive tempo de comer. Quer uma pizza?

Mike sorriu.

– Parece ótimo.

Julie pegou o telefone e, enquanto ligava para a pizzaria, Mike se perguntou se o anoitecer de algum modo acabaria partindo seu coração.

– Que tal uma de presunto e abacaxi? – gritou ela.

Mike engoliu em seco.

– O que você quiser está bom para mim.

Eles se sentaram nas cadeiras de balanço, com o calor de suas peles escapando para a noite fria, cigarras cantando e mosquitos rondando do lado de fora da tela. O sol enfim se pusera, os últimos raios refletidos do horizonte brilhavam entre as árvores.

A casa de Julie, situada em um terreno de dois mil metros quadrados, era cercada por lotes arborizados vazios e, quando ela queria ficar sozinha, ia para a varanda. Esse também era o principal motivo de ela e Jim a terem comprado. Ambos sempre sonharam em ter uma casa mais antiga, cercada de graciosas varandas. Apesar de a residência precisar urgentemente de reparos, eles fizeram sua oferta no mesmo dia em que a visitaram.

Singer cochilava perto dos degraus, mas abria um olho de vez em quando, como se quisesse se certificar de que não estava perdendo nada. À luz que diminuía, as feições de Julie assumiram um brilho pálido.

– Isso me faz lembrar do dia em que nos conhecemos – disse Mike, sorrindo. – Você se lembra? De quando Mabel convidou todos nós à casa dela para conhecermos você?

– Como eu podia esquecer? Foi um dos momentos mais assustadores da minha vida.

– Mas nós somos pessoas legais.

– Eu não sabia disso. Naquela época, eram todos estranhos para mim. Eu não sabia o que esperar.

– Nem mesmo de Jim?

– Especialmente de Jim. Demorei muito para entender por que ele fez aquilo por mim. Quero dizer, nunca conheci ninguém como Jim e tive muita dificuldade em acreditar que havia pessoas... boas. Acho que eu não falei uma só palavra para ele naquela noite.

– Não mesmo. No dia seguinte ele comentou isso comigo.

– Comentou?

– Não de um modo negativo. E, de qualquer maneira, ele tinha nos avisado para não esperarmos que você falasse muito. Disse que você era um pouco tímida.

– Ele não disse isso!

– Na verdade, ele a chamou de bicho do mato.

Julie riu.

– Já me chamaram de muitas coisas, mas não disso.

– Bem, acho que ele disse isso para lhe darmos uma chance. Não que fosse realmente necessário. O fato de ele e Mabel gostarem de você era suficiente para nós.

Julie parou por um longo momento, parecendo quase desamparada.

– Às vezes ainda é difícil acreditar que estou aqui.

– Por quê?

– Pelo modo como as coisas aconteceram. Quero dizer, eu nunca tinha nem ouvido falar de Swansboro até Jim a mencionar e, 12 anos depois, ainda estou aqui.

Mike a olhou por cima de sua garrafa.

– Você fala como se quisesse ir embora.

Julie se sentou sobre uma das pernas.

– Não é isso. Gosto daqui. Quero dizer, houve um tempo, depois da morte de Jim, em que achei que deveria recomeçar em um lugar novo, mas nunca levei essa ideia adiante. Além disso, para onde eu iria? Eu não voltaria a morar com a minha mãe de jeito nenhum.

– Tem falado com ela?

– Não nos falamos há alguns meses. Ela me ligou no Natal e disse que queria vir me visitar, mas desde então não deu mais notícias. Acho que queria que eu lhe mandasse dinheiro para a passagem ou algo assim, mas eu não quis fazer isso. Só abriria velhas feridas.

– Imagino como deve ser difícil.

– Às vezes é. Era, pelo menos. Mas realmente não me permito mais pensar muito nisso. Quando comecei a sair com Jim, quis entrar em contato com ela, nem que fosse para lhe dizer que tudo tinha dado certo para mim. Sabe, acho que queria sua aprovação. É estranho me incomodar com isso, mas era importante, por mais que ela tenha sido uma péssima mãe.

– Não é mais importante?

– Não tanto. Ela não veio ao meu casamento nem ao enterro dele. Depois disso, acho que desisti. Quero dizer, não sou indelicada quando ela telefona, mas não sinto muita coisa por ela. É como se estivesse falando com uma estranha.

Enquanto Julie falava, Mike olhou na direção das sombras das árvores, que se tornavam mais escuras. A distância, pequenos morcegos apareciam e sumiam num piscar de olhos, como se nunca tivessem estado ali.

– Henry me deixa louco durante a metade do tempo e meus pais são tão malucos quanto ele, mas é bom saber que estão por perto para me dar apoio. Não sei o que eu faria sem eles. Não sei se conseguiria me virar sozinho como você.

Julie olhou para ele.

– Conseguiria, sim. Além disso, não sou totalmente só. Tenho Singer e meus amigos. Por ora, é o suficiente.

Mike quis perguntar onde Richard entrava naquilo, mas decidiu não fazer isso. Não queria estragar o clima. E também não queria acabar com a sensação de leveza que experimentava, agora que sua cerveja estava quase no fim.

– Posso lhe fazer uma pergunta? – disse Julie.

– É claro.

– O que houve com Sarah? Achei que havia algo de especial entre vocês, mas de repente pararam de se ver.

Mike mudou de posição na cadeira.

– Ah, sabe como é...

– Não, na verdade, não sei. Você nunca me contou por que terminaram.

– Não havia muito para contar.

– Você sempre diz isso. Mas qual é a verdadeira história?

Mike ficou calado por um longo tempo e então deu de ombros.

– Você não vai gostar de saber.

– O que ela fez? Traiu você?

Mike não respondeu, então Julie soube que seu palpite estava certo.

– Ah, Mike. Sinto muito.

– Eu também. Ou pelo menos senti. Foi com um colega de trabalho. Certa manhã fui à casa de Sarah e o carro dele estava lá.

– Como você reagiu?

– Você quer saber se fiquei zangado? É claro. Mas, para ser sincero, eu não era o namorado mais atencioso do mundo. Acho que ela se sentiu negligenciada. – Ele suspirou, passando a mão pelo rosto. – Não sei, acho que parte de mim sabia que aquilo não duraria, ou talvez eu tivesse parado de tentar fazer com que durasse. Então é claro que algo ia acontecer.

Ambos se calaram por um instante e, notando a garrafa de Mike quase vazia, Julie perguntou:

– Quer outra cerveja?

– Provavelmente.

– Vou buscar.

Julie se levantou. Mike afastou um pouco a cadeira para lhe dar passagem e viu a porta se fechar atrás dela. Não pôde deixar de notar como Julie ficava bem de jeans.

Mike balançou a cabeça, tentando afastar esse pensamento. Não era o momento para isso. Se estivessem tomando vinho e comendo lagosta, talvez, mas pizza e cerveja? Não, essa era apenas uma noite normal. Como tudo costumava ser antes de ele ter feito a besteira de se apaixonar por ela.

Ele não sabia bem quando isso acontecera, só que tinha sido um pouco depois da morte de Jim. Mas não conseguia ser mais preciso a esse respeito. Não era como se uma luz tivesse se acendido subitamente. Era mais como um alvorecer, quando, de maneira quase imperceptível, o sol fica cada vez mais claro até você perceber que a manhã chegou.

Julie voltou, lhe entregou a cerveja e se sentou de novo.

– Jim também costumava dizer isso, sabia?

– O quê?

– "Provavelmente". Quando eu oferecia outra cerveja. Ele aprendeu isso com você?

– Provavelmente.

Ela riu.

– Ainda pensa nele?

Mike assentiu.

– O tempo todo.

– Eu também.

– Tenho certeza disso. Jim era um homem bom. Na verdade, ele era ótimo. Você não poderia ter arranjado ninguém melhor. E ele costumava me dizer que também não podia ter arranjado uma mulher melhor.

Julie se recostou na cadeira, pensando em quanto havia gostado do que ele dissera.

– Você também é um homem bom.

– Sim. Eu e um milhão de outros. Mas não como Jim.

– É claro que é. Vocês nasceram na mesma cidade pequena, tinham amigos em comum e gostavam de fazer as mesmas coisas. Na maioria das vezes, Jim parecia mais seu irmão do que Henry. Exceto, é claro, pelo fato de que Jim jamais teria conseguido consertar aquela torneira. Ele não sabia fazer nenhum tipo de reparo.

– Bem, Henry também não teria consertado.

– Não?

– Não. Ele até sabe. Mas não teria feito. Ele detesta sujar as mãos.

– Isso é estranho, considerando que vocês dois são donos de uma oficina.

– Nem me diga. Mas eu não me importo. Para ser sincero, prefiro meu trabalho ao dele. Não gosto de lidar com papelada.

– Então imagino que nunca seria um analista de crédito, não é?

– Como Jim? Nem pensar. Mesmo que conseguisse convencer alguém a me contratar, não duraria mais de uma semana no emprego. Aprovaria o crédito de todos que aparecessem. Não sou muito bom em dizer não quando alguém precisa de alguma coisa.

Julie tocou no braço dele.

– Jura?

Mike sorriu, sem encontrar palavras e desejando de todo o coração que a mão de Julie ficasse em seu braço para sempre.

Minutos depois a pizza chegou. Um adolescente cheio de espinhas e usando óculos de armação grossa preta examinou a nota durante um tempo estranhamente longo antes de gaguejar o valor a pagar.

Mike ia pegar a carteira quando Julie o afastou com uma cotovelada, já com a bolsa na mão.

– Nem pense nisso. Esta é por minha conta.

– Mas eu sempre como mais.

– Pode comê-la inteira, se quiser. Vou pagar mesmo assim.

Antes que ele pudesse se opor, Julie entregou o dinheiro ao rapaz, dizendo-lhe que ficasse com o troco. Depois levou a caixa para a cozinha.

– Posso servir em pratos descartáveis?

– Eu como em pratos descartáveis o tempo todo.

– Eu sei – disse ela, piscando. – E você não imagina quanto lamento isso.

Durante a hora seguinte eles comeram juntos, conversando tranquilamente num tom familiar, como sempre fizeram. Falaram sobre Jim e as coisas de que se lembravam e depois o assunto mudou para os acontecimentos na cidade e as pessoas que conheciam. De vez em quando Singer gania, parecendo se sentir ignorado, e Mike lhe atirava um pedaço de pizza, sem interromper a conversa.

Com o passar da noite, Julie se viu sustentando o olhar de Mike por mais tempo do que de costume. Isso a surpreendeu. Ele não tinha feito ou dito nada fora do comum desde que chegara. Tampouco aquele jantar a sós na varanda tinha sido planejado com antecedência.

Não havia nenhum motivo para Julie se sentir diferente nesta noite, mas ainda assim ela se sentia. Também percebeu que realmente não queria que essa sensação acabasse, mesmo que não fizesse sentido. De tênis e jeans, com as pernas erguidas e apoiadas no guarda-corpo da varanda e os cabelos despenteados, Mike tinha uma beleza simples. Mas ela sempre soubera disso, mesmo antes de começar a namorar Jim.

Ficar na companhia de Mike, refletiu Julie, não era como os encontros que tivera recentemente, entre eles o do fim de semana com Richard. Não havia nenhuma pretensão nisso, nenhum significado oculto nas frases que diziam, nenhum plano elaborado para impressionarem um ao outro. Embora sempre tivesse sido agradável ficar na companhia de Mike, ela de repente percebeu que, no turbilhão das últimas semanas, quase se esquecera de quanto gostava disso.

Essa era sua parte favorita no casamento com Jim. Não tinha sido seduzida apenas pela torrente de emoções que a inundava quando faziam amor. Ela apreciava ainda mais as manhãs preguiçosas que passavam lendo jornal na cama enquanto bebiam café, as manhãs frias de dezembro em que plantavam sementes no jardim ou as horas que passavam percorrendo lojas, escolhendo mobília para o quarto e discutindo os méritos da cerejeira ou do bordo. Esses tinham sido os momentos em que se sentira mais feliz, quando finalmente se permitiu acreditar no impossível. Esses tinham sido os momentos em que tudo parecera certo no mundo.

Lembrando-se dessas coisas, Julie observou Mike comer, com os cantos dos lábios ligeiramente erguidos e lutando com fios de queijo que se esticavam de sua boca para a fatia de pizza, fazendo aquilo parecer mais difícil do que era. Depois de dar uma mordida, às vezes ele se aprumava e se atrapalhava com o pedaço, usando os dedos para impedir que o recheio caísse ou o molho de tomate pingasse. Então, rindo de si mesmo, limpava o rosto com um guardanapo, murmurando algo como "quase acabei com minha camisa". O fato de Mike não se levar muito a sério e não se importar quando ela também não o levava fazia com que ela sentisse por ele uma ternura que a lembrava de como imaginava que casais de idosos se sentiam sentados de mãos dadas em bancos de parques. Ainda estava pensando nisso alguns minutos depois, quando o seguiu até a cozinha, os dois carregando os restos do jantar, e o viu encontrar o plástico-filme na gaveta ao lado do fogão sem precisar perguntar onde estava. Quando Mike se encarregou de embrulhar a pizza e guardá-la na geladeira e depois, automaticamente, estendeu o braço para o lixo, notando que estava cheio, houve um momento, apenas um momento, em que a cena pareceu não estar ocorrendo agora, mas em algum momento no futuro, como se fosse apenas uma noite comum entre tantas outras que passariam juntos.

– Acho que está tudo arrumado – disse Mike, olhando ao redor da cozinha.

O som de sua voz trouxe Julie de volta ao presente e ela sentiu suas bochechas ficarem levemente coradas.

– Acho que sim – concordou. – Obrigada por me ajudar a recolher as coisas.

Durante alguns minutos nenhum dos dois falou nada, e Julie de repente ouviu o refrão com que convivera nos últimos dois anos, como se um gravador tivesse sido ligado. *Uma relação com Mike? Nem pensar. Sem chance.*

Mike juntou as mãos, interrompendo seu pensamento antes que fosse mais longe.

– Acho melhor eu ir andando. Tenho que acordar cedo amanhã.

Julie concordou com a cabeça.

– Eu imaginei. Talvez eu também deva ir para a cama. Na noite passada, Singer me manteve acordada durante horas.

– O que ele fez?

– Ganiu, latiu, rosnou, andou de um lado para outro... quase tudo o que pôde para me irritar.

– Singer? O que está acontecendo?

– Ah, Richard passou aqui na noite passada. Você sabe como Singer fica na presença de estranhos.

Era a primeira vez que o nome de Richard era citado naquela noite e Mike sentiu um nó na garganta.

– Richard esteve aqui na noite passada? – perguntou.

– Não, não foi isso. Não tivemos um encontro nem nada. Ele só veio deixar um bilhete no meu carro avisando que ficaria fora da cidade.

– Ah!

– Não foi nada importante – acrescentou Julie, sentindo necessidade de esclarecer aquilo.

– Que horas eram? – perguntou Mike.

Julie se virou para o relógio na parede, como se precisasse ver a posição dos ponteiros para se lembrar.

– Acho que por volta das duas. Pelo menos foi a essa hora que Singer começou. Mas, como falei, ele latiu o tempo todo. Por quê?

Mike mordeu os lábios, pensando: Singer latiu o tempo todo?

– Eu só estava me perguntando por que Richard não deixou o bilhete de manhã, antes de sair.

Julie deu de ombros.

– Não faço ideia. Talvez estivesse sem tempo.

Mike assentiu, sem saber se deveria se estender naquele assunto, e depois decidiu não fazer isso. Então pegou sua caixa de ferramentas e a torneira que substituíra, sem desejar que a noite terminasse com algo que poderia ser desagradável. Deu um pequeno passo para trás.

– Ouça...

Julie passou a mão pelos cabelos, notando pela primeira vez uma verruga no rosto dele que parecia quase ornamental, como se tivesse sido posta lá por um maquiador, para dar efeito. Por que só agora reparara nela?

– Eu sei. Você tem que ir – disse ela, interrompendo.

Sem saber o que dizer, Mike ergueu a torneira.

– Bem, obrigado por me chamar para resolver isso. Acredite ou não, fico feliz por ter ligado. Eu me diverti muito esta noite.

Eles se olharam por um momento antes de Mike desviar os olhos. Julie sentiu o ar saindo de seus pulmões. Não havia notado que prendera a respiração e, sem querer, viu-se observando Mike andando à sua frente em direção à porta. Os jeans se ajustavam perfeitamente ao corpo dele e Julie sentiu seu rosto corar de novo, o sangue aflorando à superfície como a lama agitada no fundo de um lago.

Ela ergueu os olhos quando Mike girou a maçaneta. Por um instante, sentiu como se observasse alguém que nunca vira, numa festa cheia de gente. Em outra situação e época, teria rido do absurdo disso.

Mas, estranhamente, não conseguiu rir.

Depois de se despedirem, Julie ficou à porta, observando Mike se dirigir à picape. Pouco antes de fechar a porta, com a luz vinda de cima formando um halo, ele acenou.

Julie retribuiu o aceno e observou as luzes traseiras da picape desaparecerem. Por quase um minuto ficou na varanda, tentando entender seus sentimentos. Mike, pensou novamente, *Mike.*

Por que estava pensando nele? Aquilo não ia acontecer. Cruzando os braços, riu para si mesma. Mike? É claro que ele era simpático, bom de papo e um amor de pessoa. Mas... *Mike*?

Então concluiu que tudo aquilo era ridículo, absurdo. Um monte de besteiras.

Julie se virou para entrar.

Não era?

15

Na manhã seguinte, em seu escritório, Henry pôs o copo descartável de café sobre a escrivaninha.

– Então foi só isso? – perguntou.

Mike coçou a nuca.

– Sim.

– Você simplesmente foi embora?

– Fui.

Henry uniu as mãos e apoiou o queixo nelas. O normal seria ele implicar com Mike por não ter aproveitado a chance de convidar Julie para sair, mas aquele não era o momento para isso.

– Então deixe-me ver se entendi direito: você ouviu um comentário enigmático de Jake Blansen sobre Richard que poderia não significar nada, mas lhe pareceu um pouco estranho, principalmente porque Jake se desviou do assunto. *Depois* descobriu que Richard se aproximou da casa dela no meio da noite e ficou por lá Deus sabe por quanto tempo. E mesmo assim decidiu não dizer a ela que achou isso um pouco suspeito? Nem mencionar o fato de que talvez houvesse algo com que se preocupar?

– Foi Julie que me contou que Richard esteve lá. Então ela já sabia.

– A questão não é essa e você sabe.

Mike balançou a cabeça.

– Não aconteceu nada, Henry.

– Mesmo assim você deveria ter dito alguma coisa.

– Como?

Henry se recostou na cadeira.

– Exatamente como acabei de fazer: falando o que pensava.

– Você pode dizer isso assim, mas eu não – observou Mike, sustentando o olhar do irmão. – Julie poderia achar que eu só estava fazendo isso por causa dos meus sentimentos por ela.

– Escute, Mike – disse Henry, parecendo mais um pai do que um irmão. – Você é e sempre será amigo dela, mesmo que aconteça algo entre vocês. Eu também sou amigo de Julie, certo? E não me agrada a ideia desse sujeito rondando a casa dela no meio da noite. Isso é assustador, não importa o motivo que ele possa alegar. Richard podia ter deixado o bilhete de manhã, telefonado ou deixado um recado no trabalho... Que tipo de homem se veste, pega o carro e atravessa a cidade para deixar um bilhete às duas da manhã? Você não disse que Singer a manteve acordada durante horas? E se Richard estivesse escondido por lá durante todo o tempo em que Singer ficou agitado? E se Blansen estivesse tentando de algum modo avisá-lo? Você não pensou em nada disso?

– É claro que pensei. Também não gostei dessa história.

– Então deveria ter dito alguma coisa.

Mike fechou os olhos. Tinha sido uma noite ótima até ele saber daquilo.

– Você não estava lá, Henry. Além do mais, ela não pareceu achar aquilo nem um pouco estranho, portanto não torne isso algo maior do que deveria ser. Tudo o que Richard fez foi deixar um bilhete.

– Como você sabe que foi só isso?

Mike começou a responder, mas a expressão no rosto de Henry o fez parar.

– Olhe, em geral eu o deixo fazer as coisas à sua maneira, mesmo quando você se estrepa, mas há limite para tudo. Essa não é a hora para começar a ter segredos com ela, principalmente desse tipo. Concorda?

Mike baixou o queixo na direção do peito.

– Sim.

– Bem, parece que vocês dois se divertiram – disse Mabel.

– Sim – confirmou Julie. – Você sabe como Mike é. Sempre muito engraçado.

Mabel girou a cadeira vazia enquanto elas conversavam. Só havia clientes marcados dali a alguns minutos e as duas estavam sozinhas.

– A torneira ficou boa?

Julie estava ocupada arrumando sua estação de trabalho e assentiu.

– Ele a trocou por uma nova.

– Fez isso parecer tão fácil que você ficou se perguntando por que precisou chamá-lo, certo?

– Sim.

– E você não detesta isso?

– Sempre.

Mabel riu.

– Ele é mesmo um homem incrível, não é?

Julie hesitou. Pelo canto do olho, viu Singer sentado perto da porta da frente, olhando pela janela, como se pedisse que o deixassem sair.

Embora a pergunta de Mabel não exigisse resposta, havia algo de sério no que Julie poderia responder, algo em que não conseguia parar de pensar desde a noite anterior. Não sabia bem por que os acontecimentos da véspera não lhe saíam da mente. A noite não fora excitante nem mesmo memorável. Mas, com o luar entrando pela janela e mariposas batendo na vidraça, Mike tinha sido não só a única pessoa em quem pensou antes de adormecer como também a primeira em quem pensou pela manhã, ao abrir os olhos.

A resposta de Julie veio naturalmente quando ela se dirigiu à porta para deixar Singer sair.

– Sim – disse. – É.

– Mike – chamou Henry. – Você tem visita.

Mike pôs a cabeça para fora do almoxarifado.

– Quem?

– Adivinha?

Antes que pudesse responder, Singer veio trotando para seu lado.

A tarde estava quase no fim quando Julie entrou na oficina. De mãos na cintura, olhou para Singer.

– Se eu não o conhecesse, diria que isso tudo foi um plano para me fazer vir aqui – falou.

Assim que Julie disse isso, Mike fez o possível para transmitir seus agradecimentos para Singer por telepatia.

– Talvez ele esteja tentando lhe dizer alguma coisa.

– Como o quê?

– Não sei. Talvez não esteja recebendo muita atenção ultimamente.

– Ah, ele recebe muita atenção. Não se deixe enganar. Singer é muito mimado.

Sentado, o cão começou a se coçar com a pata traseira, como se demonstrando sua indiferença ao que eles diziam. Enquanto conversavam, Mike abriu os botões de pressão do seu macacão.

– Espero que não se importe – disse –, mas caiu um pouco de fluido de transmissão nele e estou sentindo esse cheiro o dia todo.

– Deve ter dado onda, não é?

– Não, só dor de cabeça. Não tenho tanta sorte.

Julie o observou puxar o macacão para baixo, tirar uma perna de cada vez e depois atirar a roupa num canto. De jeans e camiseta vermelha, ele parecia mais jovem do que era.

– Então, qual é seu programa para esta noite? – perguntou Julie.

– O de sempre. Salvar o mundo, alimentar os famintos e promover a paz mundial.

– É impressionante quantas coisas uma pessoa pode fazer em uma noite, se estiver disposta.

– Essa é uma grande verdade!

Mike lhe deu um sorriso travesso. Mas quando Julie passou a mão pelos cabelos, ficou paralisado pelo mesmo nervosismo que sentira na noite anterior, quando entrou na cozinha.

– E você? Tem algo empolgante em mente?

– Não. Preciso limpar um pouco a casa e pagar algumas contas. Ao contrário de você, tenho que fazer coisas pequenas antes de tentar tornar o universo perfeito.

Mike viu Henry encostado no batente da porta, examinando uma pilha de papéis e fingindo não prestar atenção neles, mas fazendo o possível para sua presença ser notada e o irmão não se esquecer do que lhe tinha dito. Mike enfiou as mãos nos bolsos. Ele não queria fazer isso. Sabia que era preciso, mas não queria. Respirou fundo.

– Você tem alguns minutos? – perguntou a Julie. – Há uma coisa sobre a qual gostaria de lhe falar.

– Claro. O que é?

– Podemos ir a outro lugar? Acho que preciso tomar uma cerveja antes.

Intrigada com a súbita seriedade de Mike, Julie não pôde negar que ficou feliz com o convite.

– Uma cerveja parece uma ótima ideia.

A uma curta caminhada, perto do centro da cidade, ficava o Tizzy's, entre uma pet shop e uma lavanderia. Assim como o Sailing Clipper, não era limpo nem particularmente confortável. Havia uma televisão ligada com o volume alto no canto do bar, as janelas estavam esbranquiçadas de poeira e o ar, cheio da fumaça que subia em espirais das mesas. Para os frequentadores do lugar, nada disso tinha importância e meia dúzia deles quase moravam ali. Segundo Tizzy Welborn, o dono, o bar era popular porque "tinha personalidade". Mike presumia que isso significava bebida barata.

O lado positivo era que Tizzy não ligava muito para regras. Os clientes não precisavam estar com sapatos e camisa para serem servidos. Tampouco se importava com o que traziam com eles. Ao longo dos anos, tudo, de espadas de samurai a bonecas infláveis, havia cruzado aquelas portas e, apesar dos rigorosos protestos de Julie, era nessa categoria que Singer se encaixava.

Mike e Julie se sentaram em dois bancos na ponta do bar e Singer deu uma volta antes de se deitar.

Tizzy anotou os pedidos e logo em seguida pôs duas cervejas na frente deles. Apesar de não estarem tão geladas, não estavam quentes, e Mike ficou grato por isso. Não se podia esperar muito daquele lugar.

Julie olhou ao redor.

– Isto é uma espelunca. Sempre acho que vou pegar algo contagioso se ficar aqui por mais de uma hora.

– Mas tem personalidade – observou Mike.

– É claro que sim. Então, o que é tão importante para que me arrastasse para cá?

Mike pôs as duas mãos ao redor da garrafa.

– É algo que Henry disse que eu deveria fazer.

– Henry?

– Sim. – Mike fez uma pausa. – Ele achou que eu deveria ter falado algo ontem. Quero dizer, para você.

– Sobre o quê?

– Richard.

– O que tem ele?

Mike se aprumou no banco.

– Sobre ele ter deixado aquele bilhete na outra noite.

– O que tem isso?

– Henry achou um pouco estranho ele aparecer no meio da noite para deixar o bilhete.

Julie lançou-lhe um olhar cético.

– Henry estava preocupado com isso?

– Sim, está.

– Hum... mas você não.

– Não – disse Mike.

Julie tomou um gole de sua cerveja.

– Por que Henry está tão preocupado? Richard não estava espionando pelas janelas. Se estivesse, Singer teria atravessado o vidro. E o bilhete dizia que era uma emergência, por isso talvez tivesse ido logo embora.

– Bem... também houve outra coisa. Um dia desses uma pessoa que trabalha na ponte foi à oficina e disse algo estranho.

– O quê?

Enquanto passava os dedos pelos entalhes gravados no bar, Mike lhe contou o que Jake Blansen dissera e entrou em mais detalhes sobre os comentários do irmão. Quando terminou, Julie pôs a mão no ombro dele e seus lábios se curvaram lentamente em um sorriso.

– É muito gentil da parte de Henry se preocupar comigo.

Mike precisou de um momento para digerir a resposta.

– Espere, você não está zangada?

– É claro que não. Fico feliz em saber que tenho bons amigos como ele, que se preocupam comigo.

– Mas...

– Mas o quê?

– Bem... humm...

Julie riu, cutucando gentilmente o ombro de Mike.

– Ora, vamos. Admita que você também se preocupou. Não foi só o Henry, foi?

Mike engoliu em seco.

– Não.

– Então por que não me disse isso desde o início?

– Eu não queria que você ficasse zangada comigo.

– Por que eu ficaria?

– Porque... bem, você sabe... está saindo com Richard.

– E daí?

– Não queria que pensasse... bem, não tinha certeza de que você iria...

Mike se retraiu, sem vontade de prosseguir.

– Você não queria que eu pensasse que só estava dizendo isso para que eu deixasse de sair com ele? – perguntou Julie.

– Isso mesmo.

Julie pareceu estudá-lo.

– Você realmente acredita tão pouco na nossa amizade? Acha que eu ignoraria os últimos doze anos?

Mike não respondeu.

– Você me conhece como ninguém e é meu melhor amigo. Nada que me dissesse me faria achar que era apenas para me magoar. Se aprendi algo sobre você é que não é capaz de fazer algo assim. Por que acha que gosto tanto de sua companhia? Porque você é um homem bom. Um homem gentil.

Mike virou o rosto para o outro lado, pensando que só faltava ela chamá-lo de eunuco.

– Os homens bons ficam em último lugar. Não é isso que dizem?

Julie usou seu dedo para virar o rosto dele de novo para ela, e o encarou.

– Algumas pessoas. Mas eu não.

– E quanto a Richard?

– O que tem ele?

– Vocês têm passado muito tempo juntos ultimamente.

Julie se inclinou para trás no banco, como se tentasse vê-lo melhor.

– Puxa, se eu não o conhecesse bem, diria que está com ciúmes – brincou.

Mike tomou um gole da cerveja, ignorando o comentário dela.

– Não sinta. Nós só saímos umas poucas vezes e demos algumas risadas. E daí? Não é nada importante. Não pretendo me casar com ele.

– Não?

Julie riu.

– Está brincando, não está? – Ela fez uma pausa, mas a expressão de Mike foi suficiente. – Não, não está. Achou que eu estivesse apaixonada por ele?

– Eu não fazia ideia.

– Bem, não estou. Nem sei se sairia com ele de novo. E não é pelo que você acabou de me dizer. O último fim de semana foi ótimo e divertido, mas faltou alguma coisa, entende? E então ele pareceu um pouco distante na segunda-feira e decidi que não valia a pena.

– É mesmo?

Ela sorriu.

– É.

– Uau! – Foi tudo o que Mike conseguiu dizer.

– É, uau!

Tizzy passou por eles e pôs a televisão no canal ESPN antes de perguntar se queriam outra bebida. Ambos fizeram um sinal negativo com a cabeça.

– E então, o que você vai fazer agora? – perguntou Mike. – Voltar a se encontrar com o velho Bob?

– Espero não precisar disso.

Mike assentiu. Naquele ambiente sombrio, Julie estava radiante e ele sentiu a garganta seca. Tomou outro gole de cerveja.

– Bem, talvez surja outra pessoa – arriscou.

– Talvez.

Julie pousou o queixo na mão, sustentando o olhar dele.

– Não vai demorar muito – continuou Mike. – Tenho certeza de que há uma dúzia de homens esperando uma chance de convidá-la para sair.

– Só preciso de um. – Ela deu um sorriso largo.

– Ele está em algum lugar – declarou Mike. – Eu não me preocuparia com isso.

– Não estou preocupada. Acho que agora sei bem o que procuro em um homem. Agora que tive alguns encontros, as coisas estão um pouco mais claras. Quero um homem bom. Um homem gentil.

– Bem, você merece um.

Julie não pôde evitar pensar que Mike às vezes era burro como uma porta. Tentou outra tática.

– E quanto a você? Quando vai encontrar alguém especial?

– Quem sabe?

– Com certeza vai. Isto é, se procurar. Às vezes a pessoa está bem debaixo do seu nariz.

Mike puxou a frente da sua camisa. Não havia percebido como estava quente, mas tinha a sensação de que poderia começar a suar se não saísse logo dali.

– Espero que você esteja certa.

Eles voltaram a ficar em silêncio.

– Então... – disse Julie, esperando que ele dissesse alguma coisa.

– Então... – repetiu Mike, olhando ao redor.

Finalmente, Julie suspirou. Acho que eu terei que tomar a iniciativa, pensou. Se esperar por este Casanova, ficarei tão velha que ele terá de me acompanhar de bengala.

– O que você vai fazer amanhã à noite? – perguntou.

– Ainda não pensei nisso.

– Eu estava pensando que poderíamos sair.

– Sair?

– Sim. Há um lugar lindo na ilha. Fica bem na praia e ouvi dizer que a comida é ótima.

– Devo perguntar se Henry e Emma querem ir?

Julie levou um dedo ao queixo.

– Hum... que tal se fôssemos apenas nós dois?

– Você e eu? – Mike sentiu seu coração batendo acelerado.

– Claro. Por que não? A menos que você não queira.

– Não, eu quero – respondeu Mike um pouco rápido demais.

Respirando profundamente, obrigou-se a ficar calmo. Fique frio, pensou. Ele lhe lançou seu olhar de James Dean.

– Isto é, acho que vou poder.

Julie conteve o riso.

– Que bom! Fico muito grata.

– Então você a convidou para sair? – perguntou Henry.

Mike estava posicionado como um caubói de um velho filme de faroeste, com um joelho dobrado, o pé apoiado na parede e a cabeça abaixada. Observava suas unhas, como se nada daquilo tivesse muita importância.

– Estava na hora. – Mike deu de ombros, de um modo bem calculado.

– Bem... ótimo. E tem certeza de que é um encontro amoroso?

Mike ergueu os olhos, como se a pergunta de Henry estivesse testando sua paciência.

– Absoluta.

– Como você fez isso? Quero dizer, como aconteceu?

– Eu fiz com que acontecesse. Devagar. Só deixei a conversa tomar o rumo certo e aconteceu.

– Assim, sem mais nem menos?

– Sim.

– Hum – murmurou Henry.

Sabia que Mike estava mentindo, mas não em que ponto. Afinal, *parecia* que eles realmente teriam um encontro.

– E o que ela disse sobre Richard?

Mike esfregou as unhas na camisa e as examinou.

– Acho que é um caso encerrado.

– Ela disse isso?

– Ah, sim.

– Hum...

Henry tentava ganhar tempo para pensar no que dizer em seguida. Não poderia zombar dele, dar conselhos nem fazer nada antes de descobrir por que toda a sequência dos acontecimentos parecia um pouco improvável.

– Bem, acho que tudo o que posso dizer é que estou orgulhoso de você. Estava na hora de vocês darem o pontapé inicial.

– Obrigado, Henry.

– Não há de quê. – Ele olhou por cima do ombro. – Ainda tenho trabalho a fazer e não quero ir para casa muito tarde, portanto tenho que voltar para o escritório.

– Vá em frente.

Sentindo-se melhor do que nunca, Mike pousou o pé no chão e, logo depois, dirigiu-se à oficina. Henry o observou se afastando e foi para o escritório, fechando a porta atrás de si. Pegou o telefone, discou um número e um instante depois ouviu a voz de Emma do outro lado da linha.

– Você não vai acreditar no que acabei de ouvir – disse.

– O que foi?

Henry deixou-a a par dos acontecimentos.

– Bem, já estava na hora – comentou Emma alegremente.

– Eu sei. Falei a mesma coisa. Mas, escute, será que você consegue checar a versão de Julie para essa história?

– Achei que Mike tivesse lhe contado tudo.

– Acho que ele está escondendo alguma coisa.

Emma fez uma pausa.

– Você não está planejando nada, está? Sabotar o encontro?

– De jeito nenhum. Só quero saber o que realmente aconteceu.

– Para quê? Para implicar com ele?

– É claro que não.

– Henry...

– Ora, vamos, querida. Você me conhece. Eu não faria nada assim. Só quero saber o que está se passando na cabeça de Julie, o.k.? Mike está levando isso muito a sério e não quero que se magoe.

Emma ficou quieta, e Henry sabia que ela estava pensando se devia acreditar nele ou não.

– Bem, já faz algum tempo que não almoço com ela.

Henry concordou com a cabeça, pensando: essa é a minha garota.

Segurando uma sacola de compras e a correspondência, Julie abriu a porta da frente e andou com dificuldade até a cozinha. Sem quase nada em casa, havia parado na mercearia na esperança de comprar algo saudável, mas, em vez disso, escolhera uma porção individual de lasanha congelada.

Singer não a seguiu para dentro da casa. Assim que Julie estacionara, ele pulou do jipe e correu para os lotes arborizados que se estendiam até a Intracoastal Waterway. Demoraria alguns minutos para voltar.

Julie pôs a lasanha no micro-ondas, foi para o quarto trocar de roupa e voltou para a cozinha. Examinou a correspondência – contas, vários folhetos de propaganda, alguns catálogos de vendas por correio – e então deixou a pilha de lado. Naquele momento não estava disposto a lidar com essas coisas.

Ia sair com Mike, pensou. Mike.

Murmurou o nome dele, vendo se aquilo soava tão inacreditável quanto parecia.

Soava.

Enquanto pensava sobre isso, olhou para a secretária eletrônica e viu a luz piscando. Acionou a tecla "play" e ouviu a voz de Emma, perguntando-lhe se gostaria de almoçar com ela na sexta-feira. "Nos encontraremos na delicatéssen, o.k.? Se não puder, me avise."

Por mim está bom, pensou Julie. Um momento depois, a secretária eletrônica apitou e ela ouviu a voz de Richard. Ele parecia cansado, como se tivesse martelado coisas o dia inteiro.

"Oi, Julie. Só estou ligando para saber como você está, mas acho que não está em casa, não é? Ficarei fora durante a maior parte da tarde, mas estarei em casa à noite." Ele fez uma pausa e Julie pôde ouvi-lo respirar fundo. "Você não imagina como estou sentindo sua falta."

Julie ouviu o clique quando ele desligou. Viu um passarinho saltitar duas vezes no peitoril da janela antes de ir embora voando.

Ah, meu Deus!, pensou ela de repente. Por que tenho a sensação de que ele não vai aceitar isso muito bem?

16

Mike chegou à casa de Julie ao entardecer do dia seguinte, um pouco antes das sete, usando calças Dockers e camisa de linho branca. Desligou o motor da picape, pôs as chaves no bolso, pegou a caixa de bombons e começou a andar, ensaiando o que diria. Ainda que Julie quisesse que ele agisse normalmente, não conseguia resistir ao desejo de impressioná-la desde a primeira frase da conversa. Após horas de reflexão, decidira-se por "Que ótima ideia ir para a praia. Está uma noite linda". Isso soava natural e não daria a impressão de que estava ansioso demais. Talvez essa fosse sua única chance e não queria desperdiçá-la.

Julie saiu de casa quando Mike se aproximava da porta e disse algo amigável, algum tipo de cumprimento, mas a voz dela, combinada com a desconcertante sensação de que *o encontro realmente estava acontecendo,* o impediu de pensar e o fez se esquecer do que pretendia dizer. Na verdade, fez com que se esquecesse de quase tudo.

Havia mulheres bonitas em toda parte, pensou, olhando para Julie. Havia mulheres que faziam os homens virarem a cabeça mesmo quando estavam de mãos dadas com suas namoradas, e mulheres que, com uma simples piscadela, conseguiam se livrar de multas por excesso de velocidade.

E havia Julie.

A maioria das pessoas a consideraria atraente. É claro que ela tinha defeitos - muitas sardas e cabelos que várias vezes pareciam ter vontade própria. Mas quando Mike a observou descendo a escada, com seu vestido leve esvoaçando à brisa da primavera, soube que nunca vira uma mulher tão bonita.

- Mike?

O.k., pensou ele, esta é a minha chance. Não posso desperdiçá-la. Sei exatamente o que dizer. É só ficar calmo e deixar as palavras fluírem.

- Mike? - repetiu Julie.

A voz dela o trouxe de volta à realidade. Mas não conseguiu se lembrar do que tinha ensaiado dizer.

- Está se sentindo bem? - perguntou Julie. - Parece um pouco pálido.

Mike abriu a boca por um momento e depois a fechou. Não entre em pânico, pensou, já começando a entrar. Faça o que fizer, *não entre em pânico!* Ele decidiu apenas confiar em si mesmo e respirou fundo.

– Trouxe chocolates – disse por fim, entregando-lhe a caixa de bombons.

Julie olhou para ele.

– Estou vendo. Obrigada.

Trouxe chocolates? Foi tudo o que conseguiu dizer?

– Ei, tem alguém aí? – brincou Julie.

A primeira frase... a primeira frase... Mike se concentrou e sentiu que ela começava a tomar forma. Contudo, Julie esperava que ele dissesse alguma coisa, qualquer coisa.

– Você estava linda na praia esta noite – disse ele por fim.

Julie o estudou por um momento e depois sorriu.

– Obrigada. Mas ainda não fomos à praia.

Mike enfiou as mãos nos bolsos. Idiota!

– Desculpe – disse, sem saber o que fazer.

– Pelo quê?

– Por não saber o que dizer.

– Do que você está falando?

A expressão dela era uma mistura de confusão e paciência e foi isso que finalmente permitiu a Mike encontrar a coisa certa a dizer.

– De nada – respondeu. – Acho que só estou feliz por estar aqui.

Julie sentiu a sinceridade nas palavras dele.

– Eu também.

Com isso, Mike se recuperou um pouco. Sorriu, mas ficou com um olhar distante, como se começasse um longo estudo do ambiente. Demorou um pouco a falar, inseguro sobre como prosseguir.

– Bem, podemos ir? – perguntou.

– Quando você quiser.

Ao se virar e se dirigir à picape, Mike ouviu Singer latir dentro de casa e olhou para trás.

– Singer não vem?

– Não sabia se você queria que ele fosse.

Mike parou. Pensou que o cão poderia acalmá-lo, diminuindo as expectativas de ambas as partes. Como um acompanhante de namorados.

– Ele pode vir, se você quiser. Iremos para a praia e ele vai adorar.

Quando Julie olhou na direção da casa, Singer latiu de novo. Estava com o focinho encostado na janela. Gostaria que ele fosse porque ia a praticamente todos os lugares com ela, mas aquilo era para ser um encontro. Com

Richard ou com qualquer um dos outros homens com quem saíra nem havia pensado nisso.

– Tem certeza de que não se importa?

– Nem um pouco.

Ela sorriu.

– Então vou buscá-lo.

Alguns minutos depois, eles estavam atravessando a ponte que levava a Bogue Banks. Singer latiu de novo. Estava na carroceria da picape, com a boca e a língua balançando ao vento, parecendo tão feliz quanto um cão pode parecer.

Singer se enroscou na areia morna na frente do restaurante e Julie e Mike se sentaram a uma pequena mesa no terraço do segundo andar. Nuvens baixas se dissipavam no céu, que escurecia lentamente. A brisa do oceano, sempre mais forte na ilha, agitava as abas do guarda-sol num ritmo constante e Julie pôs os cabelos para trás das orelhas para que os fios não voassem para seu rosto. A praia estava quase vazia – as pessoas só começavam a chegar depois do Memorial Day – e as ondas lambiam os macios montes de areia à beira-mar.

O restaurante era simples e agradável e, por causa de sua localização na praia, quase todas as mesas estavam ocupadas. Quando o garçom se aproximou, Julie pediu uma taça de vinho e Mike optou por uma garrafa de cerveja.

Durante a curta viagem até lá eles tinham conversado um pouco sobre o que haviam feito mais cedo naquele dia. Como sempre, falaram sobre Mabel, Andrea, Henry e Emma. Enquanto conversavam, Mike tentou se recompor. Não conseguia esquecer que desperdiçara um dia inteiro de planejamento ao não conseguir dizer a primeira frase, mas de algum modo aquilo dera certo no fim. Gostaria de atribuir isso ao seu charme natural, mas no fundo sabia que Julie só não havia percebido porque era o seu normal. Havia algo de desanimador nisso, mas o lado positivo era que pelo menos Julie não havia zombado dele.

Mike achou difícil se concentrar nos primeiros minutos no restaurante. Afinal de contas, havia sonhado com aquele momento todos os dias dos últimos dois anos. Achava que, se fizesse aquilo certo, teria uma chance de beijar Julie mais tarde. Quando ela ergueu a taça de vinho e tomou um gole, franzindo os lábios, Mike constatou que era uma das coisas mais sensuais que já vira.

Enquanto bebiam, ele manteve o ritmo da conversa e até a fez rir algumas vezes. Quando o jantar chegou, porém, ele estava tão nervoso que não conseguia se lembrar de grande parte do que tinha sido dito.

Controle-se, pensou.

Mike não estava sendo ele mesmo.

Julie não estava surpresa. Sabia que ele demoraria um pouco para relaxar. Só não esperava que fosse tanto. Ela também não se sentia totalmente à vontade e Mike não estava facilitando as coisas. O modo como arregalava os olhos sempre que ela pegava a taça fazia com que ela tivesse vontade de perguntar se ele nunca tinha visto ninguém beber vinho. Na primeira vez que isso aconteceu, achou que ele estava tentando avisá-la de que havia um inseto em sua bebida.

Esta era uma noite diferente daquela em que Mike fora à casa dela consertar a torneira. Mas no dia anterior, no Tizzy's, quando o convidara para sair, não havia imaginado como isso poderia ser estranho. Afinal de contas, Mike não era apenas uma possível parte do seu futuro, mas alguém ligado ao seu passado. E a Jim, é claro.

Julie pensou nele mais de uma vez durante o jantar. O que a surpreendeu foi que Mike, mesmo tornando aquilo mais difícil do que deveria ser, estava se saindo muito bem. Ele nunca seria como Jim, mas havia algo no modo como ela se sentia quando estava com ele que a lembrava dos bons momentos em seu casamento. E agora tinha certeza, como tivera com Jim, de que Mike a amava e nunca deixaria de amá-la. Durante o jantar, a ideia de que aquilo era traição só lhe ocorreu uma vez, deixando-a com a impressão de que Jim, de algum modo, os estava observando, mas esse pensamento desapareceu tão rápido quanto surgira. E pela primeira vez ela teve uma sensação de conforto que lhe garantiu que Jim não ficaria nem um pouco aborrecido com isso.

Quando terminaram o jantar, a lua já estava alta, deixando um rastro branco na água escura.

– Gostaria de dar uma caminhada? – sugeriu Mike.

– Acho uma ótima ideia – respondeu Julie, pousando sua taça na mesa.

Mike se levantou. Julie ajeitou o vestido e subiu a alça que escorregara de seu ombro. Dirigindo-se à balaustrada, Mike precisou encostar em Julie para passar e, além do cheiro de sal e mar, ela sentiu o da água-de-colônia dele e se lembrou de quanto as coisas haviam mudado de repente. Mike se inclinou procurando Singer, seu rosto obscurecido pelas sombras. Mas, quando ele virou a cabeça, o luar pareceu captar e ressaltar a textura rústica de sua pele, fazendo-o parecer alguém que ela mal conhecia. Seus dedos pousados no ferro estavam manchados de graxa e, mais uma vez, Julie percebeu como ele era diferente do homem com quem se casara.

Não, pensou, não estou apaixonada por Mike.

Ela começou a sorrir. Pelo menos, ainda não.

– Você ficou um pouco calada no final do jantar – disse Mike.

Eles estavam caminhando descalços à beira-mar. Mike havia enrolado as calças até o meio das canelas. Singer seguia na frente, farejando a areia em busca de caranguejos.

– Eu só estava pensando – murmurou Julie.

Mike fez um sinal afirmativo com a cabeça.

– Em Jim?

Julie relanceou os olhos para ele.

– Como sabe?

– Já vi essa expressão muitas vezes. Você seria uma péssima jogadora de pôquer. E sabe que nada me escapa.

– É mesmo? No que exatamente eu estava pensando?

– Você estava pensando... que se sentia feliz por ter se casado com ele.

– Ah, você está chutando.

– Mas acertei, não foi?

– Não.

– Então no que você estava pensando?

– Nada importante. Além disso, não quero lhe contar.

– Por quê? É algo ruim?

– Não.

– Então me conte.

– Está bem. Eu estava pensando nos dedos dele.

– Nos dedos?

– Sim. Você tem os dedos sujos de graxa. Eu estava pensando que nunca vi os dedos de Jim com a aparência dos seus.

Constrangido, Mike escondeu as mãos atrás das costas.

– Ah, isso não foi uma crítica – disse Julie. – Sei que você é mecânico. É normal ter as mãos sujas de graxa.

– Elas não são sujas. Eu as lavo o tempo todo. Mas estão manchadas.

– Não fique tão na defensiva. Você sabe o que quero dizer. Além do mais, gosto delas.

– Gosta?

– Tenho que gostar. Elas fazem parte do pacote.

Mike estufou o peito enquanto eles caminhavam em silêncio.

– Então, gostaria de sair amanhã à noite? Talvez possamos ir para Beaufort – perguntou ele.

– Parece ótimo.

– Dessa vez poderíamos deixar Singer em casa – acrescentou Mike.

– Tudo bem. Ele já é adulto. Vai entender e ficar bem.

– Há algum lugar em particular aonde gostaria de ir?

– É sua vez de escolher. Eu escolhi hoje.

– E fez isso muito bem. – Mike a olhou de lado, procurando a mão dela. – Que ótima ideia vir para a praia. Está uma noite linda.

Julie sorriu quando seus dedos se entrelaçaram.

– Está, sim – concordou.

Eles saíram da praia alguns minutos depois, quando Julie começou a sentir frio. Mike relutou em soltar a mão dela, mesmo quando chegaram à picape, mas não teve escolha. Pensou em pegá-la de novo dentro carro, mas Julie manteve as duas mãos no colo e olhava para fora da janela.

Nenhum deles falou muito durante a volta para casa e, quando a levou até a porta, Mike se deu conta de que não tinha a mínima ideia do que ela estava pensando. Ele, por sua vez, esperava que Julie hesitasse à varanda, antes de se despedirem, dando-lhe uma chance de se certificar de que seu embaraço era justificado. Também não queria estragar isso.

– Eu me diverti muito esta noite – disse ele.

– Eu também. A que horas devo estar pronta amanhã?

– Pode ser às sete?

– Por mim está ótimo.

Mike fez que sim com a cabeça, sentindo-se como um adolescente. Pensou: Este é o grande momento. Tudo se resume a isso.

– Então – disse ele, tentando parecer calmo.

Julie sorriu, lendo seus pensamentos. Pegou a mão dele, apertou-a e depois a soltou.

– Boa noite, Mike. Até amanhã.

Ele demorou um segundo para processar a rejeição.

– Amanhã? – perguntou, inseguro.

– Sim. Marcamos um encontro, lembra? – disse Julie, abrindo a bolsa para procurar suas chaves.

Quando as encontrou e enfiou uma delas na fechadura, ergueu os olhos para Mike de novo. Àquela altura, Singer havia se juntado a eles e Julie abriu a porta, deixando-o entrar.

– E mais uma vez obrigada por esta noite tão agradável.

Ela acenou antes de seguir Singer para dentro de casa. Quando a porta se fechou, Mike ficou parado ali até perceber que Julie não voltaria. Alguns segundos depois, ele se afastou da varanda, chutando o cascalho ao se dirigir à picape.

Sabendo que não conseguiria pegar no sono, Julie se sentou no sofá e começou a folhear as páginas de um catálogo, repassando a noite. Estava feliz por Mike não a ter beijado na varanda, embora não soubesse bem por quê. Talvez só precisasse de mais tempo para se acostumar com seus sentimentos recém-descobertos por ele.

Ou talvez apenas quisesse vê-lo em agonia. Mike ficava uma graça angustiado, de um jeito que só ele era capaz de ficar. E Henry tinha razão. Era divertido provocá-lo.

Julie pegou o controle remoto e ligou a televisão. Ainda era cedo, antes das dez, e ela decidiu ver um filme, um drama sobre um xerife de cidade pequena que se sentiu compelido a arriscar a vida para salvar pessoas.

Vinte minutos depois, justamente quando o xerife estava prestes a salvar uma jovem presa num carro em chamas, alguém bateu à porta.

Singer se levantou depressa, saltitando pela sala de estar, e enfiou o focinho entre as cortinas. Ela achou que Mike tivesse voltado.

Então Singer começou a rosnar.

17

– Richard – disse Julie.

– Oi, Julie. – Ele lhe entregou um buquê de rosas. – Comprei no aeroporto e vim direto para cá. Desculpe-me por não estarem tão frescas, mas não havia muitas opções.

Julie estava em pé à soleira, com Singer ao seu lado. Ele havia parado de rosnar assim que ela abrira a porta e Richard lhe estendeu a mão espalmada. Singer a cheirou antes de olhar para cima, certificando-se de que o rosto correspondia ao cheiro familiar. Depois deu as costas para Richard, como se dissesse: *Ah, é ele. Não estou muito feliz com isso, mas tudo bem.*

Aquilo não era fácil para Julie. Ela hesitou antes de pegar as flores, desejando que Richard não as tivesse levado.

– Obrigada – disse.

– Desculpe-me por vir tão tarde, mas queria vê-la antes de ir para casa.

– Não tem problema – disse Julie.

– Telefonei mais cedo para avisar, mas acho que você não estava.

– Deixou uma mensagem?

– Não, não tive tempo. Estavam fazendo a última chamada para o embarque e meu lugar ainda não estava confirmado. Você sabe como são essas coisas. Mas deixei uma ontem.

– Sim – concordou Julie com a cabeça. – Essa eu recebi.

– Você estava em casa? – perguntou. – Quero dizer, mais cedo?

Julie sentiu seus ombros caírem um pouco. Não queria fazer isso agora.

– Saí com um amigo – respondeu.

– Um amigo?

– Você se lembra de Mike? Nós fomos jantar.

– Ah, sim. Aquele daquela noite no bar? – disse Richard. – O que trabalha na oficina?

– Isso mesmo.

– Ah – murmurou, fazendo um sinal afirmativo com a cabeça. – Foi divertido?

– Não o tenho visto muito ultimamente, por isso foi bom para colocarmos a conversa em dia.

– Legal. – Richard olhou de relance para a varanda, depois para seus pés e de novo para ela. – Posso entrar? Esperava que pudéssemos conversar um pouco.

– Não sei – hesitou Julie. – Está tarde. Eu já estava me preparando para dormir.

– Ah – disse ele. – Tudo bem, eu entendo. Então posso vê-la amanhã? Que tal jantarmos juntos?

No escuro, suas feições pareciam mais sombrias, mas ele sorriu, como se soubesse qual seria a resposta dela.

Julie pestanejou, mantendo os olhos fechados por um segundo a mais. Odeio ter que fazer isso, pensou. Odeio, odeio, odeio. Pelo menos Bob devia suspeitar que o fim estava próximo. Mas Richard não.

– Sinto muito – respondeu –, mas não posso. Já tenho outros planos.

– Com Mike de novo?

Julie assentiu.

Richard coçou distraidamente o rosto, sustentando o olhar dela.

– Então está acabado? Quero dizer, entre nós?

A expressão de Julie disse tudo.

– Fiz algo de errado? – perguntou ele.

– Não – respondeu Julie. – Não é isso.

– Então... o que é? Não se divertiu quando saímos juntos?

– Sim, eu me diverti.

– Então, por quê?

Julie hesitou.

– Não é você, de verdade. Somos Mike e eu. Parece que nós... Bem, não sei explicar. O que posso dizer?

Enquanto Julie tentava encontrar as palavras, o maxilar de Richard se enrijeceu e ela viu o músculo de seu rosto se contrair. Por um longo momento ele não disse nada.

– Esses dias que passei fora devem ter sido animados, não é? – disse ele.

– Olhe, sinto muito...

– Pelo quê? Por ter me traído assim que virei as costas? Por me usar para fazer ciúme em Mike?

Julie demorou um momento para registrar aquelas palavras.

– Do que você está falando?

– Você ouviu.

– Eu não o usei...

Richard a ignorou, seu tom se tornando mais zangado.

– Não? Então por que está terminando comigo quando ainda estávamos nos conhecendo? E por que Mike se tornou tão interessante de repente? Quero dizer, eu saí da cidade por alguns dias e a primeira coisa que ouço ao voltar é que está tudo terminado entre nós e Mike ocupou meu lugar. – Ele a olhou fixamente, os lábios começando a perder a cor. – Para mim está bem claro que você planejou tudo isso.

A explosão dele foi tão surpreendente e inesperada que as palavras saíram da boca de Julie antes que ela pudesse se conter:

– Você é um idiota.

Richard continuou a encará-la por um longo tempo antes de enfim desviar os olhos. Sua raiva subitamente deu lugar a uma expressão de mágoa.

– Isso não é justo – falou em voz baixa. – Por favor, só quero falar com você por um minuto, está bem? – implorou.

Quando Julie olhou para ele, ficou surpresa ao ver lágrimas surgindo em seus olhos. Concluiu que Richard era uma verdadeira montanha-russa de emoções.

– Olhe, desculpe-me, Richard. Eu não deveria ter dito isso. Não quis magoá-lo. De verdade. – Ela fez uma pausa, certificando-se de que ele estava ouvindo. – Mas é tarde e nós dois estamos cansados. É melhor eu entrar antes que algum de nós diga mais alguma coisa, está bem?

Como Richard não respondeu, ela deu um passo atrás e começou a fechar a porta. Mas ele estendeu a mão de repente, impedindo.

– Julie! Espere! Sinto muito. Por favor... realmente preciso falar com você.

No futuro, quando Julie se lembrasse daquele momento, sempre seria chocada com a rapidez com que Singer reagiu. Antes que ela tivesse tempo de processar o fato de que Richard havia agarrado a porta, o cachorro se lançou na direção da mão dele, como se tentasse pegar um objeto no ar. Sua boca atingiu o alvo e Richard gritou de dor ao bater no batente.

– Singer! – gritou Julie.

Richard caiu de joelhos, com o braço estendido, enquanto Singer balançava a cabeça de um lado para outro, rosnando.

– Faça-o parar! – gritou Richard.

Julie se lançou na direção do cachorro, o agarrou pela coleira e puxou com força.

– Solte-o! – ordenou. – Solte-o agora!

Apesar da fúria do momento, o cão recuou na mesma hora e Richard levou a mão instintivamente ao peito, cobrindo-a com a outra. Singer permaneceu ao lado de Julie, mostrando os dentes e com os pelos das costas eriçados.

– Singer, *não*! – gritou ela, ainda espantada com a ferocidade do cão. – Machucou muito a sua mão?

Richard moveu os dedos, com cara de dor.

– Acho que não quebrou nada.

Julie pôs a mão em Singer. Ele estava com os músculos rígidos e os olhos fixos em Richard.

– Nem vi de onde ele veio – disse Richard em voz baixa. – Lembre-me de não pôr a mão na sua porta de novo quando ele estiver por perto.

Apesar de Richard falar como se o incidente fosse um pouco cômico, Julie não respondeu. Singer agira instintivamente para protegê-la e ela não devia puni-lo por isso.

Richard ficou abrindo e fechando a mão. Julie viu as marcas dos dentes de Singer, embora a pele não parecesse cortada. Richard deu um passo para longe dela.

– Sinto muito – disse. – Eu não deveria ter tentado impedi-la de entrar. Foi um erro.

Foi mesmo, pensou Julie.

– E também não deveria ter me zangado com você antes. – Ele suspirou. – É só que tive uma semana muito difícil. Por isso vim aqui. Sei que não justifica, mas...

Richard pareceu sinceramente arrependido, mas Julie ergueu as mãos para impedir que ele prosseguisse.

– Richard...

Seu tom deixou claro que ela não queria mais falar naquele assunto. Richard desviou os olhos. Com a luz da varanda tremulando em seu rosto, parecia fitar o nada, e Julie percebeu que não estava enganada sobre as lágrimas que vira antes. Os olhos dele estavam marejados de novo.

Quando Richard falou, sua voz soou engasgada e falhada.

– Minha mãe morreu esta semana – sussurrou. – Acabei de vir do enterro dela.

– Foi por isso que deixei o bilhete no seu jipe naquela noite – explicou Richard. – O médico disse que era melhor eu pegar um avião o mais rápido que pudesse, porque não sabia se ela aguentaria mais um dia. Consegui o primeiro voo para Raleigh na terça-feira de manhã e, com todas as novas normas de segurança, tive que sair no meio da noite para chegar a tempo.

Alguns minutos depois Richard estava sentado no sofá de Julie olhando para o chão, ainda lutando contra as lágrimas. Ela havia demorado um pouco para registrar o que ele dissera, mas enfim compreendeu que não conseguiria evitar um pouco de compaixão. Depois de balbuciar as palavras de praxe – "Sinto muito" e "Por que você não me disse logo?" –, Richard parecera desmoronar e suas lágrimas a comoveram. Depois de pôr Singer no quarto, Julie deixara Richard entrar. Agora estava sentada na cadeira diante dele, ouvindo-o falar e pensando: que grande senso de oportunidade o seu, Julie. Você escolhe bem o momento certo para partir corações, não é?

– Sei que isso não mudará o que você me disse na varanda, mas não queria que terminássemos com uma briga. Gostei muito do tempo que passamos juntos para permitir que isso aconteça.

Ele pigarreou e passou os dedos nas pálpebras, com força.

– É só que pareceu tão repentino, sabe? Eu não estava preparado para o que você me disse. – Ele suspirou. – Droga, não estava preparado para quase nada. Você não pode imaginar como foi lá. Tudo... a aparência dela no fim, as coisas que as enfermeiras disseram, o cheiro...

Ele levou as mãos ao rosto e Julie ouviu sua respiração entrecortada, uma série de inspirações rápidas seguidas de uma longa expiração.

– Eu só precisava falar com alguém que me ouvisse.

Ah... pensou Julie. Aquilo podia ficar pior?

Ela se forçou a dar um leve sorriso e disse:

– Podemos conversar. Ainda somos amigos, não é?

Richard falou por algumas horas, mudando de um assunto para outro: suas lembranças da mãe, o que pensou ao entrar no quarto de hospital, como se sentiu ao descobrir, na manhã seguinte, que havia segurado a mão dela pela última vez. Julie lhe ofereceu uma cerveja e, com o passar da noite e sem parecer se dar conta disso, Richard bebera três. De vez em quando parava e olhava para a sala, com uma expressão confusa, como se tivesse se esquecido do que ia dizer. Em outros momentos falava como se tivesse tomado café em excesso, atropelando as palavras. Durante todo esse tempo, Julie o ouviu. Às vezes fazia uma pergunta que lhe parecia apropriada, mas só. Mais de uma vez viu lágrimas nos olhos dele, mas sempre que elas surgiam Richard fechava bem os olhos para contê-las.

Os ponteiros do relógio no console da lareira marcaram meia-noite, depois uma, duas horas. Àquela altura a cerveja e o esgotamento emocional já haviam surtido efeito. Richard começara a se repetir e a falar com a voz arrastada. Quando Julie foi à cozinha buscar um copo de água, notou que ele fechou os olhos. Estava encolhido em um canto do sofá, com a cabeça apoiada na almofada do encosto e a boca aberta, respirando num ritmo constante.

Segurando o copo de água, ela parou, pensando: Ah, que *ótimo*! O que eu faço agora?

Quis acordá-lo, mas não achava que Richard estivesse sóbrio o suficiente para dirigir. Não se sentia à vontade deixando-o ficar, mas ele já estava dormindo e, se o acordasse, poderia querer falar mais. Apesar de sua disposição de ouvi-lo, ela estava exausta.

– Richard – sussurrou. – Está acordado?

Nada.

Um momento depois tentou novamente, e mais uma vez nada aconteceu. Poderia gritar ou cutucá-lo para que acordasse, mas, pesando as opções, achou que não valeria a pena.

Por fim concluiu quc aquilo não era muito importante, pois ele já estava fora da sua vida.

Julie apagou as luzes, deixou Richard onde estava, foi para o quarto e trancou a porta. Singer estava na cama. Levantou a cabeça, observando-a vestir seu pijama.

– É só esta noite – explicou Julie, como se tentasse se convencer de que estava fazendo a coisa certa. – Não mudei de ideia. Só estou cansada, sabe?

Ao acordar, depois de olhar para o relógio, Julie gemeu e virou para o lado, tentando evitar o dia. Sentia-se lerda, como se estivesse de ressaca.

Arrastou-se para fora da cama, abriu a porta do quarto e espiou para fora. Parecia que Richard ainda estava dormindo. Julie tomou um banho e se vestiu para ir trabalhar. Não queria que ele a visse de pijama. Quando entrou na sala – com Singer andando cautelosamente ao seu lado –, Richard estava sentado no sofá, esfregando o rosto. Suas chaves estavam em cima da carteira na mesa à sua frente.

– Ah, oi – disse ele, parecendo constrangido. – Acho que apaguei, não foi? Desculpe-me por isso.

– Foi um longo dia – disse ela.

– Foi mesmo – respondeu Richard. Ele se levantou e parou por um instante para pegar suas coisas. Um breve sorriso surgiu em seu rosto. – Obrigado por me deixar ficar durante noite. Fico grato por isso.

– Não precisa agradecer – disse ela. – Você vai ficar bem?

– Acho que terei que ficar. A vida continua, não é?

A camisa de Richard estava amassada e ele a alisou com as mãos.

– Mais uma vez peço desculpas pelo modo como agi ontem. Não sei o que deu em mim.

Os cabelos de Julie ainda não estavam totalmente secos e ela sentiu uma gota de água se infiltrar pelo tecido de sua blusa.

– Não faz mal – respondeu. – Sei que isso deve parecer inesperado, mas...

Richard balançou a cabeça.

– Tudo bem. Não precisa explicar. Eu entendo. Mike parece ser um homem bom.

Julie hesitou.

– Ele é – disse por fim. – Obrigada.

– Quero que você seja feliz. Foi isso que sempre quis. Você é uma ótima pessoa e merece. Especialmente depois de ter me ouvido tanto na noite passada. Não sabe como isso foi importante para mim. Sem mágoas?

– Sem mágoas – respondeu Julie.

– Ainda amigos?

– É claro.

– Obrigado.

Logo depois ele pegou suas chaves e se dirigiu à porta. Ao abri-la, olhou por cima do ombro.

– Mike é um homem de sorte – falou. – Não se esqueça disso. – Ele sorriu, mas em seu sorriso havia um traço de melancolia. – Adeus, Julie.

Quando Richard finalmente entrou no carro, Julie suspirou, grata por aquilo ter sido muito melhor do que havia esperado. Então franziu as sobrancelhas, mudando de ideia. Bem, pelo menos melhor do que a noite anterior. Qualquer coisa teria sido melhor do que a noite anterior.

Mas pelo menos agora o assunto estava encerrado.

18

Dentro da casa vitoriana alugada, Richard subiu a escada e foi para o quarto do canto. Tinha pintado as paredes de preto e coberto as janelas com lona encerada e fita vedante a fim de bloquear a luz natural. Na parede oposta, havia uma lâmpada vermelha pendurada sobre uma mesa improvisada. Seu equipamento de fotografia estava num canto: quatro câmeras diferentes, uma dúzia de lentes, rolos de filmes. Ele acendeu a lâmpada e ajustou o ângulo da sombra para que a luz se espalhasse melhor.

Perto dos recipientes rasos com os produtos químicos que ele usava na revelação havia uma pilha de fotografias que tirara em seu encontro com Julie. Ele as pegou.

Viu as imagens, parando de vez em quando para olhar para Julie. Ela parecia feliz naquele fim de semana, como se soubesse que sua vida mudaria para melhor. Era adorável. Estudando suas feições, não encontrou nada que explicasse o que acontecera na noite anterior.

Richard balançou a cabeça. Não se ressentiria do erro de Julie. Uma pessoa capaz de passar da raiva para a empatia tão facilmente quanto ela era um tesouro, e tinha sorte de tê-la encontrado.

Agora ele sabia bastante sobre Julie Barenson. Sua mãe era uma alcoólatra, com preferência por vodca, que morava em um trailer caindo aos pedaços nos arredores de Daytona. O pai morava em Minnesota com outra mulher e sobrevivia com uma pensão por invalidez em decorrência de um acidente de trabalho na construção civil. Os pais dela estavam casados havia dois anos quando ele deixou a cidade de repente. Julie já tinha 3 anos na época. Seis homens diferentes moraram com ela e a mãe durante vários períodos, sendo o mais curto de um mês e o mais longo, dois anos. Elas haviam se mudado meia dúzia de vezes, sempre de uma espelunca para outra.

Julie trocara de escola todos os anos até o ensino médio. Aos 14, teve o primeiro namorado, que jogava futebol e basquete, e eles tiraram uma foto juntos para o anuário. Atuou em papéis secundários em duas peças na escola. Saiu antes de se formar e desapareceu por alguns meses até chegar a Swansboro.

Richard não tinha a menor ideia do que Jim fizera para atraí-la para um lugar como aquele.

Casamento feliz, marido sem graça. Um cara legal, mas sem graça.

Richard também obtivera informações sobre Mike com um habitante local. Impressionante o que se pode descobrir apenas pagando uma bebida num bar.

Mike estava apaixonado por Julie, mas disso Richard já sabia. Não sabia era do fim de seu relacionamento anterior e a infidelidade de Sarah o intrigara. Lembrou-se de ter balançando a cabeça pensando nas oportunidades que se apresentavam.

Richard também soube que Mike tinha sido padrinho de casamento de Julie, e o relacionamento entre os dois começou a fazer sentido para ele. Mike era um elo confortável, um elo com o passado dela com Jim. Entendia o desejo de Julie de se apegar a isso e afastar tudo o que pudesse lhe tirar o que tivera. Mas esse era um desejo nascido do medo – medo de acabar como sua mãe, medo de perder tudo pelo qual tanto se esforçara, medo do desconhecido. Não era de admirar que Singer dormisse no quarto com ela. Ele também suspeitava que Julie tivesse trancado a porta.

Muito cautelosa, pensou. Provavelmente ela fazia isso desde criança, considerando os homens que sua mãe levava para casa. Mas não tinha mais motivos para viver assim. Não mais. Ela podia seguir em frente, como ele seguira.

Afinal de contas, a infância dos dois não tinha sido muito diferente. A bebida. As surras. A cozinha infestada de baratas. O cheiro de mofo e a parede de gesso apodrecendo. A água de poço que saía da torneira e fazia seu estômago doer. Sua única fuga eram as fotografias nos livros de Ansel Adams, que pareciam sussurrar sobre lugares melhores. Ele havia descoberto os livros na biblioteca da escola e passara longas horas estudando as imagens, perdendo-se nas paisagens incrivelmente belas. A mãe notara seu interesse e, embora o Natal costumasse ser uma decepção, de algum modo convencera o pai a gastar dinheiro em uma pequena câmera e dois rolos de filmes, quando Richard tinha 10 anos. Essa tinha sido a única vez em sua vida que ele se lembrava de ter chorado de felicidade.

Richard passou horas tirando fotos de objetos na casa ou de pássaros no quintal. Tirou-as ao anoitecer e ao amanhecer, porque gostava da luz nessas horas; tornou-se perito em se mover em silêncio, obtendo closes que pareciam impossíveis. Quando um rolo de filme acabava, ele corria para dentro e implorava ao pai que o revelasse. Quando as fotos ficavam prontas, olhava para elas em sua cama, tentando descobrir o que fizera certo ou errado.

No início o pai pareceu se divertir com seu interesse e chegou a dar uma olhada nos primeiros rolos. Então começaram os comentários. "Ah, outro pássaro", dizia sarcasticamente. "Puxa, aqui está outro." Por fim começou a lamentar o dinheiro gasto no novo hobby do filho. "Você está jogando dinheiro fora", reclamava, mas em vez de sugerir que Richard fizesse alguns biscates no bairro para pagar as revelações, decidiu lhe dar uma lição.

Naquela noite ele havia bebido de novo e Richard e a mãe estavam tentando ficar fora de seu caminho, fazendo o possível para não serem notados. Quando o garoto se sentou à cozinha, ouviu o pai xingando enquanto assistia a um jogo de futebol na TV. Havia apostado em seu time favorito – os Patriots –, mas perdera, e Richard percebeu sua raiva quando ele veio pelo corredor. Um segundo depois entrou na cozinha com a câmera e a pôs sobre a mesa. Na outra mão segurava um martelo. Certificando-se de que tinha a atenção do filho, esmagou a câmera com um único golpe.

– Trabalho a semana inteira para ganhar a vida e tudo o que você faz é *jogar dinheiro fora*. Agora esse problema acabou!

Mais tarde naquele ano, o pai morreu. As lembranças daquele dia também eram vívidas: a fresta do sol da manhã sobre a mesa da cozinha, o olhar perdido da mãe, o pingar constante da torneira enquanto as horas passavam e a tarde chegava. Os policiais falando em tons apressados, indo e vindo. O médico-legista chegando e levando o corpo.

E depois o choro da mãe, quando eles finalmente ficaram sozinhos.

– O que vai ser de nós sem ele? – soluçava, sacudindo-o pelos ombros. – Como isso pôde acontecer?

O pai estivera bebendo no O'Brian, um bar sujo em Boston, não muito longe de casa. Segundo as pessoas no bar, ele jogara uma partida de bilhar e perdera. Depois se sentara ao balcão pelo resto da noite, bebendo uísque e cerveja. Tinha sido despedido da fábrica dois meses antes e passava a maior parte das noites ali, furioso e buscando compaixão e consolo na companhia de alcoólatras.

Naquela época, Vernon batia em Richard e na mãe com frequência – na noite anterior tinha sido particularmente violento.

Ele saiu do bar um pouco depois das dez horas, parou na loja da esquina para comprar um maço de cigarros e passou de carro pelas casas do bairro operário em que morava. Um vizinho que passeava com seu cão o viu chegando em casa. A garagem estava aberta e Vernon entrou com o carro naquele espaço pequeno. Havia caixas empilhadas ao longo das duas paredes.

Era aí que começava a especulação. Os altos níveis de monóxido de carbono não deixavam dúvida de que ele havia fechado a porta da garagem. Mas o médico-legista se perguntou: por que ele não desligou o motor primeiro?

E por que voltou para dentro do carro depois de fechar a porta da garagem? Parecia um caso de suicídio, embora seus amigos de bar insistissem em que não havia a menor chance. Disseram que ele era batalhador, não alguém que desistia facilmente. Não teria se matado.

Dois dias depois policiais voltaram à casa, fazendo muitas perguntas e procurando respostas. A mãe se lastimara, sem dizer coisa com coisa. O filho de 10 anos se limitara a olhá-los fixamente. Àquela altura, os machucados nos rostos de ambos tinham começado a ficar amarelados, dando-lhes uma aparência fantasmagórica. Os policiais foram embora sem descobrir nada.

No final, consideraram que foi um acidente provocado por embriaguez.

Uma dúzia de pessoas foi ao enterro. A mãe estava vestida de preto e chorava segurando um lenço branco, com Richard a seu lado. Três pessoas disseram palavras gentis sobre um homem passando por uma fase de má sorte, mas em outras ocasiões um bom ser humano e provedor, marido e pai amoroso.

O filho representou bem o seu papel. Manteve os olhos abaixados e em alguns momentos levou o dedo ao rosto como se enxugasse uma lágrima. Passou um dos braços ao redor da mãe, balançou tristemente a cabeça e agradeceu ao receber condolências.

Contudo, no dia seguinte, quando a multidão se fora, voltou à sepultura e ficou em pé na frente da terra revolvida.

Então cuspiu nela.

Na câmara escura, Richard prendeu uma das fotos na parede, lembrando que o passado projeta longas sombras. É fácil se confundir, pensou. Sabia que Julie não podia evitá-lo e a entendia. Perdoou-a pelo que fizera.

Olhou para a foto dela. Como poderia não perdoá-la?

19

Como já estava vestida quando Richard foi embora, Julie tinha tempo suficiente para comprar um jornal antes de ir para o trabalho. Ela se sentou a uma pequena mesa na calçada de uma padaria, tomando café e lendo, com Singer descansando a seus pés.

Pôs o jornal de lado e observou o centro da cidade ganhar vida. Uma a uma, as plaquinhas nas vitrines das lojas foram viradas e portas se abriram para deixar entrar a brisa do início da manhã. Não havia nuvens no céu e um pouco de orvalho cobria os para-brisas dos carros que passaram a noite estacionados na rua.

Julie se levantou, ofereceu o jornal a um casal na mesa ao lado, jogou seu copo vazio no lixo e começou a andar em direção ao salão. A oficina já estava aberta havia uma hora e, como ainda tinha alguns minutos antes de chegar ao trabalho, pensou: por que não? Ele ainda não deve estar muito ocupado. Além disso, queria se certificar de que o que havia sentido na noite anterior não era fruto da sua imaginação.

Não pretendia dizer a Mike que Richard tinha passado a noite na casa dela. Por mais que tentasse, não conseguia pensar num modo de lhe contar que não parecesse suspeito, especialmente em vista do que acontecera com Sarah. Ele ficaria desconfiado, criando uma sombra permanente de dúvida e mágoa. De qualquer maneira, aquilo não era importante, afinal estava terminado.

Julie atravessou a rua, com Singer trotando à sua frente. Quando passou pelos carros que esperavam por conserto, Mike já vinha em sua direção, parecendo que tinha acabado de ganhar na loteria.

– Oi, Julie. Que surpresa boa!

Ainda que ele tivesse um pouco de graxa no rosto e a testa já brilhasse de suor, Julie não pôde evitar pensar: como ele está bonito! E definitivamente isso não é imaginação minha.

– Sim, também estou feliz em vê-lo, grandalhão – acrescentou Mike, estendendo o braço na direção de Singer.

Enquanto ele acariciava o cachorro, Julie notou os Band-Aids.

– O que aconteceu com seus dedos?

Mike olhou para as mãos.

– Ah, nada, só estão um pouco arranhados esta manhã.

– Por quê?

– Acho que os esfreguei com muita força ontem à noite, quando cheguei em casa.

Julie franziu as sobrancelhas.

– Foi por causa do que eu disse na praia?

– Não – respondeu ele. Então, encolheu os ombros e acrescentou: – Bem, acho que *em parte*.

– Eu só estava brincando.

– Eu sei. Mas pensei que um produto de limpeza diferente talvez resolvesse.

– O que usou? Ajax?

– Ajax, Lysol... Experimentei quase tudo.

Julie pôs as mãos nos quadris e o observou.

– Sabe, às vezes não consigo evitar pensar em como você será quando crescer.

– Para falar a verdade, acho que não há muitas chances de eu crescer.

Ela riu, pensando: *gosto desse cara.* Como poderia não gostar?

– Bem, só passei aqui para lhe dizer que me diverti muito ontem à noite.

– Eu também – disse Mike. – E estou ansioso por hoje.

– Vai ser divertido.

Os olhos deles se encontraram antes de Julie olhar para o relógio.

– É melhor eu ir. Tenho clientes durante toda a manhã e combinei de almoçar com Emma, por isso não posso me atrasar.

– Dê um abraço nela por mim.

– Pode deixar. Tenha um bom dia.

– Você também.

Julie piscou.

– E cuide desses dedos, está bem? Eu odiaria pensar que você está sangrando sobre todos os motores em que trabalha.

– Rá, rá – disse ele.

Não que se importasse com as provocações de Julie. Sabia que esse era seu modo de flertar com ele. Flertar de verdade, não brincar como amiga.

E, por Deus, ele gostava muito disso!

Eles se despediram e, um momento depois, Julie estava atravessando a rua, saltitante.

– Parece que seu encontro correu bem, não foi? – Henry segurava a metade de uma rosquinha.

Mike passou os dedos pelas alças do macacão e fungou.

– Ah, sim. Correu *realmente* bem.

Henry acenou com a rosquinha e balançou a cabeça.

– Quer fazer o favor de parar de bancar o galã, maninho? Isso não combina com você. E também não esconde seu olhar bobo.

– Não estou com o olhar bobo.

– Bobo. Apaixonado. Chame como quiser.

– Não posso evitar que ela goste de mim.

– Sei que não. Você é irresistível, não é?

– Achei que você ficaria feliz por mim.

– Eu estou – disse Henry. – E também orgulhoso.

– Por quê?

– Porque de algum modo, qualquer que fosse seu plano, parece que deu certo.

– Então, o que aconteceu com Richard? – perguntou Emma. – Na outra noite, no bar, vocês pareciam estar se dando muito bem.

– Ah... sabe como é... Richard foi gentil, mas não sinto nada por ele.

– Foi a aparência dele, não foi? – brincou Emma.

– Devo admitir que essa parte não era tão ruim – disse Julie e Emma riu.

Elas estavam comendo salada na delicatéssen que ficava numa casa no bairro histórico. A luz do sol se espalhava pela mesa no canto, projetando um brilho cor de âmbar em seus copos de chá.

– Comentei isso com Henry quando voltamos para casa. Perguntei por que ele não tinha mais a mesma aparência.

– O que ele respondeu?

– Respondeu... – Emma se aprumou na cadeira e abaixou a voz, imitando Henry. – "Não sei do que você está falando, mas, se não tivesse certeza de que me amava tanto, acharia que acabou de me insultar."

Julie riu.

– Você falou exatamente como ele.

– Querida, quando se está casada há tanto tempo, isso não é nada difícil. A única coisa que ficou faltando foi acenar com uma rosquinha.

Julie deu uma risada e tomou um gole do chá, derramando um pouco na mesa.

– Mas ele ainda a faz feliz, não é? Mesmo depois de todo esse tempo?

– Quase sempre ele é ótimo. Às vezes tenho vontade acertá-lo com uma frigideira, mas acho que isso é normal, não é?

Os olhos de Julie adquiriram um brilho travesso quando ela se inclinou para a frente.

– Já lhe contei que uma vez atirei uma panela no Jim?

– Atirou? Quando foi isso?

– Não lembro. Não sei nem por que estávamos brigando, mas atirei a panela. Errei o alvo, mas depois disso ele me deu atenção.

Emma ergueu as sobrancelhas.

– A intimidade de um casal é sempre um mistério, não é?

– Eu diria que sim.

Emma tomou um gole de chá e voltou a comer sua salada.

– Então, o que foi isso que eu soube sobre Mike?

Julie sabia que isso ia acontecer. Em vez de falar sobre política, esportes ou as últimas notícias, as pessoas daquela cidade falavam sobre seus vizinhos.

– Depende do que você soube.

– Que ele a convidou para sair e vocês foram jantar juntos.

– Foi mais ou menos isso. Na verdade, eu o convidei.

– Ele não conseguiu convidá-la?

Julie a olhou por cima do copo.

– O que você acha?

– Hum... acho que ele provavelmente ficou imóvel como um lago em dia sem vento.

Julie riu.

– Acertou em cheio.

– Como foi isso? O que você fez?

Julie contou como foi o encontro. Quando terminou de falar, Emma se recostou na cadeira.

– Parece que correu tudo bem.

– Sim.

Emma estudou o rosto de Julie por um momento.

– E quanto a... você sabe... Você pensou em... – Emma hesitou e Julie terminou a frase por ela.

– Jim?

Emma assentiu e Julie refletiu sobre isso.

– Não tanto quanto eu esperava – respondeu. – No fim, não me preocupei nem um pouco. Mike e eu... simplesmente nos damos muito bem. Ele me faz rir. Faz com que eu me sinta bem comigo mesma. E já faz muito tempo que não me sinto assim.

– Parece que você ficou surpresa.

– Fiquei. Para ser sincera, não sabia bem como seria.

– Não é de admirar. Você e Jim eram mesmo especiais. Nós costumávamos fazer piadas sobre o modo como se olhavam quando saíamos juntos.

– Sim, éramos – disse Julie, com um traço de melancolia na voz.

Emma fez uma pausa.

– Como Mike pareceu reagir?

– Bem. Para falar a verdade, estava um pouco nervoso, mas acho que isso não teve muito a ver com Jim. Era mais o encontro em si.

– É mesmo?

Julie sorriu.

– É. Mas eu me diverti muito.

– Então... você gosta dele?

– É claro que gosto.

– Não. Quero dizer, você *gosta* dele?

Era a isso que se resumia tudo, não era?, pensou Julie. Ela não precisou responder. Sua expressão disse tudo e Emma estendeu o braço sobre a mesa para apertar sua mão.

– Estou feliz. Sempre achei que isso fosse acontecer.

– Achou?

– Todo mundo achou, menos você e Mike. Era só uma questão de tempo.

– Você nunca disse nada.

– Não foi preciso. Achei que, quando você estivesse pronta para recomeçar, veria em Mike as mesmas coisas que eu vejo.

– Como o quê?

– Que ele nunca a desapontará. Aquele rapaz tem um coração enorme e ama você. Isso é importante. Sei do que estou falando. Minha mãe costumava me dizer: "Não importa com quem você se case, desde que ele a ame mais do que você o ama."

– Não, ela não dizia isso.

– É claro que dizia. E eu a ouvi. Por que acha que Henry e eu nos damos tão bem? Não estou dizendo que não o amo. Claro que amo. Mas, se algum dia eu o deixasse ou, Deus me livre, me acontecesse alguma coisa, acho que ele não conseguiria seguir em frente. Henry daria a vida por mim sem pensar duas vezes.

– E você acha que Mike é assim?

– Querida, pode apostar tudo nisso.

Quando saiu do salão, no fim do dia, Julie ainda pensava em seu almoço com Emma.

Na verdade, pensava em muitas coisas, principalmente em Jim. É claro que essa não tinha sido a intenção de Emma, nem a própria Julie sabia dizer por que se sentia daquela maneira, mas aquilo tinha algo a ver com o comentário de Emma sobre a mãe dela. E, é claro, sobre Henry não conseguir seguir em frente se a perdesse.

Naquela tarde, Julie sentiu falta de Jim como havia muito tempo não sentia. Achou que era em virtude do que estava acontecendo com Mike. Ela estava seguindo em frente, mas começou a se perguntar se Jim seguiria, se estivesse em seu lugar. Achava que sim, mas, se não seguisse, isso significaria que a amara mais do que ela a ele? O que vai acontecer se eu me apaixonar por Mike?, perguntou-se. O que vai acontecer com meus sentimentos por Jim? Minhas lembranças? Essas coisas não saíam de sua cabeça desde o almoço e Julie ainda não queria encarar as respostas. Será que, pouco a pouco, suas lembranças se tornariam menos nítidas, como fotografias antigas?

Julie não sabia. Também não sabia por que a perspectiva de ver Mike esta noite a deixava mais nervosa do que na véspera. Mais nervosa do que se sentira em todos os seus encontros. Por quê?

Talvez porque esse encontro seja diferente.

Julie chegou ao jipe e entrou. Singer pulou para o banco de trás e ela ligou o motor. Não foi para casa. Em vez disso, seguiu pela rua principal por alguns quarteirões, virou à esquerda e dirigiu para os arredores da cidade. Alguns minutos depois, após outra curva, chegou ao Brookview Cemetery.

A sepultura de Jim ficava a uma curta distância a pé, logo depois de uma pequena elevação e fora da aleia principal, à sombra de uma nogueira. Quando se aproximou do local, Singer parou, recusando-se a ir em frente. Ele nunca passava dali. No início, Julie não entendia por que Singer sempre ficava para trás, mas, com o passar do tempo, começou a achar que, de algum modo, o cão sabia que ela queria ficar sozinha.

Julie chegou à sepultura e ficou ali, sem saber o que sentiria hoje. Respirou profundamente esperando as lágrimas surgirem, mas isso não aconteceu. Também não sentiu o peso que sempre sentira no passado. Viu Jim em sua mente, relembrando os momentos felizes, e embora as recordações trouxessem um leve sentimento de tristeza e perda, aquilo foi como ouvir um relógio soar em uma torre distante, o som ecoando suavemente antes de desaparecer. Julie sentiu um torpor que não soube ao certo o que significava até ver o anjo alado gravado acima do nome dele, que sempre a lembrava da carta que viera com Singer.

Eu ficaria arrasado se você nunca mais voltasse a ser feliz... Encontre alguém que a faça feliz... O mundo fica melhor quando você sorri.

Em pé junto à sepultura de Jim, Julie de repente percebeu que talvez fosse *isso* que ele quisera dizer com aquelas palavras. E, como na noite anterior, subitamente sentiu que Jim ficaria feliz por ela.

Não, pensou, eu não o esquecerei. Nunca. E Mike também não o esquecerá. E isso também torna Mike diferente.

Ela ficou ali até os mosquitos começarem a cercá-la. Um pousou em seu braço e ela o espantou, feliz por ter vindo, mas sabendo que precisava ir embora. Mike iria buscá-la em menos de uma hora e queria estar pronta.

Uma aragem balançou as folhas acima dela, produzindo um som que lembrava o de seixos sendo sacudidos em um pote. Depois de um momento o som parou, como se alguém o tivesse interrompido. Mas já não havia silêncio. Ela ouviu um carro passando na estrada, o som do motor aumentando e diminuindo até sumir, a voz de uma criança em uma casa distante. Depois um leve farfalhar, algo arranhando a casca de uma árvore próxima. Um pássaro saiu voando por entre os galhos e, olhando por cima de seu ombro, Julie viu Singer virar a cabeça e erguer as orelhas. Mas o cão continuou parado e Julie não viu nada. Ela franziu ligeiramente as sobrancelhas e cruzou os braços. Virou-se de costas para a sepultura, baixou a cabeça e começou a andar na direção do carro, com os pelos dos braços arrepiados.

20

Mike chegou na hora marcada e Julie saiu, fechando a porta antes que Singer a seguisse. Notou que Mike estava usando calça social e blazer, e sorriu.

– Nossa! – exclamou. – Há duas noites seguidas você está muito elegante. Vou demorar um pouco a me acostumar com isso.

O comentário também valeria para ela mesma. Como na noite anterior, Julie usava um vestido leve que realçava sua silhueta. Pequenas argolas de ouro pendiam de suas orelhas e Mike notou um leve traço de perfume.

– Exagerei? – perguntou ele.

– De jeito nenhum – tranquilizou-o Julie, tocando em sua lapela. – Gostei do blazer. É novo?

– Não, já o tenho há algum tempo. Só não o usava muito.

– Pois deveria. Fica ótimo em você.

Mike ergueu os ombros e apontou para a picape antes que ela prolongasse o assunto.

– Então, podemos ir?

– Quando você quiser.

Quando Mike começou a se virar, Julie segurou o braço dele.

– Onde estão os Band-Aids?

– Eu os tirei. Meus dedos melhoraram.

– Já?

– O que posso dizer? Eu fico bom depressa.

Em pé na varanda, ela estendeu a mão como uma professora pedindo a um aluno que jogasse seu chiclete fora, e Mike lhe mostrou os dedos.

– Ainda estão vermelhos. – Fez uma pausa antes de olhar para ele. – Você esfregou com muita força? Parece que alguns chegaram a sangrar.

– Mas já pararam – disse Mike.

– Meu Deus, se eu soubesse que você faria isso, não teria dito nada. Mas acho que sei como fazer com que melhorem.

– O quê?

Ela olhou para ele fixamente enquanto levava sua mão aos lábios e beijava seus dedos.

– Isto. O que acha? – perguntou ela, sorrindo.

Mike pigarreou. Parece que estou ligado a um fio elétrico, pensou. Ou em pé num túnel de vento. Ou esquiando montanha abaixo.

– Ótimo – conseguiu responder.

Eles jantaram no Landing, um restaurante à beira-mar no centro de Beaufort. Como na noite anterior, optaram por se sentar a uma mesa no terraço, de onde podiam ver os barcos chegando e partindo. No calçadão de tábuas, casais e famílias passeavam tomando sorvetes de casquinha ou carregando sacolas cheias de lembrancinhas.

Julie pôs seu guardanapo no colo e se inclinou para a frente.

– Ótima escolha, Mike. Adoro este lugar.

– Fico feliz em saber – disse ele, aliviado. – Também gosto, mas costumo vir para almoçar. Não janto aqui há algum tempo. Eu me sentiria estranho jantando sozinho.

– Podia convidar Henry.

– Sim – disse ele, assentindo. – Ou não.

– Você não gosta de sair com seu irmão?

– Passo o dia inteiro com ele. Seria como você sair com Mabel.

– Eu gosto de sair com Mabel.

– Ela não a insulta.

Julie sorriu e Mike pôs seu guardanapo no colo. Ela parecia relaxada e radiante com ele, totalmente à vontade.

– Como foi o almoço com Emma? – perguntou ele.

– Ah, foi divertido. É fácil conversar com ela.

– E comigo?

– Com você é diferente. Também é fácil conversar, mas de outro modo. Com ela posso falar de assuntos sobre os quais não posso falar com você.

– Como eu?

Julie o olhou com ar travesso.

– É claro. Qual é a graça de sair com alguém se você não pode conversar com ninguém sobre isso?

– O que você disse sobre mim? Espero que coisas boas.

– Não se preocupe. Só coisas boas.

Mike sorriu e pegou o cardápio.

– Gostaria de começar com uma garrafa de vinho? Talvez um Chardonnay? Eu estava pensando que um Kendall-Jackson cairia bem. É suave e acho o sabor de carvalho apropriado.

– Nossa! Estou impressionada. Não sabia que você entendia tanto de vinhos.

– Sou um homem de muitos talentos – admitiu ele, e Julie riu enquanto pegava o cardápio.

Eles comeram e beberam sem pressa, conversando e rindo, mal notando o garçom andando rapidamente ao redor da mesa, recolhendo seus pratos. Quando estavam prontos para partir, o céu ficara repleto de estrelas.

Ainda havia muito movimento no calçadão, mas agora a multidão era mais jovem; pessoas na casa dos 20 ou 30 anos se apoiavam na balaustrada acima do mar e perambulavam pelos bares. A alguns passos dali havia dois restaurantes com terraços e, em ambos, músicos preparavam seus equipamentos e afinavam pela última vez suas guitarras. Haviam chegado mais barcos do que cabiam no cais e, no espírito de sexta-feira à noite, os retardatários amarravam suas embarcações perto das que estavam próximas, até dúzias de barcos de formas e tamanhos diferentes se juntarem como uma comunidade flutuante. Cervejas e cigarros circulavam livremente, barcos balançavam quando usados como extensão de calçadas e pessoas eram forçadas a entabular conversas com estranhos que talvez nunca voltariam a ver, tudo em nome da diversão.

Ao saírem do restaurante, Mike ofereceu a mão a Julie. Ela a pegou e começaram a andar pelo calçadão, seus sapatos batendo na madeira com um som como o de cascos de cavalos puxando carruagens. Mike sentiu o calor da mão dela irradiando pelo braço até o centro do seu peito.

Eles passaram mais uma hora em Beaufort, observando e conversando até Julie sentir os últimos traços de nervosismo desaparecerem por completo. Mike ainda segurava sua mão, deslizando o polegar por ela de vez em quando. Compraram chocolate e caminharam descalços pelo parque até encontrarem um lugar para sentar e saboreá-lo. A lua estava alta e as estrelas tinham mudado de posição quando eles voltaram para o calçadão, ainda animado. Ondas preguiçosas batiam no paredão e o brilho branco do luar deslizava na água. Pararam mais uma vez num pub e se sentaram a uma mesa castigada pelo tempo, embaixo de um ventilador de teto que rangia. O cantor que estava se apresentando conhecia Mike e o cumprimentou com um movimento de cabeça. Mike pediu outra cerveja enquanto Julie tomava uma Coca Light.

Enquanto ouviam a música, Julie sentiu os olhos de Mike nela e se surpreendeu com quanto as coisas haviam mudado nos últimos dias. Com quanto ela havia mudado. E quanto ainda mudaria dali para a frente.

Era estranho você conhecer alguém há anos e ainda descobrir algo que nunca tinha notado. Apesar da luz fraca, ela viu traços de cinza nos cabelos perto das orelhas de Mike e uma pequena cicatriz sob a ruga em sua testa. Dias antes, diria que ele parecia estar no final da casa dos 20, mas agora conseguia ver marcas de expressão em suas faces e pés de galinha nos cantos dos olhos.

O músico começou outra canção e Mike se inclinou na direção dela.

– Jim e eu vínhamos muito aqui. Antes de você se mudar para a cidade. Sabia disso?

– Ele me contou. Disse que vocês vinham aqui para conhecer mulheres.

– Estávamos aqui quando ele me falou de você pela primeira vez.

– Aqui?

– Sim. Viemos no fim de semana depois que ele voltou de Daytona. Ele me contou sobre a garota que havia conhecido.

– O que ele disse?

– Que pagou seu café da manhã algumas vezes. E que você era bonita.

– Eu tinha uma péssima aparência.

– Ele não achava. Também disse que prometeu lhe arrumar um emprego e um lugar para ficar se viesse para cá.

– Você achou que ele estivesse maluco?

– Claro. Principalmente porque não parava de falar de você.

– O que achou quando aceitei a proposta dele?

– Que você também era maluca. Mas depois comecei a achar que era corajosa.

– Mentira.

– É claro que achei. É preciso coragem para mudar de vida como você fez.

– Eu não tinha escolha.

– Sempre se tem uma escolha. Só que algumas pessoas fazem a errada.

– Nossa, estamos filosofando hoje.

– Às vezes isso acontece depois de algumas cervejas.

A música parou e a conversa deles foi interrompida quando o cantor pousou sua guitarra e se aproximou da mesa para sussurrar algo no ouvido de Mike.

Julie se inclinou para a frente.

– O que houve? – perguntou.

O cantor ergueu os olhos.

– Ah, oi. Desculpe-me por interromper. Estou fazendo um intervalo e queria saber se Mike gostaria de dar uma palhinha em uma canção ou duas – disse.

Mike se virou na direção do palco e olhou para Julie antes de finalmente balançar a cabeça.

– Eu gostaria, mas estou acompanhado.

– Ah, vá em frente – insistiu Julie. – Eu ficarei bem.

– Tem certeza de que não se importa?

– De jeito nenhum. Além disso, está na cara que você quer ir.

Mike sorriu e pôs a garrafa sobre a mesa. Um minuto depois estava com a guitarra nas mãos e dedilhava as cordas, afinando o instrumento. Olhou para Julie e piscou antes de arranhar os primeiros acordes. Demorou apenas um instante para todos reconhecerem a canção. Primeiro as pessoas bateram palmas e assobiaram; algumas vaiaram. Depois, para surpresa de Julie, elas começaram a balançar suas cervejas seguindo o ritmo da música.

Mike havia escolhido uma canção que agradava ao público em noites de boemia, "American Pie", a eterna favorita das jukeboxes.

A voz dele era desafinada, Julie notou, mas esta noite, com esta multidão, isso não importava. As pessoas cantavam e se moviam ao seu ritmo, inclusive ela.

Quando Mike terminou, pousou a guitarra para receber uma bela rodada de aplausos e depois voltou para a mesa, lançando, aos que lhe davam tapinhas nas costas, um olhar que dizia: "Isso não foi nada."

Mike acabara de fazer com que uma noite realmente boa ficasse ainda melhor.

Pouco depois, quando estavam indo embora, o atendente do bar os informou de que a conta deles já tinha sido paga.

– Deve ter sido um dos seus fãs – disse Julie.

Durante a volta para casa, Julie estava surpresa com quanto a noite tinha sido divertida. Mike a levou até a porta e, ao se virar para ele, Julie viu que ele estava pensando em beijá-la, mas, depois do que acontecera na noite anterior, não sabia o que fazer. Julie o olhou, dando-lhe o consentimento oficial, mas Mike não entendeu o sinal e não se aproximou.

– Olhe, eu me diverti muito esta noite...

– Gostaria de entrar um pouco? – perguntou Julie, interrompendo-o. – Poderíamos assistir a um filme na TV.

– Não está muito tarde?

– Não para mim. Mas se você preferir ir...

– Não, eu adoraria.

Ela destrancou a porta e eles entraram. Singer estava esperando à entrada e os cumprimentou antes de ir para o lado de fora. Ele apontou o focinho para o ar, latiu uma vez e então abaixou a cabeça para cheirar o quintal, como se satisfeito por não haver criaturas que precisassem ser caçadas. Um minuto depois, desapareceu nas sombras das árvores.

Lá dentro, Mike tirou sua jaqueta e a pendurou na cadeira reclinável. Julie foi até a cozinha e voltou com dois copos de água. Mike ainda estava em pé e ela apontou para o sofá. Sentaram-se um perto do outro, mas sem se tocar. Julie pegou o controle remoto e começou a passar os canais. Apesar de não terem encontrado um filme bom, estava passando um antigo episódio de *I Love Lucy,* ao qual assistiram, rindo. Depois assistiram a *The Dick Van Dyke Show.*

Quando o programa terminou, Singer havia voltado para a porta da frente e latia. Julie bocejou.

– Acho que está na hora de ir – disse Mike, levantando-se. – Parece que você está ficando cansada.

Ela assentiu com a cabeça.

– Deixe-me acompanhá-lo até lá fora.

À porta, Mike girou e puxou a maçaneta. Singer passou por eles a caminho da sala de estar, como se também soubesse que era hora de ir para a cama.

Ao observar Mike vestindo o blazer, Julie pensou no fato de que ele era amigo dela havia anos e que dar um passo adiante poderia ser o fim de tudo isso. Valeria a pena arriscar?, perguntou-se. Não tinha certeza.

E beijar Mike seria como beijar um irmão?

Julie também não sabia.

Ainda assim, como uma jogadora diante de uma máquina caça-níqueis esperando que a próxima jogada mudasse sua vida para melhor, aproximou-se antes que perdesse a coragem. Pegou a mão de Mike e o puxou em sua direção, perto o suficiente para sentir o corpo dele junto ao seu. Ergueu os olhos para ele, inclinando ligeiramente a cabeça ao se mover para a frente. Mike, percebendo o que acontecia, mas ainda sem acreditar, inclinou a cabeça e fechou os olhos e seus rostos se aproximaram.

Na varanda, mariposas voavam ao redor da lâmpada, batendo nela como se tentassem atravessar o vidro. Uma coruja piou em uma árvore próxima.

Mike, contudo, não ouviu nada. Perdido no toque suave de Julie, teve certeza de uma coisa: no instante em que seus lábios se tocaram pela primeira vez, houve uma vibração quase elétrica que o fez acreditar que aquela sensação duraria para sempre.

Foi bom, pensou Julie. Melhor do que achei que seria. E definitivamente *não* foi como beijar um irmão.

Julie ainda estava pensando nisso quando ouviu Mike ligar o motor da picape e desaparecer na rua. Sorria e, quando esticou o braço para apagar a luz, viu Singer.

O cão a olhava com a cabeça inclinada e as orelhas erguidas, como se perguntasse: *Eu acabei de ver o que achei que vi?*

– O que foi? Nós nos beijamos.

Julie tirou os copos da mesa, ainda sentindo os olhos de Singer nela. Por algum motivo, aquilo era quase como se ela fosse uma adolescente pega em flagrante pelos pais.

– Até parece que você nunca me viu beijar ninguém – prosseguiu Julie.

Singer continuou a encará-la.

– Não é nada de mais – disse, dirigindo-se à cozinha.

Pôs os copos na máquina de lavar louça e acendeu a luz acima da torneira. Quando se virou, viu uma sombra e pulou para trás antes de reconhecê-la.

Singer havia entrado na cozinha. Estava sentado perto do balcão, olhando-a com a mesma expressão. Julie pôs as mãos nos quadris.

– Quer parar de me olhar assim? E não fique me seguindo. Você me assustou.

O cão finalmente desviou os olhos.

Assim é melhor, pensou Julie. Ela pegou um pano e começou a limpar o balcão, mas decidiu deixar a cozinha para o dia seguinte. Atirou o pano na pia e foi para o quarto, repassando as cenas da noite. Sentiu-se corar um pouco.

Afinal de contas, Mike beijava muito bem, concluiu.

Perdida em pensamentos, Julie mal notou os faróis de um carro vindo por sua rua normalmente tranquila e desacelerando ao passar pela casa dela.

– Você está acordado? – perguntou Julie ao telefone na manhã seguinte.

Mike lutou com o lençol e se sentou na cama ao reconhecer a voz dela.

– Agora estou.

– Então vamos. O dia está passando. Levante, soldado.

Mike esfregou os olhos, pensando que ela devia estar acordada há horas.

– Do que você está falando?

– Do fim de semana. O que você planejou?

– Nada. Por quê?

– Levante-se e se vista. Eu estava pensando em irmos à praia. Vai ser um ótimo dia. Achei que poderíamos levar Singer e deixá-lo correr um pouco. O que você acha?

Eles passaram o dia andando descalços na areia branca, jogando frisbee para Singer e sentados em toalhas vendo a espuma se agitar sobre as ondas. Compraram uma pizza para o almoço. Ficaram lá até o céu se tornar púrpura com o pôr do sol. Jantaram juntos e depois foram assistir a um filme. Mike deixou Julie escolher e não reclamou quando ela se decidiu por um romance água com açúcar. E quando Julie ficou com lágrimas nos olhos no meio do filme e se aconchegou a ele até o fim, ele esqueceu a crítica mordaz que estava preparando em sua mente.

Era tarde quando voltaram para a casa de Julie e mais uma vez se beijaram na varanda. Dessa vez o beijo durou um pouco mais. Para Julie, foi ainda melhor. Para Mike, isso era possível ou necessário.

Eles passaram o domingo na casa de Julie. Mike cortou a grama, aparou a sebe e cuidou das plantas no vaso. Depois entrou e começou a fazer os pequenos reparos necessários em casas antigas – martelou os pregos que haviam se soltado de algumas tábuas do chão de madeira de lei, lubrificou as fechaduras e pendurou uma nova luminária que Julie havia comprado para o banheiro meses antes.

Ela o observou trabalhando e mais uma vez notou como ele ficava bonito de jeans e era mais confiante ao fazer coisas desse tipo. Ao beijá-lo enquanto trabalhava, a expressão no rosto de Mike lhe disse exatamente como ele se sentia em relação a ela, e Julie percebeu que o que antes era perturbador agora era a reação pela qual ansiava.

Quando Mike foi embora, ela se encostou no lado de dentro da porta e fechou os olhos. Uau, pensou, sentindo-se como Mike se sentira duas noites antes.

21

Na terça-feira seguinte, depois do trabalho – um dia ainda mais atribulado no salão, porque Andrea havia faltado e alguns de seus clientes pediram que Julie os atendesse –, Julie estava empurrando um carrinho devagar pelo corredor do supermercado, pegando o que era preciso para o jantar. Mike prometera cozinhar para ela e, embora a lista que ele havia feito não a empolgasse, estava disposta a lhe dar uma chance. Apesar de ele ter jurado que a comida ficaria boa, Julie não achava que algo que incluía batatas fritas e picles se qualificava como um jantar fino. Mas ele pareceu tão animado que ela não quis magoá-lo.

Quase no fim das compras, Julie percebeu que se esquecera de uma coisa. Estava examinando a seção dos temperos, tentando lembrar se Mike precisava de cebola picada ou temperada, quando sentiu o carrinho parar de repente ao esbarrar em alguém.

– Ah, desculpe-me – disse automaticamente. – Não vi você...

– Não faz mal... estou bem – respondeu o homem, virando-se.

Julie arregalou os olhos.

– Richard?

– Ah! Oi, Julie – respondeu ele em voz baixa. – Como vai?

– Bem. E você?

Julie não o via desde aquela manhã quando saíra de sua casa, e Richard parecia um pouco abatido.

– Indo – disse ele. – Tem sido difícil. Tenho que cuidar de muitas coisas. Mas você sabe como é isso.

– Sim – disse ela. – Sei. A propósito, como está sua mão?

– Melhor. Ainda dolorida, mas nada preocupante. – Então, como se apertar os dedos trouxesse de volta lembranças daquela noite, ele olhou para baixo. – Ouça, quero me desculpar de novo pelo que fiz semana passada. Eu não tinha direito de ficar tão zangado.

– Tudo bem.

– Também quero lhe agradecer mais uma vez por me ouvir. Poucas pessoas teriam feito o que você fez.

– Não fiz nada.

– Fez, sim – insistiu ele. – Não sei o que teria sido de mim sem você. Eu estava péssimo naquela noite.

Ela deu de ombros.

– Bem – disse Richard, como se tentasse descobrir o que falar a seguir. Ele acomodou a cesta de supermercado em seu braço. – Por favor, não me leve a mal, mas você está linda.

Disse isso como um amigo diria, sem segundas intenções, e ela sorriu.

– Obrigada.

Uma mulher vinha pelo corredor na direção deles, com um carrinho cheio. Julie e Richard chegaram para o lado para que ela passasse.

– Ouça, mais uma coisa sobre a outra noite – acrescentou Richard. – Acho que lhe devo algo por ter sido tão compreensiva comigo.

– Você não me deve nada.

– Ainda assim gostaria de demonstrar minha gratidão. Será que posso levá-la para jantar? Só como um modo de lhe dizer obrigado.

Julie não respondeu imediatamente e, notando sua hesitação, Richard continuou:

– É só um jantar, nada mais. Não é um encontro. Eu juro.

Julie olhou para o lado e depois para ele de novo.

– Acho que não é uma boa ideia – disse. – Sinto muito.

– Tudo bem – respondeu Richard. – Só pensei em convidá-la. – Ele sorriu. – Então sem mágoas?

– Sem mágoas.

– Certo. – Richard deu um pequeno passo para longe dela. – Bem, ainda preciso comprar algumas coisas. Vejo você por aí?

– É claro.

– Adeus – disse ele.

– Adeus, Richard.

– Como é mesmo o nome disso? – perguntou Julie.

Mike estava em pé junto do fogão, no apartamento dele, a carne moída ainda chiando na frigideira.

– Hambúrguer creole.

– Então é cozinha cajun?

– Sim – respondeu ele. – Por que acha que pedi as duas latas de sopa? É isso que dá o autêntico sabor.

Só mesmo Mike para considerar sopa de frango com quiabo da Campbell's o autêntico sabor da cozinha cajun, pensou ela.

Quando a carne estava pronta, Mike acrescentou a sopa, ketchup e mostarda antes de começar a mexer. Julie se apoiou nele para olhar a mistura, com uma expressão de desagrado.

– Lembre-me de nunca me tornar uma solteirona.

– Tudo bem. Agora você está fazendo piadas, mas daqui a pouco achará que está jantando no paraíso.

– Não duvido disso.

Mike se chocou contra ela em fingido protesto e a sentiu se mover com ele.

– Alguém já lhe disse que você tende a ser sarcástica? – perguntou ele.

– Algumas vezes. Mas acho que foi você mesmo.

– Sempre tive certeza de que eu era um homem inteligente.

– Eu também – disse ela. – Não é seu cérebro que me preocupa, mas seus dotes culinários.

Quinze minutos depois eles estavam sentados à mesa, com Julie olhando para seu prato.

– Isto é um Sloppy Joe – anunciou ela.

– Não – disse Mike, pegando o sanduíche. – É um hambúrguer creole. O Sloppy Joe é um sanduíche de carne moída com molho de tomate.

– Mas você prefere o sabor típico da Louisiana.

– Exatamente. E não se esqueça de comer os picles. Eles são parte importante da experiência.

Julie olhou ao redor do pequeno apartamento, tentando ganhar tempo. Embora as principais peças de mobiliário fossem de razoável bom gosto, havia detalhes que deixavam claro que Mike tinha o estilo de vida de homens solteiros do mundo todo. Como os tênis no canto da sala de estar, perto da guitarra. A pilha de roupas por dobrar em cima da cama. A televisão de tela gigantesca com a coleção de garrafas de cerveja importadas enfileiradas do lado. E o alvo para dardos pendurado na porta.

Ela se inclinou sobre a mesa, para prender a atenção de Mike.

– Adorei o clima que você criou esta noite. Só precisamos de uma vela para eu me sentir em Paris.

– É mesmo? Acho que tenho uma.

Ele se levantou e abriu uma gaveta. Um instante depois, uma pequena chama tremulava entre eles. Mike voltou a se sentar.

– Está melhor?

– Igual a um dormitório de universidade.

– Em Paris?

– Hum... acho que me enganei. Está mais para... Omaha.

Ele riu.

– Vai experimentar ou está com medo?

– Não. Vou experimentar. Só estou fazendo suspense.

Ele fez um sinal com a cabeça na direção do prato.

– Ótimo. Então pode ir pensando num bom modo de se desculpar com o chef.

Julie pegou o sanduíche e deu uma mordida. Mike a observou avaliar o sabor.

– Nada mau – disse depois de engolir.

– Nada mau?

Julie olhou para o sanduíche, com um leve ar de surpresa no rosto.

– Na verdade, está muito gostoso.

– Eu falei. É a sopa de frango com quiabo que dá o sabor.

Julie pegou os picles e piscou.

– Vou tentar me lembrar disso.

Na quarta-feira foi a vez de Julie preparar o jantar. Ela fez linguado recheado com carne de caranguejo e legumes salteados, acompanhados por uma garrafa de Sauvignon Blanc.

– Não é hambúrguer creole, mas *acho* que serve – brincou Mike.

Na quinta-feira, eles se encontraram para almoçar em Emerald Isle. Depois, enquanto andavam na areia fina, Singer cutucou a perna de Julie com um graveto que encontrara. O cão soltou o graveto na frente deles. Como foi ignorado, pegou o graveto de novo e se pôs na frente de Julie e Mike, bloqueando o caminho. Olhou para Mike, parecendo dizer: *vamos, você sabe o que fazer.*

– Acho que Singer quer que você atire o graveto – observou Julie. – Ele acha que não o jogo longe o suficiente.

– Porque você é uma garota.

Ela lhe deu uma cotovelada.

– Cuidado, predador. Há uma feminista à espreita em algum lugar e ela vai ficar ofendida com comentários desse tipo.

– As feministas se ofendem com tudo o que os homens fazem melhor.

Mike se afastou antes que ela pudesse lhe dar outra cotovelada e pegou o graveto. Tirou os sapatos e as meias e enrolou as pernas das calças. Entrou correndo no mar, até as ondas baterem abaixo de seus joelhos, e segurou o graveto na sua frente. Singer lançou-lhe um olhar entusiasmado, como se ele fosse um pedaço de filé.

– Pronto? – perguntou Mike.

Ele levantou o braço e atirou o graveto o mais longe que pôde. Singer entrou nas ondas.

Julie se sentou na areia, dobrando as pernas e abraçando os joelhos. Estava frio. O sol espreitava de vez em quando por entre as nuvens. Andorinhas voavam rápido perto do mar, à procura de alimento, batendo de leve na água com seus bicos como se fossem agulhas.

Singer voltou saltitando com o graveto e sacudiu a água do pelo, molhando Mike, que pegou o graveto e o atirou novamente antes de se virar na direção de Julie. A camisa dele estava colada ao corpo. De onde estava, Julie pôde ver os músculos em seus braços e o modo como seu peito se estreitava nos quadris. Bonito, pensou, muito bonito.

– Vamos fazer algo amanhã à noite, está bem? – gritou ele.

Julie concordou com a cabeça. Quando Singer voltou, ela puxou as pernas um pouco mais para cima e os observou recomeçando. A distância, um barco de pesca de camarão avançava sobre a água, arrastando longas redes abertas. O farol de Cape Lookout brilhava ao longe. Julie sentiu a brisa em seu rosto enquanto os observava, perguntando-se por que havia se preocupado.

– Putt Putt? – perguntou Julie quando eles entraram no estacionamento na noite seguinte. Estava de jeans, como Mike. Ele lhe dissera que não se arrumasse demais, e agora ela entendia o motivo. – É isso que você quer fazer esta noite?

– Não só isso. Há muitas coisas para fazer. Eles também têm videogames. E um campo de minigolfe.

– Aaah – disse ela. – Estou animadíssima.

– Porque sabe que não pode me vencer – disse Mike, torcendo o nariz.

– Eu posso. Sou como Tiger Woods quando se trata dessas coisas.

– Então prove.

Julie concordou, com um brilho desafiador nos olhos.

– Está bem.

Eles saíram da picape e se dirigiram à cabine para pegar os tacos.

– Rosa e azul – disse Mike, apontando para as cores das bolas de golfe. – Você e eu. Homem e mulher.

– Qual você quer? – perguntou ela, bancando a ingênua.

– Rá, rá – ironizou ele. – Continue assim e não vou ter nenhuma pena de você no campo.

– Nem eu.

Alguns minutos depois chegaram ao primeiro buraco.

– Os mais velhos, primeiro – disse Julie, apontando para Mike.

Ele se fez de ofendido antes de pôr a bola no lugar. O primeiro buraco exigia que ela passasse por um moinho giratório antes de ir para um nível mais baixo, onde ficava o buraco. Mike se posicionou ao lado da bola.

– Preste atenção e aprenda – disse.

– Apenas jogue.

Ele bateu com força na bola, que passou pela abertura no moinho e pelo túnel e parou a menos de 30 centímetros do buraco.

– Está vendo? É fácil.

– Chegue para o lado. Vou lhe mostrar como se faz.

Julie pôs a bola no chão e a lançou. A bola bateu nas pás do moinho e voltou para ela.

– Hum... sinto muito – disse Mike, balançando a cabeça. – É uma pena.

– Só estava me aquecendo.

Ela demorou um pouco mais para recuar e bater de novo na bola. Dessa vez conseguiu, e quando olhou para ver onde cairia, viu-a rolando na direção do buraco até desaparecer de vista.

– Bela tacada – admitiu Mike. – Mas foi sorte de principiante.

Ela o cutucou com o taco.

– É tudo parte do plano.

Richard estava sentado na cama do quarto escuro, com as costas apoiadas na cabeceira. Havia fechado as cortinas. O quarto só estava iluminado por uma pequena vela na mesa de cabeceira. Ele enrolava um pedaço de cera entre os dedos, pensando em Julie.

Ela tinha sido bastante gentil no supermercado, mas sabia que lamentara ter encontrado com ele. Richard hesitou, perguntando-se por que Julie havia tentado esconder isso. Era inútil, pensou. Ele sabia exatamente como ela era. Conhecia-a melhor que ela mesma. Por exemplo, sabia que Julie estava com Mike esta noite e que via nele o conforto que um dia tivera e esperava reencontrar.

Julie tinha medo do novo, pensou Richard, desejando que conseguisse ver que havia muito mais para ela lá fora, muito mais para eles dois. Será que ela não percebia que, se continuasse ali, Mike a arrastaria para baixo? Que seus amigos acabariam magoando-a? Era o que acontecia quando você deixava o medo comandar suas decisões.

Richard sabia disso por experiência própria. Havia desprezado seu pai tanto quanto Julie desprezara os homens que entraram e saíram de sua vida. Ele odiava sua mãe pela fraqueza dela, assim como Julie odiava a fraqueza da própria mãe. Mas Julie estava tentando fazer as pazes com seu passado, revivendo-o. O medo fazia com que tivesse um conforto ilusório, mas aquilo era apenas ilusão. Ela não tinha que acabar como a mãe; não tinha que levar a vida que a mãe levara. Podia ser tudo o que quisesse. Como ele era.

– Sorte de principiante! – repetiu Mike.

No meio do campo, eles estavam empatados até a última tacada de Julie, que fez a bola ricochetear na parede e cair no buraco. Ela foi buscá-la com ar de superioridade.

– Por que quando eu acerto é sorte e quando você acerta é habilidade? – perguntou.

Mike ainda estava olhando para o curso que a bola seguira.

– Porque é. Você não tinha como planejar isso!

– Parece que você está ficando nervoso.

– Não estou.

Imitando o que ele havia feito antes, Julie correu as unhas sobre seu peito e torceu o nariz.

– Pois deveria. Você detestaria ser vencido por uma garota.

– Você não vai me vencer.

– Como está o placar?

Ele enfiou o cartão de pontuação e lápis em seu bolso traseiro.

– Não importa. O que importa é o final.

Mike andou altivamente na direção do buraco seguinte, com Julie rindo pelas suas costas.

Richard fez sua respiração desacelerar, concentrando-se na imagem de Julie. Embora neste momento estivesse confusa, sabia que ela era diferente das outras pessoas. Era especial; melhor, como ele.

Fora esse conhecimento secreto de seu caráter único que o confortara nos sucessivos lares de adoção temporária. Além de algumas peças de roupa, os únicos itens que havia trazido com ele foram a câmera que roubara de um de seus antigos vizinhos e a caixa de fotografias.

As primeiras pessoas que o receberam pareceram bastante gentis, mas na maioria das vezes ele as ignorou. Ia e vinha quando bem entendia, sem querer nada além de um lugar para dormir e comer. Como em muitos lares de adoção temporária, não era o único morador e dividia um quarto com dois garotos mais velhos. Foram eles que roubaram sua câmera dois meses depois de ele se mudar para lá e a venderam em uma casa de penhores para comprar cigarros.

Quando Richard os encontrou, eles estavam jogando num estacionamento vazio. No chão havia um taco de beisebol. Ele o pegou. No início os garotos riram, porque eram mais altos e mais fortes. Contudo, acabaram indo para o hospital de ambulância, com seus rostos irreconhecíveis. A assistente social do lar de adoção temporária quis mandar Richard para um centro de detenção juvenil. Ela fora à casa mais tarde naquele dia acompanhada da polícia, depois que seus pais adotivos o denunciaram. Richard foi algemado e levado para a delegacia. Lá, sentou-se em uma cadeira de madeira dura de frente para um policial corpulento chamado Dugan, numa pequena sala espelhada.

Com nariz de batata e rosto marcado pela catapora, Dugan tinha um modo severo de falar. Inclinando-se para a frente, disse a Richard quanto ele ferira os garotos e que passaria os próximos anos preso. Mas Richard não sentiu medo, assim como não sentira quando a polícia interrogara ele e a mãe a respeito da morte de seu pai. Ele sabia que isso ia acontecer. Baixou os olhos e começou a chorar.

– Eu não queria fazer isso – disse em voz baixa. – Mas eles roubaram minha câmera e eu lhes disse que contaria para a assistente social. Eles iam me matar. Fiquei com medo. Um deles me atacou com uma faca.

Richard abriu sua jaqueta e Dugan viu sangue.

Ele foi levado ao hospital, com um corte na barriga. Disse que o ferimento só não tinha sido mais grave porque conseguira se livrar das garras deles no último minuto. Dugan encontrou a faca no telhado do depósito, exatamente onde Richard disse que vira um dos garotos atirá-la.

Os dois garotos, não Richard, foram enviados para um centro de detenção juvenil, apesar de alegarem que nenhum deles havia tocado na faca, muito menos atacado Richard. Mas o homem na casa de penhores confirmou que havia comprado a câmera deles e ninguém acreditou em seus protestos. Afinal de contas, ambos tinham a ficha suja.

Anos depois, Richard viu um dos garotos no bairro, caminhando do outro lado da rua. Àquela altura era um homem, mas, ao ver Richard, ficou paralisado. Richard apenas sorriu e continuou a andar, lembrando-se com desdém do corte que fizera tão facilmente em si mesmo.

Ele abriu os olhos. Sim, sabia que todos os obstáculos podiam ser superados. Julie só precisava da pessoa certa para ajudá-la. Juntos conseguiriam realizar tudo, mas era preciso que ela quisesse. Ela precisava aceitar o que tinha a oferecer.

Isso era pedir demais?

– Como está o placar? – perguntou Julie.

Eles estavam no último buraco e agora Mike parecia sério. Sabia que estava com uma tacada de desvantagem; a primeira bola havia saído do campo e parado atrás de uma pedra, tornando impossível a jogada seguinte. Ele enxugou a testa, ignorando o sorriso no rosto de Julie.

– Você pode estar na frente. Mas cuidado para não estragar tudo no último buraco.

– Certo – disse ela.

– Ou vai acabar perdendo.

– Certo.

– Quero dizer, você detestaria estragar tudo no final.

– Certo.

– Então, faça o que fizer, não cometa nenhum errinho.

– Hum... tem razão, treinador. Obrigada pelo incentivo.

Julie pôs a bola no lugar e ficou de pé perto dela, olhando alternadamente para a bola e o buraco. Deu a tacada e a bola rolou devagar até parar a três centímetros do buraco. Eu gostaria de ter uma câmera, pensou, ao olhar para Mike. A expressão no rosto dele era impagável.

– Parece que você está ficando nervoso – insistiu ela. – Acho que precisa acertar esta para empatar e, de onde está, isso não vai ser possível.

Mike estava olhando para a bola. Por fim se virou para Julie e deu de ombros.

– Tem razão – reconheceu. – O jogo terminou.

– Rá!

Ele balançou a cabeça.

– Detesto admitir, mas eu realmente não me esforcei muito esta noite. Deixei você ganhar.

Julie hesitou apenas por um instante antes de ameaçá-lo com seu taco erguido, enquanto Mike fazia uma tímida tentativa de fugir. Ela o alcançou, virou-o e o puxou para perto.

– Você perdeu – disse. – Admita.

– Não – disse Mike, encarando-a. – Você entendeu errado. Posso ter perdido a partida, mas acho que ganhei o jogo.

– Como assim?

Ele sorriu, inclinando-se para beijá-la.

Richard se levantou da cama e foi até a janela. Espiando para fora, viu as sombras se estendendo pela propriedade e cobrindo a terra de escuridão.

Quando chegasse a hora, contaria a Julie tudo sobre si mesmo. Ele lhe contaria sobre sua mãe e seu pai e os garotos no lar de adoção temporária. Sabia que ela entenderia que ele não teve escolha. Falaria sobre a Sra. Higgins, a conselheira escolar que manifestou um interesse especial por ele no ensino médio, quando descobriu que era órfão.

Richard se lembrou da conversa que teve com ela quando se sentaram no sofá em seu escritório. Lembrou-se de ter pensado que um dia ela devia ter sido bonita, mas que todo o glamour desaparecera. Seus cabelos eram uma mistura de louro desbotado e cinza e, quando ela sorria, as rugas faziam seu rosto parecer seco e rachado. Mas Richard precisava de uma aliada. Precisava de alguém que atestasse seu caráter, que dissesse que ele não era um arruaceiro, mas uma vítima, e a Sra. Higgins era perfeita. Tudo na atitude dela sugeria um desejo de demonstrar empatia e gentileza – o modo como se inclinava para a frente com olhos tristes, assentindo constantemente enquanto ele lhe contava histórias terríveis sobre sua infância.

Mais de uma vez, os olhos da Sra. Higgins ficaram marejados.

Meses depois ela o via como um filho e Richard cumpriu bem o seu papel. Deu-lhe um cartão de aniversário e ela lhe comprou outra câmera, uma 35mm com lentes de qualidade, que ele tinha até hoje.

Richard sempre havia sido bom em matemática e ciências, mas a Sra. Higgins conversou com seus professores de história e inglês, que começaram a ser mais benevolentes com ele. Seu rendimento escolar deu um salto. Ela informou ao diretor que o resultado do teste de QI de Richard alcançara um nível de gênio e insistiu para que ele fosse admitido nos programas para alunos superdotados. Sugeriu que Richard fizesse um portfólio com suas fotografias para mostrar seu talento e arcou com todos os custos. Escreveu uma carta de recomendação para a Universidade de Massachusetts, a alma mater dela, dizendo que nunca vira um jovem superar tantas coisas. Fez uma visita à universidade, se reuniu com o comitê de admissões, mostrou o portfólio dele e implorou que lhe dessem uma chance. Ela fez tudo o que pôde e, embora tivesse ficado profundamente satisfeita ao saber que seu esforço valera a pena, não foi Richard quem lhe contou.

Depois de ter sido aceito na universidade, ele nunca mais falou com a Sra. Higgins. Ela servira ao seu propósito e não tinha mais utilidade para ele.

Do mesmo modo, Mike servira ao seu propósito com Julie, mas agora isso havia acabado. Mike tinha sido um bom amigo, mas era hora de tirá-lo do caminho. Ele a estava empatando, contendo, evitando que ela escolhesse seu próprio futuro. O futuro com Richard.

22

Para Julie, os dias começaram a ter um novo ritmo. Desde as manhãs, quando Mike saía da oficina para cumprimentá-la na rua, até seus almoços em lugares afastados e as noites preguiçosas de longas conversas, ele estava se tornando uma parte emocionante e importante de sua vida.

Eles ainda estavam indo devagar no relacionamento, como se acreditassem que um gesto brusco pudesse fazê-lo desaparecer como fumaça. Um não passava a noite na casa do outro. Embora algumas vezes essa oportunidade tivesse se apresentado, nenhum dos dois parecia pronto para isso.

Um dia, passeando com Singer após o trabalho, Julie se deu conta de que aquilo era só questão de tempo. Era uma terça-feira, duas semanas depois do primeiro encontro deles e, o que era mais importante, dez dias depois do *terceiro* encontro, o que, segundo as revistas, era o número mágico com relação a sexo. Eles haviam passado por esse marco sem perceber, mas isso não a surpreendeu. Desde a morte de Jim, ela tinha momentos em que se sentia um tanto... sensual, como gostava de dizer. Mas já fazia tanto tempo que não transava que quase aceitara o celibato como um estilo de vida permanente. Havia até se esquecido de como era *desejar* algo assim, mas seus hormônios andavam muito ativos ultimamente e havia momentos em que se via fantasiando sobre Mike.

Não que Julie fosse atacá-lo sem aviso. Isso provavelmente assustaria Mike. De qualquer modo, ela ficaria tão apavorada quanto ele. Se beijá-lo pela primeira vez a deixara com os nervos à flor da pele, como seria o próximo passo? *Ah*, imaginou-se dizendo em pé na frente dele, *essas gordurinhas? Desculpe-me, mas você sabe que temos comido muito fora ultimamente. Apenas apague as luzes, querido.*

Era possível que aquilo tudo acabasse sendo um fiasco, com cotovelos se esbarrando, cabeças batendo e frustração no final. E então o que aconteceria? Sexo não era a coisa mais importante em um relacionamento, mas também não era a terceira ou a quarta em ordem de importância. Julie imaginou que, quando chegasse a hora, o estresse associado ao seu primeiro momento juntos tornaria quase impossível desfrutá-lo. Eu deveria fazer isso? Deveria sussurrar aquilo? Era como ir a um daqueles programas de TV de jogos com perguntas impossíveis, só que os participantes ficavam nus, pensou Julie.

O.k., talvez eu esteja me preocupando demais, repreendeu-se. Mas é o que acontece quando você só teve um homem na vida. Esse era o resultado de ter uma vida comportada e, para ser sincera, não queria mais pensar nisso. Um passeio com Singer deveria ser relaxante, não deixá-la com as mãos frias e suadas.

Singer perambulava à sua frente, pelos lotes arborizados que se estendiam até a Intracoastal Waterway, e Julie avistou o caminho que a maioria dos corretores usava. Um mês antes, haviam surgido placas por todo o caminho até a água, e ela tinha visto faixas de plástico cor de laranja onde eles pretendiam construir a estrada. Em alguns anos aquilo se tornaria um bairro. Embora isso fosse bom em termos de valorização imobiliária, era um pouco desagradável. Julie gostava da privacidade dos terrenos desocupados, que também eram ótimos para Singer. Realmente não queria ter que começar a levar uma pá quando fosse caminhar com ele, recolhendo suas fezes dos gramados recém-plantados. Pensar nisso lhe dava náuseas e ela não suportaria os olhares que Singer lhe lançaria. Não tinha a menor dúvida de que ele entenderia o que estava acontecendo. Depois das primeiras vezes, a olharia antes de virar seu focinho, pensando algo como: *Fiz minhas necessidades perto da árvore, quer ser boazinha e limpar para mim?*

Nem pensar. Não havia a menor chance de ela aguentar isso.

Julie andou durante quinze minutos antes de chegar à água e se sentar um pouco num tronco, observando os barcos passarem. Não conseguia ver Singer, mas sabia que ele estava por perto, pois viera de tempos em tempos se certificar de que ela o estava seguindo.

Ele a protegia. Como Mike, à sua própria maneira.

Mike.

Mike e ela *juntos. Realmente* juntos. Julie logo viu seus pensamentos voltarem ao ponto em que haviam começado, com mãos frias e úmidas e tudo mais.

Uma hora depois, ao se aproximar de casa, Julie ouviu o telefone tocando. Entrou correndo e deixou a porta de tela se fechar atrás de si com um barulho. Devia ser Emma, pensou. Ela andava telefonando muito ultimamente. Adorava o que estava acontecendo com Mike e mal podia esperar para falar sobre isso. E, para ser sincera, Julie também gostava de conversar. Apenas para pôr as coisas em perspectiva, é claro.

Ela levou o fone ao ouvido.

– Alô?

Não houve resposta, embora parecesse haver alguém na linha.

– Alô? – repetiu.

Nada. Julie recolocou o fone no gancho e foi abrir a porta para Singer. Na pressa, batera-a na cara dele. Mas assim que chegou à porta o telefone tocou de novo.

Mais uma vez houve silêncio do outro lado da linha. Só que agora, antes de recolocar o fone no gancho, ela achou ter ouvido um leve clique quando a pessoa desligou.

– Como vão as coisas com Julie? – perguntou Henry.

– Bem – respondeu Mike, com a cabeça sob um capô.

Na última semana, não havia falado muito com o irmão sobre isso, simplesmente porque não tivera tempo. Com a chegada do verão, os aparelhos de ar-condicionado estavam apresentando defeito tão logo eram ligados, e as pessoas iam à oficina com os colarinhos empapados de suor. Além disso, era muito *divertido* omitir informações de Henry e, pelo menos uma vez, sentir-se no controle.

Henry olhou para ele.

– Com base na frequência com que vocês têm se encontrado, eu esperaria que estivessem muito bem.

– Você sabe como é – disse Mike, sem parar de trabalhar.

Ele estendeu o braço para pegar uma chave de encaixe e começou a tentar soltar os parafusos que mantinham o compressor no lugar.

– Na verdade, não sei, não.

Sim, eu sei!

– As coisas vão bem. Pode me passar um pano? Minhas mãos estão escorregando.

Henry lhe entregou o pano.

– Soube que você preparou um jantar para Julie na sua casa, há alguns dias.

– Sim – disse Mike.

– E?

– E o quê?

– O que aconteceu?

– Ela gostou.

– Só isso?

– O que você quer que eu diga, Henry?
– Como acha que Julie se sente em relação a você?
– Acho que ela gosta de mim.
Henry juntou as mãos, satisfeito. Agora estavam chegando a algum lugar.
– Acha que ela gosta de você, é?
Mike demorou alguns segundos para responder, sabendo que Henry queria detalhes.
– Sim.
Sob o capô, Mike sorriu, pensando: isso é ótimo!
– Hum – murmurou Henry. Esse cara se acha muito esperto, mas há mais de uma maneira de se obter respostas, pensou. – Bem, eu estava me perguntando se vocês dois gostariam de sair de barco com Emma e comigo no próximo fim de semana.
– No próximo fim de semana?
– É. Vamos pescar um pouco e tomar umas cervejas. Vai ser divertido.
– Acho que talvez eu possa ir.
Henry ergueu as sobrancelhas. Agora o maninho está se achando muito importante, hein? É engraçado o que uma namorada nova faz.
– Tente não parecer tão empolgado – resmungou.
– Ei, não fique irritado. Eu só tenho que perguntar a Julie primeiro.
– Ah, isso faz sentido – disse Henry. E o pior é que fazia mesmo.
Ele ficou em pé ao lado de Mike por mais um minuto, mas o irmão não se deu o trabalho de tirar a cabeça de debaixo do carro. Por fim, Henry se virou e foi para seu escritório, pensando: o.k., Mike, você não sabe o que o espera. Eu só queria algumas informações, mas você quis bancar o durão.
O único problema era que, mesmo após vinte minutos, Henry não conseguia pensar em nada que pudesse fazer. Adorava um bom comentário sarcástico, mas o que era justo era justo e não iria estragar as coisas para seu irmão.
Posso ser um homem fraco, pensou, mas não sou mesquinho.

– Estou lhe dizendo, você está praticamente ardendo estes dias – disse Mabel.
– Não estou. Só tenho pegado sol – respondeu Julie.
Elas estavam no salão, desfrutando um intervalo tranquilo entre um cliente e outro. Andrea estava cortando os cabelos de um cliente, tendo uma conversa sobre política que foi fadada ao fracasso no momento em que ela mencionou que gostava do governador atual porque "o cabelo dele é mais bonito que o do

outro". O "outro" ao qual se referia era irrelevante para seu cliente, que não tinha ido lá para conversar mesmo.

– Não é do sol que estou falando, e você sabe disso.

Julie estendeu o braço para pegar a vassoura e começou a varrer o chão ao redor de sua cadeira.

– Sim, Mabel, eu sei. Você não é a pessoa mais sutil que já conheci.

– Para que ser sutil? É muito mais fácil ir direto ao ponto.

– Para você, talvez. Nós, mortais, às vezes nos preocupamos com coisas como o que faríamos se encontrássemos outras pessoas.

– Querida, não se preocupe com isso. A vida é muito curta. Além disso, você gosta de mim, não é?

– Você é única, sem dúvida.

Mabel se inclinou na direção dela.

– Então vá em frente.

Uma hora depois, o último cliente de Andrea havia saído, deixando uma gorjeta boa o suficiente para pagar o novo sutiã turbinado no qual estava de olho. Nas últimas semanas, chegara à conclusão de que seu problema era que não tinha seios grandes o suficiente para atrair o homem certo – mas o novo sutiã definitivamente a ajudaria nisso.

Também a ajudaria a se sentir um pouco melhor consigo mesma. Na última semana e durante toda a manhã, Mabel e Julie tinham cochichado uma com a outra, como se planejassem assaltar um banco, mas até Andrea percebeu que estavam falando sobre o relacionamento de Julie com Mike. Não que estivessem dispostas a revelar algo além do básico. Então ela o beijara? E daí? Andrea beijava garotos desde a segunda série, mas Julie parecia acreditar que aquilo tudo era romântico como no filme *Uma linda mulher.*

Além disso, Andrea achava aquela coisa com Mike totalmente ridícula. Mike ou Richard? Ora, vamos, a escolha é óbvia até para uma retardada, disse a si mesma. Mike era um cara legal, mas não era Richard. Não chegava nem perto dele. Richard tinha tudo. E Mike? Um zero à esquerda em termos de atratividade sexual. Mas Julie era cega como um morcego quando se tratava de homens.

No mínimo, Julie devia estar falando comigo, pensou Andrea. Eu poderia lhe dar algumas boas dicas para consertar a situação com Richard.

Mas então o sino da porta soou e Andrea virou a cabeça. Falando no diabo...

Por um longo instante o salão ficou em silêncio. Mabel tinha se ausentado por alguns minutos e a cliente de Julie estava de saída. Richard segurou a porta para ela. Usava óculos de sol, mas, quando se virou para Julie, o reflexo dela própria a deixou com uma sensação estranha de vazio no estômago. Singer se sentou em sua manta.

– Richard – disse Julie, hesitante.

– Oi, Julie. Como vai?

Não havia nenhum motivo para ser rude, mas ela também não estava com vontade de trocar gentilezas. Embora não se importasse em esbarrar com Richard de vez em quando, já que isso era inevitável numa cidade pequena, não tinha certeza se queria que ele ficasse aparecendo ali. Uma coisa era se encontrarem por acaso. Outra totalmente diferente era continuar a vê-lo com regularidade, e não queria fazer nada que o incentivasse. E com certeza não queria uma repetição do encontro deles no supermercado.

– O que houve? – perguntou.

Richard tirou seus óculos de sol e sorriu. Quando falou, sua voz foi suave:

– Eu esperava que você tivesse um tempo para dar um jeito no meu cabelo. Está precisando de um corte.

Perguntando-se se aquele era o único motivo para ele ter ido ali, Julie examinou sua agenda, embora já soubesse o que encontraria. Ela começou a balançar a cabeça.

– Sinto muito. Acho que não tenho como encaixá-lo. Estou muito ocupada hoje. Meu próximo cliente chegará em alguns minutos e depois tenho uma tintura agendada, o que pode demorar muito.

– Acho que deveria ter marcado hora, não é?

– Às vezes eu consigo fazer encaixes, mas hoje não dá.

– Eu entendo. – Ele olhou para o outro lado. – Bem, já que estou aqui, talvez possamos marcar para outro dia. Que tal na segunda-feira?

Ela virou a página, novamente sabendo o que veria.

– Minha agenda também já está cheia. Segunda-feira é sempre um dia de muito movimento. É quando vêm os clientes habituais.

– Terça?

Dessa vez, ela não precisou olhar.

– Só vou trabalhar até a metade do dia. Tenho algumas coisas para fazer à tarde.

Richard fechou os olhos devagar e então os abriu de novo, como se perguntasse: *Então é assim que vai ser?* Contudo, não se virou para ir embora. Percebendo a tensão entre eles, Andrea se afastou um passo de sua cadeira.

– Eu posso fazer isso, meu bem. Tenho algum tempo livre.

Depois de um momento, Richard deu um pequeno passo para trás, ainda sustentando o olhar de Julie.

– Sim – disse ele. – Está bem.

Andrea ajeitou sua minissaia, se olhou no espelho e depois o chamou:

– Venha, meu bem. Vamos lá para trás. Primeiro preciso lavar seus cabelos.

– É claro. Obrigado, Andrea.

Ela olhou para Richard por cima do ombro, dando-lhe seu melhor sorriso, gostando do modo como seu nome soava nos lábios dele.

– O que ele foi fazer lá? – perguntou Mike.

Assim que viu Richard sair do salão (ele tinha certa tendência a olhar naquela direção sempre que tinha um minuto livre, nem que fosse para imaginar o que Julie estava fazendo), correra para lá e Julie saíra para encontrá-lo.

– Cortar o cabelo.

– Por quê?

– Bem, é o que *fazemos* no salão.

Mike lançou-lhe um olhar impaciente e ela continuou:

– Ah, não fique imaginando coisas. Mal falei com Richard. Foi Andrea que o atendeu, não eu.

– Mas ele queria que fosse você, não queria? Mesmo tendo terminado com ele?

– Isso eu não posso negar. Mas acho que ele ficou com a impressão de que eu não queria mais vê-lo, nem mesmo no trabalho. Não o tratei mal, mas tenho certeza de que ele entendeu a mensagem.

– Bom... Ótimo! – disse Mike. Ele fez uma pausa. – Ele entende que... você sabe, está saindo comigo, não é?

Em vez de responder, Julie pegou a mão dele.

– Sabe, você fica fofo quando está com ciúme.

– Não estou com ciúme.

– É claro que está. Mas não se preocupe, acho você fofo o tempo todo. Nos veremos esta noite?

Pela primeira vez desde que vira Richard, Mike relaxou um pouco.

– Irei à sua casa – respondeu.

Alguns minutos depois, quando Julie voltou para o salão, Andrea estava trabalhando de novo, embora seu rosto ainda estivesse corado do tempo que passara com Richard. Julie se deu conta de que nunca vira Andrea nervosa perto de um homem. Bom para ela. Andrea merecia um homem com um emprego, para variar, embora não a imaginasse muito tempo com alguém assim. Julie tinha a estranha suspeita de que Andrea se entediaria rapidamente.

Julie terminou seu trabalho pouco depois das cinco e começou a fechar o salão. Andrea havia terminado e ido embora meia hora antes. Mabel estava limpando os fundos enquanto Julie cuidava da área da recepção. Então ela notou os óculos de sol no balcão, perto do vaso de plantas.

Logo viu que eram de Richard. Por um segundo pensou em ligar para ele, para avisar estavam lá, mas mudou de ideia. Mabel ou Andrea poderiam fazer isso. Era melhor assim.

Julie passara no supermercado para comprar os ingredientes para o jantar e estava entrando em casa quando ouviu o telefone tocar. Pôs a sacola sobre a mesa e atendeu.

– Alô?

– Alô, Julie – disse Richard. Seu tom era amigável, casual, como se eles se falassem ao telefone todos os dias. – Eu não sabia se você já estava em casa, mas que bom que atendeu. Lamento não ter podido conversar com você hoje.

Julie fechou os olhos, pensando: de novo, não. Já bastava daquilo.

– Oi, Richard – disse friamente.

– Como vai?

– Bem, obrigada.

Ouvindo seu tom, ele fez uma pausa do outro lado da linha.

– Você deve estar se perguntando por que liguei.

– Mais ou menos.

– Bem, só queria saber se encontrou meus óculos de sol. Acho que esqueci no salão.

– Sim, estão lá. Eu os deixei na recepção. Você pode pegá-los na segunda-feira.

– Vocês não abrem aos sábados?

– Não. Mabel acha que as pessoas não devem trabalhar nos fins de semana.

– Ah. – Ele fez uma pausa. – Bem, vou sair da cidade e seria ótimo se pudesse pegá-los antes. Será que poderíamos ir lá buscar esta noite? Vai levar só alguns minutos. Assim que pegá-los, irei embora.

Julie segurou o telefone junto ao ouvido sem responder, pensando: você só pode estar brincando. Sei que deixou os óculos lá de propósito só para ter um motivo para ligar.

– Julie? Você está aí?

Ela suspirou, sabendo que Richard ouviria, mas já não se importava.

– Acho que isso foi longe demais, o.k.? – disse, sem nenhum traço de solidariedade ou gentileza na voz. – Tentei ser gentil com você, mas sei o que está fazendo e está na hora de parar, entendeu?

– Do que você está falando? Só quero meus óculos.

– Richard. Estou falando sério. Estou saindo com outra pessoa. Acabou. Você pode pegar seus óculos na segunda-feira.

– Julie... espere...

Ela apertou o gancho e encerrou a chamada.

23

Uma hora depois, Mike abriu a porta da casa de Julie e olhou para dentro.

– Cheguei – gritou.

Julie estava no banheiro, usando o secador de cabelos, e assim que Singer ouviu a voz de Mike saiu trotando para cumprimentá-lo.

– Está vestida? – perguntou Mike. Ele ouviu o secador sendo desligado.

– Sim – respondeu Julie. – Venha aqui.

Mike foi até o banheiro e espiou da porta.

– Você tomou banho?

– Tomei. Estava me sentindo um pouco suja. – Ela enrolou o fio ao redor do secador e o guardou na gaveta. – Ao fim de um dia cheio como o de hoje me sinto coberta com os cabelos das outras pessoas. Estarei pronta em alguns minutos.

– Importa-se se eu ficar?

– De jeito nenhum.

Mike se encostou no balcão, enquanto Julie procurava uma sombra. Ele a observou aplicar a maquiagem com pinceladas curtas, delineando os olhos. Depois passou rímel, arrumando os cílios com os mesmos movimentos experientes, primeiro os de cima e depois os de baixo, inclinando-se na direção do espelho.

Havia algo de sensual em uma mulher ao fazer essas coisas, algo que revelava seu desejo de ser considerada atraente, pensou Mike, admirando-a. Ele notou as diferenças sutis surgirem diante de seus olhos. Como ficariam em casa, tudo aquilo era só para ele, uma ideia que Mike achou inegavelmente excitante.

Ele sabia que estava apaixonado por Julie. Isso ficara claro nas últimas semanas que haviam passado juntos, mas era diferente do modo como se sentia antes de começarem a sair. Julie não era mais uma fantasia, mas algo real, algo sem o qual Mike não conseguia mais se imaginar vivendo. Ele cruzou os braços, como se estivesse se protegendo da possibilidade de tudo isso lhe escapulir.

Ela pôs um par de brincos, sorrindo por um instante e se perguntando o que ele estava achando tão interessante, mas se sentindo satisfeita com a apreciação. Pegou o perfume, borrifou um pouco no pescoço e nos punhos e depois os esfregou. Dessa vez encarou Mike.

– Melhor? – perguntou.

– Você está linda. Como sempre.

Julie passou por ele ao sair, seu corpo roçando no dele, e Mike a seguiu, com os olhos atraídos pelo leve balançar de seus quadris e a curva suave de suas nádegas. Descalça e com jeans desbotados, ela era a personificação da beleza, embora Mike soubesse que Julie não estava se movendo diferente do seu jeito habitual.

– Que tal prepararmos uns bifes esta noite? – perguntou Julie.

– Parece ótimo, só que ainda não estou com muita fome. Almocei tarde na oficina. Mas uma cerveja cairia bem.

Julie estendeu o braço para pegar uma taça de vinho no armário. Quando ficou na ponta dos pés, sua blusa se ergueu um pouco, deixando a barriga à mostra, e Mike se virou de costas, forçando-se a pensar em beisebol. Um momento depois, em pé na frente dele, Julie lhe entregou a taça. Mike serviu o vinho e depois pegou uma cerveja para si mesmo. Abriu-a e deu um longo gole. E depois outro.

– Quer se sentar um pouco lá fora? – perguntou Julie.

– É claro.

Eles foram para a varanda e Julie abriu a porta de tela para que Singer fosse para o quintal. Ela estava com uma blusa sem mangas. Mike notou os músculos finos da parte superior de seus braços e o balanço de seus seios, e não pôde evitar imaginar como ela seria nua.

Ele fechou os olhos e respirou fundo. Deus, por favor, não me deixe fazer papel de idiota. Por favor.

Tomou outro gole, quase terminando a lata.

Seria uma noite longa, pensou.

A noite nem de longe foi tão difícil quanto ele imaginou. Como sempre, eles travaram uma conversa despreocupada, sentindo a brisa da noite soprar. Uma hora depois, Mike ligou a grelha e assou os bifes enquanto Julie entrava para preparar uma salada.

Na cozinha, ela pensou que Mike parecia um tarado que passara anos em uma ilha deserta. O pobre coitado passara a noite inteira olhando para ela e, embora tentasse parecer prudente, Julie sabia muito bem no que ele estava pensando, porque, para ser sincera, estava pensando na mesma coisa. Suas mãos estavam frias e úmidas e ela mal conseguia segurar os legumes e as verduras.

Julie cortou os pepinos e os tomates em cubos e os acrescentou à tigela, depois pôs a mesa com seu bonito jogo de porcelana. Chegando para trás para ver o efeito, percebeu que estava faltando alguma coisa. Encontrou duas velas, posicionou-as no centro e as acendeu. Então apagou a luz da sala e a da cozinha e, fez um sinal afirmativo com a cabeça, satisfeita.

Foi até a sala de estar e pôs um CD de Ella Fitzgerald para tocar. Estava colocando o vinho na mesa quando Mike entrou, trazendo os bifes. Ele parou do lado de dentro quando viu o que Julie fizera.

– Você gostou? – perguntou ela.

– Está... maravilhoso.

Julie notou que Mike olhava diretamente para ela ao falar, e por um longo momento eles apenas ficaram se encarando. Por fim, Mike desviou os olhos e pôs a comida na mesa. Em vez de se sentar, porém, foi na direção de Julie, que sentiu seu estômago se contrair. Ah, meu Deus, pensou, estou mesmo pronta para isso?

Em pé diante de Julie, Mike levou uma das mãos ao rosto dela, como se pedisse permissão para prosseguir. Ao fundo, a música tocava baixinho. O aroma do jantar invadia a pequena cozinha. Julie estava vagamente consciente disso tudo. Mike parecia preencher todo o ambiente.

Naquele instante Julie soube que estava apaixonada por ele.

Mike a olhou como se lesse sua alma, e Julie se entregou. Pressionou o rosto contra a mão dele, fechando os olhos e deixando o toque de Mike se tornar parte dela. Ele se aproximou mais, até Julie sentir o peito dele encostado ao seu e a força de seus braços em volta dela.

Então a beijou. Foi um beijo suave, quase como o movimento do ar sob as asas de um beija-flor, e, embora eles tivessem se beijado muitas vezes, este pareceu mais real do que os outros. Beijou-a de novo e, quando suas línguas se tocaram, Julie o abraçou, certa de que seus anos de amizade os tinham levado gradualmente àquele momento.

Quando se afastaram, Mike pegou a mão de Julie e a conduziu da cozinha para o quarto. Eles se beijaram de novo e Mike começou a abrir os botões da blusa dela, sem pressa. Julie sentiu os dedos de Mike em sua pele e depois a mão dele se mover para o fecho dos seus jeans. Ele beijou seu pescoço, enterrando as mãos em seus cabelos.

– Eu te amo – sussurrou Mike.

O quarto pareceu não ser nada além de sombras e do eco das palavras dele. Julie suspirou.

– Ah, Mike... – Sentindo a respiração dele em sua pele, Julie disse: – Eu também te amo.

Eles fizeram amor e, embora não tenha sido tão constrangedor quanto Julie temera, não chegaram a pegar fogo. Mais do que tudo, Mike quis satisfazer Julie e ela quis dar prazer a Mike, e houve um excesso de pensamentos por parte de ambos para que apenas desfrutassem o que estava acontecendo.

Quando terminaram, ficaram deitados na cama perto um do outro, ofegantes e olhando para o teto, ambos pensando: *realmente* estou sem prática. Espero que Julie/Mike não tenha notado.

Sentiram-se à vontade ao se abraçarem depois, seus sentimentos iniciais de urgência substituídos por ternura. Mais uma vez, disseram um ao outro que se amavam. Uma hora depois, quando fizeram amor pela segunda vez, foi perfeito.

Passava da meia-noite e eles ainda estavam na cama. Julie observava Mike fazendo pequenos movimentos circulares com os dedos na barriga dela. Quando não conseguiu mais aguentar, se contorceu e riu, segurando a mão dele para que parasse.

– Isso faz cócegas – protestou.

Mike beijou a mão dela e a encarou.

– A propósito, você foi ótima.

– Ah, então agora é assim? Como se eu fosse uma aventura de uma noite e quisesse massagear meu ego para não se sentir culpado por se aproveitar de mim?

– Não, é verdade. Você foi ótima. A melhor do mundo. Eu nunca imaginei que pudesse ser assim.

Julie riu.

– Clichês, clichês.

– Não acredita em mim?

– É claro que acredito. Eu fui *ótima* – disse Julie. – A melhor. Você nunca imaginou...

Mike começou a lhe fazer cócegas antes que ela pudesse terminar e Julie deu um gritinho, contorcendo-se para fugir da mão dele. Então, Mike se apoiou num dos cotovelos.

– E a propósito – disse –, não me aproveitei de você.

Julie virou de lado para vê-lo melhor e então puxou o lençol.

– Ah, não? Tudo o que sei é que num minuto eu estava me preparando para jantar e, no seguinte, nossas roupas estavam espalhadas pelo quarto.

– Eu fui muito sedutor, não fui?

– Foi. – Julie estendeu o braço e passou um dos dedos no rosto dele. – E sabe que eu te amo.

– Sim, eu sei.

Julie o afastou.

– E eu aqui tentando falar sério para variar – disse. – O mínimo que você pode fazer é dizer que também me ama.

– De novo? Quantas vezes quer que eu diga isso?

Ele olhou para Julie, depois pegou a mão dela de novo e beijou a ponta de cada um de seus dedos.

– Por mim eu diria isso todos os dias pelo resto da vida.

Ah, aquilo foi doce.

– Bem, já que você me ama tanto, pode ir buscar algo para a gente comer? Estou morrendo de fome.

– É claro.

Enquanto Mike se abaixava para pegar suas calças, o telefone começou a tocar na mesinha ao lado dele.

Uma vez. Duas vezes. No terceiro toque, Mike atendeu.

– Alô? – Ele fez uma pausa. – Alô?

Julie fechou os olhos, esperando que ele não repetisse.

– Alô?

Mike desligou.

– Ninguém disse nada. Acho que discaram o número errado ou algo assim. – Olhou para Julie. – Você está bem?

Ela se forçou a sorrir.

– Sim. Estou.

O telefone tocou de novo. Dessa vez, Mike a olhou com um ar intrigado antes de atender.

Aconteceu a mesma coisa.

Julie cruzou os braços. Embora dissesse a si mesma que aquilo não significava nada, não podia evitar a sensação de déjà vu que a invadiu, a mesma que teve quando visitou a sepultura de Jim.

Alguém a estava observando, pensou.

24

As mudanças na vida de Julie começaram naquela noite.

A maioria foi maravilhosa. Mike passou o sábado com ela e eles fizeram amor pela manhã e novamente antes de irem dormir. No domingo, foram a um shopping em Jacksonville e ela comprou um biquíni novo, um short e um par de sandálias. Quando voltou para casa e experimentou o biquíni para Mike ver, ele arregalou os olhos e levantou correndo do sofá para ir atrás dela. Julie correu por toda a casa, rindo e gritando, até Mike pegá-la no quarto. Eles caíram na cama, às gargalhadas, e alguns minutos depois estavam embolados sob os lençóis.

Julie estava passando muito tempo nua e ficou surpresa – e grata – por isso não mudar a amizade entre eles. Mike ainda brincava e a fazia rir. Ela ainda o provocava e ele segurava sua mão quando assistiam a filmes no sofá.

Porém, por mais que quisesse negar, o que mais lhe chamava atenção ao pensar naquela semana eram os telefonemas. Os dois na sexta-feira, tarde da noite. No sábado, houve mais dois. No domingo, o telefone tocou quatro vezes e na segunda-feira, cinco, mas nesses últimos dois dias Mike havia saído da casa por um momento e foi ela que atendeu. Na terça-feira, depois que Julie foi para a cama – Mike tinha ido passar a noite na casa dele –, houve quatro telefonemas antes de ela enfim tirar o aparelho da tomada. E na quarta-feira, quando entrou na cozinha depois de um dia de trabalho, notou que sua secretária eletrônica estava cheia.

Lembrou-se de que havia apertado a tecla da primeira chamada e então passado para a próxima. Depois para a seguinte. Os telefonemas tinham sido dados um após o outro. A secretária registrara a hora: cada ligação fora feita no momento em que a anterior desligava. Na quarta chamada, a respiração de Julie ficou acelerada; na nona, seus olhos começaram a se encher de lágrimas. Na décima segunda, estava apertando a tecla para apagar as mensagens quase tão rápido quanto apertava o play, numa tentativa quase frenética de fazer aquilo parar.

Quando terminou, sentou-se à mesa, tremendo.

No total, vinte telefonemas haviam entrado em sua secretária naquele dia, cada um com duração de dois minutos.

Em nenhum deles ninguém disse nada.

Na quinta e na sexta-feira, não houve nenhum telefonema.

25

– Parece que tudo está correndo muito bem – disse Emma no sábado.

Mais cedo naquele dia, Mike e Julie haviam se encontrado com Henry e

Emma em Harker's Island. Eles carregaram o barco com coolers de comida e cerveja, protetor solar, toalhas e chapéus, cubos de gelo e equipamento de pesca suficiente para pegar tudo o que se aproximasse do barco, inclusive Moby Dick, Orca e o próprio Tubarão. No meio da manhã, no braço de mar perto de Cape Lookout, Mike e Henry estavam de pé, juntos, segurando molinetes, engajados numa competição que só poderia ser descrita como profundamente infantil. Sempre que um deles pegava um peixe, erguia uma garrafa de cerveja, apontando para o outro. Em um dos tonéis já havia cavalas e linguados suficientes para alimentar um exército de focas famintas. Os dois já haviam tirado as camisas empapadas de cerveja e as pendurado na grade para secar.

Julie e Emma estavam sentadas em pequenas cadeiras de jardim perto da cabine, agindo de um modo um pouco mais maduro. O sol as banhava. Como ainda não estavam no verão, a umidade era suportável.

– Está, sim – concordou Julie. – Na verdade, melhor do que isso. A última semana fez com que eu me perguntasse do que tive tanto medo durante todo esse tempo.

O modo como ela disse isso fez Emma parar.

– Mas?

– Mas o quê?

– Tem alguma coisa incomodando você, não tem?

– Está tão óbvio?

– Não. Mas não precisa. Eu a conheço há tempo suficiente para perceber os sinais. O que é? Tem a ver com Mike?

– Não. De modo algum.

– Você o ama?

– Sim, amo.

– Então o que é?

Julie pousou cuidadosamente a cerveja no deque.

– Tenho recebido alguns telefonemas estranhos.

– De quem?

– Não sei. Ninguém diz nada.

– Ouve respirações ofegantes?

– Não. Nem isso. Não há absolutamente nenhum som.

– E você sabe quem está ligando?

– Não. Quando digitei o código para identificar o número, a gravação disse que era confidencial, então liguei para a companhia telefônica. Tudo o que eles puderam me dizer foi que os telefonemas eram feitos de um celular. Mas o número não é registrado, portanto não podem rastreá-lo.

– Como isso é possível?

– Não tenho a menor ideia. Eles explicaram, mas eu não estava prestando muita atenção. Depois que disseram que não podiam ajudar, eu meio que saí do ar.

– Tem alguma ideia de quem poderia ser?

Julie se virou e observou Mike lançando sua linha de novo.

– Acho que poderia ser Richard. Não posso provar, mas tenho essa sensação.

– Por quê?

– Acho que por causa do momento. Quero dizer, não consigo pensar em ninguém mais. Não me encontrei com ninguém novo além dele e... não sei... só acho que é Richard. A maneira como ele reagiu quando eu lhe disse que estava tudo acabado e o modo como fica aparecendo em minha vida.

– Como assim?

– São só pequenas coisas. Esbarrei nele no supermercado e depois ele foi ao salão cortar o cabelo. E sempre que nos vemos parece que ele está querendo ter outra chance comigo.

Emma olhou para ela.

– O que Mike acha?

– Não sei. Ainda não contei para ele.

– Por que não?

Julie deu de ombros.

– O que Mike vai fazer? Ir atrás de Richard? Como eu disse, nem tenho certeza se é ele que está telefonando.

– Bem, quantas ligações foram?

Julie fechou os olhos por alguns segundos.

– Na quarta-feira, havia vinte na secretária eletrônica.

Emma se aprumou.

– Ah, meu Deus! Você avisou à polícia?

– Não. Até então eu nem tinha admitido o que estava acontecendo. Acho que esperava que fosse algum tipo de engano, ou um bug no sistema da companhia telefônica. Só esperava que parasse. E talvez tenha parado. Meu telefone não tocou nos últimos dois dias.

Emma pegou a mão de Julie.

– Pessoas assim não param. A gente lê sobre isso o tempo todo nos jornais: ex-namorado à espreita querendo acertar as contas. Isso é assédio. Não percebe?

– É claro que sim. E tenho pensado muito nisso. Mas o que vou dizer para a polícia? Não posso provar que é Richard e a companhia telefônica também não pode dizer quem é. Ele não me ameaçou. Não vi o carro dele estacionado na minha rua ou perto do salão. Ele não fez nada além de ser gentil quando nos encontramos e ainda assim sempre havia outras pessoas por perto. Basta ele negar. – Ela falou como um advogado montando um caso. – Além disso, como eu falei, não tenho certeza de que é ele. Poderia ser Bob. Ou até mesmo alguém que não conheço.

Emma a observou antes de apertar a mão dela.

– Mas está bastante desconfiada de que seja Richard.

Depois de um momento, Julie assentiu com a cabeça.

– E não houve nenhum telefonema na noite passada? Ou na anterior? Quando Mike estava lá?

– Não. Nenhum. Acho que ele parou.

Emma franziu as sobrancelhas, pensando.

Ou quer que ela pense que parou?

Não falaria isso. Então disse:

– É estranho. E um pouco assustador. Sinto arrepios só de pensar.

– Eu também.

– Então o que você vai fazer?

Julie balançou a cabeça.

– Não tenho a menor ideia.

Uma hora depois, Julie estava em pé na proa quando sentiu Mike passar os braços em volta dela e esfregar o nariz em seu pescoço. Encostou-se nele, sentindo-se estranhamente reconfortada quando ele se moveu e parou ao seu lado.

– Oi – disse Julie.

– Oi. Você parecia solitária aqui.

– Não. Só estava aproveitando a brisa. Estava com calor no sol.

– Eu também. Acho que me queimei demais. A cerveja deve ter tirado meu protetor solar.

– Você ganhou?

– Não quero me gabar. Digamos apenas que Henry pegou muito mais sol do que eu.

Julie sorriu.

– O que ele está fazendo agora?

– Provavelmente choramingando.

Julie olhou para trás. Henry estava inclinado para o lado, com a lata de cerveja na mão, enchendo-a com a água do mar. Quando viu Julie olhando, ficou em pé e levou um dos dedos aos lábios, implorando-lhe para que ficasse quieta.

– Então, está pronto para esta noite? – perguntou Julie. – No Clipper?

– Sim. Já sei a maioria das músicas.

– O que vai vestir?

– Devo ir de jeans dessa vez. Estou ficando um pouco velho para me vestir como um garoto.

– E só agora percebeu isso?

– Às vezes demoro um pouco para perceber as coisas.

Julie se encostou nele.

– Como comigo?

– Sim, como com você.

A distância, vários barcos haviam lançado âncora perto da praia. Era o primeiro fim de semana quente do ano e o lugar estava cheio de famílias. Crianças chapinhavam e gritavam na água e pais descansavam, deitados em toalhas. Atrás da multidão, o farol se erguia a 24 metros; pintado com losangos brancos e pretos, parecia um tabuleiro de damas enrolado e em pé.

– Você está um pouco calada hoje – disse Mike, apertando-a.

– Só estava pensando.

– Em algo que Emma disse?

– Não. Pelo contrário. Em algo que eu falei para ela.

Mike sentiu os fios dos cabelos de Julie roçarem no rosto dele.

– Quer falar sobre isso?

Julie respirou fundo antes de repetir para ele o que havia contado para Emma. Enquanto ouvia, a expressão de Mike mudava de confusão para preocupação e, finalmente, raiva. Quando Julie terminou, pegou a mão dela e a virou de frente para ele.

– Acha que era Richard quando atendi o telefone naquela noite?

– Não sei.

– Por que não me contou isso antes?

– Não havia nada para contar. Pelo menos não até alguns dias.

Mike desviou o olhar, franzindo as sobrancelhas, e depois olhou de novo para Julie.

– Bem, se acontecer de novo, vou pôr um ponto final nisso.

Julie pareceu estudá-lo. Então aos poucos seu rosto se abriu num sorriso.

– Você está com aquele olhar sexy de novo.

– Não tente mudar de assunto – disse Mike. – Isso é sério. Lembra-se do que conversamos no Tizzy's?

– Sim – respondeu ela. – Lembro. – Sua voz estava calma. – É só que esse é o meu jeito de lidar com as coisas quando estou perturbada. Tento evitá-las fazendo piadas. É um velho hábito, sabe?

Depois de um longo momento, Mike pôs os braços ao redor dela de novo.

– Não se preocupe – disse. – Não vou deixar que nada lhe aconteça.

O almoço foi informal – sanduíches, batatas fritas e salada de batata comprada na delicatéssen. Depois de contar a Mike e a Emma e com o estômago cheio, Julie se sentiu um pouco melhor. Obteve um pouco de conforto com o fato de os dois terem levado aquilo tão a sério quanto ela.

Começou até a relaxar e a se permitir divertir-se. Embora pudesse ver em seu rosto que Mike não havia se esquecido do que ela dissera, ele era incapaz de ficar sério por muito tempo, ainda mais com Henry provocando-o. Em determinado momento, Henry lhe ofereceu a lata de cerveja que enchera de água salgada e Mike deu um gole antes de engasgar e cuspir no mar. Henry deu uma gargalhada, Emma conteve o riso e, depois de limpar o queixo, Mike também riu. Mas não se esqueceu daquilo. Mais tarde, pegou um dos linguados e o usou para temperar um dos sanduíches de Henry, esfregando o peixe no pão.

Henry ficou verde e com ânsias de vômito e depois atirou o sanduíche em Mike, que reagiu lançando uma colher de salada de batata no irmão.

Enquanto isso acontecia, Emma se inclinou para Julie.

– Idiotas – sussurrou. – Nunca se esqueça de que os homens são uns idiotas.

Por causa dos telefonemas, Julie bebera uma cerveja a mais do que de costume. Achou que era exatamente disso que precisava e, com a lógica confusa de alguém cujo mundo está girando um pouco, tentou afastar seus temores. Talvez os telefonemas fossem apenas um ataque de mau humor de Richard. Talvez ele estivesse furioso com o modo como ela havia falado com ele na ocasião dos óculos. Lembrava-se de ter sido bastante rude. Embora Richard merecesse, talvez não tivesse sido fácil para ele ouvir aquilo. Mas, como ainda não aparecera para buscar os óculos no salão, Julie achou que estava certa ao pensar que tudo não passava de uma desculpa para vê-la de novo. Os telefonemas eram o modo de Richard fazê-la saber que estava chateado por seu plano não ter dado certo.

E os telefonemas haviam parado dois dias antes, Julie lembrou mais uma vez a si mesma. Não era um intervalo longo, mas, no fim das contas, aquilo não tinha durado muito. Provavelmente havia terminado, pensou, como se tentasse se tranquilizar. Apesar do que Emma poderia pensar, ela *estava* levando aquilo a sério. Ser uma adolescente sem-teto, mesmo que por pouco tempo, a deixara com uma paranoia saudável. Até estar segura de que os telefonemas haviam parado mesmo, não faria nada estúpido: não caminharia à noite sozinha, deixaria as portas trancadas e manteria Singer em seu quarto nas noites em que Mike não estivesse lá. Tomaria cuidado.

Julie cruzou os braços e ouviu a água batendo na proa.

Não, aquilo não iria piorar, disse a si mesma. Não havia nenhuma chance disso acontecer.

Lá pelo meio da tarde, Emma havia posto para tocar um CD de Jimmy Buffet e a música estava alta. Eles tinham levantado âncora e estavam passando por Cape Lookout, de volta para Harker's Island. O barco se movia no ritmo suave das ondas. Henry o conduzia e Emma, abraçada a ele, mordiscava sua orelha de vez em quando.

Mike estava limpando coisas na popa, guardando o equipamento na caixa e se certificando de que os molinetes tinham sido travados. Julie estava novamente na proa, sentindo o vento agitar seus cabelos. Como Mike, havia se queimado um pouco ao sol e a pele de seus ombros estava sensível, assim como outras partes do corpo em que se esquecera de aplicar o protetor solar: o alto da orelha esquerda, a testa perto da linha dos cabelos, uma faixa ao longo da coxa e outra na perna. Era surpreendente como o sol havia encontrado esses pontos e se vingado. Pareço uma onça com pintas cor-de-rosa, pensou.

O tempo continuava glorioso, mas era hora de ir para casa. Emma e Henry haviam enfrentado uma pequena rebelião naquela manhã, com direito a lágrimas e gritos, pois seus filhos não entendiam por que não tinham sido convidados. Sentindo-se um pouco culpados, eles haviam prometido levá-los para comer pizza e assistir a um filme mais tarde. Mike precisava estar no Clipper às oito, para começar a se preparar com a banda. Julie só planejava ir vê-lo tocar por volta das dez horas e queria tirar um cochilo antes. Estava exausta. A cerveja e o sol a tinham deixado zonza.

Ela pegou uma blusa em sua bolsa e a vestiu. Quando estava pondo o short, olhou na direção da praia e percebeu que havia algo errado. Nem mesmo um olhar mais atento foi suficiente para identificar o que era. Protegendo os olhos do sol, ela examinou os barcos, a beira da água e as pessoas na praia.

Estava ali. Em algum lugar ali.

Fosse o que fosse, não se encaixava.

Franzindo as sobrancelhas, Julie olhou melhor e finalmente percebeu o que havia chamado sua atenção. E estava certa. Aquilo não se encaixava. Não em um dia quente na praia.

Baixou a mão, intrigada.

Alguém usando jeans e uma camisa azul-escura estava de pé perto das dunas segurando... o quê? Um binóculo? Uma luneta? Ela não soube dizer, mas independentemente do que fosse, estava apontado para o barco.

Para *ela.*

Julie se sentiu oprimida quando o homem baixou o que estava segurando. Por um momento quase se convenceu de que estava errada. Mas então, como se soubesse exatamente o que ela estava pensando, a pessoa acenou, seu braço se movendo de um lado para outro, devagar, como o pêndulo de um relógio antigo. *Estou aqui,* parecia dizer, *estou sempre aqui.*

Richard.

Ela sentiu o sangue se esvair de seu rosto, inspirou com força e conteve parte do som – mas não todo – com as costas da mão.

Mas num piscar de olhos, Richard se fora. Ela se dirigiu à proa e se inclinou para a frente. Nada. Nenhum sinal dele em parte alguma. Era como se nunca tivesse estado lá.

Mike a ouvira e, um instante depois, estava ao seu lado.

– O que foi? – perguntou.

Julie ainda olhava para a praia. Os olhos de Mike seguiram os dela. Depois de não encontrar nenhum sinal de Richard nem de qualquer coisa incomum, Julie se aninhou sob o braço dele.

– Não sei – falou.

Aquilo tinha que ser uma ilusão, pensou. Não poderia ser real. Ninguém poderia se mover tão rápido.

Ninguém.

Mike levou Julie para casa e ainda estava na entrada da garagem tirando as coisas do carro quando ela entrou. Singer a seguiu e, quando Julie pôs a bolsa sobre o balcão da cozinha, se equilibrou sobre as patas traseiras para cumprimentá-la. Julie estava tentando evitar as lambidas dele quando notou a secretária eletrônica piscando com uma única mensagem.

Afastou Singer, que pôs as patas dianteiras de novo no chão. Depois ele foi na direção da sala de estar e saiu pela porta, provavelmente para ir ao encontro de Mike. Na cozinha, a geladeira zumbia. Uma mosca batia contra a janela, zunindo de raiva. Julie não ouviu nada disso. Assim como não ouviu Mike, Singer ou mesmo sua própria respiração. A única coisa que notava era a secretária eletrônica. A luz piscando era sinistra, hipnótica.

Ouça-me, parecia dizer. *Ouça-me...*

Por um instante, o chão pareceu instável e Julie se viu novamente no barco, olhando na direção da praia. Ele havia acenado para ela, pensou. Estivera observando-a e agora tinha lhe telefonado para falar sobre isso.

Ela balançou a cabeça. Não, não podia ser. Ele não estivera lá. Nunca esteve. Aquilo tinha sido uma miragem. Seus olhos a haviam enganado e tudo fora um produto de cervejas demais e tensão.

Na cozinha, a secretária eletrônica continuava piscando.

Ora, vamos, pensou Julie, controle-se. Qualquer um poderia ter deixado um recado, qual é o problema? É para isso que tenho uma secretária eletrônica, vá lá e ouça a mensagem. Assim que fizer isso, descobrirei que foi Mabel ou outra amiga que telefonou, ou alguém para marcar hora no salão, oferecendo uma assinatura de revista ou pedindo contribuição para caridade. Apenas ouça e veja como isso é ridículo.

Contudo, era quase impossível mover-se até o telefone. Julie estava com um nó no estômago e as pernas duras. Alcançou a secretária eletrônica, ergueu a mão e hesitou, seu dedo pousado na tecla play.

Ouça-me...

Ela fechou os olhos, pensando: eu consigo fazer isso.

Ofegante, não podia negar que, por mais que tentasse ser corajosa e racional e se convencer de que sua reação era exagerada, o medo a estava dominando. Deus, pensou, por favor, não permita que não haja nenhuma mensagem. Permita-me ouvir uma voz. Qualquer voz que não seja a dele.

Com a mão trêmula, apertou o play.

No início houve apenas silêncio e Julie se viu prendendo a respiração. Então, bem baixinho, veio o som de alguém sussurrando algo que era impossível identificar. Ela se inclinou para mais perto do aparelho para distinguir a voz. Ouviu com muita atenção e justamente quando ia apagar a gravação reconheceu mensagem. Seus olhos se arregalaram ao ouvir o refrão de uma música que ela sabia de cor.

Uma música de sua noite em Beaufort com Mike, duas semanas atrás.

Bye, bye, Miss American Pie...

26

Os gritos de Julie fizeram Mike correr para dentro.

Ela estava em pé ao lado da secretária eletrônica, com o rosto branco, apertando sem parar a tecla de apagar.

– O que aconteceu? – perguntou Mike. – Você está bem?

Julie mal ouviu as palavras dele. Tremia enquanto imagens passavam por sua mente, uma após outra, deixando-a nauseada. Richard *estivera* na praia – agora tinha certeza disso. *Era* ele que andava telefonando, não havia a menor dúvida. E de repente Julie percebeu que não era só aquilo. Richard também os observara em Beaufort. Tinha ficado escondido enquanto ela e Mike jantavam, os vira passeando no parque e se aproximara o bastante para saber a música que Mike cantara. Devia ter pagado a conta deles no bar. Também havia telefonado na noite em que Mike ficou na casa dela. E Julie teve certeza de que ele a observara no cemitério.

Ele estivera *em toda parte.*

Isso não pode estar acontecendo, pensou, sentindo um nó na garganta, mas *estava.* De repente tudo pareceu terrivelmente errado. A cozinha estava clara demais, com as cortinas abertas, as janelas davam para lotes arborizados onde qualquer um podia se esconder. Onde *ele* podia se esconder. As sombras se estendiam até a escuridão e as nuvens no céu se moviam fazendo o mundo ficar cinzento, como num filme de terror em preto e branco. Se Richard a estivera observando hoje, se *sempre* a observava, provavelmente estava fazendo isso agora.

No quintal, Singer ergueu o focinho e latiu.

Julie deu um salto, sentindo seu coração disparar, e se virou para Mike, enterrando o rosto no peito dele enquanto as lágrimas brotavam.

Pessoas assim não param, dissera Emma.

– Julie? Vamos... me diga o que houve – implorou Mike. – O que está acontecendo?

Quando finalmente consegui responder, a voz dela soou trêmula e fraca:

– Estou apavorada.

Minutos depois, quando entrou no carro com Mike, Julie ainda tremia. É claro que um cochilo estava fora de questão; não havia a menor chance de ela dormir. Nem a mais remota possibilidade de ficar em casa sozinha enquanto Mike ia para o Clipper. Ele disse que poderia desistir do show, mas Julie não quis que ele fizesse isso, certa de que apenas ficariam sentados em casa, sentindo medo a noite toda. Não havia nenhuma necessidade de repassar aquele terror sufocante.

Ela precisava de uma válvula de escape. Uma noite na cidade, um pouco de música alta e mais algumas cervejas e ficaria nova em folha. Voltarei a ser eu mesma, pensou.

Como se isso fosse possível, disse a voz cética dentro dela.

Julie franziu as sobrancelhas. O.k., talvez isso não funcionasse, mas ficar obcecada com o que estava acontecendo *certamente* também não iria. E não ficaria em casa. Não pensaria naquilo, disse a si mesma, só pensaria no que fazer dali para a frente.

Ela sempre acreditara que havia dois tipos de pessoas: as que olham pelo para-brisa e as que olham pelo retrovisor. Sempre fora do tipo que olha pelo para-brisa: que se concentra no futuro, não no passado, porque o futuro é a única parte que ainda se pode alcançar. Minha mãe me expulsou de casa? *Consiga um pouco de comida e um lugar para dormir.* Meu marido morreu? *Continue a trabalhar ou acabará ficando louca.* Alguém está me assediando? *Descubra um modo de fazer isso parar.*

No carro com Mike, ela se sentiu mais forte. Julie Barenson é do tipo que assume o controle, pensou.

A positividade funcionou por um momento, antes de os ombros de Julie desabarem. Certo, pensou ela. Dessa vez não seria tão simples, porque esse pequeno cenário ainda não estava completo e era um pouco difícil se concentrar no futuro quando o passado não estava totalmente resolvido. Agora estava presa ao presente, e essa não era uma sensação agradável. Apesar de se fazer de corajosa, ela *estava* apavorada, muito mais mais do que quando havia morado nas ruas. Nelas encontrara um modo de permanecer invisível, de sobreviver se escondendo, o que era bem diferente do que acontecia com Richard. O problema agora era que estava visível demais e não podia fazer nada quanto a isso.

Quando Mike estacionou o carro na rua, na frente da casa dele, Julie se viu olhando por cima do ombro na tentativa de identificar algo fora do comum. A escuridão não ajudava muito a acalmar seus nervos, tampouco o farfalhar que acabou se revelando um gato de rua revirando o lixo.

E as *perguntas* que a atormentavam... eram ótimas para os nervos, não eram? O que Richard queria? O que faria a seguir? Por um momento Julie se imaginou deitada na cama à noite – quando seus olhos se acostumavam com a escuridão –, percebendo que Richard estava lá com ela, ao lado da cama, seus olhos a única coisa visível na máscara. Ele segurava algo na mão e se aproximava...

Julie afastou essa imagem de sua mente. Não vamos exagerar. Isso não vai acontecer. Ela não deixaria que acontecesse. Nem Mike. De jeito nenhum. Sem chance.

Mas o que fazer?

Ela desejou não ter apagado a mensagem. Na verdade, desejou não ter apagado nenhuma das mensagens, pois eram sua única prova de que algo estava acontecendo. A polícia poderia fazer alguma coisa com elas.

Mas eles poderiam fazer alguma coisa de qualquer modo, não poderiam?

Julie pensou sobre isso, chegando à mesma conclusão que chegara com Emma. Eles podem tentar, é claro, mas, mesmo com as novas leis sobre assédio, sem provas não havia nada que pudessem fazer. Ela acabaria sentada na frente de um policial gorducho, sobrecarregado de trabalho, que bateria com sua caneta no bloco, esperando que lhe fornecesse evidências.

O que ele disse nas primeiras mensagens? *Nada.*

Ele a ameaçou? *Não.*

Ele a seguiu? *Não, exceto na praia.*

Você tem certeza de que era ele? *Ele estava longe demais.*

Se a pessoa estava sussurrando na última mensagem, como sabe que era Richard? *Não posso provar, mas sei que era ele.*

Longa pausa. Uhum. Bem, há mais alguma coisa? *Não, só estou com um problema grave de nervosismo e gostaria de conseguir tomar um banho de chuveiro sem imaginar Norman Bates do outro lado da cortina.*

Outra batida com a caneta. Uhum.

Até para ela aquilo parecia absurdo. Pensar que era ele não significava que era. Mas era Richard! Estava certa disso.

Não estava?

No Clipper, Julie se sentou no bar ao lado de outros homens que haviam chegado mais cedo para assistir a um jogo de beisebol.

Ela pediu uma cerveja e a bebia devagar enquanto o tempo passava. A televisão foi desligada e as pessoas no bar foram embora. Depois que a banda checou os amplificadores e afinou os instrumentos, foi para os bastidores relaxar. Mike se juntou a Julie. Eles fizeram questão de não falar sobre o que havia acontecido, o que Julie achou que era o mesmo que se tivessem falado. Mas ela pôde ver a raiva nos olhos de Mike quando finalmente lhe disse que precisavam dele no palco.

– Ficarei atento – acrescentou.

Àquela altura, algumas pessoas tinham ido para o bar, outras se sentado às mesas e algumas se reunido em pequenos grupos. Às nove e meia, quando a música começou, havia chegado mais gente e não parava de entrar mais. Elas estavam lotando o bar para pedir bebidas, mas Julie as ignorou, grata pelo barulho e o clima abafarem, pelo menos em parte, suas intermináveis perguntas. Ainda assim virava-se automaticamente para a porta sempre que ela se abria, temendo ver Richard.

Dúzias de pessoas entraram, mas Richard não.

As horas passaram – dez, onze, meia-noite – e, pela primeira vez desde aquela tarde, Julie se sentiu recuperando um pouco o controle. E, como Mike, com aquela sensação veio a raiva. Mais do que tudo, queria passar uma descompostura em Richard em público, o tipo de repreensão em voz alta que incluía cutucadas no peito dele. *Quem você pensa que é?*, imaginou-se gritando para ele. *Acha mesmo que vou tolerar essa droga por mais um minuto?* (Cutucada.) *Já suportei coisas demais na vida – sobrevivi a muitas coisas – para deixá-lo levar a melhor sobre mim. Não vou, repito, não vou deixá-lo arruinar minha vida.* (Cutucada, cutucada.) *Você acha que sou idiota?* (Cutucada). *Uma mocinha frágil que vai ficar sentada no sofá, tremendo, esperando você dar o próximo passo? Vá para o inferno!* (Cutucada, cutucada.) *Está na hora de você cuidar da sua vida, Sr. Richard Franklin. Venceu o melhor e, sinto muito, meu caro, não foi você. Na verdade, você nunca será como ele.* (Cutucada, cutucada, cutucada, seguida de aplausos de dezenas de mulheres que haviam se levantado.)

Enquanto Julie imaginava sua vingança, foi cercada por um grupo de moças pedindo bebidas tanto para si mesmas quanto para as amigas que não tinham conseguido se aproximar o suficiente. O pedido demorou alguns minutos e, quando elas foram embora, Julie olhou de relance para o lado.

No meio do bar, viu uma figura familiar se inclinando na direção do atendente para pedir uma bebida.

Richard.

A imagem dele foi como um soco no estômago, e todas aquelas frases devastadoras foram esquecidas.

Ele estava ali.
Ele a havia seguido.
De novo.

Mike tinha visto Richard entrar um minuto antes e teve vontade de pular do palco e colocá-lo para fora, mas se forçou a continuar tocando.

Richard também vira Mike. Cumprimentou-o com a cabeça e lhe deu um sorriso forçado antes de ir para o meio do bar, fingindo não notar a presença de Julie.

Pode enfiar esse cumprimento no rabo, pensou Mike, sentindo a adrenalina aumentar de novo. Basta um movimento errado e enfio esta guitarra lá também.

Julie podia vê-lo, podia *senti-lo*, e a sensação era como a de respirações pesadas dentro de um elevador lotado.

Richard não fez nada. Não olhou nem gesticulou em sua direção. Em vez disso, ficou de costas para ela, segurando uma bebida e analisando a multidão, agindo como qualquer outro homem no lugar. Como se realmente achasse que ela acreditaria que aquilo tudo era coincidência.

Dane-se, pensou Julie. Você não me assusta.

A banda começou a tocar outra canção e ela olhou de relance para Mike. Ele estava com o rosto tenso, os olhos emitindo um aviso. Apenas movendo os lábios, sem som, disse para ela: *estou quase terminando.* Julie assentiu com a cabeça, subitamente precisando de uma bebida. Uma bebida de verdade, algo sem gelo e para tomar de um só gole.

À luz fraca, o perfil de Richard era escuro. Ele estava com uma perna cruzada sobre a outra e por um instante Julie achou ter visto sua boca formar um sorriso divertido, como se ele soubesse que ela o observava. Julie sentiu a boca seca.

A quem estou enganando?, perguntou-se de repente. Ele me apavora.

Mas era hora de acabar com aquilo.

Sem saber de onde tirou coragem, Julie se levantou e foi na direção dele. Ele se virou quando ela estava perto, sua expressão se abrindo como se estivesse agradavelmente surpreso em vê-la.

– Julie. Não sabia que você estava aqui. Como vai?

– O que está fazendo aqui, Richard?

Ele deu de ombros.

– Só vim beber alguma coisa.

– Quer parar com isso?

Julie falou alto o suficiente para que as pessoas que estavam por perto se virassem.

– O quê? – perguntou ele.

– Você sabe do que estou falando!

– Não, eu não...

– Você me seguiu até aqui!

– O quê?

Àquela altura, mais pessoas tinham se virado para olhar e Julie se lembrou das palavras que ensaiara. Do palco, Mike a observava com atenção e, assim que a música acabou, foi na direção deles, deixando sua guitarra cair no palco.

– Você acha que vou tolerar você ficar me seguindo? – perguntou Julie, elevando a voz.

Richard ergueu as mãos.

– Julie... espere. Espere. Não sei do que você está falando.

– Você escolheu a garota errada para tentar assustar e, se continuar com isso, vou chamar a polícia e pedir uma medida cautelar. Mandarei você para a cadeia. Acha que pode telefonar para a minha casa e deixar mensagens como fez...

– Não deixei nenhuma mensagem...

Julie agora estava gritando e as pessoas olhavam para ela e Richard enquanto as palavras chispavam entre ambos. A essa altura um semicírculo havia se formado em volta deles e as pessoas deram um passo para trás, como se esperassem que eles fossem sair no tapa.

Julie estava com a corda toda. De repente percebeu que fazer aquilo de verdade era melhor que fantasiar. *(É isso aí! Vá em frente, garota!)*

– ... e depois escapar impune? Acha que não notei que estava me observando hoje?

Richard deu um passo para trás.

– Essa é a primeira vez que a vejo. Passei o dia todo na obra.

Perdida em suas emoções, Julie não registrou as negativas.

– Não vou tolerar isso!

– Tolerar o quê?

– *Pare!* Quero que você *pare!*

Richard olhou na direção dos rostos que os cercavam, dando de ombros como se tentasse conquistar a solidariedade deles.

– Olhe, não sei o que está acontecendo aqui, mas talvez eu deva ir embora...

– *Acabou. Está me entendendo?*

Naquele momento Mike abriu caminho por entre a multidão. Julie estava com o rosto vermelho, mas parecia apavorada, e por um segundo os olhos de Richard encontraram os de Mike. No mais breve dos instantes, invisível a menos que você estivesse procurando por ele, Mike reconheceu o mesmo sorriso falso que tinha visto quando Richard entrara no bar – um olhar provocador, como se desafiasse Mike a fazer algo em relação àquilo.

Não precisou de mais nada.

A fúria que aumentava desde a tarde explodiu. Richard estava de pé quando Mike avançou para cima dele, enfiando a cabeça em seu peito como se fosse um jogador de futebol americano. O golpe fez Richard sair do chão e bater com a parte superior do tronco no bar. Garrafas e copos se estilhaçaram no chão e ouviram-se gritos na multidão.

Mike agarrou Richard pelo colarinho e segurou seu braço e, apesar de ter erguido as mãos, Richard perdeu o equilíbrio, o que permitiu a Mike lhe dar o primeiro soco no rosto. Richard batcu no bar dc novo c sc scgurou para não cair. Quando ergueu a cabeça – dessa vez mais devagar –, havia um corte abaixo do seu olho. Mike o acertou de novo. A cabeça de Richard virou para o lado. Quando ele bateu em um banco e desabou no chão, quase pareceu que aquilo estava acontecendo em câmera lenta. Quando rolou, sua boca sangrava. Mike estava pronto para atingi-lo de novo quando alguns homens o seguraram.

A briga tinha durado menos de quinze segundos. Mike tentou se libertar antes de perceber que não estava sendo contido para que Richard tivesse sua chance, mas porque os homens temiam que o outro se machucasse ainda mais. Assim que o soltaram, Julie pegou sua mão e saiu com ele do bar.

Até mesmo os membros da banda sabiam que era melhor não tentar detê-los.

27

Do lado de fora do Clipper, Mike se apoiou na porta traseira da picape, tentando se recompor.

– Me dê um minuto – pediu a Julie.

– Você está bem?

Mike levou as mãos ao rosto e suspirou, falando por entre os dedos:

– Sim. Só um pouco nervoso.

Julie se aproximou e puxou a camisa dele.

– Eu nunca tinha visto esse lado seu. Mas você devia saber que eu estava lidando bem com isso sozinha.

– Deu para perceber. Mas o olhar que ele me lançou realmente me fez explodir.

– Que olhar?

Mike o descreveu e Julie estremeceu.

– Não vi isso.

– Acho que não era para você ver. Mas acredito que tudo isso enfim tenha terminado.

Por um longo momento, nenhum dos dois falou. Algumas pessoas tinham saído atrás deles e olhavam em sua direção. Os pensamentos de Julie, porém, estavam em outro lugar. O que Richard tinha dito mesmo? Que estivera trabalhando? Que tinha passado o dia inteiro na obra? Ela não prestara atenção às palavras quando ele as disse, mas agora se lembrava delas.

– Espero que sim – disse ela.

– Acabou – repetiu Mike.

Julie deu um breve sorriso, mas estava distraída.

– Richard disse que não era ele que estava me observando hoje – comentou. – E que não dera os telefonemas. Disse que não sabia do que eu estava falando.

– Você não esperava que ele fosse admitir, não é?

– Não sei. Acho que não esperava que ele dissesse nada.

– Mas ainda tem certeza de que era ele, não tem?

– Tenho, claro. – Ela fez uma pausa. – Pelo menos acho que tenho.

Mike pegou a mão de Julie.

– Era Richard. Vi isso no rosto dele.

Julie olhou para o chão.

– O.k.

Ele apertou a mão dela.

– Ora, vamos, Julie. Você não quer que eu comece a me preocupar por ter batido num cara à toa, não é? Era Richard. Acredite em mim. Se ele fizer mais alguma coisa, iremos à polícia e contaremos tudo o que aconteceu. Obteremos uma medida cautelar e o processaremos. Vamos fazer o que for preciso. Além disso, se não era ele, o que estava fazendo aqui esta noite? E por que chegou tão perto de você sem cumprimentá-la? Você estava a apenas alguns metros de distância.

Julie fechou os olhos. Mike está certo, pensou. Richard não teria ido lá. Não dissera que não tinha gostado do lugar? Não, ele só fora porque os vira entrar. Sabia que estariam lá, pois os estava observando. E é claro que mentiria sobre isso. Se tinha sido insano a ponto de fazer tudo aquilo, por que diria a verdade?

Mas por que deixara que eles o vissem dessa vez? E o que isso queria dizer?

Apesar do ar quente, Julie sentiu arrepios.

– Talvez eu deva ir à polícia de qualquer modo. Só para registrar a ocorrência.

– Pode ser uma boa ideia.

– Você vai comigo?

– É claro. – Mike ergueu a mão e tocou no rosto dela. – Então, está se sentindo melhor?

– Um pouco. Ainda assustada, mas melhor.

Mike passou um dos dedos pela bochecha dela antes de se inclinar para beijá-la.

– Eu disse que não deixaria que nada lhe acontecesse e não vou deixar, o.k.?

O toque dele fez a pele de Julie formigar.

– O.k.

No bar, Richard finalmente conseguiu se levantar. Uma das primeiras pessoas a chegar até ele foi Andrea.

Ela tinha visto Mike pular do palco e abrir caminho pela multidão. O homem com quem estava dançando – outro aproveitador, reconheceu, embora a cicatriz em seu pescoço fosse sexy – pegara sua mão e dissera: "Vamos... briga." Eles seguiram atrás de Mike e, embora tivessem chegado tarde demais para ver o início ou o fim da briga, Andrea viu Julie levando Mike pela mão para fora, enquanto Richard usava os degraus inferiores do banco para se levantar. Pessoas o ajudavam e ouviam os comentários das testemunhas, e Andrea teve uma ideia do que havia acontecido.

– Aquele cara simplesmente o atacou...

– Ele estava quieto em seu canto até aquela mulher começar a gritar. Depois aquele outro homem se meteu...

– Ele não estava fazendo nada...

Andrea viu o corte no rosto de Richard, o sangue no canto da boca e parou de mascar seu chiclete. Não podia acreditar. Nunca tinha visto Mike levantar a voz, muito menos atacar alguém. Podia ficar carrancudo e irritado, mas nunca se mostrara violento assim. Mas a prova estava bem ali, diante dela. Richard estava na sua frente e, ao vê-lo se levantar cambaleando, ela imediatamente pensou: *ele está machucado! Precisa de mim!* Dispensou o homem com quem estivera dançando e praticamente disparou na direção de Richard.

– Ah, meu Deus... você está bem?

Richard a olhou sem responder. Quando cambaleou mais uma vez, Andrea passou seu braço pela cintura dele. Nenhuma gordura, notou.

– O que aconteceu? – perguntou ela, sentindo-se corar.

– Ele veio e me bateu – disse Richard.

– Por quê?

– Não sei.

Richard cambaleou de novo e Andrea sentiu quando ele se apoiou nela.

Ele passou o braço pelo ombro de Andrea. Também há músculos aqui, percebeu ela.

– Você precisa se sentar um pouco. Venha... deixe-me ajudá-lo.

Eles deram um passo vacilante e a multidão começou a se abrir. Andrea gostou disso. Era quase como se eles estivessem na cena final de um filme, logo antes de subirem os créditos. Ela havia começado a piscar os olhos, para causar mais efeito, quando Joe Torto, mancando com sua prótese de perna, subitamente apareceu para ajudar Richard.

– Vamos – vociferou ele. – Sou o dono deste lugar. Precisamos conversar.

Ele começou a conduzir Richard para a mesa e, quando mudou repentinamente de direção, Andrea foi empurrada para o lado e forçada a soltar Richard. Um minuto depois, Joe Torto e Richard estavam conversando em uma pequena mesa.

Do outro lado do bar, com seu momento arruinado, Andrea os observava de mau humor. Quando o homem com quem estava voltou para seu lado, ela já havia decidido o que fazer.

Aquele foi um dia que Julie preferiria esquecer.

Ela havia experimentado quase todas as emoções possíveis desde que se levantara naquela manhã, e tudo parecia estar em ordem. No geral, aquele dia ocupava o primeiro lugar na categoria medo (mais assustador do que a primeira noite em que dormiu numa passagem sob uma rodovia em Daytona), o terceiro na categoria tristeza (o dia da morte e o do enterro de Jim ainda ocupavam os dois primeiros) e o primeiro lugar na categoria exaustão completa. Somando-se a isso amor, raiva, lágrimas, riso, surpresa, alívio e preocupação ao imaginar o que viria depois, aquele definitivamente tinha sido um dia do qual ela se lembraria por muito, muito tempo.

Na cozinha, Mike estava fazendo café descafeinado. Havia ficado quieto no carro e continuava assim. Tinha pedido aspirina assim que chegaram em casa e colocara na boca quatro comprimidos antes de encher um copo de água para engoli-los. Julie estava sentada à mesa. Singer escolheu aquele momento para se encostar nela até que lhe desse atenção, algo que, na mente dele, andava um pouco escassa nos últimos tempos.

Mike estava certo. Aquilo tudo devia ter sido planejado, e não só isso, Richard previra a reação dela. Devia ter previsto. Suas respostas, suas mentiras, tudo veio de forma muito rápida, natural e *fácil.*

E Richard não havia entrado em nenhuma briga.

Aquelas coisas ainda a incomodavam. Especialmente a última, concluiu.

Algo não fazia muito sentido naquilo. Mesmo se Mike tivesse usado o elemento surpresa, não havia *tanta* surpresa nisso. Ela tinha visto Mike se aproximar e tivera tempo para sair do caminho, mas Richard não só não havia brigado como não se mexera. Se sabia o que ela faria, também não teria previsto a reação de Mike? Ou pelo menos teria tido uma ideia? Então por que não havia se importado?

E por que ela tinha a sensação de que ele planejara essa parte também?

– Tem certeza de que não está tonto? Está com um galo feio – disse Joe Torto.

Ele e Richard estavam sentados perto da porta do Clipper. Richard balançou a cabeça.

– Só quero ir para casa.

– Ficarei feliz em chamar uma ambulância para você – ofereceu Joe.

Para Richard, ele parecia dizer: *por favor, não me processe.*

– Estou bem – respondeu Richard, cansado do velho.

Ele abriu a porta e saiu para a escuridão. Examinando o estacionamento, notou que a polícia já tinha ido embora. O local também estava silencioso e ele se dirigiu para seu carro.

Ao se aproximar, percebeu que alguém estava apoiado no veículo.

– Oi, Richard.

Ele hesitou antes de responder.

– Oi, Andrea.

Ela ergueu ligeiramente o queixo para fitá-lo.

– Está se sentindo melhor?

Richard deu de ombros.

Andrea pigarreou.

– Sei que isso pode parecer estranho, considerando tudo o que aconteceu esta noite, mas você se importaria de me dar uma carona para casa?

Richard olhou ao redor. Mais uma vez, não viu ninguém.

– E seu namorado?

Ela apontou com a cabeça na direção do Clipper.

– Ainda está lá dentro. Eu lhe disse que ia ao banheiro.

Richard ergueu uma das sobrancelhas, sem dizer nada.

Em silêncio, Andrea deu um passo na direção dele. Quando estava perto, ergueu a mão e tocou o machucado no rosto de Richard, sempre sustentando seu olhar.

– Por favor – sussurrou.

– Que tal irmos para outro lugar?

Ela inclinou a cabeça, como se perguntasse a si mesma o que ele queria dizer.

Richard sorriu.

– Confie em mim.

Na cozinha de Julie, a cafeteira gorgolejava. Mike estava sentado à mesa.

– No que você está pensando? – perguntou ele.

Que tudo o que aconteceu esta noite parece errado de algum modo, refletiu Julie. Contudo, sabendo que Mike faria o possível para convencê-la de que ela havia interpretado aquilo mal, deu uma resposta vaga:

– Só estou pensando em tudo. Fico revendo isso em minha mente, sabe?

– Sim, eu também.

A cafeteira apitou e Mike se levantou para encher duas xícaras. Singer ergueu as orelhas e Julie o observou indo para a sala de estar. Mais cedo, em sua pressa de sair dali, ela não havia fechado as venezianas e notou um carro vindo pela rua. Não havia muito trânsito àquela hora da noite e ela tentou reconhecer um dos vizinhos voltando para casa depois de uma noitada na cidade.

Quando a luz começou a ficar mais forte, Singer foi para a janela. Mas em vez de tudo voltar a ficar escuro de novo com o carro passando zunindo, Julie viu a luz dos faróis se intensificar, atraindo mariposas e insetos. Singer latiu e começou a rosnar. O brilho dos faróis permaneceu constante.

Dava para perceber que o carro estava andando em marcha lenta e Julie se aprumou na cadeira. Ouviu o giro do motor e subitamente os faróis se apagaram. Uma porta bateu.

Ele estava aqui, pensou Julie. Richard tinha ido à sua casa.

Mike olhou na direção da janela.

Os rosnados de Singer se tornaram mais altos e os pelos da parte posterior de seu pescoço se eriçaram.

Mike pôs uma das mãos no ombro de Julie e deu um passo hesitante em direção à porta. Singer agora latia e rosnava sem parar, enquanto Mike avançava.

Singer estava furioso, e então algo inesperado aconteceu. O som era ao mesmo tempo normal e surpreendente, e Mike parou, como se tentasse descobrir se o que tinha ouvido era real.

Eles ouviram o som de novo e se deram conta de que alguém estava batendo à porta. Mike se virou na direção de Julie, como se perguntasse: *quem será?*

Mike espiou pela janela e Julie viu seus ombros relaxarem. Quando olhou novamente para ela, foi com uma expressão de alívio. Acariciou as costas de Singer e disse:

– Shh, está tudo bem.

O cachorro parou de latir, mas seguiu Mike, que estendeu a mão para a maçaneta.

Um momento depois, Julie viu dois policiais em pé na varanda.

A policial Jennifer Romanello era nova na cidade e no emprego e ansiava pelo dia em que teria sua própria radiopatrulha, nem que fosse para se livrar do sujeito com quem estava trabalhando. Depois de fazer a maior parte de seu treinamento militar em Jacksonville, ela se mudara para Swansboro não tinha nem um mês. Estava trabalhando com Pete Gandy havia duas semanas e ainda o teria como parceiro por mais quatro – todos os novatos tinham que trabalhar com um policial experiente durante as seis primeiras semanas, para completar seu treinamento –, mas, se o ouvisse mencionar "as regras" de novo, seria capaz de estrangulá-lo.

Pete Gandy girou a chave, desligando a ignição, e a olhou de relance.

– Deixe-me lidar com isso – disse. – Você ainda está aprendendo as regras.

Realmente vou matá-lo, pensou Jennifer.

– Devo esperar no carro?

Embora Jennifer tivesse dito isso em tom de brincadeira, Pete não entendeu e ela o viu flexionando o braço. Pete levava seus bíceps muito a sério. Também gostava de olhar para si mesmo pelo retrovisor antes de entrar em ação.

– Não. Venha. Apenas deixe que eu fale. E fique de olhos abertos, garota.

Ele disse isso como se fosse velho o suficiente para ser pai dela. Na verdade, estava na polícia havia apenas dois anos e, apesar de Swansboro não ser exatamente um grande foco de atividade criminosa, Pete tinha desenvolvido uma teoria de que a Máfia começara a se infiltrar na cidade e, obviamente, era ele quem lidaria com isso. O filme favorito de Pete era *Serpico* – e foi por causa dele que se tornara policial.

Jennifer fechou os olhos. Por que, entre todos os idiotas, tive que trabalhar com este?

– Como quiser.

– Mike Harris? – disse o policial Gandy.

Pete Gandy tinha assumido a postura de "eu sei que o uniforme o intimida" e Jennifer sentiu vontade de lhe dar um tapa na nuca. Sabia que Pete conhecia Mike e Julie havia anos. No carro, ele mencionara que cortava o cabelo no salão de Mabel e que Mike consertava seu carro. Nem precisou procurar o endereço de Julie. A vida numa cidade pequena era assim, suspirou Jennifer. Para uma mulher que crescera no Bronx, esse era um mundo totalmente novo ao qual ainda estava se acostumando.

– Ah, oi, Pete – disse Mike. – Em que posso ajudar?

– Podemos entrar um minuto? Precisamos falar com você.

– É claro – respondeu Mike.

Eles hesitaram e Mike baixou os olhos para Singer.

– Não se preocupem com ele. Ficará bem.

Os policiais entraram na sala de estar e Mike fez um sinal com o polegar por cima do ombro.

– Querem um café? Acabei de fazer.

– Não, obrigado. Não podemos beber em serviço.

Jennifer revirou os olhos, pensando: isso só vale para bebidas alcoólicas, seu idiota.

Àquela altura, Julie tinha saído da cozinha e estava em pé ali perto, com os braços cruzados. Singer foi até ela e se sentou ao seu lado.

– Qual é o assunto, Pete? – perguntou ela.

O policial Pete Gandy não gostava de ser chamado de Pete quando estava de uniforme e, por um momento, não soube como reagir à familiaridade. Pigarreou.

– Você esteve no Sailing Clipper esta noite, Mike?

– Sim. Toquei com o Ocracoke Inlet.

Pete olhou de relance para Jennifer, como se lhe mostrasse como fazer aquilo. Ah, grande novidade. Apenas um milhão de pessoas já viram isso.

– E se envolveu numa briga com o Sr. Richard Franklin?

Antes que Mike pudesse responder, Julie entrou na sala de estar.

– O que está acontecendo? – perguntou.

Pete Gandy vivia para esses momentos. Depois de sacar sua arma, essa era de longe a melhor parte do trabalho, mesmo se estivesse fazendo isso com algum conhecido. Afinal, dever era dever e, se ele deixasse passar as pequenas coisas, antes que percebesse, Swansboro seria a capital mundial dos assassinatos. Só no último mês ele havia aplicado uma dúzia de multas em pedestres que atravessavam a rua de forma imprudente e outra dúzia por jogar lixo na rua.

– Bem, detesto fazer isso com você, mas tenho várias testemunhas que afirmam que você atacou o Sr. Franklin sem ser provocado. Isso é agressão e vai contra a lei.

Dois minutos depois, Mike estava sendo levado para a radiopatrulha.

28

– Eles o prenderam? – perguntou Mabel sem acreditar.

Era segunda-feira e, como Mabel tinha ido visitar o irmão em Atlanta, não soubera de nada até chegar naquela manhã. Durante os últimos dez minutos, Julie a havia deixado a par de tudo o que acontecera. Andrea estava ocupada estragando o cabelo de um homem enquanto se esforçava para ouvir. Não havia sorrido desde que Julie começara a falar e, quanto mais ouvia, mais queria dizer que Julie não sabia do que estava falando.

Richard não era perigoso! *Mike* o havia atacado. Além disso, Richard nem estava mais interessado em Julie. Andrea tinha certeza de que ele enfim vira a luz. E o romantismo! Ele a havia levado para a praia e eles conversaram! Durante horas! Richard até flertara com ela! Nenhum homem jamais a tratara com tanto respeito. E ele também era gentil. Pedira-lhe que não contasse nada a Julie para não ferir os sentimentos dela. Isso parecia coisa de quem comete assédio? É claro que não! Embora Richard tivesse se recusado a entrar quando finalmente a deixara em casa, Andrea estava radiante desde que havia acordado na manhã do dia anterior.

Julie deu de ombros. Seu rosto estava abatido e pálido, como se ela não tivesse dormido muito.

– Pete Gandy o interrogou por uma hora e ele ficou lá até Henry pagar a fiança.

Mabel pareceu desconcertada.

– Pete Gandy? O que ele estava pensando? Não ouviu o que Mike dizia?

– Acho que não. Ele ficou tentando atribuir isso a ciúme. Queria saber o verdadeiro motivo de Mike ter atacado Richard.

– Você lhe disse o que estava acontecendo?

– Tentei, mas ele não achou relevante. Não para a acusação de agressão.

Mabel atirou sua bolsa sobre a mesa coberta de revistas.

– Ele é um idiota. Sempre foi. Nunca vou entender como conseguiu entrar para a polícia.

– Isso pode ser verdade, mas não ajuda Mike. Nem a mim.

– O que irá acontecer com Mike? Vai haver um processo?

– Não tenho a menor ideia. Mas acho que descobriremos hoje. Ele tem hora marcada com Steve Sides, mais tarde.

Steve Sides era o advogado de defesa local; Mabel conhecia a família dele havia anos.

– Boa escolha. Você o conhece?

– Não, mas Henry conhece. Espero que ele possa resolver alguma coisa com o promotor.

– Então o que você vai fazer? Com relação a Richard?

– Vou trocar o número do meu telefone hoje.

– Só isso?

– Não sei o que mais posso fazer. Pete não quis me ouvir, só disse que, se isso continuasse a acontecer, eu deveria registrar a ocorrência.

– Richard telefonou de novo no domingo?

– Não. Graças a Deus.

– E você não o viu?

– Não.

Do outro lado do salão, Andrea franziu as sobrancelhas, pensando: isso porque ele ainda estava pensando em mim. Agora pare de falar mal dele.

– Então você acha que foi tudo planejado, não é?

– Acho que sim, inclusive a noite de sábado. Inclusive eu. Acho que ele pensa que é tudo um jogo.

Mabel a olhou nos olhos.

– Não é, Julie – disse.

Demorou um pouco para Julie responder.

– Eu sei.

– Como ele se portou? – perguntou Henry. – Durante o interrogatório?

Eles estavam sentados no escritório de Henry, com a porta fechada. Mike suspirou, indignado.

– É difícil de explicar.

– Como assim?

– É como se ele já tivesse uma ideia formada de como tudo havia acontecido e nada que eu dissesse pudesse fazê-lo mudar de opinião.

– Ele não se preocupou com os telefonemas? Ou com o fato de Richard ter observado vocês antes?

– Não. Ele disse que parecia que Julie estava exagerando. Que as pessoas fazem compras e cortam cabelos. Que isso não é importante.

– E quanto à outra policial, a mulher?

– Não sei. Pete não a deixou falar nada.

Henry pegou o café e tomou um gole.

– Bem, dessa vez você realmente tem culpa – disse ele. – Não que eu o condene. Eu teria feito o mesmo se estivesse lá.

– O que você acha que vai acontecer?

– Bem, não acho que você será preso, se é o que quer saber.

– Não, não é isso.

– Quer dizer com Richard?

Mike assentiu.

Henry pôs a xícara de café de volta em sua escrivaninha.

– Gostaria de poder lhe dizer, maninho.

A policial Jennifer já estava farta de Pete e eles haviam trabalhado juntos por apenas uma hora naquela manhã. Ela precisou chegar cedo para terminar os registros de domingo que Pete não tivera tempo de fazer porque, como dizia: "Estou ocupado demais tentando proteger as ruas para ficar preso a uma escrivaninha durante o meu turno. E isso também a ajudará a aprender as regras."

Nas duas semanas em que estava trabalhando com ele, Jennifer não havia aprendido nada além do fato de que Pete ficava muito feliz em fugir do serviço burocrático para ter mais tempo para levantar pesos na frente do espelho. Ela concluiu que o homem era um completo idiota quando se tratava de interrogar pessoas.

A noite anterior havia sido um ótimo exemplo disso.

Não era preciso ser nenhum gênio para ver que Mike e Julie estavam apavorados e o motivo não era Mike ter sido levado para interrogatório no meio da noite. Não, eles estavam com medo de Richard Franklin e, se o que diziam era verdade, Jennifer achava que tinham razão em estar. Pete Gandy podia ter os instintos de um poste, mas os de Jennifer eram bem aguçados, embora tivesse acabado de concluir seu treinamento. Mas ela havia crescido ouvindo falar nesse tipo de coisa.

Jennifer vinha de uma longa linhagem de policiais. Seu pai, seu avô e seus dois irmãos eram da polícia, embora todos ainda morassem em Nova York. Como ela tinha ido parar na Carolina do Norte era uma longa história, que envolvia universidade, um ex-namorado, a necessidade de deixar sua própria marca no mundo e o desejo de conhecer outra parte do país. Tudo isso havia se combinado uns seis meses antes, quando, num impulso, ela se candidatou à academia de polícia e, para sua surpresa, foi aceita para uma vaga em Swansboro. Seu pai, embora orgulhoso por Jennifer "estar se juntando aos bons", ficou horrorizado por ela ir para a Carolina do Norte. "Todos eles mascam tabaco, comem canjica e chamam todas as mulheres de querida. Como uma bela garota italiana como você vai se adaptar por lá?"

O mais estranho foi que ela não só se adaptou como aquilo foi muito melhor do que havia imaginado, especialmente porque as pessoas, vai entender, eram tão amigáveis que acenavam para estranhos quando dirigiam. Na verdade, todos eram ótimos, exceto Pete Gandy. Pelo canto do olho, ela o viu flexionando o braço de novo, fazendo o músculo saltar, e sempre que passava por outro carro acenava com a cabeça para o motorista, como se dissesse: *mantenha-se em velocidade baixa, amigo.*

– Então, o que você acha da história de Mike Harris na outra noite? – perguntou Jennifer enfim.

Como foi apanhado no meio de seu aceno, Pete demorou um momento para perceber do que ela estava falando.

– Ah, bem, hum... ele estava arranjando desculpas – respondeu. – Já vi isso centenas de vezes. Todos os acusados culpam o outro sujeito. Nenhum criminoso é culpado e, quando é, há uma explicação muito razoável para o que fez. Quando você aprender as regras, se acostumará bem rápido com isso.

– Mas você não disse que o conhecia e que ele sempre pareceu um homem tranquilo?

– Isso não importa. Lei é lei e vale para todos.

Jennifer sabia que Pete estava tentando parecer sábio, experiente e justo, mas nas duas semanas em que trabalhara com ele nenhum desses adjetivos pareceu se aplicar. Sábio e experiente? O cara considerava luta livre profissional um verdadeiro esporte e justiça não parecia constar de seu vocabulário. Uma das multas que havia aplicado por atravessar a rua de forma imprudente fora em uma senhora capengando em um andador, pelo amor de Deus! E na outra noite, quando ela abrira a boca para fazer uma pergunta a Mike Harris, Pete lhe fizera um sinal para se calar, comentando: "A mocinha ainda está aprendendo as regras do interrogatório. Não deem atenção a ela."

Se não estivessem na delegacia, ela o teria posto em seu lugar. Quase o pôs assim mesmo. Mocinha? Jennifer jurou que, quando acabasse o treinamento, faria Pete Gandy pagar por isso. De alguma forma ele pagaria.

Mas como tecnicamente ela ainda estava em treinamento, embora nos últimos estágios, o que podia fazer além de ferver de raiva? Também, essa não era a questão. Aquilo tudo tinha a ver com Mike Harris e Richard Franklin. E Julie Barenson, é claro. Depois que terminou seu turno, Jennifer não havia dormido bem por causa do que Mike e Julie disseram e do jeito de Richard, "tranquilo demais para não parecer estranho", ao ser interrogado.

Tinha a sensação de que Richard não era a vítima inocente. E Julie e Mike não lhe pareciam mentirosos.

– Mas não acha que pelo menos deveríamos investigar? E se eles estiverem falando a verdade?

Pete suspirou como se o assunto o entediasse.

– Então eles deveriam ter ido à delegacia registrar uma ocorrência. Mas não registraram. E admitiram que não tinham nenhuma prova. Ela nem tem certeza se era Franklin quem estava telefonando. O que acha disso?

– Mas...

– Provavelmente estão inventando. Olhe, foi uma boa captura e nós o repreendemos.

Jennifer tentou de novo.

– Mas e quanto a Julie Barenson? Ela parecia assustada, não acha?

– É claro que estava assustada. Seu namoradinho tinha acabado de ser preso. Você também ficaria. Qualquer um ficaria.

– Em Nova York a polícia...

Pete Gandy ergueu a mão.

– Chega de histórias de Nova York, está bem? As coisas aqui são diferentes. As pessoas têm um pouco de sangue quente por estas bandas. Quando você aprender as regras, verá que quase todas as discussões têm a ver com algum tipo de rixa ou vingança, e a lei não gosta muito de se envolver nisso, a menos que passe dos limites, como nesse caso. Além do mais, esta manhã, antes de você chegar, falei com o chefe e ele disse que tinha recebido um telefonema do advogado e eles estavam tentando resolver alguma coisa, portanto acho que a maior parte disso terminou. Pelo menos no que diz respeito a nós. A menos que vá parar na justiça.

Jennifer olhou para ele.

– Do que você está falando?

Pete deu de ombros.

– Foi só isso que ele disse.

Outra coisa que Jennifer não conseguia suportar em Gandy era o fato de ele omitir informações sobre os casos em que trabalhavam. Esse era seu modo de mostrar que era ele que estava no comando.

Como Jennifer não disse nada, Pete voltou à sua rotina de acenar.

Jennifer balançou a cabeça. Imbecil, pensou.

No silêncio, ela voltou a pensar em Mike e Julie e se perguntou se deveria falar com eles de novo, de preferência quando Pete não estivesse por perto.

Henry estava em pé no escritório, ao lado de Mike, prestando atenção à conversa com o advogado. "Você deve estar brincando" foi seguido de "Você não está falando sério" e "Eu não posso acreditar nisso!". Mike andava de um lado para outro, seus passos pesados pontuados por olhares de incredulidade, e ficava repetindo essas frases. Por fim, parou e começou a dar respostas monossilábicas e então desligou o telefone.

Mike não se mexeu e não disse uma só palavra para Henry. Em vez disso, ficou olhando para o telefone, passando a língua sobre os dentes.

– O que houve? – perguntou Henry.

– Ele disse que acabou de ter notícias do advogado de Richard Franklin – respondeu Mike.

– E?

Mike não conseguia olhar para Henry. Estava virado para a porta, mas seus olhos não pareciam focados.

– Parece que pretendem emitir uma ordem de afastamento contra mim até o caso ser resolvido. Disse que Richard Franklin me considera uma ameaça.

– Você?

– Também falou que pretendem mover uma ação cível contra mim.

– Você está brincando.

– Foi o que eu disse. Mas, segundo o outro advogado, Richard está zonzo desde aquela noite. Supostamente, no sábado à noite ele achou que estava bem e podia ir para casa. Mas, na segunda-feira, estava com a visão embaçada e tão tonto que precisou chamar um táxi para levá-lo ao hospital. O advogado dele alega que eu lhe causei uma concussão.

Henry inclinou a cabeça para trás.

– Você lhe disse que Richard está mentindo? Quero dizer, nada contra você, e tenho certeza de que a briga foi boa, mas pelo amor de Deus, uma concussão?

Mike deu de ombros, ainda tentando processar tudo aquilo e se perguntando como de repente as coisas tinham fugido ao controle. Dois dias atrás ele só queria que Richard parasse de incomodar Julie. Três dias antes nem pensava nele. E agora era considerado um criminoso porque fizera o que devia fazer.

Ele decidiu que o policial Pete Gandy estava definitivamente fora da lista da festa de Natal. Não que fosse fazer uma, mas se um dia fizesse, Pete Gandy não seria convidado. Se Pete o tivesse ouvido ou ao menos tentado entendê-los, nada disso estaria acontecendo.

Mike se levantou da cadeira.

– Preciso falar com Julie – anunciou, batendo a porta ao sair.

Quando Mike chegou ao salão, Julie só precisou olhá-lo de relance para perceber que ele estava mais perturbado do que jamais o vira.

– Isso é ridículo – repetiu. – Quero dizer, de que adianta irmos à polícia se não podem fazer nada em relação a ele? Não sou o maldito problema aqui, ele é que é.

– Eu sei – disse Julie em um tom confortador.

– Eles não sabem que eu não inventaria nada do que tentei dizer ao Pete? Não sabem que eu não teria ido atrás de Richard se ele não merecesse? De que adianta estar do lado certo da lei se a polícia não acredita no que você diz? Agora eu é que tenho que me defender. Eu é que fui solto sob fiança. Eu é que preciso contratar advogados. O que isso diz sobre a justiça? Esse cara pode fazer o que quer, mas eu não posso fazer nada.

Julie não respondeu imediatamente e Mike também não pareceu precisar de resposta. Ela pegou a mão dele e a segurou até Mike se acalmar.

– Você está certo, isso não faz nenhum sentido – disse ela. – Sinto muito.

Embora o toque dela parecesse acalmá-lo, Mike não conseguia encará-la.

– Eu também – disse ele.

– Por que sente muito?

– Porque estraguei as coisas com a polícia. É com isso que estou preocupado. Posso lidar com qualquer coisa, mas e quanto a você? Por minha causa, a polícia não acredita na sua história. E se também não acreditar em mim ou em você no futuro?

Julie não queria mais pensar naquilo. Tinha passado a manhã inteira pensando. A coisa toda havia acontecido exatamente como Richard queria. Agora estava mais certa do que nunca de que ele planejara tudo.

– Isso não parece justo – disse Mike.

– O advogado disse mais alguma coisa?

Mike deu de ombros.

– Só o de costume. Que ainda não há nenhum motivo para eu me preocupar.

– É fácil para ele dizer isso.

Mike soltou a mão de Julie e respirou fundo.

– Sim. – Ele pareceu cansado, derrotado, e Julie o olhou.

– Você ainda vai à minha casa esta noite?

– Se você quiser que eu vá. Se não estiver muito zangada comigo.

– Não estou zangada com você. Mas vou ficar se não for. Realmente não quero ficar sozinha.

O escritório de Steven Sides ficava perto do palácio da justiça. Uma vez lá dentro, Mike foi conduzido para uma sala coberta de lambris, com uma grande mesa retangular e estantes repletas de livros de direito. Ele estava se sentando quando o advogado abriu a porta.

Sides tinha 50 anos, um rosto redondo e cabelos pretos que estavam ficando grisalhos nas têmporas. Seu terno era caro – um daqueles de seda, importados da Itália –, mas parecia amassado, como se ele não o tivesse pendurado da última vez que o usou. Havia um inchaço em seu rosto que sugeria um hábito de tomar muitos coquetéis depois do trabalho, mas também havia uma firmeza em sua atitude que deixava Mike confiante. Sides falou devagar, com cuidado, medindo o efeito de cada palavra. Permitiu que Mike se lamentasse por alguns minutos antes de conduzi-lo, com uma série de perguntas, para a descrição dos fatos. Não demorou muito para Mike lhe contar tudo.

Quando ele terminou, Steven Sides pousou seu lápis no bloco de notas e se recostou.

– Como já falei ao telefone, neste momento eu não me preocuparia com a briga de sábado à noite. Em primeiro lugar, não estou certo de que o promotor público insistirá em um processo, por vários motivos. – Ele começou a enumerá-los, um a um. – Você tem ficha limpa, uma boa posição na comunidade e ele sabe muito bem que você conseguiria apresentar diversas testemunhas de seu caráter, o que torna improvável encontrar um júri que fosse condená-lo. E quando eu lhe disser o que o levou a fazer isso, o processo se tornará muito mais questionável, mesmo que não haja nenhuma prova do assédio. Isso ainda poderia influenciar o júri a seu favor, e ele está ciente.

– Mas e a ação cível?

– Aí é diferente. Mas também não vai acontecer logo, se é que acontecerá. Se o promotor público não instaurar o processo, isso não será bom para a ação de Franklin. Se o promotor instaurar o processo e perder, isso também não parecerá bom. Provavelmente só entrarão na justiça se ele vencer o julgamento e, como eu disse, não imagino isso acontecendo. Você e Julie estavam com problemas e você reagiu. Não importa o que aconteça, a maioria das pessoas acharia isso bastante razoável. E a medida cautelar é só para chamar atenção. Presumo que você não terá nenhum problema em ficar longe de Richard Franklin.

– Nenhum. Para início de conversa eu nunca quis me aproximar dele.

– Ótimo. Mas deixe-me lidar com o promotor, está bem? E não fale com a polícia de novo. Apenas mande virem falar comigo e eu cuidarei de tudo.

Mike assentiu.

– Acha mesmo que não preciso me preocupar?

– Não, pelo menos por enquanto. Deixe-me falar com algumas pessoas e daqui a alguns dias lhe direi em que pé estamos. Se for para você se preocupar com alguma coisa, que seja com Richard Franklin.

Sides se inclinou para a frente, seu rosto sério.

– O que vou lhe dizer fica apenas entre nós, está bem? E só estou fazendo isso porque você parece um homem decente. Se comentar com alguém que lhe contei essas coisas, vou dizer que é mentira.

Depois de um momento, Mike concordou.

O advogado esperou, certificando-se de que tinha a total atenção de Mike.

– Há uma coisa que você deveria saber sobre a polícia. Ela é ótima quando se trata de roubo ou assassinato. É para isso que o sistema foi feito, para pegar pessoas depois do crime. Mesmo com todas as leis sobre assédio, não há realmente nada que a polícia possa fazer se alguém o escolher como alvo e tiver o cuidado de não deixar provas. Se uma pessoa está decidida a prejudicá-lo e não se importa com as possíveis consequências, você terá que lidar com isso sozinho.

– Então acha que Richard Franklin pode querer prejudicar Julie?

– A pergunta não é essa, mas: você acredita nisso? Se acredita, terá que estar pronto para lidar com isso. Porque, se a partir de agora isso piorar, ninguém poderá ajudá-lo.

A conversa deixou Mike se sentindo estranho. Estava claro que Sides era um homem inteligente e, embora Mike se sentisse melhor em relação às suas perspectivas legais, seu alívio fora neutralizado pelo aviso de Sides.

Aquela história com Richard havia acabado?

Mike parou do lado de fora de sua picape e pensou a respeito. Visualizou novamente o rosto de Richard no bar. Viu o sorriso e soube a resposta.

Aquilo não ia parar. Richard só estava começando.

E ao entrar lentamente na picape, ouviu a voz de Sides de novo.

Ninguém poderá ajudá-lo.

Mais tarde, Mike e Julie se esforçaram para ter a noite mais normal possível. Compraram uma pizza a caminho de casa e depois assistiram a um filme, mas nenhum dos dois se deu o trabalho de esconder sua apreensão sempre que um carro passava pela rua. Mantiveram as cortinas fechadas e Singer dentro de casa. Até o cachorro percebeu o nervosismo deles. Andando pela casa como se estivesse fazendo uma ronda, não latiu nem rosnou. Quando fechava os olhos para cochilar, o fazia com uma orelha em pé.

A única coisa incomum na noite foi que pareceu quieta demais. Como o telefone de Julie havia mudado para um número fora da lista, não tocou. Ela decidira dar o novo número apenas para algumas pessoas e pediu a Mabel que não o divulgasse aos clientes. Ela achava que, se Richard não pudesse ligar, talvez entendesse a mensagem.

Julie se remexeu no sofá.

Depois do jantar, ela havia perguntado a Mike sobre seu encontro com o advogado e ele lhe contara o que Sides dissera – que não achava que Mike tinha muito com o que se preocupar. Mas, para o olhar vigilante de Julie, a atitude de Mike sugeria que Sides dissera muito mais do que isso.

Do outro lado da cidade, Richard estava em pé ao lado da bandeja de produtos químicos no quarto escuro. Um brilho vermelho iluminava seu rosto enquanto ele observava a imagem surgir devagar no papel fotográfico. O processo ainda lhe parecia misterioso – fantasmas e sombras escurecendo e se tornando reais. Tornando-se Julie.

Os olhos dela cintilavam no recipiente raso, brilhavam em tudo ao redor.

Sempre voltava para a fotografia, a única constante em sua vida. Olhar para a beleza da luz e das sombras refletidas nas imagens trazia uma sensação de objetivo, lembrando-o de que ele controlava seu próprio destino.

Richard ainda estava feliz com a outra noite. Sem dúvida a imaginação de Julie estava solta. Mesmo agora, ela provavelmente se perguntava onde ele estaria, o que estaria pensando, o que faria depois. Como se ele fosse algum tipo de monstro, o bicho-papão dos pesadelos da infância. Sentiu vontade de rir. Como uma coisa tão terrível o fazia se sentir tão bem?

E Mike, atacando como a cavalaria. Tão previsível! Richard quase riu naquele instante. Mike não representava nenhum desafio. Julie por sua vez...

Tão emotiva! Tão corajosa!

Tão *viva*!

Estudando a fotografia à sua frente, Richard observou novamente as semelhanças entre Julie e Jessica. Os mesmos olhos. Os mesmos cabelos. O mesmo ar de inocência. No momento em que ele entrou no salão, achou que as duas podiam ser irmãs.

Richard balançou a cabeça, sentindo a lembrança de Jessica atraí-lo.

Eles haviam alugado uma residência nas Bermudas para a lua de mel, não longe dos grandes resorts. A residência era silenciosa e romântica, com ventiladores de teto, móveis de vime branco e uma varanda com vista para o mar. Tinha uma praia particular onde podiam passar horas sozinhos ao sol, apenas os dois.

Ah, como ele havia ansiado por isso! Tirara dezenas de fotografias dela naqueles primeiros dias.

Richard adorava a pele de Jessica, lisa e macia, brilhante com uma camada de óleo. Mas no terceiro dia sua pele havia começado a ficar bronzeada e ela estava deslumbrante com o vestido de algodão branco. Naquela noite, ele não queria nada além de tomá-la nos braços, despi-la lentamente e fazer amor com ela sob o céu.

Mas ela queria dançar. No resort.

Não, dissera ele, *vamos ficar aqui. É nossa lua de mel.*

Por favor, pedira ela. *Por mim. Fará isso por mim?*

Eles foram e o resort estava barulhento e cheio de bêbados, e Jessica estava barulhenta e bebendo. Ela começou a ficar com a fala arrastada e mais tarde cambaleou ao ir ao banheiro. Esbarrou num homem jovem e quase derramou a bebida dele. O homem tocou no braço dela e riu. Jessica também riu.

Richard ferveu de raiva ao observá-los. Aquilo o constrangeu e o enfureceu. No entanto, disse a si mesmo que a perdoaria. Jessica era jovem e imatura. Mas ela teria que prometer que não faria aquilo de novo.

Naquela noite, quando eles voltaram para casa, Richard havia tentado falar com Jessica e ela não o ouvira.

Eu só estava me divertindo, dissera. *Você poderia ter tentado se divertir também.*

Como eu poderia, se a mulher com quem acabei de me casar estava flertando com estranhos?

Eu não estava flertando.

Eu vi.

Pare de agir como um louco.

O que você disse? O que você disse?

Ai... me solte... você está me machucando...

O que você disse?

Ai... por favor... Ai!

O que você disse?

No fim, ela o desapontara, pensou Richard. E Julie o desapontara também.

No supermercado, no salão, no modo como desligara o telefone na cara dele. Richard estava começando a perder a esperança, mas ela se redimira no bar. Não tinha sido capaz de ignorá-lo, não conseguira simplesmente se afastar. Não, pensou Richard, ela *teve* que falar comigo. E, embora suas palavras tivessem sido raivosas, ele sabia o que Julie realmente estava sentindo. Ela se importava com ele, pois a raiva e o amor não eram dois lados da mesma moeda? Uma grande raiva não era possível sem um grande amor... e ela havia demonstrado uma grande raiva.

Esse pensamento o deixou feliz.

Richard saiu do quarto escuro e foi para o quarto de dormir. Na cama, entre a profusão de câmeras e lentes, procurou o celular. Sabia que o telefone de sua casa poderia ser rastreado, mas precisava ouvir a voz de Julie esta noite, mesmo que apenas pela secretária eletrônica. Quando a ouvia, podia ver os dois no teatro de novo, as lágrimas nos olhos dela, e ouvia a respiração de Julie se acelerar enquanto o Fantasma decidia se deixava sua amada ir embora ou se ambos deveriam morrer.

Richard discou o número e fechou os olhos, na expectativa. Mas em vez da voz familiar de Julie, ouviu uma gravação da companhia telefônica. Desligou e ligou de novo, dessa vez com mais cuidado, mas ouviu a mesma mensagem gravada.

Richard olhou para o telefone. Ah, Julie, perguntou-se, por quê? *Por quê?*

29

Depois do tumulto do mês anterior, a semana seguinte foi surpreendentemente tranquila para Julie. Ela não viu Richard em lugar algum. Na segunda-feira também não aconteceu nada e ela torcia para que a terça não fosse diferente.

Parecia que não seria. Seu telefone era uma prova de que números fora da lista e não divulgados eram um modo eficaz de evitar telefonemas indesejados. Embora fosse um alívio não se preocupar com isso, Julie havia começado a pensar que poderia enterrar o telefone no quintal, porque era óbvio que nunca mais, pelo resto da vida, ninguém lhe ligaria apenas para conversar.

Somente quatro pessoas - Mabel, Mike, Henry e Emma - tinham seu número e, como ela passava o dia inteiro com Mabel e a noite inteira com Mike, eles não tinham por que ligar. Em todos os anos que o conhecia, Henry nunca havia telefonado, o que tornava Emma a única pessoa que poderia pensar em usar o telefone. Mas depois de saber como as ligações haviam assustado Julie, Emma parecia estar lhe dando um descanso, sem querer sobressaltá-la.

Julie admitia que no início aquilo não havia sido tão ruim. Era bom poder cozinhar, tomar banho, folhear uma revista ou se aconchegar em Mike sem ser perturbada, mas, depois de uma semana, se tornara um pouco irritante. É claro que ela poderia usar o telefone e fez isso, mas não era a mesma coisa. Como ninguém ligava, ninguém *podia* ligar, Julie começou a se sentir como se tivesse sido transportada de volta no tempo.

Estranho o que uma semana tranquila faz com a perspectiva de uma pessoa.

O fato é que a semana *tinha sido* tranquila. De verdade. *Normalmente* tranquila. Julie não tinha visto ninguém nem parecido com Richard, nem mesmo a distância, e *estava* atenta a ele quase o tempo todo. E, é claro, havia Mike, Mabel e Henry. Julie tinha espiado pelas janelas do salão em ambas as direções uma dúzia de vezes por dia. Quando dirigia, às vezes entrava numa rua diferente e parava, olhando pelo retrovisor para ver se alguém a estava seguindo. Examinava estacionamentos minuciosamente e ficava de frente para a porta quando estava na fila do correio ou do supermercado. Quando chegava em casa e Singer ia na direção do bosque, ela o chamava de volta para vasculhar a casa. Enquanto ele percorria os cômodos, Julie esperava do lado de fora, com a mão no spray de pimenta que comprara no Walmart. Minutos depois Singer voltava abanando o rabo e babando, parecendo feliz como uma criança numa festa de aniversário.

O que você ainda está fazendo aí na varanda?, parecia perguntar. *Não quer entrar?*

Até o cão notava que ela estava um pouco paranoica. Mas como dizia o velho ditado, é melhor prevenir do que remediar.

E havia Mike. Ele não a perdia de vista por mais de alguns minutos, exceto quando ela estava no trabalho. Embora fosse ótimo tê-lo por perto, em alguns momentos isso era um pouco sufocante. Fazia algumas coisas melhor quando Mike não estava *bem ali*.

No âmbito legal, havia uma certa confusão. A policial Jennifer tinha aparecido na semana anterior e conversado com os dois. Ela ouvira sua história e dissera que não hesitassem em telefonar caso voltasse a acontecer algo fora do comum. Isso fez Julie se sentir melhor, o que, por sua vez, também fez Mike se sentir melhor, mas até agora eles não haviam tido motivo para telefonar. Além disso, o promotor público havia desistido do processo e, embora tivesse deixado aberta a possibilidade de instaurá-lo no futuro, por ora Mike não corria perigo. O promotor disse que fez isso não por achar que Mike fosse inocente, mas porque Richard não aparecera para prestar um depoimento formal. E também não tinham conseguido entrar em contato com ele.

Que estranho, pensou Julie, ao saber disso.

Mas oito dias de nada, absolutamente nada, haviam encorajado Julie. Não que ela fosse boba a ponto de se esquecer do possível risco – *nunca* serei uma dessas convidadas de programas de TV considerada uma idiota por toda a plateia por *não ter visto que isso ia acontecer,* disse a si mesma, mas ocorrera uma mudança sutil sem que ela estivesse particularmente consciente disso. Na semana anterior, *esperara* ver Richard. Esperara vê-lo à espreita em algum lugar e havia se preparado para isso. O que iria fazer dependeria das circunstâncias, é claro, mas ela não hesitaria em gritar, correr ou, se preciso, soltar Singer para cima dele. Estou pronta para tudo, repetia para si mesma, basta você dar um passo. Qualquer sinal de problema e se arrependerá, Sr. Franklin.

Até que tanto tempo olhando, prestando atenção, sem encontrar nenhum traço dele, aos poucos reduziram sua determinação. Embora ainda mantivesse bastante cautela, Julie chegara ao ponto em que *não* esperava vê-lo. Por isso, quando Mike mencionou que Steven Sides deixara uma mensagem pedindo que ele passasse em seu escritório para uma breve reunião depois do trabalho, Julie lhe disse que estava cansada e ia para casa sozinha.

– Só não deixe de vir para cá quando terminar – disse ela. – E, se for se atrasar, por favor, me ligue, está bem?

Singer saltou do jipe assim que Julie estacionou. O cão havia rodado o terreno, afastando-se cada vez mais com o focinho no chão, quando ela o chamou. Erguendo a cabeça, ele a olhou do outro lado do quintal.

Venha aqui, parecia dizer. *Você não me leva para passear há um tempão.*

Julie saiu do carro.

– Não. Não podemos ir agora – disse. – Talvez mais tarde, quando Mike chegar.

Singer continuou onde estava.

– Sinto muito, mas realmente não quero ir para lá, sabe?

Mesmo a distância, Julie viu as orelhas de Singer se abaixarem. *Venha.*

Julie cruzou os braços e olhou ao redor. Não viu o carro de Richard, tampouco o vira quando estava dirigindo. A menos que ele tivesse planejado andar a pé alguns quilômetros, não estava ali. O único carro estacionado na rua ostentava o nome da imobiliária que vendia os lotes, junto com o nome da corretora, Edna Farley.

Edna era uma frequentadora assídua do salão. Apesar de ser cliente de Mabel, com o passar do tempo Julie passara a conhecê-la. Rechonchuda e de meia-idade, era gentil como todos os corretores são – alegre e entusiasmada, com uma tendência a distribuir seu cartão de visita no salão –, mas também um pouco avoada. Quando estava animada, o que era praticamente o tempo todo, parecia não perceber o óbvio e sempre estava um passo atrás na conversa. Os outros já haviam mudado de assunto e Edna ainda discutia o anterior. Às vezes Julie achava aquilo irritante, mas tolerava com uma atitude de "ainda bem que ela é cliente de Mabel e não minha".

Singer balançava o rabo de um lado para outro, como um aceno. *Por favoor?*

Julie não queria ir, mas não levava Singer para passear havia muito tempo.

Ela olhou novamente para a rua. Nada.

Richard andaria alguns quilômetros na remota possibilidade de ela levar seu cão para passear?

Não, concluiu Julie. Além disso, Singer estava com ela, e não era nenhum chihuahua. Tudo o que ela tinha que fazer era gritar e o cão atacaria como um louco.

Ainda assim Julie não gostava disso. Agora o bosque a apavorava. Havia muitos lugares para alguém se esconder. Muitos lugares para observar e ser observado. Oferecia muitas oportunidades para Richard se ocultar atrás de uma árvore, esperar ela passar e surgir por trás, com os galhos estalando sob seus pés...

Mais uma vez Julie sentiu-se dominada pelo pânico e se forçou a afastá-lo. Nada vai acontecer, repetia. Não com Singer por perto, não com Edna percorrendo os loteamentos. Não sem o carro de Richard na área. Ele não estava lá.

Então por que não levar o cão para passear?

Singer latiu como se tentasse chamar sua atenção. *E aí?*

– Está bem – disse ela por fim. – Mas não podemos ficar muito tempo. Parece que está vindo uma tempestade.

Antes mesmo de ela terminar de falar, Singer havia se virado e entrado no bosque, desaparecendo atrás de um grupo de árvores.

Julie demorou cinco minutos para perceber que estava sussurrando para si mesma.

– Nada vai acontecer – dizia. – É totalmente seguro aqui.

E era, refletiu, tinha que ser, mas é melhor rever os conceitos, não é? Porque, por algum motivo, isso não *parece* certo. Então Julie os reviu e novamente chegou à conclusão lógica de que Richard não estava à espreita. Mas isso não ajudou, e ela começou a ficar ofegante.

Aquilo não estava sendo uma caminhada relaxante no bosque.

Julie seguiu apreensiva, afastando galhos das árvores que haviam crescido demais. A folhagem ficara mais densa desde a última vez em que estivera ali, ou pelo menos era o que parecia. No passado, ela podia ver feixes de luz passando por entre a copa das árvores, mas como o sol abaixara e as nuvens estavam da cor de cinzas de carvão, o bosque parecia mais escuro que o normal.

Aquilo era estúpido. Estúpido, estúpido, estúpido. Se tivessem o número do seu telefone, aqueles programas de TV provavelmente lhe ligariam amanhã.

Por que você não tomou mais cuidado?, perguntaria o apresentador.

Porque, responderia ela, tocando levemente em seus olhos, *eu sou uma idiota.*

Julie parou a fim de escutar, mas não ouviu nada além do gorjeio distante de um pássaro. Virou-se de um lado para outro, olhou para a frente e para trás e não viu nada estranho. Nada.

– É claro que é seguro – sussurrou.

O.k., garota, pensou, você se meteu nisso, agora fique calma. Posso não ver Singer, mas ele está por perto. Só vou deixá-lo andar um pouco, daqui a alguns minutos iremos para casa e tudo voltará ao normal. Poderei tomar uma taça de vinho para relaxar, mas, puxa vida, sou humana. Afinal de contas, Singer adora isso...

A distância, ouviu Singer latir e seu coração disparou o suficiente para embaçar sua visão. Está bem, pensou, mudando de ideia, acho que essa é uma mensagem bastante clara...

– Singer! Vamos! – gritou. – Vamos voltar! Está na hora!

Ela esperou e ouviu, mas Singer não veio. Em vez disso, latiu de novo, mas não foi um latido zangado. Pareceu um latido de cumprimento, amigável.

Julie deu um passo na direção do som e parou. Não vá, pensou, até reconhecer outro barulho. Uma voz. Alguém estava falando com Singer. Quando reconheceu a voz, Julie deu um suspiro de alívio. Edna Farley...

Julie andou depressa, seguindo a trilha sinuosa, até ver a água da Intracoastal.

Aqui a floresta se abria e ela avistou Edna acariciando a cabeça de Singer. O cão estava sentado com a boca aberta. Quando ouviu Julie entrando na clareira, se virou.

A vida é assim, parecia dizer. *Um pouco de passeio, um pouco de amor... O que poderia ser melhor?*

Edna também se virara.

– Julie! – gritou. – Achei que você estivesse vindo nesta direção. Como vai?

Julie andou até ela.

– Oi, Edna. Estou bem. Só estava dando uma caminhada.

– Está um belo dia para isso. Ou melhor, estava, quando chegamos aqui. Mas agora parece que vai chover.

A essa altura, Julie havia se aproximado.

– Nós? – perguntou.

– Sim, meu cliente está olhando alguns dos lotes mais afastados. Estão à venda há algum tempo, mas ele parece bastante interessado. Torça por mim.

Enquanto Edna falava, Singer de repente se levantou e foi para o lado de Julie, com os pelos do pescoço eriçados, e começou a rosnar. Julie sentiu o coração bater com força ao se virar na direção em que Singer estava olhando. Seus olhos demoraram um instante para se adaptar e ela deu um suspiro penoso. Em segundo plano, podia ouvir Edna falando.

– Ah, aqui está ele – dizia.

Antes que Julie pudesse se mover, antes que pudesse pensar em fazer algo além de olhar, Richard estava ao lado de Edna. Ele enxugou a testa e sorriu para ela, fazendo Edna corar um pouco.

– Você tem razão – disse Richard. – Aqueles lotes também são bons, mas acho que prefiro os deste lado.

– Ah, sim. Você está certo – disse Edna. – E a vista da água deste lado não tem preço. Sabe, eles não estão fazendo mais nenhum calçadão. É um ótimo investimento. – Edna riu, mas nenhum deles estava prestando atenção nela agora. – Ah, onde estão as minhas boas maneiras? Gostaria de lhe apresentar uma amiga...

– Oi, Julie – disse Richard. – Que bela surpresa.

Julie não disse nada; tudo o que conseguiu fazer foi permanecer em pé. Singer continuava a rosnar, mostrando os dentes. Edna parou no meio da frase.

– Ah, vocês dois já se conhecem? – perguntou.

– Pode-se dizer que sim – respondeu Richard. – Não é, Julie?

Julie tentou se acalmar. Seu... desgraçado, pensou. Como sabia que eu estava aqui? Como *sabia?*

– Ei, Julie, o que há com Singer? – perguntou Edna. – Por que ele está tão irritado?

Antes que Julie pudesse responder, Richard olhou para Edna.

– Edna... você trouxe as dimensões dos lotes como lhe pedi? E os preços? Acho que eu deveria dar uma olhada nisso enquanto estou aqui.

À palavra *preços*, os olhos de Edna brilharam.

– É claro que sim. Está tudo no carro – disse ela. – Vou buscar. Tenho certeza de que você ficará satisfeito. Os preços são bem razoáveis. Voltarei em alguns minutos.

– Pode ir com calma. Não estou com pressa.

Um momento depois Edna caminhava na direção da trilha, cambaleando como um pino de boliche prestes a cair. Quando ela desapareceu, Richard sorriu para Julie.

– Você está linda – disse. – Senti sua falta. Como tem passado?

Foi então que Julie percebeu, com uma súbita e aflitiva urgência, que eles estavam sozinhos, e isso bastou para fazê-la cair em si. Deu um passo para trás, agradecendo a Deus por Singer estar entre eles.

– O que está fazendo aqui, Richard?

Ele deu de ombros, como se soubesse que ela faria essa pergunta.

– Esse é um ótimo investimento. Acho que seria um bom lugar para eu me estabelecer. Um homem precisa de um lugar para chamar de lar. E poderíamos ser vizinhos.

Julie ficou pálida.

Ele sorriu.

– Você gostaria disso, Julie? Que eu morasse bem perto de você? Não? Eu só queria falar com você. Você mudou o número de telefone e não vai mais a lugar nenhum sozinha. O que mais eu poderia fazer?

Julie recuou mais um passo. Singer ficou onde estava, como se desafiasse Richard a se aproximar dela, com as patas traseiras tremendo, pronto para atacar.

– Eu não quero falar com você – disse Julie, odiando sua voz chorosa. – Por que não consegue entender isso?

– Não se lembra dos nossos encontros? – perguntou Richard, com voz suave. Ele parecia quase melancólico e de repente Julie achou toda aquela cena surreal. – Nosso tempo juntos foi especial. Por que você não quer admitir isso?

– Não há nada para admitir. – Ela deu outro passo para trás.

– Por que está agindo assim? – Ele pareceu magoado, intrigado. – Mike não está aqui agora. Somos só nós dois.

Julie olhou de relance para o lado, para o início da trilha. Estava na hora de sair dali.

– Se você fizer algum movimento na minha direção ou tentar me seguir, vou gritar. E dessa vez não conterei Singer.

Ele deu um sorriso gentil, como se tentasse explicar algo a uma criança.

– Não há motivo para ter medo. Você sabe que eu nunca a machucaria. Amo você.

Julie pestanejou. Ele me ama?

– Do que você está falando? – conseguiu dizer, as palavras saindo com mais força do que havia esperado.

– Eu amo você – repetiu ele. – E podemos recomeçar agora. Iremos ao teatro de novo. Sei que você gostou. Se não quiser, poderemos ir aonde preferir. Não importa. Vamos apenas considerar essa paixão por Mike um erro, está bem? Eu a perdoo.

Enquanto Richard falava, Julie continuava a recuar, os olhos se arregalando a cada palavra dele. O que mais a assustava não eram as palavras de Richard, mas o olhar de total sinceridade em seu rosto.

Richard deu um sorriso tímido.

– Aposto que você não contou a Mike que me deixou passar a noite na sua casa. Como acha que ele se sentiria em relação a isso?

As palavras de Richard a atingiram quase como um golpe físico. Ele viu sua reação e, percebendo que estava certo, estendeu a mão.

– Vamos a um lugar tranquilo comer alguma coisa.

Julie recuou, tropeçando numa raiz exposta e quase perdendo o equilíbrio.

– Não vou a lugar nenhum com você – disse, contrariada.

– Não faça assim. Por favor. Eu a farei feliz, Jessica.

Por um segundo Julie se perguntou se tinha ouvido direito, mas sabia que tinha.

– Você... é... louco – disse, nervosa.

Dessa vez, as palavras o fizeram parar.

– Você não devia ter dito isso – falou Richard, a voz adquirindo um tom ameaçador. – Não devia dizer coisas que não sente.

Pelo canto do olho, Julie viu Edna entrando de novo na clareira.

– Estou chegando – gritou ela alegremente. – Estou chegando...

Richard ainda encarava Julie quando Edna os alcançou. Ela olhou de um para o outro.

– Alguma coisa errada? – perguntou.

Richard enfim desviou o olhar de Julie.

– Não – respondeu. – De modo algum. Só estávamos tentando descobrir quantas casas poderiam ser construídas aqui. Acho que Julie preza a privacidade dela.

Julie mal o ouviu responder.

– Tenho que ir – disse de repente, afastando-se.

Richard sorriu.

– Adeus, Julie. Vejo você por aí.

Julie se virou e começou a sair da clareira. Singer continuou lá por um momento, como se para se certificar de que Richard não a seguiria, e depois foi atrás dela.

Quando saiu do campo de visão deles, Julie começou a correr, cada vez mais rápido. Esbarrou nos galhos ao longo da trilha, sua respiração pesada e acelerada. Caiu uma vez e se levantou depressa, ignorando a dor no joelho. Ouvindo um barulho, olhou rapidamente para trás; não havia nenhum sinal de Richard. Começou a correr de novo, forçando suas pernas a continuarem a se mover e sentindo os galhos espetarem seu rosto à medida que avançava com dificuldade. Quase lá, quase lá...

Minutos depois, estava contendo as lágrimas quando Mike entrou na casa. Ele a abraçou enquanto Julie chorava. Depois de lhe contar o que havia acontecido, ela finalmente se recuperou o suficiente para perguntar por que ele voltara tão cedo.

O rosto de Mike estava branco e sua voz saiu num sussurro:

– Meu advogado disse que não me deixou nenhuma mensagem.

30

Meia hora depois, a policial Jennifer Romanello estava sentada à mesa da cozinha, olhando para Julie, que contava sua história.

Não demorou muito para ela contar tudo. Embora suas palavras fossem importantes, era seu olhar que confirmava que ela estava dizendo a verdade. Apesar de tentar aparentar calma, estava visivelmente apavorada. Até Jennifer ficou nervosa e sentiu a pele se arrepiar no momento em que Julie contou que Richard a chamara de Jessica.

– Não estou gostando disso – falou, quando Julie terminou.

Embora Jennifer soubesse que aquilo era um eufemismo digno de alguém com a inteligência de Pete Gandy, o que mais poderia dizer? *Credo! Compre uma arma e tranque as portas! Esse cara é louco!* Mike e Julie estavam tão abalados que precisavam de alguém que os mantivesse calmos. Além disso, aquilo era exatamente o que seu pai teria dito. Seu pai era um mestre em manter as pessoas tranquilas em situações tensas. Ele sempre dizia que essa era a coisa mais importante que um policial podia fazer se quisesse viver o bastante para se aposentar.

– O que devemos fazer? – perguntou Mike.

– Ainda não tenho certeza – respondeu Jennifer. – Mas posso rever algumas coisas só para me certificar de que entendi tudo direito?

Julie estava roendo as unhas distraidamente, pensando na única parte da história que deixara de fora.

Aposto que você não contou a Mike que me deixou passar a noite na sua casa. Como acha que ele se sentiria em relação a isso?

Mike provavelmente não se importaria, já que não acontecera nada. Aquilo não era como o que Sarah tinha feito com ele. Então por que não conseguia contar?

Perdida em pensamentos, no início Julie não percebeu que Jennifer tinha acabado de lhe fazer uma pergunta.

– Tem alguma ideia de como ele soube que você estava lá? – repetiu Jennifer.

– Não – respondeu Julie.

– Mas ele chegou lá antes de você?

– Acho que foi de carro com Edna. Não sei há quanto tempo estava lá, mas, sim, chegou antes de mim. Vi o carro de Edna na beira da estrada, mas não os vi chegar.

Jennifer se virou para Mike.

– E você pensou que tinha uma reunião com seu advogado? – perguntou.

– Havia uma mensagem na oficina para que eu me encontrasse com ele às cinco. Um dos caras que trabalham lá anotou o recado, mas, quando cheguei ao escritório do advogado, ele não sabia de nada sobre aquele encontro, por isso fui direto para a casa de Julie.

Mike pareceu quase nauseado. E zangado.

Jennifer se virou para Julie de novo.

– Posso lhe perguntar por que você foi lá?

– Sou uma idiota – murmurou Julie.

– O que disse?

– Nada. – Ela respirou fundo. – Havia uma semana que eu não via Richard nem ouvia falar dele. Achei que isso tivesse acabado.

– Acho que você não deve fazer isso no futuro. Lugares públicos tudo bem, mas tente evitar lugares em que ele poderia encontrá-la sozinha, está bem?

Julie suspirou.

– Não se preocupe.

– E o que sabe sobre Jessica?

– Na verdade, nada. Richard disse que foi casado com ela durante alguns anos, mas não deu certo. Não disse mais nada. Nós nunca falamos sobre ela.

– E ele é de Denver?

– Foi o que me disse.

– E mais uma vez não a ameaçou diretamente?

– Não. Mas não precisava dizer nada. Richard é louco.

Quanto a isso não resta dúvida, pensou Jennifer.

– E ele nunca insinuou o que poderia fazer depois? – perguntou Jennifer.

Julie balançou a cabeça. Tenho tido todos os tipos de fantasias, pensou, quer ouvi-las? Mas, em vez de dizer isso, fechou os olhos.

– Só quero que isso acabe – sussurrou ela.

– Você vai prendê-lo? – perguntou Mike. – Ou levá-lo para ser interrogado?

Jennifer demorou um instante para responder.

– Farei o que puder – disse.

Ela não precisou dizer mais nada. Mike e Julie desviaram o olhar.

– Em que pé isso nos deixa? – perguntou Julie.

– Olhe, sei que você está preocupada. Apavorada. E, acredite em mim, estou do seu lado, por isso não pense que vou parar por aqui e me esquecer disso. Investigarei o passado de Richard Franklin para ver o que consigo descobrir e estou certa de que em algum instante falarei com ele. Mas lembre-se de que tenho de trabalhar com Gandy...

– Ah, ótimo.

Jennifer estendeu o braço sobre a mesa e apertou a mão de Julie.

– Mas eu lhe dou a minha palavra de que investigaremos isso. E faremos tudo para ajudá-la. Confie em mim, está bem?

Esse era o tipo de conversa fiada que todos queriam ouvir em momentos com aquele.

Não admirava que não tivesse soado bem.

Andrea estava assistindo a *The Jerry Springer Show* quando ouviu o telefone tocar. Pegando-o distraidamente, manteve os olhos na tela enquanto murmurava um alô.

Um momento depois, seus olhos brilharam.

– Ah, oi. Eu estava esperando você ligar...

Jennifer mal conseguiu se concentrar na volta de carro para casa. Só conseguia pensar na sensação de desconforto em seu estômago e no caso gritante de nervosismo que o ronco do motor parecia incapaz de afastar. A coisa toda a apavorava em vários níveis. Como policial, sabia quanto os homens que cometiam assédio podiam ser perigosos. Contudo, como mulher, identificava-se com Julie de um modo mais pessoal. Só precisava fechar os olhos para se ver lá, com Julie, sentindo sua impotência. Não havia nada pior. A maioria das pessoas vivia na ilusão de que tinha controle sobre a própria vida, mas isso não era totalmente verdade. Sim, você podia decidir o que comer no café da manhã, o que vestir e todas essas pequenas coisas, mas, assim que saía para o mundo, estava à mercê de todas as outras pessoas ao seu redor, e tudo o que podia fazer era torcer para que elas não descontassem em você caso estivessem tendo um dia ruim.

Sabia que essa era uma visão um pouco sombria das coisas, mas era exatamente o que estava acontecendo agora. Julie perdera a ilusão de segurança e queria que Jennifer – alguém, *qualquer pessoa* – a restituísse. O que ela tinha dito? *Só quero que isso acabe.* Sim, quem não ia querer? O que Julie realmente tinha querido dizer era que queria que as coisas voltassem a ser como antes, quando o mundo parecia seguro.

Isso não seria assim tão fácil. Parte do problema era que a própria Jennifer se sentia um pouco impotente. Afinal de contas, *eles* haviam telefonado para *ela* pedindo ajuda, mas ela ainda nem podia falar com Richard sozinha na condição de policial. E Pete Gandy, embora talvez fizesse o que Jennifer pedisse se ela agisse de modo sedutor, provavelmente estragaria tudo assim que abrisse a boca.

Mas ela poderia investigar o sujeito por conta própria. E, como prometera a Mike e a Julie, era exatamente isso que pretendia fazer.

Uma hora depois de Jennifer Romannello ter ido embora, Julie e Mike ainda estavam sentados à mesa. Mike estava tomando uma cerveja, mas Julie não o acompanhava. Ela não conseguira nem beber a taça de vinho de que se servira e despejara a bebida na pia. Só olhava para a frente, distraída, falando pouco e, ainda que parecesse cansada, Mike sabia que não adiantava sugerir que ela fosse para a cama, já que dormir estava fora de cogitação para os dois.

– Está com fome? – perguntou Mike.

– Não.

– Quer alugar um filme?

– Também não.

– Bem, tenho uma ideia. Vamos apenas ficar sentados aqui, olhando um para o outro por algum tempo. Talvez possamos nos preocupar um pouco, só para quebrar a monotonia. Quero dizer, precisamos encontrar algo para passar o tempo.

Ao ouvir isso Julie finalmente sorriu.

– Tem razão – disse. Ela pegou a cerveja de Mike e tomou um gole. – De qualquer maneira estou ficando um pouco cansada disso. Não parece estar me fazendo bem.

– Então o que você quer fazer?

– Pode apenas me abraçar? – pediu, levantando-se e indo na direção dele.

Mike se levantou e a envolveu em seus braços. Puxou-a mais para perto, absorvendo o calor de seu corpo. Nos braços de Mike, Julie apoiou a cabeça no peito dele.

– Estou feliz por você estar aqui – sussurrou ela. – Não sei o que faria sem você.

Antes que Mike pudesse dizer alguma coisa, o telefone tocou. Tanto ele quanto Julie ficaram tensos. Continuaram abraçados enquanto o telefone tocava uma segunda vez.

Depois uma terceira.

Mike a soltou.

– Não – exclamou Julie, com medo nos olhos.

O telefone tocou uma quarta vez.

Mike a ignorou. Foi para a sala de estar e pegou o fone. Segurou-o por um momento virado para baixo e depois o ergueu lentamente até o ouvido.

– Alô? – disse.

– Ah, oi. Por um segundo, não tive certeza se você estava aí – disse a voz do outro lado, e o rosto de Mike relaxou.

– Ah, oi, Emma – respondeu ele, sorrindo. – Como vai?

– Bem. – A voz de Emma era cheia de energia. – Mas ouça, estou em Morehead City e você não vai acreditar em quem acabei de ver.

Julie foi para perto de Mike, na sala de estar, e ele afastou o fone de seu ouvido para que ela também ouvisse.

– Quem?

– Andrea. E você não imagina com quem ela estava.

– Com quem?

– Richard. E não é só isso. Acabei de vê-los se beijando.

– Não tenho a menor ideia do que isso significa – disse Julie. – Quero dizer, não faz sentido.

Mike havia desligado o telefone e ambos estavam sentados no sofá, com uma única lâmpada acesa atrás deles. Singer dormia perto da porta da frente.

– Andrea mencionou alguma coisa no salão esta semana? Sobre estar se encontrando com Richard?

Julie balançou a cabeça.

– Nada. Nem uma palavra. Andrea corta o cabelo dele, mas era só isso que eu sabia.

– Ela não ouviu as coisas que você falou sobre ele?

– Deve ter ouvido.

– Mas não se importou?

– Ou não acreditou em mim.

– Por que ela não acreditaria em você?

– Vai saber! Conversarei com Andrea amanhã. Talvez consiga enfiar algum juízo na cabeça dela.

Mais tarde, Richard levou Andrea para a casa dele e ambos ficaram na varanda, olhando o céu. Encostado em Andrea, ele passou os braços ao redor da cintura dela, levando as mãos para os seios. Andrea encostou a cabeça nele e suspirou.

– Lá em casa, por um momento tive certeza de que você iria telefonar.

Richard beijou o pescoço dela e o calor dos seus lábios a fez estremecer. A lua projetava um brilho prateado nas árvores.

– É tão bonito aqui! – disse Andrea. – Tão quieto!

– Shh. Não diga nada. Apenas ouça.

Richard não queria ouvir a voz dela, porque não era a de Julie. Estava com outra mulher, que não significava nada para ele, mas seu corpo era macio e quente e ela o desejava.

– E a lua...

– Shh – repetiu ele.

Uma hora depois, quando estavam juntos na cama, Andrea gemeu e fincou os dedos nas costas de Richard, mas ele lhe dissera para não fazer nenhum som. Não sussurrar, não falar. Também insistira para que o quarto ficasse completamente escuro.

Richard se moveu em cima de Andrea, sentindo sua respiração na pele dela. *Julie*, desejou sussurrar. *Você não pode continuar fugindo de mim. Não vê o que temos? Não anseia pelo fruto de nossa união?*

Mas então Richard se lembrou do encontro deles no bosque, da expressão de horror nos olhos de Julie. Viu sua repulsa, ouviu suas palavras de rejeição. Sentiu seu ódio. A lembrança o feriu, foi um ataque aos sentidos dele. *Julie*, desejou sussurrar, *você foi cruel comigo hoje. Ignorou minha declaração de amor. Tratou-me como se eu não significasse nada...*

– Ai! Não tão forte... você está me machucando... Ai!

O som o trouxe de volta.

– Shh – sussurrou, mas não afrouxou as mãos.

À luz pálida que entrava pela janela, só pôde distinguir uma sombra de medo nos olhos de Andrea. E sentiu uma onda de desejo.

31

Embora seu turno começasse às oito, às seis da manhã de quarta-feira Jennifer estava sentada ao computador, com a cópia do relatório original de prisão de Mike Harris ao seu lado. No alto da página havia os dados básicos de Richard Franklin: nome, endereço, telefone, local de trabalho, etc. Ela pulou essa parte antes de ler a descrição da briga. Como suspeitava, não havia nada de útil ali sobre o passado de Richard, mas aquilo parecia a coisa certa a fazer. Precisava de algo para dar o pontapé inicial.

Graças a Deus seu pai tinha sido útil na noite anterior. Depois de chegar em casa, ela havia telefonado para ele pedindo sua opinião e, quando desligara, o pai confirmara seus pensamentos, embora vagos, sobre o que poderia acontecer no futuro. "Isso pode seguir em qualquer uma das duas direções", dissera, "portanto você precisa descobrir se ele é realmente louco ou se está apenas se fazendo passar por um".

Jennifer ainda não sabia por onde começar, já que as informações sobre Richard Franklin eram incompletas e não podia investigá-lo nas horas de trabalho. O departamento de pessoal do projeto da ponte só funcionava mais tarde e, embora este parecesse o lugar mais óbvio por onde começar, seu pai sugerira que ela falasse primeiro com o dono da casa que ele alugara. "Essas pessoas estão acostumadas a receber telefonemas à noite, por isso você pode ligar depois do horário comercial. Talvez consiga o número do seguro social e da carteira de motorista, assim como referências. Geralmente isso é exigido dos inquilinos."

Ela fizera exatamente isso. Depois de obter o nome do proprietário do imóvel com um conhecido que trabalhava para o condado, Jennifer falara com ele. Não parecia ter mais de 30 anos. Jennifer ficou sabendo que a casa tinha sido comprada por seus avós. O aluguel era pago em dia por intermédio da empresa de Richard Franklin e ele havia depositado uma caução e o aluguel do primeiro e do último mês. O proprietário não conhecia Richard pessoalmente e não visitava o imóvel havia mais de um ano. Deu a ela o número da administradora de imóveis local.

Então ela ligara para o gerente e, após alguma bajulação, ele lhe enviara por fax a ficha de candidato a aluguel. As referências de Richard eram seu empregador local e o chefe do departamento de pessoal; não havia o nome de ninguém de Ohio ou do Colorado. Ela conseguiu obter os números do seguro social e da carteira de motorista e, sentada à escrivaninha de Pete Gandy, digitou-os no computador.

Jennifer passou a hora seguinte em busca de informações, começando pela Carolina do Norte. Richard Franklin aparentemente não tinha ficha criminal no estado, tampouco fora preso. Apesar de a carteira de motorista ter sido emitida em Ohio, era cedo demais para checar com o Departamento de Veículos de lá. O mesmo valia para o Colorado.

Então, usando seu laptop, procurou na internet, em mecanismos de busca comuns. Encontrou muitas referências ao nome dele e algumas páginas pessoais sobre Richard Franklin, mas não o que queria.

Depois disso, começou a encontrar obstáculos. Obter informações no Colorado e em Ohio sobre um possível registro demoraria pelo menos um dia e exigiria a cooperação de outro departamento, já que os registros policiais eram mantidos localmente. Isso não seria muito difícil para ela como policial, mas não era adequado para alguém em treinamento. Além do mais, teriam que ligar de volta para ela e, se ligassem enquanto ela estivesse fora – o que sem dúvida aconteceria, pois sairia com Pete Gandy –, teria de explicar ao chefe por que tinha entrado em contato com os departamentos de polícia de Denver e de Columbus, e poderia ser excluída do caso, se não demitida.

Então mais uma vez ela se perguntou se o passado de Richard era o que ele contava.

Seria mesmo de Denver? Julie achava que sim, mas quem poderia saber? Seu pai lhe dissera na última noite: "Novo na cidade e do tipo psicopata? Não sei se eu daria muito crédito a qualquer coisa que ele disse a essa mulher. Se até agora tem sido bom em evitar a lei, estou certo de que é bom em esconder seu passado."

Embora aquilo fosse ilegal, Jennifer decidiu verificar o registro de crédito de Richard. Sabia que havia três grandes agências de relatório de crédito e a maioria oferecia um relatório gratuito anualmente. Usando a ficha de candidato a aluguel como diretriz, digitou as informações solicitadas – sem dúvida as mesmas que a administradora de imóveis usara ao alugar a casa. Nome, número de seguro social, último endereço, número de conta bancária. Foi bem-sucedida. Os registros de Richard Franklin surgiram detalhadamente em diversas páginas.

A única consulta recente tinha sido feita pela administradora de imóveis – até aí nenhuma surpresa –, mas Jennifer descobriu que nenhum dos registros parecia fazer muito sentido. Ainda mais para um engenheiro com um bom emprego.

Não havia nenhum cartão de crédito registrado ou em uso, nenhum crédito aberto para compra de automóvel e nenhuma linha de crédito pessoal. Uma rápida olhada no registro mostrou que todas as contas no relatório haviam sido encerradas.

Estudando mais detalhadamente, Jennifer viu que tinha havido uma grande dívida num banco em Denver, quatro anos antes. Estava relacionada sob imóveis e, pelo montante, deduziu que fosse uma hipoteca.

Houve uma série de outros pagamentos nessa época. Visa. MasterCard. American Express. Conta telefônica, de água e de luz. Cartão Sears. Tudo com atraso de um ano, mas finalmente pago.

Depois Richard cancelara os cartões.

Jennifer se reclinou na cadeira, pensando sobre isso. O.k., sabia que em algum momento Richard havia morado em Denver, e parecia que tinha enfrentado dificuldades financeiras quatro anos antes. Poderia haver várias explicações para isso – muitas pessoas não eram boas em administrar dinheiro – e ele havia mencionado para Julie que se divorciara. Talvez tivesse algo a ver com o divórcio.

Ela olhou para a tela. Mas por que não havia entradas mais recentes?

Provavelmente Richard estava pagando suas contas por intermédio da empresa, como fazia com o aluguel. Ela fez uma anotação para checar isso.

O que estava faltando? Sem dúvida, também precisava descobrir mais sobre Jessica. Sem informações adicionais, não tinha nada com o que prosseguir.

Jennifer tirou o laptop da tomada e o guardou em seu estojo acolchoado, perguntando-se o que fazer a seguir. Decidiu que sua melhor aposta era esperar o departamento de pessoal abrir para falar com eles. Richard era consultor de engenharia num projeto importante e trabalhava com uma grande empresa, por isso eles com certeza teriam outras referências. Talvez uma delas pudesse explicar o que acontecera quatro anos antes. Mas isso significava outra hora de espera.

Sem saber o que mais poderia fazer, Jennifer examinou de novo o relatório de prisão antes de enfim se concentrar no endereço de Richard e pensar: por que não? Ela nem sabia o que exatamente estava procurando; só queria ver onde ele morava, na esperança de que isso pudesse lhe dizer mais sobre o homem. Com o laptop debaixo do braço, pegou uma xícara de café, saiu e entrou em seu carro.

Como ainda estava aprendendo a se deslocar na cidade, Jennifer consultou o mapa que estava no porta-luvas antes de pegar a estrada principal em direção à área rural do condado.

Dez minutos depois entrou na estrada de cascalho que levava à casa de Richard. Diminuiu a velocidade ao se aproximar da caixa de correio, procurando um número e tentando descobrir onde estava. Quando descobriu, acelerou de novo, percebendo que ainda estava distante.

Ficou surpresa com o isolamento daquelas casas. A maioria se situava em terrenos de vários acres, e ela se perguntou por que um engenheiro de uma cidade grande escolheria viver assim. O lugar não era conveniente do ponto de vista de acesso à cidade, ao trabalho, a nada. E a estrada estava piorando.

À medida que avançava, as casas se tornavam mais velhas e decadentes. Mais de uma lhe pareceu abandonada. Jennifer passou pelas ruínas de um velho celeiro de tabaco. As laterais haviam desmoronado quando o telhado desabara e videiras cobriam toda a estrutura, entrando por entre as tábuas. Atrás do celeiro havia os restos de um trator, enferrujando em meio às ervas daninhas.

Alguns minutos depois, viu outra caixa de correio com um número. Agora estava chegando perto.

Jennifer desacelerou. Deduziu que a casa de Richard era a próxima à direita e a avistou entre as árvores. Afastada da estrada, tinha dois andares e não estava tão degradada quanto as outras, mas o quintal estava terrivelmente coberto de mato.

Entretanto...

Muitas pessoas viviam dessa maneira porque a propriedade era da família ou não tinham escolha. Por que Richard optaria por um lugar assim?

Será que queria se esconder?

Ou estaria escondendo alguma coisa?

Jennifer não parou; em vez disso, seguiu em frente e fez um retorno oitocentos metros adiante. As mesmas perguntas continuavam em sua mente quando ela tornou a passar pela casa na volta para a delegacia.

Richard Franklin se afastou das cortinas, franzindo levemente as sobrancelhas.

Tivera um visitante, mas não reconheceu o carro. Sabia que não era Mike ou Julie. Nenhum deles tinha um Honda e estava certo de que não iriam procurá-lo ali. Também não era nenhum morador local. A estrada terminava alguns metros à frente e nenhum dos seus vizinhos dirigia um carro como aquele.

Mas alguém viera. Ele havia observado o carro deslizar pela estrada muito devagar, a pessoa sabia o que estava procurando. O retorno confirmara suas suspeitas. Se fosse alguém que havia pegado o caminho errado ou se perdido, não teria desacelerado na frente da casa dele – e somente lá – e depois acelerado de novo.

Não, alguém tinha ido ver onde ele morava.

– Para o que você está olhando? – perguntou Andrea.

Richard deixou as cortinas caírem de volta e se virou.

– Para nada.

O lençol havia escorregado, expondo os seios dela. Richard foi até a cama e se sentou ao seu lado. Viu manchas rochas em seus braços e passou suavemente o dedo sobre elas.

– Bom dia – disse. – Dormiu bem?

À luz da manhã e usando apenas jeans, Richard parecia exótico. Sensual. E daí que ele havia sido um pouco bruto na noite passada?

Andrea afastou uma mecha de cabelos que caíra sobre seu rosto.

– Quando finalmente fomos dormir, sim.

– Está com fome?

– Não muito. Mas primeiro preciso ir ao banheiro. Onde fica? Eu estava um pouco bêbada ontem à noite.

– É a última porta à direita.

Andrea saiu da cama levando o lençol com ela. Suas pernas estavam trêmulas ao sair do quarto. Richard a observou, desejando que tivesse ido embora na noite anterior, e então se virou novamente para a janela.

Alguém tinha ido ver onde ele morava.

Também não era Henry ou Mabel. Richard conhecia os carros deles. Então quem tinha sido? Ele esfregou a testa.

A polícia? Sim, podia imaginar Julie telefonando para eles. Ela tinha agido de modo irracional ontem. Estava apavorada e com raiva. E agora tentava assumir o controle mudando as regras do jogo.

Mas para que policial ela telefonara? Com certeza não fora para Pete Gandy. Mas e a policial nova? O que Gandy dissera sobre ela? Que o pai era da polícia de Nova York?

Richard pensou sobre isso.

Jennifer não havia acreditado em seu relato da briga no bar. Pôde ver isso nos olhos dela, no modo como o observara. E era mulher.

Sim, concluiu, devia ser ela. Mas Gandy a estaria apoiando nisso? Não, ainda não, refletiu. E ele tomaria providências para que não apoiasse. Gandy era um idiota, tão fácil de manipular quanto Dugan havia sido.

Uma parte do problema estava resolvido. Agora, quanto a Julie...

Os pensamentos de Richard foram interrompidos por um grito. Quando ele foi para o corredor, viu Andrea parada, os olhos arregalados e a mão cobrindo a boca.

Ela não havia aberto a porta à direita, a que levava ao banheiro. Estava olhando para o quarto à esquerda.

O quarto escuro.

Andrea se virou para olhar para Richard como se o visse pela primeira vez.

– Ah, meu Deus – disse. – Ah, meu Deus...

Richard levou o dedo aos lábios, com os olhos fixos nela.

– Shh...

Quando viu o olhar dele, Andrea deu um passo para trás.

– Você não deveria ter aberto essa porta – disse Richard. – Eu lhe disse onde ficava o banheiro, mas você não prestou atenção.

– Richard? As fotos...

Ele deu um passo na direção dela.

– Isso é tão... *decepcionante*!

– Richard? – sussurrou ela de novo, recuando.

Jennifer voltou alguns minutos antes da hora. Felizmente Pete ainda não havia chegado e ela foi para a mesa dele, sabendo que não tinha muito tempo. Anotou depressa num pedaço de papel o número do escritório central do projeto da ponte e pôs o relatório de prisão de volta no arquivo. Ainda não havia nenhuma necessidade de Pete saber o que ela estava planejando.

Discou o número e uma secretária atendeu. Depois de se apresentar, Jennifer pediu para falar com Jake Blansen e esperou na linha.

Era o homem que Mike havia mencionado.

Enquanto esperava, Jennifer lembrou a si mesma de ter cautela. A última coisa que queria era que Richard descobrisse o que ela estava fazendo. Também não queria que o Sr. Blansen ligasse para se queixar com o chefe dela ou dissesse que ela precisava de um mandado para obter esse tipo de informação. Nada disso era uma opção, então Jennifer decidiu florear um pouco a verdade com a desculpa de verificar o relatório de prisão.

Jake Blansen atendeu, sua voz tinha um forte sotaque do sul e era rouca, como se ele fumasse cigarros sem filtro há cinquenta anos. Jennifer se identificou como policial de Swansboro, entrou na costumeira conversa informal e depois passou para uma breve recapitulação do incidente.

– Não posso acreditar que não consigo encontrar as informações sobre a prisão e, como estou começando aqui, não quero me meter em mais encrencas. Também não quero que o Sr. Franklin pense que não estamos atuando com competência. Queremos o relatório completo, no caso de ele voltar.

Ela se esforçou para convencer no papel de policial tímida e, embora na melhor das hipóteses aquilo fosse um frágil castelo de cartas, o Sr. Blansen não pareceu notar ou se importar.

– Não sei como posso ajudá-la – disse ele sem hesitar, arrastando as palavras. – Sou apenas o supervisor. Provavelmente terá de falar com a administração central. Eles é que têm esse tipo de informação sobre os consultores. Estão em Ohio, mas a secretária pode lhe dar o número.

– Ah, entendo. Bem, talvez você possa me ajudar.

– Não vejo como.

– Trabalhou com Richard Franklin, não foi? Como ele é?

Por um longo momento Jake Blansen ficou em silêncio. Depois perguntou:

– Isso é verdade?

– O que disse?

– Você. Isso. Ter perdido o relatório do incidente. Ser da polícia. Tudo isso.

– É claro. Se quiser, posso lhe dar meu número para me ligar de volta. Ou ir aí.

Jake Blansen respirou fundo.

– Ele é perigoso – disse em voz baixa. – A empresa o contratou porque ele corta custos, mas faz isso economizando na segurança. Alguns dos meus homens se machucaram por causa dele.

– Como assim?

– Ele adia a manutenção, as coisas quebram e as pessoas se machucam. Deveriam fazer uma auditoria de segurança no trabalho. Em uma semana, o problema foi com um dos guindastes. Na outra, com a caldeira de uma das barcaças. Cheguei a relatar isso para a administração e eles prometeram investigar. Mas acho que ele descobriu e veio atrás de mim.

– Ele o atacou?

– Não... mas me ameaçou. Não diretamente. Começou dizendo que éramos amigos, sabe? Perguntando sobre minha esposa e meus filhos, coisas assim. Depois me disse quanto estava desapontado por eu não confiar nele e que, se eu não fosse mais cuidadoso, teria que me dispensar. Como se tudo fosse culpa minha e ele estivesse me fazendo um grande favor tentando me proteger. Pôs os braços sobre meus ombros e murmurou que seria uma pena se houvesse mais incidentes... O modo como disse isso me deu a sensação de que estava falando sobre mim e minha família. Ele me deu arrepios e, para ser sincero, fiquei feliz quando foi embora. Dei pulos de alegria durante o resto do dia. E todos os outros no projeto também.

– Espere... ele foi embora?

– Sim. Teve uma emergência fora da cidade e, quando voltou, nos disse que precisava tirar uma licença por motivos pessoais. Não o vejo desde então.

Um minuto depois, após ser transferida de volta para a secretária e obter o número de que precisava em Ohio, Jennifer desligou e telefonou para a sede da empresa. Foi passada de uma pessoa para outra até enfim lhe dizerem que quem poderia ajudá-la havia saído, mas voltaria naquela tarde.

Jennifer anotou o nome do homem para o qual deveria telefonar – Casey Ferguson – e se recostou na cadeira.

Richard era perigoso, dissera Jake Blansen. Mas disso ela já sabia. O que mais? Richard saíra do emprego um mês antes. Não tinha sido isso que ele dissera a ela e a Pete. A cronologia dos acontecimentos não lhe escapou.

Ele fora embora depois de voltar de uma emergência. Depois que Julie lhe dissera que não queria mais vê-lo.

Uma *conexão*?

Do outro lado da sala, viu Pete Gandy entrar pela porta. Ele não a vira sentada à sua escrivaninha, e ela ficou feliz por isso. Só precisava de mais um momento.

Definitivamente era muita coincidência, concluiu, ainda mais depois do que soubera mais cedo, naquela manhã, sobre o passado de Richard. Mas a própria Julie havia lhe contado que só saíra com ele algumas vezes e, embora ele tivesse ligado para ela em muitas ocasiões, nunca ficava ao telefone por muito tempo.

Jennifer olhou pela janela, pensando.

O que mais ele fazia com seu tempo desde então?

Mike parou a picape na oficina. A névoa enfim começava a se dissipar. Julie estava olhando para o chão da picape e Mike seguiu seu olhar e parou nas pontas dos sapatos de Julie. Estavam cobertos com uma camada de orvalho do gramado. Quando Julie percebeu para o que ele estava olhando, deu de ombros como se dissesse, *vamos ver o que vai acontecer hoje.*

Nenhum deles dormira bem. Tinham passado a manhã andando de um lado para outro. Na noite anterior, Mike não pareceu confortável e se levantou quatro vezes para beber água. Numa das vezes, viu-se atraído para a janela da frente, onde ficou um tempão olhando para fora. Por outro lado, Julie passara a noite sonhando. Apesar de não conseguir se lembrar de detalhes, acordou com uma sensação de pavor. Essa sensação aos poucos foi desaparecendo e voltou em ondas, enquanto ela se vestia e tomava o café da manhã.

Quando saiu do carro, Julie não sentiu que estivesse mais controlada do que antes. Mike a abraçou, beijou e se ofereceu para acompanhá-la até o salão, mas Julie não aceitou. Nesse meio-tempo, Singer havia saltado e ido para o salão em busca de seu biscoito.

– Eu ficarei bem – tranquilizou-o Julie. Ela pareceu insegura e percebeu isso.

– Eu sei – disse ele, parecendo igualmente inseguro. – Passarei no salão daqui a pouco para ver como você está, o.k.?

– O.k.

Assim que Mike entrou na oficina, Julie respirou fundo e atravessou a rua. O centro da cidade ainda não estava cheio – a névoa parecera atrasar um pouco os relógios de todos –, mas, quando atravessava a rua, ela imaginou que um carro de repente vinha muito rápido em sua direção e começou a correr, tentando sair do caminho.

Não havia nada lá.

Julie chegou à calçada, ajeitou sua bolsa e olhou de novo, tentando se recompor. Café, mais uma xícara de café e ficarei bem.

Ela entrou num bar. A garçonete encheu sua xícara com o café que estava no bule sobre o bico de gás. Julie acrescentou açúcar e creme. Derramou um pouco no balcão e, ao estender o braço para pegar um guardanapo, teve a estranha sensação de que alguém no canto a observava. Sentiu um embrulho no estômago ao se virar nessa direção, examinando uma série de mesas, algumas com os restos do café da manhã anterior.

Não havia ninguém lá.

Julie fechou os olhos, à beira das lágrimas. Saiu do bar sem se despedir.

Era cedo – o salão só abriria em mais ou menos uma hora, mas ela tinha certeza de que Mabel já estava lá. Quarta-feira era seu dia de conferir o estoque e fazer pedidos, e, ao abrir a porta, Julie a encontrou examinando atentamente as prateleiras de xampus e condicionadores. Mabel olhou por cima do ombro e seu rosto assumiu um ar de preocupação. Ela pôs a prancheta de lado.

– O que houve?

– Estou tão mal assim?

– Richard de novo?

Julie mordeu o lábio em resposta, e Mabel atravessou imediatamente a sala e a abraçou com força.

Julie respirou fundo, tentando se controlar. Não queria desabar. Além de sentir medo, chorar parecia ser a única coisa que fazia nos últimos tempos.

E ela estava exausta. Então, apesar de seus esforços, sentiu as lágrimas surgindo nos cantos dos olhos, fazendo-os arder – e um momento depois estava soluçando nos braços de Mabel, o corpo tremendo, os braços e as pernas tão fracos que teve a impressão de que cairia se a amiga a soltasse.

– Ei, ei – murmurou Mabel. – Shh... você vai ficar bem...

Julie não tinha a menor ideia de por quanto tempo chorou, mas no fim estava com o nariz vermelho e o rímel borrado. Quando Mabel finalmente a soltou, Julie fungou e estendeu o braço para pegar um lenço de papel.

Ela contou a Mabel que vira Richard perto de sua casa. Contou-lhe tudo o que ele dissera e o modo como se portara. Falou de seu telefonema para Jennifer e da conversa que tiveram na cozinha.

O rosto de Mabel expressou preocupação e solidariedade profundas, mas ela não disse nada. Julie lhe contou sobre a ligação de Emma, e Mabel estremeceu.

– Vou ligar para Andrea – disse depressa.

Julie observou Mabel atravessar a sala e pegar o fone. Esboçou um sorriso que, aos poucos, deu lugar a um olhar de preocupação quando se tornou óbvio que Andrea não estava atendendo.

– Com certeza ela já está vindo para cá – disse Mabel. – Provavelmente chegará em alguns minutos. Ou talvez tenha decidido tirar um dos seus dias de folga. Sabe como ela é. De todo modo, o movimento costuma ser fraco às quartas-feiras.

Para Julie, aquilo soou quase como se Mabel estivesse tentando convencer a si mesma.

Jennifer passou parte da manhã – quando deveria estar terminando os relatórios de Pete – telefonando às escondidas para empresas prestadoras de serviços públicos. Suas suspeitas foram confirmadas. Todas as contas haviam sido pagas por intermédio da empresa de Richard. Todas em dia.

Então ela telefonou para a secretaria de estado em Denver, no Colorado, e descobriu que atualmente não havia nenhuma empresa com esse nome, embora uma RPF Industries, Inc. tivesse encerrado suas atividades havia pouco mais de três anos. Seguindo sua intuição, ela telefonou para a secretaria em Columbus, Ohio, e descobriu que a empresa de Richard fora aberta pouco mais de um mês antes de ele começar a trabalhar com a J.D. Blanchard Engineering e somente uma semana após a RPF Industries ter encerrado suas atividades.

Telefonemas para o banco, em Columbus, onde a empresa de Richard teve suas contas forneceram poucas informações, exceto pelo fato de que Richard Franklin nunca teve conta corrente ou de poupança pessoal lá.

À escrivaninha, Jennifer ponderou sobre essa nova informação. Para ela, parecia óbvio que Richard Franklin havia fechado um negócio somente para abrir um novo, com nome parecido, em outro estado, e depois decidira viver o mais discretamente possível. As duas decisões tinham sido tomadas pelo menos três anos antes. Estranho, pensou Jennifer. Não criminoso, mas estranho.

A princípio ela suspeitou que os motivos de Richard pudessem ter sido problemas com a lei. Quem mais se daria esse tipo de trabalho para se esconder? E com tudo o que estava acontecendo com Julie, isso pareceu óbvio. Mas logo descartou essa ideia. Discrição era uma coisa, invisibilidade era outra, e Richard Franklin poderia ser encontrado com relativa facilidade por qualquer um que quisesse procurá-lo, inclusive a polícia. Era só olhar para seu relatório de crédito que o endereço estava lá. Então por que tanto sigilo e mistério?

Aquilo não fazia sentido.

Jennifer olhou para o relógio, esperando que seu telefonema para a J.D. Blanchard a ajudasse a esclarecer o assunto.

Infelizmente, ainda tinha que esperar mais algumas horas.

Pete Gandy entrou na academia de ginástica em seu intervalo de almoço e viu Richard Franklin no banco de supino. Richard fez seis repetições - nada mau, embora não tivesse posto tanto peso quanto Pete Gandy era capaz de levantar - e depois pôs o peso de volta sobre o bando.

– Oi, Gandy. Como vai?

O policial se aproximou dele.

– Bem. Como está se sentindo?

– Melhorando. - Richard sorriu. - Não sabia que malhava aqui.

– Frequento a academia há anos.

– Eu estava pensando em me matricular. Eles me disseram que eu poderia usar os aparelhos por hoje, para ver o que achava. - Fez uma pausa. - Quer fazer uma série enquanto eu descanso?

– Se não se importar.

– De modo algum.

Um encontro casual, seguido de uma conversa informal.

Então, alguns minutos depois, Richard acrescentou:

– Ei, Gandy...

– Pode me chamar de Pete.

– Pete - disse Richard. - Acabei de perceber que me esqueci de lhe dizer uma coisa na outra noite. Você provavelmente já sabe, mas, por via das dúvidas...

– O quê?

Richard explicou. Então, quando estava terminando, observou:

– Como eu disse, queria que soubesse. Só por via das dúvidas.

Ao se afastar, Richard pensou no policial Dugan e na expressão dele quando abrira sua jaqueta. Idiota.

32

Julie sempre se lembraria daquele como o último dia normal que teria.

E isso era no sentido geral da palavra, já que nada parecia normal havia semanas. Singer estava estranhamente nervoso no salão, andando inquieto entre as cadeiras enquanto Mabel e Julie trabalhavam. Clientes entravam, mas nenhum deles parecia muito falante. Julie supôs que fosse porque ela não desejava estar ali (nem em qualquer outro lugar, a menos que fosse muito, muito longe), e os clientes haviam percebido isso, sobretudo as mulheres.

Depois que a névoa se dissipou a temperatura subiu muito e, para piorar as coisas, no meio da manhã o ar-condicionado parou de funcionar, o que só aumentou a sensação opressiva do lugar. Mabel usou um tijolo para manter a porta aberta, mas não havia brisa alguma, então não adiantou muito, apenas serviu para deixar o calor entrar. O ventilador de teto não dava vazão e, com o passar da tarde, Julie se viu à beira de um grave problema de sudorese. Seu rosto brilhava e ela puxava irritadamente a frente da blusa para se refrescar.

Julie não chorava desde que Mabel a abraçara e, quando Mike passou no salão, já estava recomposta o bastante para disfarçar que havia caído em prantos. Odiou ter se descontrolado naquela manhã. Gostava de acreditar que estava lidando com aquilo com uma dignidade tranquila. Uma coisa era mostrar a Mike o que realmente estava sentindo, outra era deixar que todos soubessem, mesmo que fossem amigos. Desde cedo Mabel lhe lançava olhares furtivos, como se estivesse pronta para atravessar a sala com os braços abertos caso Julie precisasse de conforto de novo. Aquilo era gentil, mas a fazia lembrar de por que estava tão perturbada.

E Andrea. Ela ainda não aparecera. Mabel consultou a agenda e viu que Andrea só tinha clientes marcados mais tarde, por isso ainda teve algumas horas para se convencer de que ela estava apenas tirando a manhã de folga.

Mas, com passar do tempo e a chegada dos clientes, as preocupações de Julie aumentaram.

Embora elas não fossem amigas de verdade, esperava que Andrea estivesse bem. E rezava para que não estivesse com Richard. Pensou em telefonar para a polícia, mas o que diria? Que Andrea não tinha ido trabalhar? Sabia que a primeira pergunta que fariam era se ela costumava faltar. E Andrea sempre faltava ao trabalho.

Quando Richard e Andrea haviam se conhecido? Quando ele foi cortar os cabelos nos salão? Era óbvio que Andrea se sentira atraída por ele, mas até onde Julie sabia, Richard não parecera interessado. Não, pensou ela, ele ficava o tempo todo olhando para mim enquanto eu trabalhava. Da mesma forma como olhou assim que Edna se afastou, nos lotes.

Emma dissera a Mike que Andrea estava com Richard. *Acabei de vê-los se beijando.*

Emma havia telefonado poucas horas depois de Julie ter se encontrado com ele nos lotes. Além disso, se eles estavam juntos em Morehead City – que ficava a meia hora de carro de Swansboro –, Richard devia ter ido *direto* se encontrar com Andrea. Logo depois de me dizer que me amava, pensou Julie.

Aquilo não fazia nenhum sentido.

Será que Richard sabia que Emma estava por perto? Embora eles só tivessem se encontrado uma vez, Julie não tinha a menor dúvida de que Richard a reconheceria e se perguntou se o objetivo dele era que Emma transmitisse algum tipo de mensagem. Se fosse o caso, não conseguia entender o recado. Se ele achava que aquilo ia lhe dar uma falsa sensação de segurança, estava muito enganado. Ela não cairia nessa de novo.

De jeito nenhum. Em hipótese alguma. Não havia mais nada que Richard pudesse fazer para surpreendê-la.

Pelo menos era o que ela achava.

Ao telefone com Casey Ferguson, da J.D. Blanchard, Jennifer segurava sua caneta sobre o bloco.

– Sim, é claro – disse Ferguson, continuando a se esquivar –, mas não podemos dar essas informações. Os arquivos dos funcionários são confidenciais.

– Entendo – disse Jennifer, remexendo-se na cadeira e tentando parecer o mais séria possível. – Mas, como falei, estamos no meio de uma investigação.

– Possuímos termos de sigilo bastante rígidos. Os estados os exigem quando fecham contrato conosco.

– Entendo – repetiu Jennifer. – Se for preciso, obterei um mandado judicial para ver os arquivos. Só não queria que sua empresa fosse acusada de obstruir uma investigação.

– Isso é uma ameaça?

– Não, é claro que não – disse Jennifer, mas soube que havia exagerado quando Casey Ferguson voltou a falar.

– Sinto não poder ajudar – disse ele por fim. – Se houver um mandado judicial, é claro que ficaremos felizes em cooperar.

Minutos depois, ele desligou e Jennifer praguejou em voz baixa, perguntando-se o que faria em seguida.

Naquela noite, na casa de Julie, Mike pegou a mão dela e a conduziu para o quarto.

Eles não faziam amor desde a noite anterior ao encontro com Richard no bar. Apesar disso, nenhum dos dois tinha um sentimento de urgência. O sexo foi lento e terno, cheio de beijos suaves. Mike a abraçou por um longo tempo e Julie adormeceu até um movimento na cama tirá-la do sono. Estava escuro, mas ainda era cedo, antes das dez, e Mike estava vestindo seus jeans.

– Aonde você vai?

– Tenho que levar Singer para fora. Acho que ele precisa sair.

Julie se espreguiçou.

– Quanto tempo eu dormi?

– Não muito. Mais ou menos uma hora.

– Desculpe.

– Eu gostei disso. Foi bom ver o modo como você respirava. Devia estar realmente cansada.

Julie sorriu.

– Ainda estou. Mas vou buscar algo para comer. Quer alguma coisa?

– Apenas uma maçã.

– Só isso? Não quer queijo, biscoitos ou outra coisa?

– Não. Não estou com muita fome esta noite. Só estou quebrado.

Ele saiu do quarto enquanto Julie se sentava e acendia a lâmpada, estreitando os olhos até se acostumar com a luz. Levantou-se e foi até a cômoda pegar uma camiseta comprida. Vestiu-a e seguiu pelo corredor.

Mike estava em pé à porta, esperando Singer, e a olhou de relance quando passou por ele a caminho da cozinha. Julie abriu a geladeira e pegou um iogurte, alguns biscoitos de chocolate e uma maçã.

Ao passar pela sala de estar viu o medalhão e ficou paralisada. Estava sobre a escrivaninha, perto de sua agenda, parcialmente escondido sob uma pilha de catálogos. Ao vê-lo, Julie se sentiu nauseada. A joia lhe trouxe imagens de

Richard: o jeito dele quando o deu para ela, o modo como segurou sua porta de repente, à espera dela no bosque. Julie não queria o medalhão em casa, mas, com tudo o que havia acontecido, se esquecera dele.

Agora ele estava na escrivaninha e ela o viu facilmente, sem olhar para ele. Sem querer vê-lo. Por que não o vira antes?

Ouviu o relógio tiquetaquear atrás dela. De relance, viu Mike encostado na porta. O medalhão refletia a luz do abajur na mesa lateral, seu brilho era sinistro. Julie percebeu que suas mãos estavam tremendo.

A correspondência, pensou de repente. Sim, foi isso. Quando coloquei a pilha de correspondência na escrivaninha, devo ter movido o medalhão de algum modo. Não foi? Julie engoliu em seco.

Ela não sabia. Só sabia que não o queria mais. Por mais que soubesse que isso era ridículo, o medalhão agora lhe parecia demoníaco, como se tocá-lo fosse fazer Richard aparecer. Mas ela não tinha escolha.

Forçou-se a ir na direção dele, estendeu o braço e o tirou de debaixo dos catálogos. É apenas uma joia, disse a si mesma. Nada mais. Pensou em jogá-lo no lixo, mas decidiu guardá-lo na gaveta e depois, quando tudo estivesse resolvido, vendê-lo em uma das casas de penhores. Não valeria muito com suas iniciais dentro, mas obteria alguma coisa por ele e poria esse dinheiro na cesta da igreja no domingo. Não queria lucrar com aquela coisa e o dinheiro iria para uma boa causa.

Julie levou-o para o quarto e o olhou enquanto abria a gaveta. Os desenhos florais na parte externa pareciam ter levado semanas para serem feitos por alguém que obviamente se importava muito com seu trabalho.

Uma pena, pensou. Teria sorte se conseguisse 50 dólares por ele.

Quando começou a afastar suas roupas para o lado, seus olhos foram atraídos para ele de novo. O medalhão em si era o mesmo, mas algo estava diferente. Algo...

Não, pensou. Por favor... não.

Ela abriu a corrente, sabendo que esse era o único modo de ter certeza. Foi até o espelho no banheiro e puxou as duas pontas ao redor do pescoço, segurando-as no lugar onde fecharia.

Então, olhando seu reflexo, tentou assimilar o que já era óbvio. O medalhão, que antes se aninhava entre a parte superior dos seus seios, agora se posicionava cinco centímetros mais para cima.

Vou lhe comprar uma corrente mais curta, dissera ele. *Assim você poderá usá-lo sempre que quiser.*

Julie ficou tonta de repente e se afastou do espelho, soltando a corrente como se ela tivesse queimado seus dedos. O medalhão bateu em sua blusa antes de cair no chão de ladrilho com um som metálico.

Ainda assim, Julie não gritou.

O grito demorou mais alguns segundos, até ela olhar para o medalhão.

Ele havia se aberto na queda.

E dos dois lados, nas fotos escolhidas especialmente para ela, Richard lhe sorria.

Dessa vez, Jennifer Romanello não fora sozinha à casa de Julie. O policial Gandy estava sentado à mesa da cozinha olhando para as duas, sem se dar o trabalho de esconder sua expressão de dúvida. O medalhão estava sobre a mesa e Pete estendeu o braço para pegá-lo.

– Então, deixe-me ver se entendi direito – falou, abrindo o medalhão. – Você bate no cara e ele retribui dando a Julie algumas fotos dele mesmo. Não entendo.

Mike cerrou os punhos debaixo da mesa para não explodir.

– Eu já lhe disse. Ele a está perseguindo.

Pete assentiu com a cabeça, mas continuou a olhar para as fotos.

– Sim, eu sei. Você fica dizendo isso, mas só estou tentando ver se há outros ângulos possíveis.

– Ângulos possíveis? – perguntou Mike. – Não enxerga que há uma prova bem aqui? Que ele esteve nesta casa? Isso é invasão de domicílio.

– Mas não parece estar faltando nada. Não há nenhum sinal de arrombamento. Todas as portas estavam trancadas quando vocês chegaram em casa e as janelas estavam fechadas. Você mesmo disse isso.

– Nós não estamos dizendo que ele pegou alguma coisa! E não sei como ele fez isso, mas fez. Tudo o que você tem que fazer é abrir os olhos!

Pete ergueu as mãos.

– Fique calmo, Mike. Não há motivo para se irritar. Só estou tentando chegar ao fundo disso.

Jennifer e Julie estavam tão irritadas quanto Mike, mas Pete dissera a Jennifer que ia resolver isso de uma vez por todas e que ela não deveria dizer nada. A expressão da policial era um misto de horror e fascinação mórbida, especialmente depois de sua própria investigação naquela manhã. Como ele podia ser tão cego?

– Chegar ao fundo disso?

– Sim – disse Pete. Ele se inclinou para a frente e pôs o medalhão de volta na mesa. – Não estou dizendo que isso não parece um pouco estranho, porque parece. E se Julie está dizendo a verdade, Richard Franklin está com um pequeno problema que exigirá uma visita minha.

O rosto de Mike se contraiu.

– Ela está dizendo a verdade – falou por entre os dentes.

Pete ignorou o comentário e olhou por cima da mesa para Julie.

– Você tem certeza de tudo? Tem certeza de que o único modo de Richard ter posto essas fotos aqui foi invadindo sua casa?

Ela fez que sim com a cabeça.

– E você não tocou nesse colar nas últimas semanas?

– Não – respondeu Julie. – Ele estava debaixo de algumas revistas na escrivaninha.

– Ora, vamos, Pete – interrompeu Mike. – O que isso tem a ver?

Pete novamente ignorou o comentário, seu olhar cético ainda fixado em Julie.

– Não houve nenhum outro momento em que Richard poderia ter posto aquelas fotos lá? – insistiu ele. – Nenhum?

Como resultado das perguntas dele, a cozinha ficou estranhamente silenciosa. Pete continuou encarando Julie e, sob seu olhar, ela enfim percebeu o que ele sabia. Sentiu seu estômago se contrair.

– Quando ele lhe contou? – perguntou.

– Contou o quê? – perguntou Mike.

Quando Julie finalmente respondeu, sua voz estava baixa, mas cheia de ódio.

– Ele lhe deu um telefonema e disse que havia se esquecido de mencionar alguma coisa? – perguntou ela. – Foi isso? Ou o encontrou por acaso e tocou no assunto?

Pete não disse nada, mas não precisou dizer. Um súbito e quase imperceptível movimento de cabeça informou a Julie que suas suspeitas estavam certas. Provavelmente a última delas, pensou. Richard teria desejado lhe contar pessoalmente, para que Pete pudesse vê-lo. E fosse enganado.

Enquanto isso, Mike olhava ora para Pete ora para Julie, tentando descobrir do que ela estava falando. Havia algum tipo de comunicação secreta entre eles que o deixava se sentindo como se toda a situação estivesse saindo de controle.

– Pode, por favor, apenas responder à minha pergunta? – insistiu Pete.

Mas Julie não respondeu logo. Continuou a olhar Pete nos olhos.

– Ela já respondeu! – interpôs Mike. – Não, não há como...

Julie mal o ouviu. Em vez disso, virou-se para a janela, lançando um olhar inexpressivo para as cortinas fechadas.

– Sim – disse sem rodeios. – Houve um momento em que ele podia ter feito isso.

Pete se reclinou na cadeira, com as sobrancelhas erguidas.

– Quer dizer quando passou a noite na sua casa – falou.

– O quê? – bradou Jennifer, boquiaberta.

– O quê? – repetiu Mike.

Julie se virou para ele.

– Não aconteceu nada entre nós, Mike – disse, com calma. – Nada mesmo. Richard estava chateado porque a mãe dele havia morrido e nós conversamos. Apenas conversamos. Ele adormeceu no sofá. É disso que Pete está falando.

Embora tudo o que Julie dissera fosse verdade, quando ela olhou para Pete de novo a expressão dele confirmou que Richard insinuara algo diferente.

E Julie notou que Mike também percebeu isso.

Richard abaixou a câmera. Equipada com uma teleobjetiva, a câmera servia como um binóculo improvisado. Estivera observando Mike e Julie desde que eles voltaram para casa, naquele fim de tarde. Ou o que podia observar através das cortinas transparentes. Durante o dia, era impossível ver alguma coisa, mas à noite, quando as luzes se acendiam, podia distinguir sombras e isso era tudo de que precisava.

Esta era a noite em que Julie descobriria tudo. É claro que ele precisara pôr o medalhão numa posição melhor após seu encontro com Pete Gandy, mas sabia que ela o veria na escrivaninha.

Richard sabia que aquilo era desagradável, mas não havia outro jeito. Estava na hora de acabar de uma vez por todas com a paixonite de Julie por Mike.

Mike fechou a porta atrás dos policiais e se apoiou nela com as duas mãos, como se estivesse prestes a ser revistado. Manteve a cabeça baixa e Julie pôde ouvir sua respiração longa e profunda. Singer estava de um lado, olhando curiosamente para ele, como se quisesse saber se aquilo era alguma brincadeira nova. Mike não conseguia encarar Julie.

– Por que você não me contou? – perguntou, erguendo o queixo.

Ainda de pé na cozinha, Julie desviou o olhar.

– Eu sabia que você ficaria zangado...

Mike bufou, mas ela prosseguiu como se não o tivesse ouvido.

– Mas, acima de tudo, sabia que o magoaria e não havia por que fazer isso. Eu juro que não aconteceu nada. Tudo o que ele fez foi conversar.

Mike se aprumou e finalmente se virou, com uma expressão zangada. Dura.

– Foi a noite do nosso primeiro encontro, não foi?

Ele se lembrou de que também fora a noite em que havia tentado beijá-la pela primeira vez, mas ela não deixara.

Julie assentiu.

– Um ótimo momento, não é? – Não era hora para piadas e Julie imediatamente se arrependeu de ter dito isso. Deu um passo à frente. – Eu não sabia que Richard ia passar aqui. Só estava pensando em ir para a cama quando ele veio à porta

– E o quê? Você simplesmente o deixou entrar?

– Não foi assim. Nós brigamos porque eu disse que não queria mais vê-lo. A briga ficou um pouco séria e então Singer...

Ela fez uma pausa. Não queria falar sobre isso. Não queria mesmo, pois parecia totalmente inútil.

– Singer o quê?

Julie cruzou os braços e deu de ombros.

– Singer o mordeu. Quando tentei fechar a porta, ele a segurou e Singer o atacou.

Mike olhou para ela.

– E você achou que nada disso era importante o suficiente para me dizer? Mesmo depois de tudo o que aconteceu?

– Justamente por isso – alegou Julie. – Não era importante. Eu lhe disse que não queria mais vê-lo e ele ficou transtornado.

Mike cruzou os braços.

– Deixe-me ver se entendi direito – disse. – Ele veio à porta, vocês brigaram, Singer o atacou e então você o convidou para passar a noite. Sua história não faz muito sentido.

– Não faça isso, Mike. Por favor...

– Isso o quê? Ficar chateado por você ter mentido para mim?

– Não menti para você.

– Não? Então como chama isso?

– Eu não lhe contei porque não era importante. Não significou nada e não aconteceu nada. Tudo o que está acontecendo não tem nada a ver com aquela noite.

– Como você sabe? Talvez tenha sido isso que o fez agir assim.

– Mas eu não fiz nada além de ouvi-lo!

Mike não disse nada e Julie viu a acusação nos olhos dele.

– Você não acredita em mim? – perguntou ela. – O quê? Acha que dormi com ele?

Mike deixou a pergunta sem resposta por um longo momento.

– Não sei mais o que pensar.

Julie se encolheu. Parte dela queria revidar, gritar com Mike ou exigir que ele fosse embora, mas ela controlou esse impulso, as palavras de Richard ecoando em sua mente.

Aposto que você não contou a Mike que me deixou passar a noite na sua casa. Como acha que ele se sentiria em relação a isso?

De repente ela percebeu que isso também era parte do plano. Richard estava jogando com eles, assim como jogara com Pete Gandy. Como fizera no Clipper. Respirou fundo, forçando-se a manter a voz calma, sem raiva.

– É isso que você pensa de mim, Mike? Que eu dormiria com um homem que mal conheço no mesmo dia em que falei que não queria mais vê-lo? Depois de ter falado para você que *não gostava* dele? Mesmo me conhecendo há tantos anos, realmente acredita que eu faria algo assim?

Mike olhou para Julie.

– Não sei.

As palavras a feriram e Julie sentiu seus olhos se encherem de lágrimas.

– Eu não dormi com ele.

– Talvez não – disse Mike por fim. Ele se dirigiu à porta. – Mas dói pensar que não confia em mim para me contar isso. Ainda mais depois de tudo isso ter começado.

– Eu confio em você. Mas não queria magoá-lo.

– Foi o que você acabou de fazer, Julie.

Com isso Mike estendeu a mão para a porta e a abriu, e pela primeira vez Julie percebeu que ele ia embora.

– Espere... para onde você vai?

Mike ergueu as mãos.

– Só preciso de um tempo para digerir isso, está bem?

– Por favor – disse Julie. – Não vá. Não quero ficar sozinha esta noite.

Mike parou e respirou fundo. Mas, um momento depois, com um aceno de cabeça, ele se fora.

Richard observou Mike andando até a picape e batendo a porta ao entrar.

Sorriu, pois Julie enfim entenderia a verdade sobre Mike: não podia contar com ele. Mike agia por impulso e de modo passional, não racionalmente. Não era digno dela. Nunca fora. Ela merecia alguém mais forte, mais inteligente, alguém que correspondesse ao seu amor.

Na árvore, Richard mal podia esperar pelo momento de tirar Julie daquela casa, daquela cidade, daquela vida que a aprisionara. Erguendo novamente a câmera, viu a sombra de Julie através das cortinas da sala de estar.

Até a sombra dela era bonita.

33

– Ela fez o quê? – perguntou Henry.

– Você me ouviu – respondeu Mike. – Julie o deixou passar a noite na casa dela.

Nos quinze minutos que levou para chegar à casa de Henry, a raiva de Mike só aumentara. Eles estavam em pé no quintal da frente. Emma abrira a porta uma vez para perguntar o que estava acontecendo, mas Mike havia parado no meio da frase e olhado para ela, certo de que já sabia o que Julie fizera. Henry ergueu a mão.

– Emma, nos dê um segundo, está bem? Mike está muito chateado agora.

Antes de entrar de novo, Emma lançou a Henry um olhar que dizia claramente: *eu vou fechar a porta, mas quero um relatório completo depois.* Henry se virou de novo para o irmão.

– Ela lhe contou isso? – perguntou Henry.

– Sim, quando a polícia estava lá...

– Espere – disse Henry. – A polícia estava lá?

– Acabou de ir embora.

– Por que a polícia estava lá?

– Por causa do medalhão. Richard pôs suas fotos nele. O que diabos devo fazer agora?

Henry tentou acompanhar a conversa, mas estava ficando cada vez mais confuso. Finalmente tocou no braço do irmão.

– Acalme-se, Mike. Talvez seja melhor você começar do início.

– Então, quanto tempo você vai ficar sem falar comigo? – perguntou Pete Gandy.

Eles estavam passando devagar pelo centro da cidade e Jennifer não lhe dissera uma só palavra desde que saíram da casa de Julie.

Ela se virou na direção da janela ao ouvir o som da voz dele.

– Ainda está com raiva por causa daquela história do Mike Harris? – perguntou ele. – Porque, se está, tem que aprender a superar esse tipo de coisa. Nosso trabalho nem sempre é fácil.

Jennifer o olhou de relance com uma expressão de desagrado.

– Pode não ser fácil – disse ela –, mas você também não precisa ser um idiota.

– Do que você está falando? Não fui um idiota.

– Não? Então o que foi aquele comentário que fez na frente de Mike? Não havia nenhum motivo para isso.

– Quer dizer, sobre Richard ter dormido lá?

Jennifer não respondeu, mas não foi preciso. Até Pete sabia que era aquilo que a estava incomodando.

– Por que você ficou tão chateada com isso? Era verdade, não era?

Ela chegou à conclusão de que desprezava totalmente aquele cara.

– Mas você não tinha que falar na frente de Mike – observou ela. – Podia ter levado Julie para um canto e lhe perguntado sobre isso. Ela podia ter explicado para Mike.

– Que diferença faz?

– Você pegou os dois desprevenidos e provavelmente causou uma grande discussão entre eles.

– E daí? Não é da minha conta se eles não são honestos um com o outro. Eu só estava tentando chegar ao fundo das coisas.

– Sim. – Jennifer fez um sinal afirmativo com a cabeça. – E há mais uma coisa. Como descobriu que Richard havia passado a noite lá? Falou com ele ou algo assim?

– Sim, na verdade falei. Encontrei com ele na academia de ginástica. Ele parece um bom sujeito.

– Um *bom* sujeito.

– Sim – disse Pete, na defensiva. – Para começar, não vai instaurar um processo. Isso diz alguma coisa, não diz? Ele quer deixar tudo para trás e esquecer isso. Também não vai prosseguir com a ação cível.

– E quando você pretendia me contar isso?

– O que havia para contar? Como eu disse, o caso foi suspenso. Além do mais, isso não é da sua conta. Você ainda está aprendendo as regras.

Jennifer fechou os olhos.

– O problema é que Richard está perseguindo Julie e ela está morrendo de medo. Por que você não consegue enxergar isso?

Pete balançou a cabeça.

– Olhe, Richard me falou sobre o medalhão, está bem? Ele o mencionou no caso de algo assim acontecer e me disse que pôs as fotos lá quando passou a noite com ela. E lembre-se de que a própria Julie admitiu que não olhava para o medalhão desde então. Quem pode garantir que ele esteja mentindo?

– E você não se importa com nada mais que ela contou? Sobre ele segui-la? Não acha tudo isso muita coincidência?

– Ei – protestou Pete. – Eu já falei com o cara algumas vezes...

Ele foi interrompido pelo rádio. Ainda olhando para Pete, Jennifer o pegou e sintonizou o microfone.

Sylvia era telefonista da polícia havia vinte anos e conhecia quase todos na cidade. Ela falou como se não estivesse certa do que pensar:

– Acabamos de receber um telefonema de um caminhoneiro que estava passando pela rodovia. Ele disse que viu algo estranho em uma vala e achou que talvez devêssemos mandar um carro para lá.

– O que ele achou que fosse?

– Ele não disse. Acho que estava com pressa e não queria esperar e ter que responder a perguntas. Está logo na saída da Highway 24, uns 400 metros depois do posto da Amoco, no lado norte da estrada.

– Vamos dar uma olhada – respondeu Jennifer, grata por algo que fizesse Pete calar a boca.

Mike tinha saído havia meia hora e a casa estava assustadoramente silenciosa. Julie a percorreu, certificando-se de que as janelas e as portas estavam trancadas, e depois ficou andando pela sala de estar, com Singer ao seu lado. Lá fora, ouvia o som de grilos e uma leve brisa agitando as folhas.

Julie cruzou os braços e olhou para o chão. Singer estava sentado ao seu lado com a cabeça apoiada em sua perna. Instantes depois ele ganiu e Julie começou a acariciá-lo. Como se soubesse o que estava acontecendo, o cão não havia saído do seu lado desde que Mike fora embora.

Ela tinha certeza de que Richard não pusera as fotos no medalhão na noite em que dormira lá. Pelo amor de Deus, ele tinha acabado de voltar de um funeral! Qual a probabilidade de estar carregando duas pequenas fotos dele para o caso de conseguir pô-las no medalhão enquanto ela dormia no outro quarto?

Sem chance.

Não, ele estivera ali. Dentro da sua casa. Vasculhando, abrindo gavetas, revirando suas coisas. O que significava que ele sabia como entrar.

E poderia entrar de novo.

Julie sentiu a garganta se fechar ao pensar nisso. Correu para a cozinha, pegou uma cadeira e a encaixou sob a maçaneta da porta da frente.

Como Mike pôde deixá-la? Com Andrea desaparecida e Richard a perseguindo? Como ele pôde deixá-la sozinha *esta noite?*

Ela não lhe contara sobre Richard. E daí? Não havia acontecido nada!

Mas Mike não acreditara nela. Julie estava zangada com ele por isso, e também magoada. Mas de todas as noites para deixar uma pessoa sozinha...

Dirigindo-se ao sofá, Julie começou a chorar.

– Você acredita nela? – perguntou Henry.

Mike olhou para a rua e deu um longo suspiro.

– Não sei.

Henry olhou para o irmão.

– É claro que sabe.

– Não, não sei – retrucou Mike. – Como posso saber se eu não estava lá?

– Conhecendo Julie – sugeriu Henry. – Você a conhece melhor do que ninguém.

Depois de um longo momento, os ombros de Mike relaxaram um pouco.

– Não, não acho que ela tenha dormido com ele – disse por fim.

Henry esperou um pouco antes de perguntar.

– Então por que tudo isso?

– Ela mentiu para mim.

– Não, não mentiu. Só não lhe contou.

– É a mesma coisa.

– Não, não é. Você acha que eu conto tudo para Emma? Especialmente coisas que não são importantes?

– Isso era importante, Henry.

– Não para ela, Mike.

– Como podia não ser? Com tudo o que está acontecendo?

Nesse ponto ele tinha razão, pensou Henry. Ela devia ter dito alguma coisa, mas não havia motivo para discutir isso agora.

– O que você vai fazer?

Mike demorou para responder:

– Não sei.

Richard viu a sombra de Julie se sentando no sofá. Sabia que ela estava chorando e desejou abraçá-la, confortá-la, fazer com que parasse de sofrer. Levou um dos dedos aos lábios, como se tentasse acalmar uma criança pequena. As emoções de Julie tinham se tornado suas e ele as sentia em sua totalidade: a solidão, o medo e o coração partido. Até agora ele nunca havia se comovido com as lágrimas de ninguém.

Lembrou-se de que não se sentira assim vendo a mãe chorar nos meses que se seguiram à morte do pai. Mas no fim acabara por odiá-la.

Mike deixou Henry e foi para casa, com a cabeça ainda girando.

A estrada era um borrão, com imagens dos dois lados que ele não parecia reconhecer.

Julie devia ter lhe contado, pensou novamente. Sim, ele teria ficado chateado, mas acabaria superando aquilo. Ele a amava e o que era o amor sem confiança ou honestidade?

Mike também estava zangado com Henry, por não ter dado muita importância ao que acontecera. Talvez se sentisse de outro modo se Emma o tivesse traído, como Sarah fizera alguns anos atrás. Como dizia o ditado, gato escaldado tem medo de água fria.

Só que Julie não o traíra. Sabia que ela não estava mentindo sobre isso.

Mas ainda assim Julie não confiara nele. Esse era todo o problema. Confiança. Sem dúvida ela teria contado a Jim. Por que não contara a ele?

O relacionamento deles era tão diferente do que Julie e Jim tiveram? Ela não confiava nele do mesmo modo como confiara em Jim?

Ela não o amava?

Na árvore, Richard continuou a pensar na mãe.

Havia esperado que ela se tornasse melhor, mais forte, após o funeral do pai. Mas, em vez disso, ela começou a beber muito e a cozinha estava sempre cheia da fumaça dos cigarros que acendia um atrás do outro. Então a mãe se tornou violenta, como se tentasse se lembrar do marido assumindo as atitudes dele. Na primeira vez em que isso aconteceu, Richard estava dormindo quando despertou com uma dor lancinante, como se tivessem encostado um fósforo aceso nele.

A mãe estava em pé ao lado da cama com os olhos arregalados e o cinto do pai na mão. Batera nele com o lado da fivela.

– A culpa foi sua! – gritou. – Você sempre o deixava zangado!

Ela lhe bateu de novo e de novo. Ele se encolhia a cada golpe, implorando que ela parasse e tentando se cobrir, mas ela continuou a lhe bater até ficar exausta e não conseguir mais se mexer.

Na noite seguinte a mãe fez aquilo de novo. Dessa vez ele suportou os golpes com a mesma raiva silenciosa que sentira do pai no passado. Então soube que a odiava, mas não havia nada que pudesse fazer de imediato para que ela parasse. Não com as suspeitas da polícia em relação à morte do pai.

Nove meses depois, com as costas e as pernas feridas, Richard esmigalhou as pílulas para dormir da mãe e as misturou em sua vodca. Ela dormiu e nunca mais acordou.

De manhã, junto à cama, olhando para a mãe, Richard pensou em quanto a inteligência dela fora limitada. Embora suspeitasse de que ele tivera algo a ver com a morte do pai, não conseguira acreditar que poderia ter o mesmo fim. Ela devia ter sabido que Richard era forte o suficiente para fazer o que tinha de ser feito. Julie também fora forte o suficiente para mudar a vida dela. Julie era uma lutadora.

Richard a admirava por isso. Adorava essa característica dela.

É claro que estava na hora de Julie parar de lutar. Richard estava certo de que agora ela perceberia isso. Mesmo que só em seu subconsciente. Agora que a farsa com Mike terminara, não havia motivo para adiar o inevitável.

Lentamente, Richard começou a descer da árvore.

Os policiais Jennifer Romanello e Pete Gandy passaram pelo posto da Amoco e pararam a radiopatrulha no acostamento. Depois de pegarem suas lanternas, saíram do carro.

A uma curta distância, Jennifer viu as luzes do posto de gasolina e veículos sendo abastecidos nas bombas. Na rodovia, carros passavam zunindo. O acostamento estava banhado em luzes giratórias azuis e vermelhas, alertando os motoristas da presença deles.

– Vá naquela direção – disse Pete, apontando para o posto. – Eu vou nesta.

Jennifer acendeu a lanterna e começou sua busca.

Julie ainda estava chorando no sofá quando ouviu um movimento do lado de fora da porta. Singer ergueu as orelhas e correu para a janela, rosnando. Com o coração acelerado, Julie olhou ao redor à procura de uma arma.

Quando Singer latiu, ela pulou do sofá com os olhos arregalados antes de perceber que o cão estava abanando o rabo.

– Julie? – Ela o ouviu chamando do lado de fora. – Sou eu, Mike.

Ela foi até a porta e removeu rapidamente a cadeira, com uma sensação de alívio. Assim que abriu a porta, Mike olhou para ela antes de olhar para o chão.

– Sei que você não dormiu com ele.

Julie assentiu.

– Obrigada.

– Mas eu gostaria de conversar com você sobre isso.

– Está bem.

Mike não disse nada de imediato. Em vez disso, enfiou as mãos nos bolsos e respirou fundo.

– Você teria contado ao Jim? – perguntou.

Julie pestanejou. Essa era uma pergunta em que nunca havia pensado.

– Sim – respondeu. – Teria.

Mike concordou com a cabeça.

– Achei que teria.

– Nós éramos casados, Mike. Você tem que entender isso.

– Eu sei.

– Não tem nada a ver com o que sinto por você. Se você perguntasse se eu teria contado ao Jim enquanto éramos namorados, a resposta seria não.

– É mesmo?

– É. Eu não queria magoar você. Eu te amo. E se soubesse que tudo isso sairia de controle dessa maneira, teria lhe contado antes. De todo modo, devia ter lhe contado. Sinto muito.

– Eu também. Por dizer o que eu disse.

Julie deu um passo à frente, hesitante. Mike não recuou, então ela chegou mais perto e se encostou nele. Sentiu os braços de Mike a envolvendo.

– Eu gostaria de ficar esta noite – disse ele –, se você não se importar.

Julie fechou os olhos.

– Eu esperava que você dissesse isso.

Assim que viu Mike parar na frente da casa, Richard mudou de direção e subiu de novo na árvore. Agora os observava, seu rosto se tornando duro.

Não, pensou Richard. Não, não, *não*...

Como se vivesse um pesadelo, ele a viu nos braços de Mike; viu-a se aconchegar a ele... Não, isso não estava acontecendo. Não podia estar *acontecendo*.

Mike voltara e eles estavam se abraçando. Como se eles *se amassem*.

Richard se forçou a ficar calmo, recuperar o controle. Fechando os olhos, visualizou suas fotografias de Jessica, de Julie e de pássaros; recitou lições sobre como ajustar a abertura da lente de uma câmera. Sobre lentes e suas capacidades. Sobre o ângulo certo do flash, as propriedades da luz...

Sua respiração se normalizou quando ele abriu os olhos. Estava no controle de novo, mas ainda sentia a raiva dentro dele.

Por que ela insistia em repetir os mesmos erros?, perguntou-se.

Ele tentara ser gentil. Tentara ser justo. Fora muito paciente com ela e seu amiguinho. Mais do que paciente.

Apertou os olhos. Ela tinha alguma ideia do que o estava obrigando a fazer?

Jennifer moveu a lanterna de um lado para outro, procurando o que o caminhoneiro vira.

A lua estava baixa, acima da linha das árvores. Milhares de estrelas pontilhavam o céu. O ar carregava o cheiro forte que emanava dos canos de descarga. Ela avançou lentamente, examinando o barranco. Nada.

A menos de 100 metros da estrada havia um pinheiral. A vegetação ao redor das árvores era densa, com arbustos e relva alta, o que a tornava impossível de ser penetrada pela luz da lanterna de Jennifer.

Os carros continuavam a passar, mas ela mal reparava neles. Olhava para o chão, movendo-se devagar. Com cuidado. Jennifer deu outro passo e ouviu movimento de um lado.

Erguendo a luz, avistou o reflexo de dois olhos. Parou, surpresa, antes de o veado sair correndo.

Suspirando, abaixou a cabeça e continuou. O posto de gasolina estava mais perto agora e Jennifer se perguntou o que devia estar procurando.

Ela andou ao redor de um saco de lixo descartado, viu latas de alumínio e guardanapos jogados no barranco. Estava começando a se perguntar se deveria se virar e ajudar Pete a procurar na direção oposta quando a lanterna iluminou algo que sua mente a princípio se recusou a identificar.

Quando enfim o fez, ela gritou.

Pete Gandy se virou ao ouvir o som e começou a correr na direção de Jennifer. Alcançou-a em menos de um minuto e foi então que viu que ela estava debruçada sobre um corpo. Ficou paralisado, subitamente sem conseguir se mover.

– Chame uma ambulância, *agora*! – gritou Jennifer.

Pete se virou e correu para a viatura.

Controlando seu pânico, Jennifer se concentrou no corpo abaixo dela. O rosto da mulher jovem estava ensanguentado e desfigurado. Havia um círculo roxo repugnante em seu pescoço. Uma das mãos estava em um ângulo estranho, o pulso claramente fraturado. Jennifer pensou que ela estava morta até estender o braço e sentir uma leve pulsação.

Quando Pete voltou, se agachou ao lado de Jennifer.

Um momento depois, quando reconheceu a vítima, vomitou do lado da estrada.

34

Na quinta-feira de manhã, quando Julie chegou para trabalhar, encontrou Pete e Jennifer à sua espera. Pela expressão em seus rostos, soube imediatamente por que estavam lá.

– É Andrea, não é?

Mabel estava em pé atrás deles, os olhos vermelhos e inchados.

– Ah, querida – disse, atravessando o salão e abraçando Julie. – Mike e Henry já estão a caminho... – Ela começou a chorar, tremendo incontrolavelmente.

– O que aconteceu?

– Ele bateu nela – soluçou. – Quase a matou... ela está em coma... Não sabem se vai sobreviver... Tiveram que levá-la de avião para Wilmington na noite passada...

Os joelhos de Julie pareceram fraquejar. Um momento depois, Mike e Henry entraram. Mike viu Julie e Mabel antes de encarar os dois policiais.

– O que ele fez com Andrea? – perguntou.

Jennifer hesitou. Como descrever uma agressão daquelas? O sangue, os ossos quebrados...

– Foi feio – disse Pete por fim. – Nunca tinha visto uma coisa assim.

Mabel caiu em prantos de novo enquanto Julie lutava para conter seus soluços. Henry parecia incapaz de se mover, mas Mike encarou Jennifer.

– Vocês já prenderam Richard? – quis saber Mike.

– Não – respondeu Jennifer.

– Por que não?

– Porque não sabemos se ele é o culpado.

– É claro que é! Quem mais faria algo assim?

Jennifer ergueu as mãos, tentando manter o controle da situação.

– Olhe, sei que vocês todos estão perturbados...

– É claro que estamos perturbados! – gritou Mike. – Como mais poderíamos estar? Ele ainda está nas ruas enquanto vocês dois perdem tempo aqui!

– Espere aí – disse Pete rapidamente e Mike se virou para ele.

– Esperar? Para início de conversa foi você quem causou tudo isso! Se não tivesse sido tão estúpido, nada disso teria acontecido! Eu lhe avisei que o cara era perigoso! Nós imploramos que fizesse alguma coisa! Mas você estava ocupado demais bancando o policial durão para enxergar o que estava acontecendo.

– Acalme-se...

Mike foi na direção dele.

– Não me diga o que fazer! Isso é culpa sua!

A boca de Pete se esticou em uma linha e ele deu um passo na direção de Mike. Jennifer saltou e se pôs entre eles.

– Isso não está ajudando Andrea! – gritou. – Para trás, os dois!

Mike e Pete se encararam, seus corpos ainda tensos. Jennifer prosseguiu:

– Ouçam, nós não sabíamos sobre Richard – disse ela, olhando para Mike e Julie. – Nenhum de vocês mencionou nada sobre Andrea estar saindo com ele, e a encontramos *depois* que deixamos a sua casa, na noite passada. Ela já estava em coma e não há como sabermos quem fez isso. Pete e eu ficamos na cena do crime até de madrugada e viemos aqui esta manhã porque é onde ela trabalhava, não porque suspeitamos de alguma coisa. Mabel nos contou sobre ele e Andrea há cinco minutos. Entenderam?

Mike e Pete continuaram a se encarar até Mike enfim desviar os olhos. Ele deu um longo suspiro.

– Sim, entendi. Só estou perturbado. Sinto muito.

– Mabel disse que Emma viu Richard e Andrea juntos em Morehead City, certo?

– Sim – respondeu Julie. – Alguns dias atrás. No dia em que o vi no bosque.

– E nenhum de vocês sabia que Richard estava saindo com ela? Se eles estavam namorando?

– Não – respondeu Julie. – Andrea não me falou nada sobre isso. Só fiquei sabendo quando Emma telefonou.

– Mabel?

– Não. Para mim também não.

– E ela não veio ontem?

– Não.

– Vocês não acharam isso estranho? Quero dizer, sabendo que ela havia sido vista com Richard?

– É claro que ficamos preocupadas, mas você não conhece Andrea – disse Mabel. – Não foi a primeira vez que faltou ao trabalho. Ela é assim.

– Mas ela costumava telefonar?

– Às vezes. Nem sempre.

Jennifer se virou para Julie de novo.

– Por que você não disse nada sobre Andrea e Richard ontem à noite quando fomos à sua casa?

– Não pensei nisso. Estava perturbada demais com o medalhão e, depois do que Pete disse...

Jennifer assentiu com a cabeça, sabendo exatamente do que Julie estava falando.

– Seria possível Emma vir aqui? Gostaria de ouvir o que ela tem a dizer.

– Sem problemas – disse Henry. – Vou telefonar para ela.

Querendo ter certeza de que entendera tudo direito, Jennifer revisou a sequência dos acontecimentos e então passou para perguntas mais gerais: os lugares que Andrea gostava de frequentar, quem eram seus amigos e outras pessoas que pudessem estar envolvidas. Esse era o procedimento padrão, porque Jennifer sabia que, no tribunal, a defesa poderia usar a falta de investigação de outros possíveis suspeitos para alegar que a polícia estava sendo parcial.

Julie achou difícil se concentrar enquanto Jennifer fazia as perguntas. Por mais que estivesse perturbada com o que acontecera com Andrea, não podia evitar pensar que Richard a seguira durante semanas. Que estivera em sua casa. E que ela poderia ser a próxima.

Emma finalmente chegou, com os olhos vermelhos de tanto chorar. Jennifer lhe fez as mesmas perguntas.

Emma não sabia nada além do que Julie e Mabel tinham dito, embora tivesse mencionado onde os vira: do lado de fora de um bar chamado Mosquito Grove, logo depois do calçadão.

Após interrogar Emma, Jennifer olhou de relance para o lado.

– Importa-se se eu der uma olhada na àrea de trabalho de Andrea? – perguntou. – Talvez ela tenha deixado algo que nos dê uma ideia de quando começou a se encontrar com Richard ou se essa foi a primeira vez.

– Não, vá em frente – respondeu Mabel.

Jennifer passou um minuto abrindo e examinando gavetas. Fechou-as e viu uma foto de Andrea presa no espelho.

– Posso pegar isso?

– É claro – consentiu Mabel.

Jennifer estudou a foto de Andrea antes de erguer os olhos.

– O.k. – disse. – Por ora é só isso.

Todos pareceram concordar. Jennifer sabia que deveria ir embora, mas em vez disso foi na direção de Mike e Julie. Depois das horas que havia passado na cozinha deles, começara a considerá-los quase amigos.

– Quero que vocês dois saibam que, se foi Richard quem fez isso, ele é capaz de qualquer coisa – falou. – Essa foi a pior agressão que já vi. É quase impossível descrevê-la em palavras. Ele é psicótico. Só queria ter certeza de que vocês estão cientes disso.

Mike engoliu em seco, com a garganta apertada.

– Façam o que for preciso para permanecerem em segurança – disse Jennifer. – Vocês dois.

Na saída, Jennifer caminhou ao lado de Pete, sem que nenhum dos dois dissesse nada. Tinha de lhe dar crédito, não só por tê-la deixado lidar com o interrogatório lá dentro como pela nova determinação que notou em sua expressão séria.

Depois de entrar no carro, ele enfiou as chaves na ignição, mas se recostou no banco sem ligar o motor. Ficou olhando pelo para-brisa.

– Ela cortava o meu cabelo – disse por fim.

– Andrea?

– Sim. Foi por isso que a reconheci na noite passada.

Jennifer permaneceu em silêncio, observando Pete fechar os olhos.

– Ela não merecia o que lhe aconteceu – disse ele. – Ninguém merece isso.

Jennifer pôs a mão no ombro dele.

– Sinto muito.

Pete fez um sinal afirmativo com a cabeça, como se tentasse esquecer o que vira na noite anterior. Ligou o motor.

– Acho que está na hora de fazermos uma visitinha a Richard Franklin no trabalho – disse em voz baixa. – Prefiro pegá-lo desprevenido, se puder. Não quero lhe dar tempo para inventar uma história. Se foi ele, quero que pague por isso. E que pague caro.

Jennifer juntou as mãos no colo. Do lado de fora da janela, árvores e prédios se tornavam indistintos enquanto o carro ia na direção da ponte.

– Ele não vai estar lá – disse Jennifer. – Saiu do emprego há um mês.

Pete olhou para ela. Ele estava com olheiras; no interior escuro do carro, parecia tão cansado quanto Jennifer.

– Como você sabe disso?

– Telefonei para o departamento de pessoal da J.D. Blanchard.

Pete continuou a encarando.

– Você o investigou?

– Não oficialmente.

Ele voltou a olhar para a estrada e parou o carro à sombra de uma grande magnólia.

– Por que não começa do início e me conta o que andou fazendo? – Ele estendeu a mão para pegar o copo de café que trouxera mais cedo naquela manhã. – E não se preocupe com a possibilidade de se meter em encrencas. Isso ficará apenas entre nós.

Jennifer respirou fundo e começou.

No salão, Henry tinha o olhar distante, Mike estava pálido e Mabel enxugava as lágrimas. Emma parecia fragilizada, sentada enroscada sob o braço de Henry. Julie cruzou os braços e ficou se balançando para a frente e para trás no sofá.

– Não posso acreditar – sussurrou Emma. – Simplesmente não posso acreditar. Como ele teve coragem de fazer isso com ela?

Ninguém disse nada; Mabel baixou os olhos.

– Acho que vou visitá-la hoje. Não sei o que mais posso fazer.

– A culpa foi minha – disse Julie. – Eu deveria tê-la avisado para ficar longe de Richard, quando cortou o cabelo dele. Dava para perceber que Andrea estava atraída por ele.

– A culpa não foi sua – protestou Mike. – Você não poderia ter feito nada para impedir isso. Se não fosse ela, seria outra pessoa.

Como eu.

Mike se aproximou de Julie.

– Ela ficará bem.

Julie balançou a cabeça.

– Você não *sabe* disso, Mike. Não pode *prometer* algo assim.

Ela pareceu mais impaciente do que pretendia e Mike desviou o olhar. Não, pensou, não posso.

– Só não consigo entender – disse Julie. – Por que aqui? Por que, de todos os lugares do mundo, ele tinha que vir para cá? E por que Andrea? Ela não fez nada.

– Ele é louco – disse Mabel. – Quando o pegarem, espero que o deixem preso por muito, muito tempo.

Se o pegarem, pensou Julie.

No silêncio, Henry relanceou os olhos para a janela e depois de volta para Julie.

– A polícia está certa sobre o que você tem que fazer – disse ele. – Não pode ficar aqui. – Julie ergueu os olhos. – Não depois do que aconteceu com Andrea

– continuou Henry. – Não depois de ele ter estado na sua casa. Aqui não é mais seguro, para nenhum de vocês.

– Para onde deveríamos ir?

– Qualquer lugar. Saiam da cidade. Desapareçam até a polícia pegar esse cara. – Ele fez uma pausa. – Se quiserem, podem usar a casa de praia. Ele não os encontrará lá.

– Henry tem razão – acrescentou Emma. – Vocês têm que sair daqui.

– E se vocês estiverem errados? – perguntou Julie. – E se ele me encontrar?

– Não encontrará. A casa nem está registrada em nosso nome. Nós a utilizamos em usofruto e Richard não tem como descobrir que é nossa. Ninguém vai lá há meses, por isso não tem como ele saber que o imóvel existe. Ele não saberia nem onde procurar.

– A ideia de ir para lá me dá arrepios – disse Julie. – É quieto demais.

– Prefere ficar na minha casa? – propôs Mike.

– Não – respondeu Julie. – Tenho certeza de que ele também sabe onde você mora.

– Vão – disse Mabel. – Henry está certo. Aqui é muito perigoso.

– E se ele nos seguir? E se estiver me observando agora?

Cinco pares de olhos se dirigiram instintivamente para a janela.

– Levem meu carro – disse Henry. – Não, levem o de Emma. E vão logo. Mike e eu daremos uma olhada lá fora para ver se ele está por perto. Se não estiver, peguem a rodovia e permaneçam nela. É uma linha reta e saberão se alguém os estiver seguindo. Quando chegarem a Jacksonville, deem muitas voltas para se certificarem de que não há ninguém atrás de vocês. O importante é saírem daqui antes que Richard perceba que vocês fugiram.

– E quanto à polícia? Eu não deveria avisá-los?

– Eu me encarregarei disso. Apenas vão. E, não importa o que fizerem, não vão direto para a casa.

Momentos depois, Mike e Julie tinham ido embora.

Jennifer levou uns dez minutos para contar tudo o que descobrira: a estranha história de crédito, a nova empresa em Ohio para substituir a do Colorado, o aparente desejo de ser discreto, os comentários de Jake Blansen sobre Richard ser perigoso e o fato de que ele não trabalhava mais para a J.D. Blanchard. Quando terminou, Pete estava dando tapinhas no volante e assentindo com a cabeça, como se tudo fizesse total sentido.

– Eu tinha certeza de que havia algo estranho naquele sujeito – disse Pete. – Mesmo na academia, ele pareceu um pouco ardiloso, sabe?

Jennifer olhou para Pete, sem palavras. Apesar de seu alívio por ele enfim ter percebido a verdade e seu desapontamento por praticamente precisar que ela esfregasse na sua cara o que era óbvio, pelo menos agora ele estava do seu lado.

– Sei – disse Jennifer.

Pete ignorou o sarcasmo no tom dela e deu outro tapinha no volante.

– Então, se Richard não está trabalhando, onde está? – perguntou.

– Não sei. Poderíamos tentar a casa dele.

Pete concordou.

– Vamos fazer isso.

Quinze minutos depois, Pete e Jennifer pararam na entrada em frente à casa vitoriana. Ao saírem do carro, ambos abriram seus coldres enquanto examinavam a área.

De perto, Jennifer achou que a casa parecia mais degradada do que vista da estrada. As cortinas estavam fechadas. Não havia nenhum sinal de carro, embora um caminho para automóveis coberto de ervas daninhas levasse aos fundos da propriedade.

O motor da viatura estalou ao esfriar. Um bando de pássaros debandou das árvores, trinando e piando alto. Um esquilo passou correndo, buscando segurança nos galhos mais altos de um pinheiro. Nada mais, nenhum outro som. Nenhum sinal de movimento do lado de dentro.

– Parece que nosso suspeito fugiu – sussurrou Pete.

Não, pensou Jennifer com súbita certeza, ele ainda está aqui.

Richard os observou por trás das árvores. Estava nos fundos, esfregando o interior do carro – já havia limpado a casa numa tentativa de eliminar os sinais mais óbvios do que acontecera na outra noite –, quando os ouviu vindo pelo caminho para automóveis.

É claro que os esperava, mas não tão cedo.

Pete e Jennifer andaram com cuidado até a porta da frente, a varanda rangendo sob seus pés. Em pé diante da porta descascada, entreolharam-se antes de Pete bater. Jennifer ficou de um lado, com a mão no coldre. Seus olhos se dirigiram para a janela, observando.

Então, instintivamente, ela sacou a arma.

Richard observou os policiais.

Respirou longa e profundamente e depois foi mais para dentro do bosque, perguntando-se como eles haviam conseguido ligar Andrea a ele tão depressa.

DNA? Não, isso leva tempo. Uma semana pelo menos. Andrea devia ter falado alguma coisa para alguém, embora ele tivesse lhe dito que mantivesse a boca fechada. Ou isso ou alguém os vira juntos. Talvez no bar. Ou em Morehead City.

Não importava. Ele já sabia que seu tempo como Richard Franklin chegara ao fim. A situação com Andrea só acelerara o inevitável. Apesar da limpeza mais cedo, sabia que seria impossível eliminar todas as evidências do que fizera com a mulher. A ciência forense evoluíra a ponto de os especialistas poderem identificar minúsculos vestígios de sangue ou fios de cabelo de Andrea, e fora por isso que ele não se deu o trabalho de esconder o corpo dela. Se de algum modo eles obtivessem um mandado de busca – o que realmente era apenas uma questão de tempo – descobririam o que precisavam para condená-lo.

Ainda assim, Richard desejou ter tido mais uma hora para juntar suas coisas. Suas câmeras e lentes estavam dentro da casa e ele lamentou se separar delas. E das fotografias também, principalmente as de Jessica. Sabia que era improvável que a polícia conseguisse usá-las para descobrir mais sobre ela – tivera o cuidado de destruir todas as imagens que sugeriam onde eles haviam morado –, mas não conseguiria substituí-las.

Também sentiria falta das de Julie, porém não estava tão preocupado com essas. Eles teriam o resto da vida para compensar as que deixara para trás.

Gostaria de saber se ela já sabia sobre Andrea. Sim, provavelmente, pensou. Com certeza a polícia tinha acabado de falar com ela. Então o que Julie faria?

Fugiria, concluiu. Como fugira da mãe. Tentaria se esconder e certamente levaria o idiota com ela. O mais provável é que já tivesse fugido.

Outro motivo para sair dali.

Ele considerou essa opção. Se eles dessem a volta para examinar os fundos da casa...

Um jogo, mas que escolha ele tinha? Em silêncio, começou a se mover na direção da viatura.

– Vamos dar a volta até os fundos – sussurrou Jennifer. A arma parecia incrivelmente leve em sua mão. – Estou com uma estranha sensação de que ele ainda está aqui.

Pete concordou com a cabeça e eles saíram da varanda. Ele foi na direção do caminho de cascalho, mas, quando viu Jennifer tomar o outro caminho, hesitou apenas brevemente antes de segui-la. Desse lado, eles tinham que andar por entre as árvores, com galhos estalando sob seus pés. A relva alta e as ervas daninhas roçavam em seus uniformes, produzindo um farfalhar. Eles pararam perto dos fundos da casa. Jennifer estava na frente e, encostando-se na parede, espiou pelo canto da residência.

O carro de Richard estava estacionado lá, com a porta do lado do passageiro aberta.

Jennifer segurou a arma na frente do peito, com o cano levantado, e fez um sinal com a cabeça naquela direção. Lentamente, Pete sacou sua arma.

Ela espiou de novo, examinando o quintal em busca dele, e depois fez um gesto para Pete segui-la. Eles se esgueiraram, tentando ser o mais silenciosos possível.

Passaram pelas janelas do canto.

Prestando atenção...

Jennifer notou que os pássaros tinham ficado em silêncio.

Passaram pela varanda. Viram que a porta dos fundos estava aberta. Jennifer fez um sinal e Pete assentiu antes de se mover na direção da casa.

Agora estavam perto do carro. Vindo do interior, Jennifer ouviu o som baixo do rádio, sintonizado numa estação de Jacksonville que tocava músicas antigas.

Jennifer parou, olhando de um lado para outro. Ele está lá fora, pensou. Está nos observando agora.

Como fez com Julie.

Em sua mente, viu o que restara do rosto de Andrea. Olhando por cima do ombro, viu Pete na varanda dos fundos, se aproximando da porta aberta.

Foi então que ouviram o grito.

Foi um grito lancinante, angustiante e agudo, e Jennifer quase puxou o gatilho. Hesitou apenas por um momento antes de trocar um olhar com Pete.

O grito viera da frente da casa.

Pete saiu da varanda e começou a correr pelo caminho por onde tinham vindo. Jennifer se virou para segui-lo. Eles deram a volta na casa e avançaram por entre os arbustos, fustigados por folhas e galhos enquanto se dirigiam de volta para a frente da propriedade.

Mas quando chegaram lá, não viram nada.

Tudo estava exatamente como antes.

Então eles se separaram, Pete se aproximando da frente da casa e Jennifer indo para o quintal.

Ela estava com a boca seca e a respiração ofegante, tentando permanecer calma. A uma curta distância, avistou um grupo de árvores de pequeno porte cercado de mato, lembrando um esconderijo camuflado de caçador.

Olhou para o outro lado e depois para trás. Sentiu a arma em sua mão escorregadia por causa do suor.

É lá que ele está, pensou. Escondido, e quer que eu vá até ele. Atrás dela, ouviu Pete andando no cascalho.

Jennifer ergueu a arma à sua frente, como seu pai lhe ensinara.

– Sr. Franklin, sou a policial Jennifer Romanello e estou com minha arma em punho – disse devagar e em voz alta. – Identifique-se e saia com as mãos para o alto.

Pete se virou ao som da voz de Jennifer e, vendo o que ela estava fazendo, começou a ir em sua direção, atravessando a entrada para automóveis. Como ela, estava com a arma apontada.

Dos fundos da casa veio o som de um motor sendo ligado. Ouviu-se um ronco quando o acelerador foi pressionado até o fundo, os pneus fazendo as pedras saltarem. Vindo do outro lado da casa, o carro corria na direção deles.

Pete ficou paralisado no meio da entrada para automóveis; viu o automóvel um segundo antes de Jennifer.

Não diminuiu a velocidade.

Por um momento, Pete não se mexeu. Apontou a arma para o veículo, mas hesitou, e àquela altura até Jennifer pôde ver o que iria acontecer.

No último instante, Pete se lançou para fora do caminho enquanto o carro passava depressa por ele. Caiu de peito no chão, como um jogador de beisebol deslizando para a base, e a arma voou de sua mão.

Jennifer só teve uma fração de segundo para atirar, mas com o mergulho de Pete e a visão dificultada pelas árvores, optou por não fazer isso.

O carro seguiu ruidosamente pela rodovia, derrapou ao fazer a curva e sumiu de vista, deixando um rastro de cascalho espalhado.

Jennifer correu na direção de Pete. Quando o alcançou, ele já estava se levantando e começando a procurar sua arma.

Segundos depois a encontraram e correram para a radiopatrulha, sem dizer uma só palavra. Jennifer foi para o lado do passageiro e pulou para dentro. Eles bateram suas portas ao mesmo tempo. Instintivamente, Pete procurou as chaves na ignição.

Não estavam lá.

Foi então que Jennifer percebeu que os fios do rádio haviam sido arrancados do painel.

Já não se ouvia mais o som do carro de Richard.

– Droga! – gritou Pete, batendo com força no volante.

Jennifer pegou seu celular e telefonou para a delegacia. Como aquela era uma cidade pequena e só havia uns poucos policiais de serviço, não teve muita esperança de que conseguissem alcançar Richard a tempo. Quando desligou, Pete olhou para ela.

– O que faremos agora?

– Vou entrar.

– Sem um mandado?

Jennifer abriu a porta e saiu.

– Richard tentou atropelá-lo e provavelmente está prestes a machucar outra pessoa. Acho que este é um motivo legítimo para entrar, não acha?

Um segundo depois, Pete Gandy estava atrás dela.

Mesmo cheio de adrenalina e frustração, ele não pôde deixar de notar que, no que dizia respeito a aprender as regras, Jennifer Romanello parecia ser bem rápida.

Assim que entrou, Jennifer se surpreendeu com a normalidade do ambiente.

Aquela casa poderia ser de qualquer um, observou.

A cozinha estava impecavelmente limpa, com a pia brilhando à luz do sol e um pano de prato bem dobrado em cima. Não havia nenhuma panela no fogão ou louça suja no balcão. Se a fotografassem, ninguém notaria nada errado. Embora fosse obviamente antiga – a geladeira parecia um dos modelos anunciados no catálogo da Sears logo após a Segunda Guerra Mundial e não havia máquina de lavar louça ou micro-ondas –, a cozinha parecia quase aconchegante, do tipo que as crianças se lembram quando pensam em seus avós.

Jennifer seguiu em frente, passando pelo que um dia fora uma saleta para café da manhã. O cômodo era surpreendentemente claro, com o sol da manhã incidindo sobre o alto da vidraça e enviando raios dourados para o chão. O papel de parede com um discreto padrão floral amarelo-claro e o teto de carvalho lhe davam um ar suntuoso. A mesa era simples, com cadeiras bem arrumadas ao redor.

Ela foi para a sala de estar, pensando novamente que ali não havia nada fora do comum. A mobília era simples e tudo estava em seu lugar. Entretanto...

Jennifer demorou um momento para perceber o que estava errado.

Não há nada de pessoal aqui, pensou. Nada. Nenhuma fotografia ou quadro nas paredes, nenhuma revista, nenhum jornal na mesinha lateral, nenhuma planta. Nenhum som estéreo ou CD, nenhuma televisão.

Apenas um sofá, mesas de canto e luminárias.

Jennifer ergueu os olhos para as escadas. Pete vinha atrás, empunhando sua arma.

– Isto está um pouco vazio, não é? – observou.

– Vou subir – disse ela.

Pete a seguiu. No segundo andar, eles observaram o corredor antes de irem para a direita. Abrindo a porta, encontraram o quarto escuro e ligaram o interruptor. Banhada pela luz vermelha, Jennifer subitamente sentiu as pernas fracas ao perceber o que Richard estivera fazendo com seu tempo desde que deixara o trabalho.

– Que Deus nos ajude – foi tudo o que conseguiu dizer.

Sem querer chamar atenção para si mesmo, Richard desacelerou o carro quando chegou às estradas principais.

Seu coração batia depressa, mas ele estava livre! Livre! Tinha escapado quando a fuga parecia impossível. Deu uma gargalhada. Ainda podia ver as caras dos policiais quando passou pela entrada de automóveis; sentia-se *nas nuvens*.

Uma pena que Pete Gandy tivesse saído do caminho. Em sua cabeça, podia imaginar o delicioso *plaft* quando o carro o esmagasse, mas infelizmente Pete viveria para ver um novo dia.

Richard deu outra gargalhada, radiante, e começou a se concentrar em seu plano.

Tinha que se livrar do carro, mas queria se afastar o máximo possível de Swansboro. Entrou na rodovia que levava a Jacksonville. Estacionaria o carro em um lugar onde não pudesse ser facilmente visto e começaria sua busca por Julie.

Lembrou-se de que uma vez Jessica também tentara fugir, achando que tinha sido cuidadosa. Pegou um ônibus que cruzou metade do país e esperou que ele simplesmente a deixasse ir. Mas ele a encontrara e, quando abriu a porta do motel decadente em que ela estava e a encontrou sentada na cama, Jessica não pareceu surpresa ao vê-lo. Ela já o aguardava e, no final, a espera a havia exaurido. Nem teve energia para gritar. Quando Richard lhe entregou o medalhão, ela o pôs no pescoço, como se soubesse que não tinha opção.

Ele a ajudou a se levantar da cama, ignorando a letargia de seus movimentos, e a abraçou. Enterrou o rosto em seus cabelos, sentindo seu cheiro, enquanto os braços de Jessica pendiam nas laterais do corpo.

Você não pensou que eu a deixaria ir tão facilmente, pensou?, sussurrou-lhe.

Por favor, murmurou ela.

Responda.

As palavras de Jessica saíram debilmente.

Não, você não me deixaria ir.

Você errou ao fugir, não foi?

Jessica começou a chorar, como se enfim percebesse o que estava por vir.

Ah... por favor... não me machuque... por favor, de novo não...

Mas você tentou fugir, disse ele. *Isso me magoou, Jessica.*

Ah... Deus... por favor... não...

Em pé à porta do quarto escuro, Pete Gandy piscou algumas vezes, virando a cabeça de um lado para o outro enquanto tentava assimilar aquilo tudo.

Presas nas paredes havia centenas de fotografias de Julie: saindo do salão e entrando no carro; no bosque, levando Singer para passear; no bar; no supermercado; na varanda dos fundos; lendo o jornal; pegando a correspondência na caixa de correio. Julie na praia. Julie na rua. Julie no quarto.

Julie em todos os lugares onde estivera no último mês.

Jennifer teve uma sensação devastadora. Nem ela havia esperado por isso. Queria ficar ali por mais tempo, sabia que era importante vasculhar o resto da casa em busca de sinais óbvios de que Andrea estivera ali. Pete ainda estava paralisado no mesmo lugar.

– Não consigo acreditar que esse cara... – sussurrou, quando Jennifer esbarrou nele ao passar.

No segundo quarto, ela encontrou o equipamento de ginástica de Richard. Ele havia pendurado um espelho lá, cercado de mais fotos. Jennifer se dirigiu à última porta, que presumiu ser a do quarto do suspeito. Embora não estivesse certa de que estava agindo dentro da lei, decidiu dar uma olhada enquanto esperava a chegada de reforços.

Abriu a porta e viu uma cômoda antiga que parecia ter sido deixada para trás por quem morara lá antes. No armário, encontrou as roupas de Richard cuidadosamente penduradas. Viu o cesto encostado na parede e o telefone no chão, perto da cabeceira da cama.

Mas foi a foto na mesa de cabeceira que chamou sua atenção.

No início, pensou que fosse Julie. Os cabelos eram iguais e os olhos, uma mistura de azul e verde. Um momento depois, porém, percebeu que não era Julie, apenas alguém que se parecia muito com ela. Segurando uma rosa junto ao rosto, a mulher na foto era alguns anos mais nova que Julie e tinha um sorriso quase infantil.

Quando Jennifer pegou o porta-retrato, notou o medalhão no pescoço da mulher. O mesmo que Julie lhe mostrara na cozinha.

O mesmo...

Seu pé bateu em alguma coisa pesada, embora fácil de mover. Olhando para baixo, viu a ponta de uma pasta debaixo da cama.

Ela a pegou e pôs sobre o colchão.

Dentro havia dúzias de fotos da mulher do porta-retrato, e Jennifer começou a olhá-las.

Pete foi para o lado dela.

– O que é isso? – perguntou.

Julie balançou a cabeça.

– Mais fotografias – disse.

– De Julie?

– Não – respondeu Jennifer, virando-se para ele. – Não tenho certeza, mas acho que são de Jessica.

35

Quarenta minutos depois, a casa de Richard Franklin estava cheia de policiais de Swansboro e xerifes do condado de Onslow. A equipe forense de

Jacksonville colhia impressões digitais e procurava evidências da presença de Andrea.

Jennifer e Pete estavam do lado de fora com seu capitão, Russell Morrison – um homem grande e rude com cabelos grisalhos ralos e olhos muito próximos. Ele os fez contar sua história duas vezes e depois ouviu de Jennifer o que ela já sabia.

Quando Jennifer terminou, Morrison ficou apenas balançando a cabeça. Ele nascera e fora criado em Swansboro e se considerava o protetor da cidade; na noite anterior, tinha sido um dos primeiros a chegar ao local onde Andrea fora encontrada, embora estivesse dormindo profundamente em casa quando recebeu o telefonema.

– Esse é o mesmo homem que Mike Harris atacou no bar? O que Julie disse que a estava assediando?

– Sim – respondeu Jennifer.

– Mas vocês não têm nenhuma prova concreta que o liguem a esse crime?

– Ainda não.

– Conversaram com os vizinhos de Andrea para ver se o viram por perto?

– Não. Viemos para cá assim que saímos do salão.

Russell Morrison refletiu sobre o que eles lhe disseram.

– O fato de ele ter fugido não significa que agrediu Andrea. Tampouco nada do que vocês descobriram sobre ele.

– Mas...

Morrison ergueu as mãos para interrompê-la.

– Não estou dizendo que Richard é inocente. Droga, ele tentou matar um policial e não posso deixar que isso passe impune! – Olhou de relance para Pete. – Tem certeza de que está bem?

– Sim. Chateado, mas bem.

– Ótimo. Você está no comando dessa investigação, mas vou pôr todo mundo trabalhando nisso.

Pete estava assentindo com a cabeça quando foram interrompidos por um grito de Fred Burris, um dos policiais que estivera na casa. Burris se aproximava deles rapidamente.

– Capitão? – gritou.

Morrison se virou na direção dele.

– Acho que encontramos algo – anunciou Burris.

– O quê?

– Sangue – disse simplesmente.

A casa de praia de Henry ficava em Topsail Island, uma faixa de terra a cerca de dois quilômetros da costa e quarenta minutos de Swansboro. Coberta de dunas brancas ondulantes salpicadas de capim-navalha, a ilha era muito frequentada por famílias durante o verão, embora algumas pessoas vivessem ali o ano todo. Na primavera, os visitantes pareciam ter a ilha só para eles.

Como todas as casas do lugar, o piso principal da de Henry fora construído acima da garagem e das áreas de armazenamento por causa das grandes tempestades. Havia uma escada na varanda de trás que descia até a praia e as janelas nos fundos ofereciam uma vista livre das ondas quebrando.

Julie estava na janela, olhando para seu movimento incessante.

Mesmo ali, era impossível relaxar. Ou se sentir segura.

Ela e Mike haviam parado no supermercado e comprado comida para uma semana; depois passaram pelo Walmart para comprar roupas básicas suficientes para os próximos dias. Nenhum deles tinha a menor ideia de por quanto tempo ficariam ali e Julie não queria aparecer em público, a menos que fosse preciso.

As cortinas de todas as janelas estavam fechadas, menos esta. Mike havia estacionado o carro de Emma na garagem, para não ficar visível da estrada. Durante a viagem, havia seguido o conselho de Henry e saído da rodovia três vezes, dando voltas por ruas próximas e olhando constantemente pelo retrovisor. Ninguém os seguira, tinham certeza. Ainda assim, Julie não conseguia se livrar da sensação de que, de algum modo, Richard a encontraria.

Atrás dela, Mike estava guardando as compras do supermercado e Julie ouvia o som dos armários sendo abertos e fechados.

– Talvez já o tenham pegado – sugeriu Mike.

Julie não disse nada. Singer foi para seu lado e esfregou o focinho em seu quadril. Julie pôs automaticamente a mão na cabeça dele.

– Você está bem? – perguntou Mike.

– Não – respondeu ela. – Não mesmo.

Mike fez um sinal afirmativo com a cabeça. Que pergunta estúpida.

– Espero que Andrea esteja bem – comentou.

Como Julie não respondeu, ele ergueu os olhos.

– Nós estamos seguros aqui – disse. – Sabe disso, não é? Não há como ele descobrir onde estamos.

– Eu sei.

Mas ela não tinha muita certeza disso e seu medo era tão grande que se afastou instintivamente da janela. Seu movimento fez Singer erguer as orelhas, atento.

– O que foi? – perguntou Mike.

Julie balançou a cabeça. Na praia, viu dois casais andando à beira-mar, em direções opostas. Eles tinham passado pela casa minutos antes, sem olhar. Não havia mais ninguém ali.

– Nada – disse ela finalmente.

– É uma bela vista, não é?

Julie baixou os olhos. Para ser sincera, não havia notado.

Morrison estava reunido com os policiais do lado de fora da casa de Richard, revendo os acontecimentos e o que queria que fosse feito.

– A polícia de Jacksonville e o departamento do xerife estão procurando o carro agora para ver se conseguimos encontrar esse sujeito – disse ele –, mas nesse meio-tempo eis o que preciso que vocês façam.

Ele apontou os homens um a um enquanto falava.

– Haroldson e Teeter, dirijam-se à ponte e falem com qualquer um da equipe que possa saber algo sobre os hábitos desse sujeito. Os lugares que frequenta, seus amigos, o que gosta de fazer. Thomas, fique aqui enquanto a equipe forense reúne as provas. Certifique-se de que tudo esteja etiquetado e ensacado. Esse caso exige que todas as normas sejam cumpridas. Burris, quero que você vá ao apartamento de Andrea e converse com os vizinhos. Quero saber se alguém viu Richard por lá. Johnson, vá a Morehead City e descubra se alguém pode confirmar que Andrea e Richard Franklin estavam juntos. Puck, descubra se ela estava saindo com mais alguém que pudesse ter feito isso. É provável que já tenhamos o responsável, mas você sabe como são os advogados de defesa. Temos de investigar todos os possíveis suspeitos.

Ele se virou para Jennifer e Pete:

– E vocês dois, quero que descubram tudo o que puderem sobre esse homem. Tudo. E também o que puderem sobre Jessica. Quero falar com ela, se possível.

– E quanto ao mandado judicial para a J.D. Blanchard? – perguntou Jennifer.

Morrison a fitou.

– Deixe isso por minha conta.

Como Julie e Mike, Richard Franklin foi ao supermercado. Depois de parar seu carro no estacionamento nos fundos do hospital - onde não chamaria atenção por ficar no mesmo lugar por alguns dias -, pegou as sacolas e andou por um quarteirão antes de se dirigir ao banheiro de um posto de gasolina. Trancou a porta. Olhando para o espelho sujo acima da pia, voltou a ser o homem metódico de sempre.

Os sacos plásticos continham os itens necessários para a transformação, que já fizera uma vez: gilete, tesoura, tinta de cabelo, creme bronzeador e um par de óculos de leitura baratos. Não muito, mas o suficiente para parecer diferente de longe, para passar despercebido a curto prazo, embora à vista de todos. O suficiente para encontrar Julie.

Contudo, havia o problema de para onde ela fora. E ela tinha ido embora, agora tinha certeza disso. Ninguém atendera o telefone no salão e, quando ele havia telefonado para a oficina, um dos puxa-sacos de Henry disse que Mike também fora embora.

Então ela havia fugido, mas para onde? Richard sorriu, sabendo que logo teria a resposta. Mesmo quando tentavam ser cuidadosas, as pessoas cometiam erros. E o erro de Julie, sem dúvida, fora o seguinte: alguém sabia exatamente onde ela estava.

Henry, Emma ou Mabel deviam saber. E a polícia também. Eles desejariam falar com Julie, contar-lhe o que tinham descoberto, ficar de olho nela.

Richard estava certo de que uma dessas pessoas o levaria à porta de Julie.

Ele assoviou baixinho enquanto começava a mudar sua aparência. Trinta minutos depois saiu para a luz do sol mais louro, mais bronzeado, usando óculos e sem bigode. Um novo homem.

Só faltava encontrar outro carro, pensou. Foi para a rua e se dirigiu ao centro comercial do outro lado do hospital.

De volta à delegacia, o primeiro telefonema de Jennifer foi para o departamento de polícia de Denver, onde foi transferida de uma pessoa para outra até ser atendida pelo detetive Cohen. Identificou-se e falou sobre a investigação; enquanto falava, ouviu o detetive assoviando baixinho.

– Sim – disse ele. – Verei o que posso fazer. Não estou na minha escrivaninha, por isso deixe-me retornar seu telefonema daqui a alguns minutos.

Depois de desligar, ela olhou de relance para Pete. Ele estava ao telefone com várias companhias aéreas nos aeroportos de Jacksonville, Raleigh e Wilmington, tentando descobriu se Richard realmente havia saído da cidade quando disse a Julie que estava no funeral da mãe. Nesse caso, eles queriam saber para onde fora, na esperança de que isso os levasse a alguém que pudesse lhes falar sobre ele.

Morrison estava em seu escritório, reunindo as informações que chegavam dos outros policiais. Thomas tinha telefonado alguns minutos antes e dito que a equipe forense encontrara indícios de sêmen nos lençóis e estava examinando a cama em busca de provas adicionais.

Quando Cohen retornou o telefonema, Jennifer atendeu no primeiro toque.

– Obtivemos informações sobre alguns Richard Franklin – disse ele. – Esse não é um nome raro, por isso apareceu mais de um no sistema. Fale-me sobre ele.

Jennifer lhe fez uma breve descrição – altura e peso, cor de cabelos e olhos, idade aproximada, raça.

– Está bem. Dê-me apenas um segundo.

Pelo telefone, Jennifer pôde ouvi-lo digitando os dados no computador.

– Humm... – disse finalmente Cohen.

– O que foi?

Ele hesitou.

– Acho que não temos nenhuma informação para você.

– Nada? Nem mesmo uma prisão?

– Com base no que você me disse, não. Temos registros de sete indivíduos com o nome Richard Franklin. Quatro são afro-americanos, um morreu e o outro está na casa dos 60.

– E o sétimo?

– Um típico drogado. Tem mais ou menos a mesma idade do seu suspeito, mas nada nele combina. Não há a menor chance de se passar por um engenheiro, nem mesmo por um dia. Ele entrou e saiu da prisão durante os últimos vinte anos. E, pelos nossos registros, nunca morou no endereço que você disse.

– Há mais alguma coisa? Pode verificar os registros do condado? Ou talvez de outras cidades?

– Está tudo aqui – disse Cohen, parecendo tão desapontado quanto ela. – O sistema foi atualizado alguns anos atrás. Temos informações de todos que foram presos no estado desde 1977. Se ele tivesse sido preso em algum lugar no estado do Colorado, nós saberíamos.

Jennifer bateu com o lápis em seu bloco.

– Mesmo assim pode me enviar por fax uma fotografia do último homem? Ou anexá-la em um e-mail?

– É claro. Mas não acho que seja ele – disse Cohen, seu tom de voz um pouco desanimado. Ele fez uma pausa. – Olhe, se precisar de mais alguma coisa, me avise. Esse parece ser um péssimo sujeito. Não é o tipo que queremos andando por aí à solta.

Depois de desligar, Jennifer telefonou para o departamento de polícia de Columbus, esperando ter mais sorte.

Mabel havia saído do salão naquela manhã e dirigido até o hospital. Agora estava sentada ao lado de Andrea na unidade de tratamento intensivo, segurando-lhe a mão e esperando que ela de algum modo soubesse que estava ali.

– Você vai ficar bem, querida – sussurrou quase para si mesma. – Seus pais vão chegar logo.

O monitor cardíaco apitou regularmente e Mabel olhou para o telefone.

Desejou saber como estava indo a investigação. Por um momento pensou em telefonar para Pete Gandy e descobrir. Mas ainda estava com tanta raiva dele por ter deixado isso ir tão longe que achou que não conseguiria falar com Pete sem gritar. Mike estava certo. Ele só precisava ter dado ouvidos a Julie para evitar que isso tivesse acontecido. Por que tinha sido tão difícil para ele fazer isso? Como ele havia conseguido ser aprovado no treinamento?

Mabel ouviu o som de passos se aproximando, ergueu os olhos e viu a enfermeira. Ela vinha a cada vinte minutos checar o monitor para ver se havia alguma mudança.

O médico dissera que as primeiras 24 horas eram críticas. Se Andrea saísse do coma sem dano cerebral, provavelmente apresentaria melhoras depois desse período.

Mabel sentiu um nó na garganta ao observar a enfermeira em ação, verificando os sinais vitais e fazendo anotações.

Pelo olhar em seu rosto, soube que não houvera nenhuma mudança.

Jennifer encerrou o telefonema para o departamento de polícia de Columbus no exato momento em que Morrison saiu de seu escritório.

– Consegui o mandado judicial – disse ele. – O juiz Riley o assinou alguns minutos atrás e neste momento o mandado está sendo enviado por fax para a J.D. Blanchard. Devemos obter as informações em breve, a menos que eles acionem seus advogados e tentem atrasar as coisas.

Jennifer fez que sim com a cabeça, mas foi incapaz de esconder o desapontamento em sua expressão.

– Ainda não teve sorte? – perguntou Morrison.

Ela negou.

– Nada. Nadinha. Ele não teve nenhuma multa por excesso de velocidade no Colorado ou em Ohio. Nenhuma prisão, nenhum registro de ao menos ser suspeito de um crime.

– O fax de Denver não ajudou?

– Não é o nosso homem. Nem de longe. – Mesmo assim, Jennifer examinou a foto enviada por fax. – Não entendo. Um cara como esse simplesmente não surge do nada. Sei que ele fez esse tipo de coisa antes. Tem de haver algum registro disso. – Ela passou a mão por seus cabelos. – Alguma novidade sobre a casa?

– Parece que Richard fez uma limpeza recentemente. Eles conseguiram ensacar algumas coisas, mas só saberemos se alguma delas será útil depois que forem examinadas. Neste momento, estamos enviando uma amostra de sangue para Wilmington. A polícia de lá tem um dos melhores laboratórios do estado e fará uma comparação com a amostra de sangue de Andrea fornecida pelo hospital. Isso está no topo da lista de prioridades e espero que encontremos uma combinação. O tipo sanguíneo é o mesmo. O de Andrea é A positivo, como o da amostra. Não é tão comum quanto o tipo O, por isso parece que ele é nosso homem.

– Alguma notícia de Morehead City? Ou dos trabalhadores em campo?

– Até agora, não. Ao que parece, Franklin era reservado. Haroldson e Teeter não conseguiram encontrar ninguém que gostasse dele, muito menos que saísse com ele. Nem sabiam onde Franklin morava. Eles ainda têm de falar com mais algumas pessoas, mas não estão muito esperançosos. Quanto a Burris e Puck, ninguém consegue se lembrar de ter visto Franklin em algum lugar perto do apartamento de Andrea. Mas estão obtendo informações sobre outros possíveis suspeitos, só para constar. Ela tendia a andar com homens bastante rudes, e Puck está levantando seus nomes agora.

– Richard Franklin é o nosso homem – reiterou Jennifer.

Morrison ergueu as mãos, como se soubesse disso.

– Teremos certeza daqui a algumas horas – disse. – Quanto a Morehead City, Johnson está mostrando a foto de Andrea por lá. A propósito, foi uma boa ideia pegar aquela foto. Mas até agora não temos nada. Há muitos bares e restaurantes para serem visitados e ele chegou há pouco tempo lá. Os turnos da noite nesses estabelecimentos começam por volta das cinco, portanto, isso pode demorar um pouco.

Jennifer concordou com a cabeça.

Morrison virou o pescoço na direção do telefone.

– Você já conseguiu alguma informação sobre Jessica?

– Não – respondeu ela. – Ainda não. Esse é meu próximo passo.

Julie estava sentada no sofá. Ao seu lado, Singer mantinha uma das orelhas inclinada para a frente. Mike ligou a televisão e deu uma olhada nos canais. Depois a desligou. Andou pela casa, certificou-se de que a porta da frente estava trancada e em seguida olhou pela janela, para os dois lados da rua.

Silêncio total.

– Acho que vou telefonar para Henry – disse finalmente. – Só para lhe dizer que chegamos bem.

Julie assentiu.

Jennifer afastou os cabelos do rosto com as duas mãos e voltou sua atenção para as fotografias encontradas na pasta de Richard. Ao contrário de Julie, Jessica pareceu ter posado alegremente para a maioria delas. Também achava provável que ela fosse esposa dele. Jennifer notou que em algumas fotos aparecia um anel de noivado, que mais tarde se juntou a uma aliança de casamento.

Infelizmente, as imagens não lhe disseram muito sobre Jessica – se esse era mesmo seu nome. Não havia anotações no verso que pudessem revelar um nome de solteira ou onde tinham sido tiradas. As fotos em si não mostravam nenhum ponto de referência, e após uma olhada superficial nelas Jennifer se perguntou como descobriria mais sobre aquela mulher.

Procurou na internet alguma menção a Jessica Franklin, em busca do óbvio – alguém do Colorado ou de Ohio, por exemplo – e verificou todos os sites com fotos. Havia poucos e nenhum com a mulher que procurava. Isso não a surpreendeu. Após um divórcio, a maioria das mulheres volta a usar o nome de solteira.

Mas e se eles não tivessem se divorciado?

Richard já havia demonstrado quanto podia ser violento. Jennifer olhou para o telefone. Hesitou por apenas um momento e então ligou para o detetive Cohen, em Denver.

– Não, sem problemas – disse ele. – Desde que você telefonou, tenho pensado nesse sujeito. Por algum motivo, o nome dele parece familiar. Não deve ser muito difícil descobrir isso. Deixe-me ver.

Ela esperou enquanto Cohen consultava os registros.

– Não – disse ele por fim. – Nenhuma vítima de assassinato ou pessoa desaparecida com o nome Jessica Franklin.

– Você tem como descobrir alguma coisa sobre o casamento deles? Quando foi e por quanto tempo ficaram juntos?

– Não temos esse tipo de informação, mas o condado pode ter. O melhor a fazer é procurar nos registros de impostos prediais, já que a maioria das casas é registrada nos nomes dos dois cônjuges. Pode ser um ponto de partida. Mas precisará encontrar alguém que tenha acesso aos arquivos. E isso, é claro, presumindo-se que eles se casaram lá.

– Você tem o número?

– Não à mão, mas deixe-me procurar.

Ela o ouviu abrir uma gaveta, praguejar e depois pedir uma lista telefônica para um de seus colegas.

Um momento depois ditou o número; Jennifer o estava anotando quando Pete veio correndo até a escrivaninha dela.

– Daytona! – disse. – O filho da mãe foi para Daytona quando disse que tinha ido ao funeral da mãe...

– Daytona? Julie não é de lá?

– Não me lembro – disse Pete rapidamente –, mas ouça, se a mãe dele morreu, talvez consigamos informações sobre ela em um obituário recente. Já acessei o jornal e estou imprimindo as informações agora. Bastante inteligente, não é?

Jennifer não disse nada enquanto pensava naquilo.

– Não acha isso estranho? – perguntou. – Quero dizer, a mãe dele morrer no mesmo lugar em que Julie foi criada?

– Talvez eles tenham sido criados juntos.

Era possível, mas improvável, refletiu Jennifer, balançando a cabeça. Aquilo simplesmente não soava bem. Ainda mais considerando-se que havia provas de que Richard morara em Denver quatro anos antes e Julie sem dúvida teria mencionado essa história comum deles. Mas... por que ele iria para Daytona?

Ela empalideceu de repente.

– Você tem o número do telefone da mãe de Julie? – perguntou.

Pete negou.

– Não.

– Consiga-o. Acho que deveríamos falar com ela.

– E quanto aos obituários?

– Esqueça-os. Não sabemos nem se a história sobre a mãe dele é verdadeira. Em vez disso, vamos verificar os registros de telefonemas de Richard. Talvez possamos descobrir para quem ele ligou.

Eu deveria ter feito isso desde o início, percebeu Jennifer. Bastava de achar que sabia tudo.

– Registros de telefonemas?

– Feitos da casa dele, Pete. Consiga os registros de telefonemas de Richard Franklin.

Pete pestanejou, tentando acompanhar o raciocínio dela.

– Então os obituários não significam nada?

– Não. Richard não foi até lá para ver a mãe dele. Foi para obter informações sobre Julie. Aposto minha vida nisso.

Henry estava sentado com Emma à mesa da cozinha, seus olhos seguindo distraidamente uma mosca que batia no vidro da janela.

– Então eles têm certeza de que ninguém os seguiu?

Henry assentiu.

– Foi o que Mike disse quando telefonou.

– E você acha que eles estão seguros?

– Espero que sim, mas não vou sossegar enquanto não pegarem aquele filho da mãe.

– E se não o pegarem?

– Eles o pegarão.

– Mas e se ele escapar? – perguntou Emma de novo. – Por quanto tempo eles terão de ficar escondidos lá?

Henry balançou a cabeça.

– O tempo que for preciso. – Ele fez uma pausa. – Acho que eu deveria telefonar para a delegacia e informar à polícia onde eles estão.

Jennifer enrolou distraidamente uma mecha de cabelo nos dedos enquanto terminava sua conversa com Henry.

– Obrigada por me informar – disse ela.

Então eles haviam saído da cidade, pensou, desligando o telefone. Por um lado, ela provavelmente teria feito a mesma coisa naquela situação. Por outro, estavam longe se precisassem de ajuda. Topsail ainda fazia parte do condado, mas ficava na extremidade sul – pelo menos a quarenta minutos de Swansboro.

Os registros de impostos prediais não tinham levado a lugar algum. A casa estava apenas no nome de Richard.

Sem ter onde buscar mais informações, Jennifer voltou a se concentrar nas imagens. Sabia que elas podiam dizer algo não só sobre a pessoa retratada, mas também sobre quem tirara as fotos. E Richard era um bom fotógrafo – muitas das imagens eram impressionantes e Jennifer se viu olhando para elas. Concluiu que Richard Franklin não era apenas um fotógrafo de fim de semana, mas alguém que via a fotografia como uma arte. Isso fazia sentido, considerando o equipamento encontrado na casa dele.

Não era algo em que ela havia se concentrado imediatamente, mas esse conhecimento poderia ser útil? Como? Ainda não sabia.

Ainda assim, quanto mais olhava, mais sentia que estava no caminho certo ao seguir essa linha. Apesar de ainda não saber exatamente quais eram as respostas – ou até mesmo as perguntas –, ao olhar para as fotos e se perguntar o que sugeriam sobre Richard não pôde evitar achar que estava chegando perto de algo importante.

36

Em Denver, o detetive Larry Cohen pensou sobre os telefonemas.

A policial Romanello queria informações sobre Richard Franklin, e embora ele tivesse procurado sem sucesso na base de dados, sabia que já ouvira esse nome. Como dissera a ela, o nome *era* familiar.

Podia ter sido qualquer pessoa, é claro. Uma testemunha em uma das centenas de casos em que Cohen estivera envolvido; ele podia até mesmo ter visto o nome no jornal em um determinado momento. Podia ter sido um estranho com quem topara em uma festa ou alguém que conhecera de passagem.

Contudo, tinha a sensação de que o nome *estava* relacionado com assuntos policiais.

Mas, se ele não tinha sido preso, o que era?

Levantando-se da escrivaninha, Cohen decidiu perguntar aos colegas. Talvez alguém pudesse esclarecer aquilo.

Uma hora depois, Morrison saiu de seu escritório com os registros de telefonemas e as informações que Richard originalmente enviara à J.D. Blanchard. Incluído no fax estava o currículo dele e os projetos nos quais trabalhara como consultor.

Pete se encarregou dos registros telefônicos; Jennifer pôs as fotografias de lado e começou a examinar as informações da construtora.

No alto do currículo, Richard pusera o endereço de um apartamento em Columbus; porém, abaixo disso, estava uma mina de ouro. Para quem ele havia trabalhado e quando, listas de associações, experiência anterior e formação acadêmica.

– Peguei você – sussurrou Jennifer.

Após ligar para o serviço de informações, discou o número da Lentry Construction, em Cheyenne, Wyoming, a última empresa em que Richard trabalhara antes de abrir a sua própria.

Depois de se identificar para a telefonista, foi transferida para Clancy Edwards, vice-presidente, que estava na empresa havia quase vinte anos.

– Richard Franklin? É claro que eu me lembro – disse Edwards quase imediatamente. – Ele foi um ótimo administrador aqui. Realmente era bom no que fazia. Não fiquei surpreso quando foi trabalhar por conta própria.

– Quando foi a última vez que falou com ele?

– Ah, puxa... deixe-me pensar. Sabe, ele se mudou para Denver. Acho que foi oito ou nove anos atrás. Estávamos trabalhando em... ah, deixe-me ver... isso seria em 1995, certo? Acho que era um projeto em...

– Desculpe-me, Sr. Edwards, mas sabe dizer se ele era casado?

Demorou um momento para Edwards perceber que ela fizera outra pergunta.

– Casado?

– Sim. Ele era casado?

Edwards riu baixinho.

– Sem chance. Todos nós estávamos praticamente convencidos de que ele era gay...

Jennifer aproximou mais o telefone do ouvido, querendo saber se tinha entendido direito.

– Espere. Tem certeza?

– Bem, não cem por cento. Não que ele tivesse dito alguma coisa a esse respeito, é claro. Nós também não perguntamos. A vida pessoal de um homem não interessa desde que ele cumpra com suas obrigações. Sempre foi assim que agimos. Fazemos um bom trabalho de ação afirmativa em nossa empresa. Sempre fizemos.

Jennifer mal o ouviu quando ele continuou:

– Wyoming progrediu muito, mas não é São Francisco, se entende o que quero dizer, e isso nem sempre foi fácil. Mas os tempos estão mudando, até mesmo aqui.

– Ele se dava bem com todo mundo? – perguntou Jennifer, subitamente se lembrando do que Jake Blansen lhe dissera pelo telefone.

– Ah, sim, muito bem. Como eu disse, ele era realmente bom no que fazia e as pessoas o respeitavam por isso. E também era um homem gentil. Comprou um chapéu de presente de aniversário para minha esposa. Não que ela o use muito. Sabe como são as mulheres...

– E quanto aos operários da construção civil? Richard também se dava bem com eles?

Apanhado no meio da frase, Clancy Edwards precisou de outro momento para acompanhar o raciocínio dela.

– Sim, é claro, com eles também. Como eu disse, todos gostavam de Richard. Uns poucos podiam ter problema com... bem, a vida pessoal dele, mas todos se davam bem com Richard. Todos nós lamentamos ele ter ido embora.

Como Jennifer não disse nada, Edwards pareceu sentir necessidade de preencher o silêncio.

– Posso lhe perguntar por que tudo isso? Ele não está em apuros, está? Não lhe aconteceu nada, não é?

Jennifer ainda estava tentando assimilar essas novas informações.

– É uma investigação. Sinto muito, mas não posso dizer mais nada – respondeu. – Lembra-se de ter recebido um pedido de referências de uma empresa chamada J.D. Blanchard?

– Não recebi, mas acho que o presidente recebeu. Ficamos felizes em dar uma recomendação. Como eu disse, ele realmente fez um ótimo trabalho...

Jennifer voltou a olhar para as fotografias de Jessica.

– Sabe se ele tinha a fotografia como hobby?

– Richard? Talvez tivesse, mas nunca mencionou isso para mim. Por quê?

– Por nada – respondeu ela, subitamente ficando sem perguntas. – Quero lhe agradecer por seu tempo, Sr. Edwards. Importa-se de eu voltar a lhe telefonar se precisar de mais ajuda?

– Não, de modo algum. Quase todos os dias pode me encontrar no trabalho até as seis da tarde. Aqui nós respeitamos muito a polícia. Meu avô foi xerife durante... ah, puxa... acho que uns vinte anos...

Jennifer desligou o telefone antes mesmo de ele terminar, perguntando-se por que nada do que acabara de ouvir parecia fazer sentido.

– Você tinha razão – disse Pete para Jennifer alguns minutos depois, parecendo confuso com o fato de os instintos dela estarem certos quando os dele tinham estado tão errados. – Encontrei o número de um detetive particular em Daytona. – Ele olhou de relance para uma anotação que fizera às pressas. – Richard deu três telefonemas para uma empresa chamada Croom's Investigations. Ninguém atendeu quando eu liguei, mas deixei uma mensagem. Parece que só trabalha uma pessoa lá. Não há secretária e uma voz masculina atende à secretária eletrônica.

– E quanto à mãe de Julie?

Pete balançou a cabeça.

– Consegui o número dela no serviço de informações, mas não atendeu. Tentarei de novo daqui a pouco. E quanto a você? Como andam as investigações?

Jennifer lhe fez um resumo de sua conversa com Clancy Edwards. Quando terminou, Pete coçou a nuca.

– Gay, é? – Ele assentiu como se aquilo fizesse sentido. – Dá para perceber.

Jennifer pegou o currículo de novo, tentando ignorar o comentário dele.

– Vou tentar a próxima empresa na lista – disse. – Faz muito tempo que Richard trabalhou lá, mas espero conseguir falar com alguém que se lembre dele. Depois acho que vou tentar o banco em Denver onde ele teve contas, ou talvez obter algumas informações com ex-vizinhos. Isto é, se conseguir localizar algum deles.

– Acho que isso vai demorar um pouco.

Jennifer concordou, distraída, ainda pensando no telefonema para Edwards.

– Olhe – disse ela, anotando rapidamente as informações básicas do currículo –, enquanto faço isso, veja se consegue descobrir algo sobre a infância dele. Aqui diz que ele nasceu em Seattle; tente os principais hospitais e veja se consegue encontrar o registro de nascimento dele. Talvez possamos descobrir mais se localizarmos a família de Richard. Continuarei trabalhando nisto.

– Sim.

– Ah, e continue a tentar contato com o detetive e a mãe de Julie. Eu realmente gostaria de falar com eles.

– Pode deixar.

Richard demorou mais tempo do que havia imaginado para encontrar um carro, mas saiu do estacionamento do centro comercial com um Pontiac verde Trans Am 1994. Entrando no trânsito, dirigiu-se à rodovia. Até onde podia dizer, ninguém o estava observando.

Era ridículo que, nos tempos atuais, pensou Richard, pessoas ainda deixassem suas chaves na ignição. Não percebiam que alguém poderia se aproveitar de sua estupidez? Não, era claro que não. Essas coisas nunca aconteceriam com *elas*. Havia muitos Pete Gandys por aí, idiotas cegos e preguiçosos que deixavam os outros vulneráveis a terroristas, não só com sua estupidez como também com sua falta de vigilância, sua grande e feliz ignorância. Ele nunca seria tão descuidado, mas não estava se queixando. Precisava de um carro e esse estava ótimo.

A tarde passou.

Em seus telefonemas, Jennifer havia chegado a um beco sem saída após o outro. Descobrir vizinhos fora quase impossível – ela teve de convencer um funcionário do condado a procurar nos registros de impostos prediais os proprietários dos imóveis, e depois usar as informações para encontrar os nomes dos vizinhos, esperando que não tivessem se mudado – e isso levou mais tempo do que ela imaginava. Em quatro horas, falou com quatro pessoas, todas que em um momento ou outro haviam conhecido Richard Franklin. Duas eram ex-vizinhos e outras duas, administradores que se lembravam vagamente dele de um único ano em que ele trabalhara para uma empresa em Santa Fé, Novo México. Como Edwards, todas as quatro disseram basicamente as mesmas coisas sobre Richard Franklin.

Ele era um bom sujeito e se dava bem com todo mundo.

Provavelmente gay.

Se tinha como hobby a fotografia, não sabiam.

Jennifer se levantou de sua escrivaninha e atravessou a sala para pegar outra xícara de café.

Quem era aquele homem? – perguntou-se. E por que parecia que todos estavam descrevendo uma pessoa totalmente diferente?

Do outro lado do país, o detetive Larry Cohen discutia a situação com alguns colegas do departamento.

Como ele, os outros policiais reconheciam o nome, mas não conseguiam se lembrar de onde. Um deles havia até conferido as mesmas informações que Cohen checara, convencido de que Richard devia ter algum registro, somente para chegar exatamente aos mesmos resultados.

Franzindo as sobrancelhas, Cohen pensou sobre isso sentado à sua escrivaninha. Por que o nome era familiar não só para ele, como para todos ali? Se Richard nunca fora preso e ninguém se lembrava de tê-lo usado como testemunha?

Ele se retesou na cadeira quando a resposta subitamente lhe ocorreu. Depois de digitar no teclado de seu computador, examinou as informações básicas que surgiram na tela. Com seu palpite confirmado, levantou-se e foi procurar o detetive com quem tinha de conversar.

À sua mesa, Pete estava tendo mais sorte. Acabara de reunir informações sobre o período anterior da vida de Richard, nenhuma das quais foi difícil de descobrir. Sentindo-se bastante orgulhoso, estava indo partilhá-las com Jennifer quando o telefone dela tocou. Jennifer fez um sinal com o dedo para ele esperar.

– Departamento de polícia de Swansboro – disse. – Policial Romanello.

Ela ouviu um pigarrear do outro lado da linha.

– É o detetive Cohen, de Denver.

Jennifer se aprumou na cadeira.

– Ah... oi. Descobriu alguma coisa?

– Talvez. Depois de seu telefonema, fiquei pensando em como o nome Richard Franklin parecia familiar. Então perguntei às pessoas do departamento antes de finalmente me ocorrer onde eu o tinha ouvido. – Ele fez uma pausa. – Depois disso, um detetive aqui me contou algo bastante interessante.

Dizia respeito a um caso que ele investigou quatro anos atrás, sobre uma pessoa desaparecida.

Jennifer pegou sua caneta.

– Jessica Franklin?

Pete olhou de relance para Jennifer quando ouviu o nome de Jessica.

– Não, não Jessica.

– Então de quem você está falando?

– Richard Franklin. O homem sobre quem me falou.

Jennifer fez uma pausa.

– O que está tentando me dizer?

– Richard Franklin – disse o detetive Cohen lentamente. – Ele é a pessoa desaparecida.

– Mas ele está aqui.

– Sei disso. Mas quatro anos atrás, desapareceu. Um dia não foi trabalhar e cerca de uma semana depois a secretária dele enfim entrou em contato conosco. Falei com o detetive encarregado da investigação. Ele disse que, ao que tudo indicava, o homem tinha ido embora de repente. Havia roupas espalhadas na cama e as gavetas estavam vazias. Faltavam duas malas, a secretária nos disse que eram as que ele sempre usava em viagens de negócios. E o carro também não estava lá. No último dia em que Franklin foi visto fez um saque em um caixa eletrônico.

– Ele fugiu?

– Parece que sim.

– Por quê?

– O detetive não conseguiu descobrir. Dos conhecidos de Franklin que a polícia interrogou, nenhum sabia o motivo. Eles disseram que Franklin não era do tipo que simplesmente iria embora deixando seu negócio para trás. Ninguém conseguiu entender isso.

– E não houve nenhum problema legal?

– Nenhum que o detetive conseguisse descobrir. Não havia nenhum processo pendente e, como eu já disse, ele não tinha ficha na polícia. É como se ele simplesmente tivesse decidido recomeçar.

Jennifer se lembrou de que havia pensado o mesmo quando viu o relatório de crédito de Richard.

– Por que a família dele não registrou o desaparecimento?

– Bem, esse é o problema. Realmente não havia nenhum membro da família com quem falar. O pai havia morrido, ele não tinha irmãos e a mãe estava internada em uma clínica de repouso sofrendo de demência.

Jennifer considerou as implicações.

– Tem alguma informação sobre o caso que possa me enviar?

– É claro. Já estou com o arquivo. Posso enviá-lo por FedEx amanhã, depois que fizer cópias.

– Há como enviá-lo por fax?

– É um arquivo grande – respondeu ele. – Demoraria pelo menos uma hora para receber tudo.

– Por favor – disse Jennifer. – Provavelmente ficarei aqui a noite toda mesmo.

– Sim – disse ele. – Posso fazer isso. Dê-me novamente seu número de fax.

Para além da janela acima da mesa da cozinha na casa de praia de Henry, o oceano estava se tornando cor de laranja, como se uma fogueira tivesse sido acesa abaixo da superfície. Quando os últimos traços do dia começaram a desaparecer, a cozinha se tornou um pouco mais escura. A luminária no teto produzia o zumbido da lâmpada fluorescente.

Mike se aproximou de Julie enquanto ela observava Singer na praia. O cão estava deitado na areia, com as orelhas erguidas e ocasionalmente virando a cabeça de um lado para o outro.

– Você já quer comer? – perguntou Mike.

– Não estou com fome.

Mike assentiu.

– Como está Singer?

– Bem.

– Sabe, não há ninguém lá fora – disse Mike. – Singer nos avisaria se houvesse.

Julie concordou e se apoiou em Mike, que pôs seu braço ao redor dela.

Morrison saiu de seu escritório andando a passos largos na direção de Jennifer e Pete.

– Era mesmo o sangue de Andrea Radley. Acabei de falar ao telefone com o laboratório e eles confirmaram. Não há nenhuma dúvida sobre isso.

Jennifer mal o ouviu; estava olhando fixamente para a primeira página do fax que viera de Denver.

– E Johnson encontrou uma testemunha – prosseguiu Morrison. – Um dos bartenders do Mosquito Grove se lembrou de ter visto Andrea na outra noite.

Ele fez uma descrição perfeita de Richard Franklin. Disse que o cara era um verdadeiro idiota.

Jennifer ainda estava olhando para a primeira página do fax, ignorando as outras que chegavam.

– Ele não é Richard Franklin – disse em tom calmo.

Morrison e Pete olharam para ela.

– Do que você está falando? – perguntou Morrison.

– Do suspeito – respondeu Jennifer tranquilamente. – O nome dele não é Richard Franklin. O verdadeiro Richard Franklin está desaparecido há três anos. Aqui – disse, estendendo a primeira página do fax.

Era uma fotografia da pessoa desaparecida, e, apesar da imprecisão da imagem enviada por fax, a cabeça careca e as feições pesadas deixavam claro que não era o homem que estavam procurando.

– Isto acabou de chegar de Denver. Este é o verdadeiro Richard Franklin.

Morrison e Pete olharam para a fotografia.

Pete pestanejou, confuso.

– Este é Richard Franklin? – perguntou.

– Sim.

Pete continuou a olhar para a imagem.

– Mas eles não se parecem.

Os olhos de Morrison encontraram os de Julie.

– Está dizendo que nosso homem assumiu a identidade dele?

Jennifer fez que sim com a cabeça.

– Então quem diabos estamos procurando? – perguntou Morrison.

Jennifer relanceou os olhos para a janela do outro lado da sala.

– Não tenho a menor ideia.

37

– Ideias? – disse Morrison.

Uma hora depois, com a maioria dos policiais presentes, Morrison não conseguia esconder sua raiva e frustração. Examinara com Jennifer e Pete os itens trazidos da casa na esperança de que pudessem revelar a verdadeira identidade do suspeito, mas não descobriram nada. Um novo exame de seus registros de telefonemas foi igualmente inútil.

– E quanto às impressões digitais? Elas poderiam ajudar – sugeriu Burris.

– Estamos procurando uma combinação. Mas a menos que ele tenha sido preso na Carolina do Norte, não serão úteis. Falei com o chefe de polícia do Colorado e ele concordou em nos fornecer os dados, mas também não há nenhuma garantia de que o suspeito tinha estado em Denver.

– Mas ele assumiu a identidade de Richard Franklin – protestou Julie.

– Não há nenhuma prova de que ele foi o responsável pelo desaparecimento. Pelo que sabemos, pode ter tropeçado nessa informação e se aproveitado dela.

– Mas...

Morrison ergueu as mãos.

– Só estou mantendo todas as opções abertas. Não estou dizendo que ele não está envolvido, mas temos de considerar tudo. Além disso, esse não é o nosso caso aqui. Nosso caso é Andrea Radley, o que ele fez e o que é capaz de fazer. O que sabemos com certeza? Jennifer? Você parece ser quem sabe mais sobre ele.

Ela contou o que sabia.

– Ele é culto. Provavelmente tem um diploma de engenharia, o que significa que foi para a universidade. Gosta de fotografia e parece ser bom nisso, portanto, deve praticá-la há algum tempo. Teve uma esposa chamada Jessica, embora não saibamos mais nada sobre ela. É um sociopata; está perseguindo Julie desde que se conheceram e parece confundi-la com a ex-mulher. Elas são muito semelhantes e ele até mesmo a chamou pelo nome da esposa. E por causa da complexidade do que realizou nos últimos anos, estou bastante certa de que teve problemas com a lei. Acho que deve ser um fugitivo, o que significa que tem experiência em se esconder da polícia.

Morrison assentiu.

– Pete? Qual é sua opinião?

Pete pensou por um momento.

– Ele é mais forte do que parece. Consegue levantar quase tanto peso quanto eu.

Os outros policiais olharam para ele.

– Eu o vi na academia – disse Pete na defensiva.

Morrison balançou a cabeça e suspirou, como se perguntando a si mesmo por que se dera o trabalho de perguntar.

– O.k., vamos fazer o seguinte: Burris, vá até a Blanchard e veja se eles têm fotografias desse sujeito. Não temos muito tempo, mas eu as quero no noticiário desta noite, se possível. Vou ligar para os diretores da emissora e explicar a situação. Também quero o retrato desse cara no jornal e vamos chamar um repórter aqui para podermos controlar a informação. Quero que o resto de vocês tente descobrir onde ele está. Telefonem para todos os hotéis e motéis em Swansboro e Jacksonville para ver se alguém que combine com a descrição dele fez registro de entrada hoje. Sei que isso é pouco provável, mas não podemos ignorar a possibilidade de ele estar bem debaixo do nosso nariz. Se descobrirem alguma coisa, vão checar em duplas. E quero vocês todos aqui esta noite depois dos noticiários da TV. Receberemos muitos telefonemas e precisaremos de todos disponíveis para atendê-los. O mais importante é descobrir se ele foi visto hoje. Não ontem, não na semana passada. Tentem filtrar os telefonemas dos malucos e então veremos o que vamos conseguir. - Morrison olhou ao redor. - Todos entenderam?

Ouviram-se murmúrios de concordância.

- Então, vamos trabalhar.

Sabendo que o procurariam na área de Swansboro, Richard havia dirigido duas horas na direção nordeste e se registrado em um motel decadente na beira da rodovia, o tipo de lugar em que os clientes pagavam em dinheiro e não era exigida nenhuma identificação.

Agora estava deitado na cama olhando para o teto, pensando: por mais que me procurem, não vão me encontrar.

Gostaria de saber se a polícia já descobrira que ele não era o verdadeiro Richard Franklin. Mesmo se hovesse descoberto, sabia que isso não importava; não poderiam ligá-lo ao desaparecimento de Franklin ou chegar à sua antiga identidade. O difícil fora encontrar o tipo de homem certo, sem família, mesmo nos computadores das várias bibliotecas que visitara ao fugir da lei. Examinar as listas de associações profissionais usando a internet havia sido tedioso e demorado, mas ele havia insistido e sido zeloso em sua busca, procurando a vítima ideal enquanto se mudava de uma cidade para outra. Dadas as circunstâncias, não tivera outra escolha e ainda se lembrava da sensação de alívio e contentamento quando enfim encontrou o homem de que precisava.

Em sua viagem para Denver, havia atravessado três estados, o Mississippi e as terras áridas, e depois passado três semanas aprendendo as rotinas do sujeito. Observara o verdadeiro Richard Franklin como observava Julie agora.

Descobriu que Franklin era baixo e careca, obviamente gay, e passava a maior parte do tempo sozinho. De vez em quando trabalhava até tarde no escritório e uma noite o observou indo para seu carro em um estacionamento escuro, com a cabeça baixa, como se procurasse a chave.

Franklin não o ouviu se aproximar e ele encostou uma arma na cabeça do homem.

– Faça exatamente o que eu disser – sussurrou – e o deixarei viver.

É claro que aquilo não era verdade, mas a mentira servira ao seu objetivo. Franklin havia feito tudo o que ele lhe pedira e respondera a todas as suas perguntas. Tinha ido até um caixa eletrônico sacar dinheiro e feito uma mala. Até se deixara ser amarrado e vendado na esperança de que sua cooperação fosse recompensada.

Ele havia levado Franklin até as montanhas e lhe dito que se deitasse do lado da estrada. Lembrava-se das súplicas e de que Franklin urinara de medo ao ouvir o clique inconfundível da arma sendo engatilhada.

Quase riu da fraqueza de Franklin, de sua *pequenez,* pensando em como eles eram diferentes. O homem era um nada, uma coisa minúscula e irrelevante. Se ele estivesse naquela situação, teria lutado ou tentado fugir. Mas Franklin começou a chorar e três horas depois jazia em uma cova que nunca seria descoberta.

Sem ninguém insistindo em que o encontrassem, sabia que o arquivo de Franklin seria enterrado na pilha de outras pessoas desaparecidas e rapidamente esquecido. Com Richard Franklin desaparecido, não morto, fora fácil assumir a identidade dele. Desde então havia se treinado para não responder ao seu verdadeiro nome, ou se virar quando o ouvisse, e agora, quando o pronunciava, soava-lhe estranho.

Livrara-se do verdadeiro Richard Franklin como se livrara da mãe e do pai. E dos garotos do lar de adoção temporária. E de seu colega de quarto na universidade. E de Jessica.

Estreitou os olhos.

Agora estava na hora de se livrar de Mike.

Mabel estava sentada com Andrea quando os pais dela chegaram de Boone. Haviam dirigido por seis horas com seus temores e suas lágrimas. Mabel saiu do quarto para que pudessem ficar a sós com a filha.

Indo para a sala de espera, pensou em Mike e Julie, esperando que estivessem seguros. Depois de ver os ferimentos de Andrea quando os médicos trocaram suas ataduras, teve certeza de que Richard Franklin era um monstro e Mike e Julie corriam mais perigo do que pensavam.

Topsail não era longe o bastante. Não, eles tinham de se afastar o máximo possível de Swansboro e ficar fora o tempo que fosse necessário. De algum modo, tinha de convencê-los disso.

Durante toda a noite o departamento de polícia de Swansboro pareceu uma colmeia em atividade.

Depois de desligarem os telefones, eles tinham doze possíveis suspeitos com registro de entrada em hotéis. Com a ajuda do xerife do condado de Onslow, investigaram cada pista, sem resultados.

A J.D. Blanchard tinha uma boa fotografia do suspeito e Burris tirou cópias e as distribuiu para as emissoras de TV. Acima do retrato mostrado nos noticiários havia informações para o público acerca do suposto agressor de Andrea Radley, alertando as pessoas de que era considerado extremamente perigoso. Uma descrição completa do carro, com o número da placa, também era apresentada.

Como Morrison previa, eles começaram a receber muitos telefonemas minutos depois das transmissões.

Todo o departamento estava a postos para atendê-los; eles fizeram anotações, registraram nomes e filtraram as ligações dos malucos.

Às duas da manhã, o departamento tinha falado com mais de duzentas pessoas.

Mas nenhuma vira o suspeito naquele dia. Tampouco o carro.

Exausto, Richard pensou em Jessica quando finalmente estava prestes a cair no sono.

Jessica era garçonete de um restaurante ao qual ele tinha ido, e, embora não o tivesse servido, seus olhos foram atraídos por ela enquanto comia.

Ela o tinha visto olhar e sorrira brevemente, sem desviar os olhos. Ele havia voltado ao restaurante quando estava fechando e esperado por ela.

Foi como se Jessica o estivesse esperando; o modo como as luzes dos postes brincavam com as feições dela enquanto caminhavam tarde da noite pelas ruas de Boston... como o olhara por sobre a mesa no jantar... a semana seguinte em Cape Cod, onde eles haviam passeado na praia e feito um piquenique na areia... ou um piquenique e um passeio de balão... Jessica e Julie... tão parecidas... os pensamentos nelas se fundiram em um só... as imagens se juntando... Julie... suas lágrimas assistindo a *O fantasma da ópera*... o toque sensual de seus dedos ao cortar os cabelos dele... sua empatia quando ele mentiu sobre a mãe ter morrido inesperadamente... quanto ela pareceu orgulhosa ao apresentá-lo aos amigos no bar...

Deus, ele a amava. Sempre a amaria.

Um momento depois, a respiração dele era profunda e constante.

38

Na manhã seguinte, uma leve névoa pairou sobre a Intracoastal Waterway e se dissipou lentamente quando o sol se ergueu acima das copas das árvores. Um prisma de luz entrou pela janela da delegacia, incidindo sobre a terceira xícara de café de Jennifer naquela manhã.

Estavam procurando por um fantasma, pensou ela.

Não tinham nada, absolutamente nada, com que prosseguir e a pior parte era a espera. Jennifer havia entrado na delegacia depois de apenas algumas horas de sono, mas lamentou essa decisão. Não conseguia pensar em nada para fazer.

As impressões digitais não haviam ajudado. Embora Morrison tivesse decidido consultar também a base de dados do FBI, eles estavam abarrotados de casos de todo o país e o informaram de que poderiam demorar no mínimo uma semana para processá-los.

Ainda recebiam telefonemas, é claro, e Jennifer os atendia com regularidade. As notícias foram novamente ao ar no início da manhã – e estavam programadas para ser repetidas ao meio-dia –, mas, como ocorrera na noite anterior, ela não estava obtendo as informações de que precisava. Muitos telefonemas eram de cidadãos assustados, que só queriam ser tranquilizados, ou pessoas com falsas afirmações de que o suspeito estava em seu quintal dos fundos. A maioria dos policiais havia chegado à mesma hora que Jennifer e saído para investigar as denúncias. Como a única policial ainda na delegacia, Jennifer duvidava de que algum deles seria bem-sucedido, mas seus colegas não tinham outra escolha além de seguir todas as pistas.

Essa era a desvantagem de contar com a ajuda da mídia, pensou ela. Embora boas informações fossem possíveis, as más eram garantidas e desviavam os recursos necessários para a investigação.

Mas que investigação?, perguntou-se. As únicas coisas que eles tinham eram as fotografias da pasta e Jennifer ainda não conseguira descobrir por que estava tão hipnotizada por elas. Já as vira uma dúzia de vezes, mas assim que as punha de lado sentia necessidade de olhá-las de novo.

Examinando-as, viu as mesmas imagens. Jessica no jardim. Jessica em um pátio. Jessica sentada. Jessica em pé. Jessica sorrindo. Jessica séria.

Jennifer pôs as fotos de lado, enfadada. Nada.

Após um instante, o telefone voltou a tocar. Depois de ouvir, Jennifer começou a responder:

– Sim, senhora. Estou certa de que é seguro ir para a loja de ferragens...

Quando Mabel deixou Wilmington – depois de ficar acordada quase toda a noite –, estava se sentindo melhor em relação a Andrea. Embora ela não tivesse aberto os olhos, sua mão se movera um pouco logo antes do amanhecer e os médicos reiteraram a seus pais que aquele era um bom sinal.

Sabendo que não havia mais nada que pudesse fazer, Mabel entrou no carro e dirigiu de volta para Swansboro. O sol da manhã fez seus olhos arderem e ela teve dificuldade em se concentrar na estrada.

Sua preocupação com a segurança de Mike e Julie só tinha aumentado durante a noite. Primeiro tirarei um cochilo, disse a si mesma, e depois irei direto para a praia falar com eles.

Richard acordou e tomou um banho de chuveiro e logo estava de novo no carro roubado. Duas horas depois, após comprar um copo de café e algumas revistas em uma loja de conveniência no caminho, entrou em Swansboro, sentindo-se como se tivesse chegado em casa.

Estava usando calças Dockers e camisa polo; com cabelos claros e óculos, quase não se reconheceu ao ver seu reflexo no retrovisor. Parecia qualquer outro chefe de família indo passar o fim de semana na praia.

Gostaria de saber o que Julie estava fazendo naquele momento. Tomando banho? O café da manhã? Pensando nele como ele pensava nela? Sorriu ao inserir algumas moedas em duas máquinas de venda automática de jornais. Enquanto o jornal de Jacksonville era diário, o de Swansboro era publicado duas vezes por semana.

Depois de sair da loja de conveniência, foi para um pequeno parque, sentou-se em um banco perto do balanço e abriu o jornal. Não queria que os pais no parque ficassem alarmados com sua presença; hoje em dia as pessoas estavam paranoicas em relação a adultos em parques, mas ele achava isso compreensível, mesmo em uma cidade pequena.

Sua fotografia estava na primeira página do jornal e ele leu calmamente o artigo. Fornecia informações básicas e pouco mais – sem dúvida o repórter as obtivera diretamente da polícia –, e um número de emergência para quem pudesse dar mais pistas. Quando terminou de ler a matéria, deu uma olhada no restante do jornal, procurando algo sobre o carro roubado. Nada. Então se acomodou para reler a notícia, olhando frequentemente ao redor.

Se preciso, esperaria o dia inteiro; sabia quem estava procurando, a pessoa que o levaria a Julie e Mike.

Quando Pete se aproximou da escrivaninha, Jennifer achou que ele parecia tão cansado quanto ela.

– Alguma coisa? – perguntou Jennifer.

Pete balançou a cabeça, contendo um bocejo.

– Outro alarme falso. E quanto a você?

– Não muito. Outra garçonete do Mosquito Grove se lembrou de ter visto Andrea e Richard juntos. Também tivemos notícias do hospital em Wilmington. Andrea ainda não está fora de perigo, mas os médicos estão esperançosos. – Ela fez uma pausa. – Me esqueci de perguntar esta manhã, mas você conseguiu falar com o detetive particular ou com a mãe de Julie?

– Ainda não.

– Por que não me dá os números enquanto vai buscar um pouco de café? Vou ligar para eles.

– Por quê? Já sabemos por que ele foi lá.

– Não sei mais o que fazer.

Jennifer finalmente conseguiu falar com a mãe de Julie, mas pelo menos uma vez Pete tivera razão. O telefonema não lhe disse nada que ela já não imaginasse. Sim, dissera a mãe, um homem a havia procurado dizendo ser um velho amigo de Julie. Uma semana depois, voltara levando um amigo com ele. A descrição do amigo combinava com a do suspeito.

O telefone do detetive particular continuou sem ser atendido.

Ainda não havia nenhuma resposta sobre as impressões digitais.

Sem novas informações, Jennifer voltou ao ponto em que se encontrava antes e ficou frustrada. Ele ainda estava na cidade? Não sabia. O que faria depois? Não sabia. Ele estava atrás de Julie? Achava que sim, mas não tinha certeza. Sempre existia a possibilidade de que, como a polícia estava em seu encalço, ele simplesmente tivesse saído da cidade e recomeçado, como fizera no passado.

O problema era que, para todos os efeitos, ele se tornara Richard Franklin. Não havia nada de pessoal na casa, exceto as roupas, as câmeras e as fotografias dele. E as imagens não lhe disseram nada além de que era um bom fotógrafo. Podiam ter sido tiradas em qualquer lugar e momento, e como o próprio Richard as revelava não havia um laboratório que eles pudessem investigar...

Os pensamentos de Jennifer subitamente congelaram quando ela sentiu a resposta começando a surgir.

Em qualquer lugar e momento?

Bom fotógrafo?

Equipamento caro?

Seu próprio laboratório para revelação?

Isso não era apenas um hobby para ele, pensou Jennifer. Sim, ela já sabia disso. O que mais? Olhou para a pilha de fotografias em sua escrivaninha. Isso era algo que ele fazia havia muito tempo. Talvez anos. O que significava...

Que ele poderia ter usado as câmeras antes de se tornar o homem conhecido como Richard Franklin.

– Pete – gritou ela subitamente –, as câmeras dele foram levadas para a sala de provas, ou ainda estão com a equipe forense?

– As do Franklin? Sim. Nós as trouxemos ontem...

Jennifer pulou de sua cadeira e foi na direção da sala de provas.

– Para onde você está indo?

– Acho que sei um modo de descobrir quem é esse homem.

Um momento depois, Pete se esforçava para acompanhá-la enquanto eles andavam pela delegacia.

- O que está acontecendo? - perguntou Pete.

Jennifer estava no balcão preenchendo o formulário de retirada do equipamento fotográfico enquanto o policial responsável pelo armário de provas a observava.

- As câmeras e as lentes - disse ela. - É um equipamento caro, não é? E, como você disse, as fotografias podem ter sido tiradas em qualquer momento. Até mesmo com estas câmeras, certo?

Pete deu de ombros.

- Acho que sim.

- Não entende o que isso significa? - perguntou ela. - Quero dizer, se estas câmeras sempre foram dele?

- Não, não entendo. O quê?

Àquela altura o policial tinha posto um pote plástico sobre o balcão. Distraída demais para responder, ela o pegou e levou para sua escrivaninha.

Um minuto depois, ao mesmo tempo confuso e fascinado, Pete Gandy a observava examinando a parte de trás da câmera.

- Você tem uma chave de fenda pequena? - perguntou.

- Para quê?

- Preciso retirar esta peça.

- Por quê?

- Estou procurando o número de série.

- Por quê? - perguntou ele de novo.

Jennifer estava ocupada remexendo em suas gavetas.

- Droga! - disse ela.

- Talvez o pessoal da manutenção tenha - disse Pete, ainda sem saber por que ela precisava do número de série.

Jennifer ergueu os olhos, animada.

- Você é um gênio!

- Eu?

Quinze minutos depois, Jennifer tinha a lista dos números de série de que precisava. Deu metade para Pete e levou a outra metade para sua escrivaninha, tentando não ficar esperançosa demais.

Telefonou para o serviço de informações e obteve os números dos fabricantes de câmeras e ligou para o primeiro. Depois de explicar que precisava conferir o nome e o endereço do proprietário, a pessoa no outro lado da linha digitou o número.

– Pertence a Richard P. Franklin.

Jennifer desligou e tentou o próximo. E depois o seguinte. Contudo, no quarto telefonema, um nome diferente foi fornecido.

– A câmera está registrada em nome de Robert Bonham, de Boston, Massachusetts. Precisa do endereço?

As mãos de Jennifer estavam tremendo quando ela anotou a informação.

Morrison examinou aquilo.

– Tem certeza de que esse é o nome dele?

– O nome estava ligado a quatro peças diferentes de equipamento e, segundo os registros dos fabricantes, nunca foram registradas como roubadas. Posso apostar que esse é o nosso homem.

– Como eu posso ajudar você?

– No caso de eu ter algum problema com o departamento de polícia de Boston, gostaria que intercedesse.

Morrison assentiu.

– Certo.

Jennifer não teve nenhum problema. O primeiro detetive com quem falou lhe deu a informação de que precisava.

– Robert Bonham é procurado para interrogatório sobre o desaparecimento da esposa, Jessica Bonham, quatro anos atrás – disse ele.

Sabendo que ficar no mesmo lugar levantaria suspeitas, Richard pegou suas coisas e foi para outro banco.

Perguntou-se o que ela estaria fazendo lá dentro, mas aquilo não era realmente importante. Havia muito aprendera a ser paciente. Olhou na direção das janelas e ergueu o jornal de novo. Tinha lido todos os artigos três ou quatro vezes, alguns mais. Sabia quando e onde os filmes seriam exibidos e que o centro comunitário estava oferecendo cursos de informática gratuitos para a terceira idade, mas o jornal escondia seu rosto dos olhares curiosos dos cidadãos.

Não se preocupava com a possibilidade de ser descoberto. Embora soubesse que era procurado, ninguém pensaria que estava ali. Mesmo se alguém tivesse essa ideia, com o jornal e a mudança de aparência, estava certo de que não seria reconhecido.

Seu carro estava parado na esquina, em um estacionamento de um supermercado, e, se preciso, poderia alcançá-lo facilmente. Ele sabia que agora era apenas uma questão de tempo.

Uma hora depois, com as páginas sobre o desaparecimento de Jessica ainda chegando por fax de Boston, Jennifer estava se preparando para o telefonema que sabia que tinha que dar. Discou o número e uma voz feminina atendeu do outro lado da linha.

– Alô.

– Elaine Marshall?

– Sim. Quem está falando?

– Sou a policial Jennifer Romanello. Estou ligando do departamento de polícia de Swansboro.

– Swansboro?

– É uma cidade pequena na Carolina do Norte – disse Jennifer. – Gostaria de saber se tem alguns minutos para conversarmos.

– Não conheço ninguém na Carolina do Norte.

– Estou ligando para falar sobre sua irmã, Jessica – disse Jennifer.

Houve um longo silêncio do outro lado da linha.

– Vocês a encontraram? – A voz foi fraca, como se esperasse o pior.

– Não, sinto muito. Mas gostaria de saber se pode me dizer alguma coisa sobre Robert Bonham.

Ao ouvir aquele nome, Elaine Marshall deu um grande suspiro.

– Por quê?

– Porque neste momento estamos procurando por ele.

– Por causa de Jessica?

Jennifer se perguntou quanto deveria dizer.

– Não – respondeu finalmente. – Ele está sendo procurado por outra coisa.

Houve mais uma longa pausa.

– Ele matou alguém, não foi? – disse Elaine Marshall sem hesitação. – Em Swansboro.

Jennifer pensou antes de responder.

– Pode me dizer alguma coisa sobre ele?

– Ele é louco – respondeu ela. As palavras saíram entrecortadas, como se estivesse fazendo o possível para se controlar. – Todos tinham medo dele, inclusive Jessica. Ele é violento e perigoso... e inteligente. Jessica tentou fugir dele uma vez. Ele batia nela. Uma noite ela foi ao supermercado comprar comida e nunca mais a vimos. Todos sabiam que ele era o culpado, mas nunca a encontraram.

Elaine Marshall começou a chorar.

– Ah, Deus... tem sido tão difícil... Você não imagina como é não saber... quero dizer, não ter certeza... sei que ela morreu, mas ainda assim há uma centelha de esperança à qual me apegar... Você tenta seguir em frente, mas então acontece alguma coisa que torna tudo real de novo...

Jennifer ouviu os soluços do outro lado da linha. Após um momento, perguntou gentilmente:

– Como ele era no início do relacionamento com sua irmã?

– O que isso importa? Ele fez o que vocês acham que fez. É diabólico...

– Por favor – disse Jennifer. – Só queremos pegá-lo.

– E acha que isso vai ajudar? Não vai. Nós o procuramos há anos. Contratamos detetives particulares, nos certificamos de que a polícia não desistiria do caso... – A voz de Elaine Marshall falhou.

– Ele está aqui – disse Jennifer. – E queremos garantir que não fugirá. Agora, por favor, pode nos dizer como ele era?

Elaine Marshall deu um longo suspiro, tentando encontrar as palavras certas.

– Ah, como seria de esperar. É aquela velha história, sabe? – Ela não conseguiu esconder a tristeza em seu tom. – Era bonito e charmoso e perseguiu Jessica até que se apaixonasse por ele. No início parecia gentil e todos nós gostávamos dele. Foram embora juntos quando completaram seis meses de namoro e, depois que se casaram, as coisas mudaram. Ele se tornou realmente possessivo e não gostava quando Jessica nos ligava. Logo ela passou a quase não sair de casa, mas, nas poucas ocasiões em que conseguimos estar com ela, vimos hematomas. É claro que tentamos chamá-la à razão, mas ela demorou muito para nos dar ouvidos.

– Quando você disse que Jessica fugiu dele uma vez...

– Ela finalmente concordou que tinha de fazer isso. Durante alguns dias ele agiu como se nada tivesse acontecido. Tentou nos fazer dizer para onde ela tinha ido, mas é claro que nenhum de nós lhe disse nada. Àquela altura sabíamos o que estava acontecendo. Jessica foi para Kansas City, um lugar onde poderia recomeçar, mas ele a caçou. Não sei como, mas a encontrou e trouxe de volta. E Jessica ficou com ele por algumas semanas. Não posso explicar isso, só dizer que ele tinha esse tipo de poder sobre Jessica quando estavam juntos. Quero dizer, os olhos da minha irmã perdiam o brilho quando falávamos com ela, como se soubesse que nunca conseguiria fugir, mas minha mãe e eu fomos à casa deles e finalmente a arrastamos de lá. Ela voltou a morar com nossos pais e estava tentando reconstruir a vida. Depois de algum tempo, até parecia melhor. E então uma noite foi ao supermercado e nunca mais a vimos.

Depois de desligar, Jennifer se sentou à escrivaninha, pensando sobre o telefonema, com as palavras ainda soando em seus ouvidos.

Ele a caçou.

Mabel saiu da cama e tomou um banho de chuveiro. Apesar de exausta, sua preocupação com Mike e Julie não a deixara dormir direito. Tinha de falar com eles pessoalmente, para que soubessem quanto aquilo era sério. Pegou as chaves do carro, saiu e então se lembrou do que Julie dissera no salão logo antes de entrar com Mike no carro de Emma.

E se ele nos seguir?

Mabel ficou paralisada. E se Richard planejasse segui-la até a praia? E se a estivesse observando agora?

A rua estava deserta nas duas direções, mas Mabel ficou indecisa.

Não queria se arriscar.

Ela se virou e voltou para dentro de casa.

Após examinar as informações sobre Robert Bonham e dar mais alguns telefonemas – inclusive um segundo para Elaine Marshall –, Jennifer condensou as informações em algumas páginas. Falou com Pete sobre o que queria fazer e então eles foram conversar com Morrison.

O capitão ergueu os olhos quando Jennifer lhe estendeu as páginas e demorou um instante para lê-las. Quando terminou, encarou-a.

– Tem certeza disso tudo?

– Tenho. Ainda preciso dar alguns telefonemas, mas confirmamos tudo o que está vendo.

Morrison se recostou na cadeira. Ficou em silêncio por um momento, tentando assimilar a gravidade da situação.

– O que você quer fazer?

Jennifer pigarreou.

– Até o pegarmos, acho melhor Pete ficar na casa de praia com Mike e Julie. Não temos escolha. Se o que descobrimos for verdade, sabe o que ele é capaz de fazer, e provavelmente fará.

Morrison a olhou fixamente.

– Acha que eles concordarão com algo assim?

– Sim – respondeu Jennifer. – Tenho certeza disso. Quero dizer, quando souberem o que estão enfrentando.

– Vai telefonar para eles?

– Não. Acho que seria melhor falarmos com Julie pessoalmente.

Morrison assentiu com a cabeça.

– Se ela concordar, autorizarei isso.

Alguns minutos depois, Jennifer e Pete estavam no carro.

Nenhum dos dois notou o veículo que entrou no trânsito atrás deles.

39

– O nome dele é Robert Bonham – começou Jennifer. – O verdadeiro Richard Franklin está desaparecido há três anos.

– Não entendo – disse Julie.

Eles estavam na cozinha da casa de praia de Henry, Mike e Julie sentados à mesa e Pete encostado no balcão, firme na posição de policial calado.

Mike pegou a mão de Julie e a apertou.

Jennifer sabia que tinha de começar do início, já que nenhum dos dois sabia nada sobre a investigação. Ir passo a passo minimizaria as perguntas e também lhe permitiria explicar a gravidade da situação.

– Como isso é possível? – perguntou Mike.

– O verdadeiro Richard Franklin não era casado e, fora a mãe, que morreu em uma casa de repouso no ano passado, ninguém notaria se seu número do seguro social voltasse a ser usado. E como ele era considerado desaparecido e não morto, não havia nada que pudesse causar alarme.

Mike olhou para ela.

– Você acha que Robert Bonham o matou. – Foi mais uma afirmação do que uma pergunta.

Jennifer fez uma pausa.

– Com base em tudo o que descobrimos sobre ele? Sim, isso parece provável.

– Meu Deus...

Julie olhou pela janela, subitamente paralisada. Na praia, viu um casal idoso parar na frente da casa. O homem se abaixou, pegou uma concha e a pôs em um balde de plástico antes de seguir em frente.

– Então quem é Robert Bonham? – perguntou ela. – E como você sabe que esse é o verdadeiro nome dele?

– Descobrimos esse nome por meio dos números de série das câmeras. Foram registrados anos atrás. Esse era o único elo com o passado dele, mas, quando descobrimos como se chamava e de onde era, foi bastante fácil descobrir o resto. – Jennifer relanceou os olhos para suas anotações. – Ele foi criado nos arredores de Boston, como filho único. O pai era um alcoólatra que trabalhava em uma fábrica de produtos químicos e a mãe, dona de casa. Houve mais de uma alegação de abuso doméstico e a polícia investigou meia dúzia de incidentes ao longo dos anos, até o pai morrer. – Depois de explicar as circunstâncias da morte do pai, Jennifer bateu com os dedos no arquivo. – Falei com um dos policiais que trabalharam naquele caso. Agora está aposentado, mas se lembrou muito bem. Disse que ninguém acreditou que Vernon Bonham havia cometido suicídio, mas como não puderam provar nada e sabiam que o sujeito não era exatamente um marido e pai exemplar, deixaram para lá. Mas ele suspeitava de que o garoto tinha fechado a porta da garagem e ligado o motor depois que o pai ficou inconsciente.

Enquanto ouvia, Julie sentia náuseas.

– E a mãe? – murmurou.

– Morreu de overdose menos de um ano depois. Novamente, foi considerado suicídio.

Jennifer deixou a acusação velada pairar por um momento antes de prosseguir.

– Ele passou os anos seguintes em lares de adoção temporária, nunca ficando em um lugar por muito tempo. Seus registros juvenis estão lacrados, por isso não sabemos o que mais fez na adolescência, mas na universidade foi suspeito da agressão a um antigo colega de quarto que o tinha acusado de roubo, o que Robert negou. Alguns meses depois o colega foi atacado com um taco de golfe após deixar a namorada em casa, e passou três semanas no hospital. Embora ele tivesse acusado Robert Bonham da agressão, não houve provas suficientes para prendê-lo. Passado um ano Robert se formou em engenharia.

– Deixaram que ele continuasse na universidade? – perguntou Mike.

– Não sei se tiveram escolha, já que não houve julgamento. – Ela fez uma pausa. – Depois disso e durante alguns anos não há nada nos registros. Ou ele se mudou para outro estado ou não se meteu em encrencas. Ainda não sabemos. A próxima informação que temos é de 1994, quando se casou com Jessica.

– O que aconteceu com ela? – perguntou Mike, hesitante, sem ter certeza de que queria saber a resposta.

– Jessica está desaparecida desde 1998 – respondeu Jennifer. – Estava morando com os pais e foi vista pela última vez no supermercado local. Uma testemunha lembrou de ter visto o carro de Robert Bonham no estacionamento naquela noite, mas ninguém sabe o que aconteceu com ela. Ele desapareceu na mesma noite que Jessica.

– Você quer dizer que ele a matou – afirmou Mike.

– É isso que a família dela e a polícia de Boston acham – disse Jennifer.

Mike e Julie se recostaram, pálidos de choque. O ar parecia denso e sufocante.

– Falei com a irmã de Jessica – continuou ela, lentamente – e isso é parte do motivo de estarmos aqui. Jessica atravessou metade do país, mas de algum modo Robert a encontrou. Na verdade, a irmã usou a palavra *caçou.*

Ela fez uma pausa, deixando aquele termo a ser assimilado.

– Não sei se vocês sabem disso, mas Robert Bonham, ou Richard, saiu do emprego um mês atrás. Na casa dele, encontramos fotografias suas, Julie. Centenas delas. Até onde sabemos, ele a observava desde que vocês começaram a sair juntos. E também investigou seu passado.

– O que você quer dizer? – perguntou Julie, lívida.

– Na semana em que ele disse que tinha ido visitar a mãe à beira da morte, na verdade foi para Daytona saber mais sobre você. Um detetive particular estava investigando sua história. Falamos com sua mãe sobre isso. Parece claro que ele a tem perseguido durante todo esse tempo.

Como um caçador, pensou Julie, sentindo um nó na garganta.

– Por que eu? – finalmente perguntou. – Por que ele me escolheu? – As palavras saíram como um lamento, como as de uma criança prestes a chorar.

– Não tenho certeza – respondeu Jennifer. – Mas deixem-me lhes mostrar o que mais descobrimos.

Mais? O que agora?

Jennifer tirou do arquivo a foto que encontrara na mesa de cabeceira e a deslizou sobre a mesa. Mike e Julie olharam para a foto e então ergueram os olhos lentamente.

– Estranho, não é? Esta é Jessica. Aqui, queria que vocês vissem isto também.

Embora aquilo a fizesse se sentir como se houvesse insetos rastejando em sua pele, Julie olhou para a foto de novo, e dessa vez viu para o que Jennifer estava apontando.

Pendurado no pescoço da jovem estava o medalhão que Richard... Robert, fosse quem fosse... lhe dera. Julie se viu murmurando o nome da jovem.

– Jessica Bonham – disse. – J.B.

Atrás dela, ouviu Mike respirar fundo.

– Sei que isso é difícil – prosseguiu Jennifer –, mas há outro motivo para querermos falar com vocês. Por causa de Andrea e do que achamos que aconteceu com Jessica, assim como com o verdadeiro Richard Franklin, gostaríamos que o policial Pete ficasse com vocês dois durante alguns dias.

– Aqui na casa? – perguntou Mike.

– Se concordarem.

Os olhos de Julie estavam quase vidrados quando Mike olhou na direção de Pete.

– Sim – disse ele. – Acho que é uma boa ideia.

Pete foi até o carro e estava pegando a mala que fizera quando viu Jennifer estudando as casas ao longo da praia.

– É sempre tão quieto aqui?

– Acho que sim – respondeu Pete.

Ela examinou as casas de novo. Somente algumas tinham carros estacionados nas entradas, os costumeiros utilitários, sedãs e também um Pontiac Trans Am, algo que um adolescente gostaria de dirigir, o carro que ela própria desejara no ensino médio. Seis carros ao todo, mas isso ainda significava que menos de um quarto das casas estava ocupado. Jennifer não se sentiu muito à vontade com isso, mas sem dúvida era melhor do que permanecer na cidade.

– E você ficará acordado a noite toda? – perguntou a Pete.

– Sim – disse ele, fechando o porta-malas. – Dormirei durante algumas horas pela manhã. Vai me manter informado dos acontecimentos, não vai?

– Assim que descobrir alguma coisa telefonarei para você.

Ele concordou com a cabeça. Então, depois de uma pausa, disse:

– Ouça, sei que temos que fazer isso, mas acha que ele ainda está por aí? Ou acha que fugiu de novo?

– Sinceramente? Sim, acho que está por aí.

Os olhos de Pete seguiram os dela, nas duas direções da rua.

– Eu também.

Naquela noite, Julie não conseguiu dormir.

Lá fora, ouvia o som das ondas batendo na praia em um ritmo constante. Mike estava na cama ao seu lado e abrira apenas um pouco a janela. Assim que ele adormeceu, Julie se levantou da cama e a fechou, certificando-se de que estava travada. Por debaixo da porta, via a luz que vinha da cozinha. Pete andara pela casa mais cedo, mas parecia ter ficado parado nas últimas horas.

Apesar das atitudes anteriores do policial, Julie estava feliz por ele estar ali. Pete era forte e, o que era ainda mais importante, tinha uma arma.

Das dunas, Richard viu a luz amarela brilhando na janela da casa de praia.

Não lhe agradava que o policial Gandy tivesse decidido ficar com eles, mas sabia que a polícia não poderia detê-lo. Nem mesmo Mike ou Singer. Ele e Julie tinham sido feitos um para o outro e ele simplesmente superaria quaisquer obstáculos que se impusessem à felicidade dos dois. Todo o resto era uma inconveniência, não mais difícil do que mudar de aparência ou roubar um carro. Ou ter que recomeçar a vida.

Perguntou-se para onde iriam depois de deixar a Carolina do Norte. Imaginou Julie se divertindo em São Francisco, com os bistrôs nas calçadas e a vista do Pacífico. Ou em Nova York, onde poderiam assistir a novas produções teatrais a cada temporada. Ou até mesmo Chicago, com seu espírito e sua vibração.

Seria maravilhoso, pensou. Mágico.

Durma bem, pensou com um sorriso. Durma e sonhe com um novo futuro, que começará amanhã à noite.

40

Na noite seguinte, havia uma languidez no ar. A brisa soprava de modo constante e a escuridão do céu era suavizada pela cobertura de nuvens. O oceano estava calmo, com as ondas rolando suavemente. O cheiro de maresia pairava no ar como uma névoa.

Eles haviam acabado de jantar uma hora antes e Singer estava perto da porta dos fundos, abanando levemente o rabo. Julie atravessou a sala e abriu a porta para ele, observando-o descer a escada e desaparecer nas sombras um instante depois.

Não gostava de deixá-lo sair – apesar da presença de Mike e Pete, sentia-se mais segura com Singer ao seu lado –, mas o cão precisava passear e a noite era o melhor momento. Não se importava de deixá-lo sair no início da manhã, quando todos estavam em casa, mas durante o dia havia pessoas demais por ali para que andasse sem uma guia.

Também havia pensado em sair – com Pete e Mike, é claro –, achando que um pouco de ar fresco lhe faria bem, mas depois desistira. Sem dúvida Mike e Pete não teriam concordado, mesmo se ela tivesse insistido. Ainda assim, teria sido bom. Pelo menos em tese.

Emma e Mabel haviam lhe telefonado; Henry ligara mais tarde para falar com Mike. Nenhum dos telefonemas durara mais do que alguns minutos. Ao que parecia, ninguém tinha muito a dizer, exceto por Mabel, que telefonara após falar com os pais de Andrea. Bem tarde, na noite anterior, ela saíra do coma, e, embora ainda estivesse desorientada, tudo indicava que ficaria bem. Jennifer planejava falar com ela dali a alguns dias.

Jennifer Romanello também havia telefonado duas vezes com novidades: enfim conseguira encontrar o detetive particular que tinha investigado o passado de Julie. Após a costumeira alegação de que, por questões éticas, ele não podia dizer quem o havia contratado, o homem cedera. Também apresentara uma conta de telefone que confirmava algumas ligações para a residência de Richard.

Infelizmente, eles ainda não haviam encontrado nenhum sinal de Richard. Robert. Fosse quem fosse.

Julie virou de costas para a porta e andou pela sala até a cozinha, onde Mike colocava pratos na pia. Pete ainda estava à mesa, jogando paciência. Havia jogado umas cem partidas desde o meio-dia, matando o tempo e quase sempre ficando fora do caminho, exceto quando ia lá fora ver como estavam as coisas. "A barra está limpa" se tornara sua nova frase favorita.

Julie passou os braços ao redor de Mike, que virou a cabeça em sua direção.

– Estou quase acabando – disse ele. – Só falta lavar alguns. Onde está Singer?

Julie pegou um pano de prato e começou a enxugar a louça.

– Eu o deixei sair.

– De novo?

– Ele não está acostumado a ficar confinado desse jeito.

– Você ainda está pensando no que Jennifer nos disse?

– Nisso e em tudo. No que ele fez no passado. No que fez com Andrea. Em onde está agora. Em por que eu. Quando eu ouvia falar em pessoas que cometem assédio, eles sempre pareciam ter uma lógica distorcida. Como quem persegue estrelas de cinema. Ou ex-maridos e ex-namorados. Mas nós só saímos juntos umas poucas vezes e mal nos conhecíamos. Então continuo pensando e tentando descobrir se foi algo que fiz que causou tudo isso.

– O fato é que ele é louco – disse Mike. – Não sei se algum dia chegaremos a entender isso.

De sua posição favorável perto das dunas, Richard observou Julie abrindo a porta e deixando Singer sair. Com a luz brilhando atrás dela, Julie parecia um anjo. Ele ficou excitado ao pensar no que aconteceria depois.

Na véspera, após tê-los localizado, ele havia parado o carro na entrada para automóveis de uma casa com placas de imobiliária. Embora muitos dos imóveis ao longo da praia ainda estivessem vazios nessa época do ano, este parecia estar desocupado havia algum tempo. Uma rápida inspeção revelou que um sistema de alarme estava acionado, mas não se estendia à garagem, e ele arrombou a fechadura simples com uma chave de fenda que encontrara no porta-luvas do Trans Am. No porta-malas, achara uma chave de roda.

Ele tinha dormido em um colchão de ar empoeirado que achara nas prateleiras, e encontrara um pequeno cooler na área de armazenamento. Apesar de mofado, servia ao seu propósito e naquela tarde passara uma hora comprando o que precisava.

Agora tudo o que tinha de fazer era esperar Singer ir passear na praia. Sabia que Julie o deixaria sair, como fizera na noite passada e muito provavelmente na anterior. As pessoas sob estresse costumavam ter os mesmos hábitos e rotinas, como se esperassem manter certa aparência de ordem em seu mundo.

A distância, não conseguia mais ver Singer.

Ao seu lado estavam os quatro hambúrgueres que comprara na Island Deli, um lugar que tinha descoberto perto da loja de ferragens em que fora naquela tarde.

Os sanduíches ainda estavam embrulhados em papel-alumínio, mas Richard já os desembrulhara uma vez para cortá-los em pedaços.

Levando-os com ele, começou a rastejar pelo capim na direção da escada, nos fundos da casa.

– Odeio este maldito jogo – disse Pete. – É impossível vencer.

Enquanto guardava os pratos no armário, Julie olhou de relance para a mesa.

– Ponha o sete vermelho no oito preto.

Pete Gandy pestanejou, como se tentasse enxergar alguma coisa.

– Onde?

– Na última coluna.

– Ah, sim. Aqui está.

Entretido novamente no passatempo, Pete manteve os olhos baixos.

Mike lavou o último prato, limpou a pia e olhou para a janela.

Com a luz da cozinha incidindo no vidro, tudo o que conseguiu ver foi seu próprio reflexo.

Lá fora, Richard abriu o papel-alumínio e espalhou os pedaços de hambúrguer nos degraus que levavam às dunas. Sabia que Singer chegaria ali antes de Julie e Mike, por isso não temia que o avistassem.

Não tinha certeza de quanto o cão pesava, por isso tinha misturado a maior quantidade do pó amargo que achara possível sem alterar o sabor da carne. Não queria que Singer a cheirasse algumas vezes, sentisse que não era o que parecia ser e a ignorasse.

Isso não seria nada bom. Singer já o mordera uma vez e não queria encarar aqueles dentes de novo. Na primeira vez Julie fizera o cachorro parar, mas não tinha qualquer ilusão de que o faria de novo. Além disso, havia algo no cão que o incomodava, algo que não sabia explicar. Algo não... *canino*, por falta de uma palavra melhor. Tudo que sabia era que, enquanto Singer estivesse por perto, Julie permaneceria confusa e resistente.

Ele se arrastou novamente para seu esconderijo e se preparou para esperar.

Mike e Julie estavam sentados no sofá da sala de estar, vendo Pete Gandy perder uma partida de paciência após a outra.

– Já lhe contei sobre a carta que recebi de Jim? – perguntou Julie. – A da véspera de Natal, depois que ele morreu?

Falou como se estivesse fazendo uma confissão. Uma sombra cruzou seu rosto e Mike percebeu que ela não tinha certeza do que queria contar.

– Você já mencionou isso, mas não sei o que a carta dizia.

Julie fez um sinal afirmativo com a cabeça antes de se encostar em Mike, sentindo o braço dele sobre seu ombro.

– Você não tem de me contar se não quiser – observou Mike.

– Acho que você deveria saber – disse ela. – De certo modo, acho que tem a ver com nós dois.

Mike continuou em silêncio, esperando que ela continuasse. Por um momento, Julie ficou fitando a cozinha até seu olhar encontrar o dele. Sua voz foi suave.

– A carta era principalmente sobre Singer. Dizia por que ele havia me comprado um dinamarquês, que não queria que eu ficasse só e, como sabia que eu não tinha família, achou que um cão me ajudaria. Estava certo sobre isso, mas no fim da carta disse que queria que eu fosse feliz de novo. Disse-me para encontrar alguém que me fizesse feliz.

Julie se interrompeu, com um sorriso melancólico no rosto, o primeiro no que parecia uma eternidade.

– É por isso que acho que tem a ver com nós dois. Sei que você me ama. Também o amo, e você me faz feliz, Mike. Mesmo com toda essa coisa horrível acontecendo, você me faz feliz. Só queria que soubesse disso.

As palavras dela pareceram estranhamente fora de propósito; Mike não sabia por que Julie sentira necessidade de falar sobre isso agora. Era quase como se estivesse tentando encontrar um modo gentil de dizer adeus. Ele a puxou mais para perto.

– Você também me faz feliz, Julie – disse. – E tem razão, eu realmente a amo.

Julie pôs a mão na perna dele.

– Não estou dizendo tudo isso porque quero terminar com você. De modo algum. Estou dizendo porque não sei como eu teria enfrentado as duas últimas semanas sem sua ajuda. E porque quero me desculpar por tê-lo envolvido nisso tudo.

– Você não tem que se desculpar...

– É claro que tenho. Você sempre foi o homem certo para mim e por alguma razão acho que Jim estava tentando me dizer isso na carta. Mas durante muito tempo estive cega demais para ver. Se tivesse lhe dado ouvidos, nunca teria existido um Richard. E quero que você saiba que lhe sou grata não só por suportar tudo isso como também por estar aqui comigo agora.

– Eu não tinha escolha – murmurou ele.

Richard estava deitado no capim, observando os degraus. Minutos se passaram antes de ver movimento nas sombras perto das dunas.

Singer surgiu no luar e virou a cabeça de um lado para o outro. As cores escurecidas do pelo e o tamanho do cão lhe davam uma aparência quase fantasmagórica.

Richard observou-o se virar de novo e trotar na direção dos degraus.

Estava quase lá.

Singer desacelerou o trote, começou a andar e então parou. Ergueu levemente o focinho enquanto parecia observar os degraus, mas não fez nenhum movimento na direção deles.

Vamos, pensou Richard, o que está esperando? Mas o cão não se moveu. Richard começou a ficar tenso. Coma!

Não percebeu que estava prendendo a respiração. Ouviu as ondas quebrando na praia. O capim farfalhava ao vento. No céu, uma estrela cadente deixou um momentâneo rastro branco.

Singer enfim se moveu.

Foi um passo hesitante, mas ainda assim um passo, e o cão começou a esticar a cabeça para a frente, como se finalmente tivesse sentido o cheiro. Deu outro passo e depois um terceiro, até ficar acima dos hambúrgueres.

Baixou a cabeça e os cheirou, e depois ergueu a cabeça de novo, como se em dúvida se deveria comer.

De longe veio o som de uma traineira, carregado pelo vento.

E nesse instante Singer baixou a cabeça e começou a comer.

Em Swansboro, a policial Romanello passou a noite descobrindo o que podia sobre o esquivo Robert Bonham.

Mais cedo o capitão a chamara ao seu escritório. Ela não sabia bem o que esperar, mas, para sua surpresa, após fechar a porta, ele a elogiara por seu trabalho.

– Não podemos treinar instintos, mas precisamos muito deles aqui. Pete Gandy podia estar errado sobre a Máfia chegar à cidade, mas não estava sobre Swansboro estar mudando junto com o restante do mundo – dissera o capitão. – Sei que todos nós queremos acreditar que esta é uma cidade pequena e pacata, e na maior parte do tempo é mesmo, mas coisas ruins também acontecem em lugares assim.

Jennifer sabia que era melhor não falar nada enquanto o capitão a olhava de alto a baixo.

– Desde o início você sabia que esse cara não prestava e fez um ótimo trabalho reunindo todas as informações, principalmente descobrindo quem ele era. Isso tudo foi mérito seu.

– Obrigada – dissera ela.

Então, antes de Jennifer pensar que ele de repente havia se tornado brando, o capitão a dispensara. Seu rosto tinha assumido um ar de impaciência, como se ele se perguntasse o que ela ainda estava fazendo ali, e apontara para a porta.

– Agora volte ao trabalho! Ainda quero saber o que motiva esse homem. Talvez isso nos ajude a pegá-lo.

– Sim, senhor – dissera Jennifer e, ao sair do escritório sendo observada pelos outros oficiais, precisou se controlar para não sorrir.

Agora, seguindo as ordens do capitão, ainda estava debruçada sobre os documentos de Boston e telefonando para pessoas que conheceram Robert Bonham. Ouviu Burris se animando ao telefone e ergueu os olhos. Ele estava balançando vigorosamente a cabeça e anotando informações, e então desligou. Levantando-se, pegou o papel e foi na direção dela.

– Acabei de receber um telefonema – disse Burris. – O carro dele foi localizado no estacionamento do Onslow Hospital, em Jacksonville.

– Ele ainda está por lá?

– Provavelmente não. O guarda está bastante certo de que o carro está lá há alguns dias. Ele atravessa o estacionamento todas as noites, anotando placas, e o carro consta em seu livro desde o dia em que você e Gandy foram procurá-lo em casa para falar com ele. Mas, como ele estava trabalhando, não viu as informações no noticiário até ontem e só tirou uma conclusão dos fatos agora.

Isso explicava por que ninguém encontrara o carro.

– Mas ninguém o viu?

– Não que a gente saiba. A polícia de Jacksonville mostrou ao guarda a fotografia de Robert Bonham, mas ele não o reconheceu. Estou indo para lá agora investigar. Talvez alguém tenha visto para onde ele foi. Quer ir comigo?

Jennifer pensou um pouco. Não estava chegando a lugar algum com o que estava fazendo, mas não sabia ao certo aonde isso levaria. É claro que eles poderiam encontrar alguém que o tivesse visto deixar o carro, mas e daí? O que precisavam saber era onde ele estava *agora*.

– Não – respondeu. – Acho que vou continuar examinando os arquivos. Talvez tenha deixado escapar alguma coisa.

Embora quase todas as janelas estivessem com as cortinas fechadas, as da sala de jantar estavam abertas, e Richard observava as sombras. Além do som das ondas, não conseguia ouvir nada. O ar se tornara parado, quase como se o acompanhasse na expectativa que o fazia prender a respiração.

Logo Julie iria até a porta dos fundos. Em geral ela não deixava Singer sair por mais do que uns vinte minutos, e queria ver a cara dela quando o chamasse. Olhando na direção da casa, permitiu-se esperar que o perdoasse pelo que fizera.

Ele a confortaria, mas teria tempo para isso mais tarde. Depois que toda a parte ruim acabasse. Quando eles estivessem a sós, como deveria ser.

Singer começou a subir os degraus da varanda dos fundos. Depois desceu novamente para a praia e andou em círculos, com a língua para fora. Começou a trotar, como se tentasse se livrar da dor em sua barriga.

Já começara a ofegar.

Jennifer examinou as informações sobre Jessica Bonham, perguntando-se como ele conseguira encontrá-la.

Ele a teria rastreado usando as informações de seu cartão de crédito? Duvidava disso. A menos que ele conhecesse alguém na polícia, isso parecia improvável. Então como? Jennifer se perguntou se algum parente havia telefonado para Jessica e Richard de algum modo conseguira rastrear o número e descobrir onde ela estava. Isso era possível. A maioria das pessoas simplesmente jogava suas contas fora depois de pagá-las, e tudo o que ele teria tido de fazer era ligar para os números interurbanos listados na conta. Mas precisaria remexer em lixo... ou invadir a casa desse parente quando não estivesse em casa.

Ele havia feito isso com Julie, pensou, então talvez...

Gostaria de saber se as ligações entre Topsail e Swansboro eram interurbanas. Se fossem, teria de avisar Henry, Emma e Mabel para não telefonarem para Mike e Julie, e caso já o tivessem feito, queimar as contas assim que as pagassem.

A mente de Jennifer voltou a se concentrar no carro.

Não admirava que ele o tivesse abandonado, mas precisava ter algum meio de locomoção. Qual? Táxi? Pensou nisso e depois descartou a ideia. Ele era esperto o bastante para saber que entrar e sair de táxis deixaria rastros e, com base na facilidade com que ele desaparecera no passado, Jennifer não achava que cometeria um erro tão primário.

Então, se ele ainda estava por aí, e procurando por Julie, como se deslocaria?

Jennifer estava tamborilando no catálogo telefônico quando viu o capitão Morrison andando pelo escritório.

– Capitão?

Ele a olhou, surpreso.

– Achei que você tinha ido ao hospital investigar sobre o carro.

– Pensei nisso, mas...

– Mas o quê?

– Onde fica exatamente o hospital? – perguntou Jennifer. – No centro da cidade? Nos arredores?

– Bem no meio da cidade. Por quê?

– O que existe por lá? Quero dizer, já esteve naquela área?

– É claro que sim. Muitas vezes. Há uma série de consultórios médicos, postos de gasolina, o centro comercial. Como eu disse, fica no centro da cidade.

– A que distância do centro comercial?

– Do outro lado da rua. – Ele fez uma pausa. – No que você está pensando?

– Gostaria de saber como ele se locomove. Acha possível que tenha roubado um carro?

O capitão ergueu as sobrancelhas.

– Vou verificar isso. Deixe-me dar um telefonema.

Jennifer assentiu, sua mente já visualizando os cenários. Ela pegou as chaves da radiopatrulha.

– Aonde você vai? – perguntou Morrison.

– Acho que vou direto para o hospital ver se alguém descobriu algo útil. Se souber alguma coisa sobre um carro roubado, avise-me imediatamente, está bem?

– Pode deixar.

Julie foi até a janela e encostou o rosto no vidro, esquadrinhando a praia.

– Já ouviu Singer latir? – perguntou.

Mike foi para o lado dela.

– Ainda não. Acho que ele ainda não voltou.

– Há quanto tempo está lá fora?

– Não muito. Com certeza vai voltar a qualquer momento.

Julie assentiu. A distância, viu as luzes fracas de uma traineira no mar. Embora a praia estivesse escura, achou que conseguiria ver Singer.

– Talvez eu deva ir chamá-lo.

– Quer que eu faça isso?

– Não, eu faço. Estou mesmo precisando de um pouco de ar fresco.

Pete viu-a se dirigindo à porta.

Richard se inclinou para a frente quando viu Julie aparecer na janela, com o rosto iluminado. Soube com súbita certeza que nunca amara ninguém tanto quanto a amava.

Então Mike se enquadrou na imagem, estragando-a. Arruinando tudo antes de ambos saírem da janela. Balançou a cabeça. Não lamentava o que aconteceria com Mike.

Richard esperou, sabendo o que Julie faria. Dali a um instante ouviria a voz dela, ecoando no ar salgado. Se tivesse sorte, Julie desceria até a praia, mas não estava contando com isso. Não, ela chamaria Singer, mas o cão não viria.

Singer continuaria exatamente onde estava.

Julie chamou por quase três minutos, indo da porta para os dois lados da varanda antes de Mike se juntar a ela.

– Ainda não voltou? – perguntou ele.

Julie negou com a cabeça.

– Não. E também não consigo vê-lo.

Mike olhou de um lado para outro.

– Quer que eu vá procurar por ele? Talvez não possa ouvi-la por causa das ondas.

Julie sorriu.

– Obrigada.

Mike desceu a escada.

– Voltarei daqui a alguns minutos.

Um instante depois, ela ouviu a voz de Mike chamando Singer.

41

Jennifer Romanello estreitou os olhos à luz de faróis de carros que vinham no sentido contrário. A falta de sono dos últimos dias causara danos e sua vista ardia. Estava se perguntando se deveria parar e comprar um café para ajudá-la a se manter acordada quando ouviu o rádio. Reconhecendo a voz do capitão, pegou o microfone.

– Parece que conseguimos alguma coisa – disse Morrison. – Acabei de falar com o departamento de polícia de Jacksonville e eles registraram o roubo de um carro no estacionamento do centro comercial no mesmo dia em que Richard desapareceu. Pertence a Shane Clinton, que mora em Jacksonville.

– Tem o endereço?

– Sim. Fica no número 412 da Melody Lane.

– Qual foi o carro?

– Um Pontiac Trans Am 1994. Verde. – Ele disse o número da placa. – Já emitimos um aviso geral sobre veículo roubado.

Jennifer fez uma anotação mental.

– Já falou com o dono?

– Não, mas ele mora perto do hospital. Quer o número do telefone?

– Sim.

Morrison falou o número e Jennifer o registrou na memória, e então decidiu ir para lá.

Os pés de Mike afundavam na areia enquanto ele andava pela praia. Olhando por cima do ombro, viu Julie em pé na varanda, a imagem dela se tornando menor a cada passo que dava.

– Singer! – gritou de novo.

Com os olhos se acostumando gradualmente à escuridão, esquadrinhou as dunas, procurando o cão. Sabia que Singer às vezes perambulava por lá, explorando os caminhos entre as casas, mas era estranho ainda não ter voltado.

Mike estava prestes a chamar de novo quando notou uma sombra à sua esquerda, perto de uma escada. Estreitou os olhos, se aproximou e reconheceu a forma na areia. Virando-se, gritou na direção de Julie:

– Achei!

Deu mais alguns passos à frente.

– O que você está fazendo? Venha. Vamos voltar para dentro.

Singer abanou levemente o rabo e Mike ouviu o que pareceu um ganido. O cão estava ofegando muito, com a língua para fora. O peito subia e descia rapidamente.

– Parece que você está mesmo esgotado... – começou a dizer, mas se interrompeu quando Singer ganiu de novo. – Você está bem? – perguntou.

Singer continuou imóvel.

– Singer? – chamou mais uma vez.

Mike se agachou e pôs a mão sobre o peito do cão. Sentiu o coração de Singer acelerado. Ele estava com um olhar vidrado e vazio. Não reagiu ao seu toque e foi então que Mike notou que as patas traseiras do animal estavam tremendo.

Pete Gandy se juntou a Julie na varanda dos fundos.

– O que está acontecendo? – perguntou.

Julie o olhou de relance.

– Só estou esperando Mike e Singer voltarem.

O policial assentiu e eles ficaram em silêncio, observando a praia. Julie começava a se perguntar onde Mike e Singer estavam quando ouviu o namorado chamar seu nome. Mesmo a distância, sentiu o pânico na voz dele. Um momento depois, Mike apareceu na areia abaixo.

– É o Singer! – gritou ele. – Há algo errado! Venha aqui!

Demorou um instante para Julie registrar as palavras, e ela pestanejou.

– O que você quer dizer? O que há de errado? – gritou de volta.

– Não sei! Venha logo! – gritou Mike.

Com um súbito aperto no peito, Julie começou a descer a escada.

– Espere – disse Pete. Tentou agarrar o braço dela para fazê-la parar, mas Julie já havia passado por ele. Observando-a descer a escada, ponderou se devia segui-los ou não.

– Merda! – murmurou, e depois se dirigiu à praia.

Richard observou os três começando a correr pela praia. Vendo-os se afastar cada vez mais, sentiu seu corpo se encher de adrenalina. Tinha começado.

Quando eles finalmente desapareceram de seu campo de visão, Richard subiu na duna. Mantendo-se abaixado nas sombras, foi na direção da casa com a chave de roda.

Ofegante em sua tentativa de alcançar Mike, Julie sentiu as garras do pânico. Atrás dela, ouvia Pete gritando seu nome, implorando-lhe que voltasse para casa.

Segundos depois, entendeu para onde Mike se dirigia quando viu Singer deitado na areia.

Julie começou a tremer enquanto corria para Singer. Quando Pete a alcançou, ela e Mike estavam debruçados sobre o cão.

– O que aconteceu? – perguntou Pete, exausto.

– Singer? O que você tem, amigão? – sussurrou Julie, acariciando o pelo das costas do cão.

Nenhuma reação. Julie olhou para Mike com uma expressão infantil, seus olhos lhe implorando para dizer que ela não tinha com o que se preocupar, que estava errada e não havia nenhum motivo para se assustar.

– Por que ele não está se mexendo? – perguntou Pete.

– Mike? – insistiu Julie.

– Não sei – murmurou ele. – Acabei de encontrá-lo assim...

– Talvez esteja cansado – sugeriu Pete, mas o olhar de Mike o fez parar.

– O que ele tem? – gritou Julie. – Ajudem-no!

Mike ergueu gentilmente a cabeça de Singer da areia.

– Vamos, garoto, levante-se...

O pescoço de Singer estava rígido e sua respiração se tornou mais difícil, como se o movimento o tivesse machucado. Quando o cão ganiu, Mike baixou a cabeça dele. Pete olhou alternadamente para Mike, Singer e Julie, perguntando-se o que fazer e se sentindo tão confuso quanto os outros.

– Temos de fazer alguma coisa! – gritou Julie.

Foi seu grito angustiado que finalmente forçou Mike a agir.

– Pete, volte para casa e veja se consegue encontrar um veterinário de emergência.

– Não devo deixar vocês sozinhos...

– Apenas vá! – gritou Mike. – E rápido!

– Mas...

– Vá!

– Está bem, está bem – disse Pete.

Logo estava correndo na escuridão, deixando Mike e Julie com Singer.

Mesmo correndo, Pete conseguia ouvir os gritos de Julie.

Jennifer acabara de atravessar os limites da cidade de Jacksonville quando percebeu que algo a estava incomodando. Alguns minutos após Morrison lhe dar a informação pelo rádio, ela começou a ter essa sensação, mas não conseguia descobrir por que se sentia tão desconfortável.

Estava deixando escapar alguma coisa, pensou. Mas o quê?

À frente, só via faróis distantes e a estrada parecia dividir o mundo em dois. O motor roncou quando ela pisou no acelerador. Os refletores na rodovia passavam sob os pneus em um ritmo rápido.

Aquilo não tinha a ver com o carro roubado... ou tinha? E nesse caso...

Não conseguia descobrir o que era, mas sabia que estava ali. Algo em seu subconsciente, algo óbvio, algo apenas fora de alcance.

O.k., pensou ela, revendo os fatos. O carro de Richard foi abandonado. Certo. O carro foi roubado por volta da hora em que Richard teria chegado a Jacksonville. Certo. Juntando essas duas coisas, ela suspeitava... não, sabia que Richard o roubara. Certo.

O que o capitão tinha dito? A marca e o modelo do carro, o dono, o endereço onde o jovem morava. Pensou sobre isso. Concluiu que os dois últimos dados não significavam nada, mas e quanto à marca e ao modelo do carro?

Pontiac Trans Am verde.

O carro que ela própria quisera ter no ensino médio...

Franziu as sobrancelhas, perguntando-se por que aquele pensamento parecia tão familiar.

Da varanda, Richard ouviu Julie gritando por causa do cão. Por um momento, deteve-se para ouvi-la, sentindo uma pontada de compreensão. É claro que já sabia que aquilo seria difícil para ela, mas ouvir Julie – o medo e a aflição – o afetou mais do que ele imaginara.

Não queria que ela sofresse e desejou ter havido outro meio. Mas não houvera. Tivera de fazer aquilo. Se Singer fosse um cão tranquilo, carinhoso, nunca o teria machucado. Mas o animal era tão confuso e temperamental quanto Julie.

Os gritos dela se tornaram mais altos e desesperados, e o som era terrível. Lamentou por ela e desejou se desculpar, mas deixaria isso para depois, quando Julie conseguisse ver através de sua dor e reconhecesse que fizera aquilo por ambos.

Talvez lhe comprasse outro cão depois que tudo ficasse para trás. Embora nunca tivesse desejado um, deu-se conta de que poderia fazer isso por ela. Escolheriam um cão juntos e Julie se esqueceria totalmente de Singer. Talvez fizessem uma visita ao canil e comprassem um cão que gostasse de buscar coisas, como Singer gostava. Ou encontrariam no jornal alguém vendendo filhotes e escolheriam o que ambos achassem melhor.

Sim, pensou ele, estava decidido. Outro cão. Um cão *melhor.* Faria isso por ela quando tudo tivesse terminado. Julie gostaria disso. Ficaria feliz, e era isso que sempre desejara para ela. Felicidade.

Agora que estava se sentindo no controle, os gritos de Julie lhe pareceram mais distantes.

Na praia, viu um súbito movimento. Sabendo o que significava, Richard se retirou para o canto, escondendo-se nas sombras.

Pete Gandy subiu os degraus correndo, atravessou a varanda, entrou pela porta dos fundos e foi para a cozinha. Abriu a gaveta debaixo do telefone com tanta força que quase a quebrou, e pegou a lista telefônica.

– Vamos, vamos – disse, começando a folhear as páginas em busca do veterinário mais próximo.

Encontrou a seção certa e começou a correr o dedo pela página, procurando alguém capaz de lidar com uma emergência.

O hospital veterinário mais próximo ficava em Jacksonville, a trinta minutos dali, e subitamente ele teve certeza de que o cão não duraria tanto.

O que devo fazer?, pensou. O que faço agora?

Forçou-se a ordenar seus pensamentos confusos.

Os nomes dos veterinários estavam na lista e Pete decidiu ligar para a casa deles, já que era tarde demais para os consultórios estarem abertos. Essa era a única chance que o cão tinha. Mas seria preciso procurar os números um a um.

E o tempo estava se esgotando.

Jennifer havia parado em um sinal vermelho no coração de Jacksonville. Embora tecnicamente estivesse indo para a Melody Lane conversar com Shane Clinton, sua mente ainda tentava decifrar o enigma do Pontiac Trans Am verde.

O carro que ela própria quisera ter no ensino médio.

Tivera o mesmo pensamento recentemente, mas onde? Na delegacia? Não, mal saíra de sua escrivaninha nos últimos dias. Em seu apartamento? Também não. Então onde?

O sinal ficou verde e Jennifer balançou a cabeça enquanto o carro seguia em frente.

Estive em algum lugar? Só para falar com Julie e Mike, quando deixei Pete...

Suas mãos apertaram o volante.

Não, pensou, não podia ser...

Jennifer pegou seu celular e pisou fundo no acelerador, sabendo que levaria pelo menos vinte minutos para chegar a Topsail Beach... e ao Trans Am verde que vira estacionado na estrada.

Pete Gandy estava folheando de trás para a frente o catálogo telefônico, correndo o dedo pelas páginas e ficando cada vez mais frustrado. Havia uma lista de mais de uma dúzia de veterinários, mas a maioria morava em Jacksonville, longe demais para ajudar.

Restavam três nomes e ele virou as páginas à procura da próxima possibilidade, seus dedos rasgando o papel fino.

Linda Patinson era a próxima da lista e Pete consultou cada seção que relacionava as localidades. Ela não morava em Jacksonville nem em Orton ou Maysville. Examinando a última seção, encontrou uma Linda Patinson.

Ela morava em Sneads Ferry, a apenas dez minutos pela mesma estrada.

Pegou o telefone e começou a discar; errou o número e desligou, forçando-se a respirar profundamente. Acalme-se, disse para si mesmo. Se parecer maluco, ela não virá.

Discou de novo e o telefone do outro lado da linha começou a tocar.

Uma vez.

Duas vezes.

– Vamos...

Três vezes.

Quatro.

– Esteja em casa...

Houve um clique e alguém atendeu.

– Alô?

A voz pareceu jovem, como a de uma universitária.

– Oi, sou Pete Gandy, do departamento de polícia de Swansboro. Desculpe-me por ligar, mas quem fala é Linda Patinson, a veterinária?

Houve uma pausa.

– Sim – respondeu ela. Sua voz pareceu cautelosa.

– Não sei mais o que fazer. Nosso cão parece estar tendo algum tipo de convulsão.

– Bem, há uma clínica veterinária de emergência em Jacksonville.

– Eu sei. Mas acho que ele não vai aguentar até lá... Está tremendo todo e com a respiração realmente acelerada. O coração está falhando e ele nem consegue levantar a cabeça.

Pete continuou, descrevendo o melhor que pôde a condição de Singer, e, quando terminou, Linda Patinson hesitou. Embora relativamente nova na profissão – só se formara havia poucos anos –, sabia que aquilo era sério, não só pelo pânico na voz de Pete, como também por todos os sintomas que ele descrevera.

– Ele comeu alguma coisa na garagem? Como inseticida? Ou algum tipo de veneno?

– Não que eu saiba. Ele estava bem há pouco tempo.

– Qual é a raça do cão?

– É um dinamarquês.

Linda Patinson hesitou.

– Tem como colocá-lo no carro e trazê-lo para cá? Posso estar em meu consultório daqui a dez minutos. É bem perto na rua...

– Eu encontrarei.

Segundos depois, Pete desligou o telefone e já estava na varanda dos fundos. Batendo com a porta ao sair, mal notou a sombra que se movia em sua direção.

Julie estava acariciando Singer de leve, com as mãos trêmulas.

– Por que está demorando tanto? – perguntou, aflita. – O que ele está fazendo?

Mike não respondeu, sabendo que Julie estava falando mais com ela mesma do que com ele. Em vez disso, tentou tranquilizá-la.

– Ele vai ficar bem – sussurrou.

Singer ofegava mais agora, com os olhos arregalados. A língua estava na areia, coberta de grãos. A cada vez que respirava, gania.

– Aguente firme, amigão – implorou ela. – Por favor... ah, Deus... por favor...

Na varanda, Pete Gandy não soube ao certo o que fez com que ele se virasse.

Talvez o leve rangido de sapatos na madeira ou a quase imperceptível mudança nas sombras projetadas pela luz amarela da varanda. Pete teve certeza de que não foi apenas intuição. Naquele momento, estava pensando em veneno e no que isso poderia significar; não havia nada em seu subconsciente para processar algo mais do que aquilo que precisava fazer a seguir.

Mas antes que percebesse, antes mesmo de ver Richard, de ver alguém vindo na sua direção, já começara instintivamente a se esquivar quando sentiu algo bater com força em seu crânio.

Houve uma dor instantânea e depois uma luz brilhante no canto dos olhos que subitamente se transformou em escuridão.

– Talvez eu deva ir atrás de Pete – sugeriu Mike. – Ver por que ele está demorando tanto.

Julie mal o ouviu, mas fez que sim com a cabeça, com os lábios cerrados.

Mike se virou e começou a ir na direção da casa.

Richard olhou para a figura caída de Pete Gandy. Sim, uma coisa horrível, mas necessária e de certo modo inevitável.

E é claro que também havia o fato de Pete ter uma arma. Isso torna o resto muito mais fácil, pensou Richard. Por um momento, depois de tirar a arma do coldre, pensou em meter uma bala na cabeça de Pete Gandy. Depois decidiu não fazer isso. Não tinha nada contra Pete. Ele era apenas um homem fazendo seu trabalho.

Richard se virou e estava se dirigindo à escada quando viu Mike vindo pela praia.

Olhando para o corpo do policial, percebeu que Mike o veria imediatamente. Sua mente analisou o problema e ele se agachou, esperando os passos pesados de Mike na escada.

Enquanto Jennifer Romanello corria para a casa de praia, continuava a discar o número. Primeiro o telefone estava ocupado; agora ninguém atendia. Com o telefone tocando sem parar, não pôde evitar a sensação de que algo dera terrivelmente errado. Pegou o rádio e pediu reforços, mas mesmo depois de externar suas preocupações soube que ninguém chegaria na casa antes dela.

42

Mike olhou para cima justamente quando um vulto escuro se lançou sobre ele do alto da escada.

A força do ataque o fez cair para trás; sua cabeça bateu na escada enquanto algo descia sobre ele, esmagando seu peito e apertando sua coluna contra as bordas dos degraus.

A dor foi lancinante. Mike não conseguiu ver nada, mas se sentiu escorregando pela escada de costas, de cabeça para baixo, até chegar à areia e ele subitamente parar, com o pescoço dobrado em um ângulo estranho. Sentiu alguém se aproximando de seu pescoço e o agarrando. Pés foram plantados na areia de cada um dos lados de seu corpo e o que parecia ser um saco de chumbo pousou em seu peito.

As mãos começaram a apertá-lo e Mike sentiu náuseas enquanto a dor o percorria. Foi difícil até mesmo abrir os olhos, mas, quando ele viu o rosto de Richard Franklin, seus pensamentos subitamente se tornaram claros.

Julie!, quis gritar. *Corra!*

Mas não emitiu nenhum som. Sem oxigênio, começou a ficar tonto e com a mente confusa. Na tentativa de respirar, pegou instintivamente as mãos de Richard, tentando soltá-las enquanto seu corpo começava a se encher de adrenalina. Mas Richard se recusou a aliviar a pressão.

Mike se debateu furiosamente, tentando em vão alcançar o rosto de Richard. Todas as células do seu corpo gritavam por oxigênio. Bateu com as pernas tentando afastá-lo, mas Richard não se moveu. Tentou mover a cabeça de um lado para outro, mas isso só fez Richard apertar com mais força.

E a dor...

Preciso de ar. Foi tudo em que conseguiu pensar ao estender os braços na direção do rosto de Richard, tentando atingir seus olhos. Dobrando as mãos em garras e lutando furiosamente, atingiu o alvo por um instante antes de Richard erguer a cabeça, fugindo do seu alcance.

Foi então que Mike soube que iria morrer.

Em pânico, tentou pegar novamente as mãos de Richard, tateando e agarrando. Dessa vez encontrou um polegar e conseguiu segurá-lo, puxando-o com a pouca força que ainda lhe restava.

Sentiu algo estalar, mas Richard se recusou a soltá-lo. Ao puxar com mais força, o polegar foi curvado em um ângulo anormal. Richard afrouxou a pressão enquanto sua boca se contorcia de dor. Ele se inclinou para a frente.

Era tudo de que Mike precisava. Chutando e se curvando, finalmente sentiu um sopro de ar passar por sua garganta. Agarrou os cabelos de Richard com sua mão livre e bateu com os joelhos nas costas dele, tirando vantagem do impulso e da gravidade. Richard passou por cima dele, aterrissando na areia ao seu lado.

Tentando respirar, Mike se afastou da escada e foi até Richard, na areia, mas o simples engatinhar o deixou exausto. Embora já conseguisse puxar o ar, sua garganta continuava apertada, interrompendo o fluxo. Richard ficou em pé primeiro e, se virando de repente, chutou violentamente as costelas de Mike, e depois o chutou de novo. Mike caiu de costas e recebeu um chute na cabeça. A intensidade da dor quase o cegou, e mais uma vez ele não conseguiu respirar.

Pensou em Julie.

Julie...

Pondo-se de quatro hesitantemente, investiu contra Richard. O sujeito o chutou; Mike sentiu os golpes, mas continuou a avançar. Estava tentando agarrar a garganta de Richard quando sentiu algo duro apertando seu estômago e ouviu um estouro.

No início não sentiu nada, mas depois surgiu uma dor na barriga, um líquido fervente em seus nervos, dor irradiando em todas as direções e subindo pela espinha. Mike piscou, chocado, e pareceu perder o controle de sua língua. Suas pernas ficaram paralisadas, seu corpo enfraqueceu e Richard o empurrou.

Quando Mike pôs as mãos na barriga, ela estava molhada e pegajosa. À luz fraca, seu sangue parecia óleo de motor fazendo uma poça debaixo de um carro. Não conseguiu entender de onde vinha o sangue, mas, quando Richard se levantou, viu a arma.

Richard baixou os olhos para ele, e Mike rolou para o lado.

Preciso me levantar... tenho de ficar em pé... tenho de avisar Julie...

Sabia que Richard iria atrás dela e tinha de impedir que isso acontecesse. Tinha de salvar Julie. Tentou vencer a dor, pensar no que fazer a seguir... Outro chute atingiu sua cabeça.

Estava de bruços de novo, com sangue jorrando debaixo dele. Com a mão na barriga e sentindo sua vida se esvair, gritou.

– Julie!

Mas o som saiu como um chiado.

Mais tonto... mais fraco... tenho de salvá-la... tenho de protegê-la...

Outro chute na cabeça, e depois não houve nada.

Richard ficou em pé acima de Mike, os olhos arregalados, ofegante, energizado como nunca. Estava com as mãos formigando e as pernas tremendo, mas os sentidos! Ah, estavam tão vivos! Foi como se ele estivesse experimentando um mundo desconhecido. Com a visão e audição amplificadas, podia sentir o menor movimento de ar em sua pele. O efeito era estonteante, embriagante.

Isso era totalmente diferente do que sentira com Pete. Ou com o verdadeiro Richard Franklin. Ou até mesmo com Jessica. Ela havia lutado, mas não desse jeito. Tinha morrido em suas mãos, mas não houve nenhum sentimento de superação, de vitória. Só um sentimento de pesar por ela ter provocado o próprio fim.

Não, esta noite se sentia triunfante, incansável, invencível. Tinha uma missão, e os deuses estavam ao seu lado.

Ignorando a dor no polegar, virou-se e começou a ir para a praia. Às esquerda, as dunas estavam cobertas de capim e hera; as ondas continuavam em seu marulhar eterno. Pensou em como a noite estava linda. Nas sombras à frente, distinguiu a forma de Julie, debruçada sobre seu cão. Mas o animal estava morto, ou logo morreria. Ficaremos a sós, pensou. Sem complicações. Sem ninguém para nos impedir.

Começou a andar mais rápido, excitado com a ideia de encontrá-la. Sem dúvida Julie ficaria assustada quando o visse. Provavelmente reagiria como Jessica havia reagido na noite em que o encontrou à espera dela no carro, do lado de fora do supermercado. Ele havia tentado se explicar, fazê-la entender, mas ela tinha lutado e lhe cravado as unhas na pele, e Richard pusera as mãos ao redor da garganta de Jessica até ela revirar os olhos, vendo-o e sabendo que o obrigara a fazer aquilo com seus próprios motivos egoístas para deixar escapar o futuro dos dois.

Mas trataria Julie com a paciência que ela merecia. Conversaria com ela com voz calma e, quando Julie realmente entendesse a natureza de seu amor, quando percebesse que ele havia feito tudo isso por ela – por eles –, cederia. Provavelmente ainda ficaria chateada por causa de Singer, mas ele a confortaria e Julie veria que ele não tivera escolha.

Gostaria de levá-la para o quarto depois, mas sabia que não havia tempo para isso. Mais tarde naquela noite, quando estivessem a uma distância segura, parariam em um motel e fariam amor, e teriam toda uma vida juntos para compensar o que haviam perdido.

– Ele já vem, querido – sussurrou Julie. – Logo estará aqui e vamos levá-lo ao médico, está bem?

As lágrimas em seus olhos mal a deixavam ver Singer. Ele piorava a cada minuto; havia fechado os olhos, e embora ainda estivesse com a respiração acelerada, ofegava e emitia um som agudo de apito – como ar escapando de um pequeno furo em um colchão de ar – que não parecia nada normal. Não eram só as pernas do cão que tremiam, agora era o corpo todo. Julie sentia os músculos dele se contraindo sob sua mão, como se tentasse evitar a morte.

Singer ganiu e Julie ouviu o pânico em sua própria voz. Estava acariciando o pelo dele, sofrendo por ele, como se aquilo estivesse acontecendo com ela.

– Você não pode me deixar. Por favor...

Por dentro, gritava para Pete e Mike se apressarem, porque o tempo estava se esgotando. Ainda que só tivessem se passado alguns minutos, parecia uma eternidade, e ela sabia que Singer não conseguiria lutar muito mais.

– Singer... você consegue... Não desista. *Por favor...*

Estava prestes a gritar para Pete e Mike quando as palavras ficaram presas em sua garganta.

No início se recusou a acreditar no que seus olhos estavam vendo e piscou na tentativa de afastar a imagem. Mas, quando olhou de novo, viu que não estava errada.

Apesar de os cabelos estarem de uma cor diferente e ele não usar mais óculos e bigode, reconheceu-o imediatamente.

– Oi, Julie – disse Richard.

Jennifer corria no trânsito, cortando outros carros e piscando os faróis.

Com os olhos na estrada, agarrava o volante com tanta força que suas mãos doíam.

Dez minutos, pensou. Só preciso de mais dez minutos.

Julie olhou para Richard sem respirar enquanto tudo se encaixava.

Ele estava ali. Havia feito algo com Singer. Havia feito algo com Pete. Havia feito algo com Mike.

Ah, Deus...

Mike...

E agora estava ali atrás dela.

Vinha lentamente em sua direção.

– Você... – foi tudo o que conseguiu dizer.

Um breve sorriso surgiu no rosto de Richard. *É claro*, parecia dizer, *quem esperava que fosse?* Ele parou a alguns metros de distância, e depois de sustentar o olhar dela por um ou dois minutos olhou na direção de Singer.

– Sinto muito por Singer – disse, com a voz baixa. – Sei quanto gostava dele.

Richard falou como se não tivesse nada a ver com aquilo. Seu rosto assumiu uma expressão de tristeza, como se ele estivesse assistindo ao funeral de um amigo íntimo.

Julie, de repente, se sentiu prestes a vomitar, mas forçou a bile a recuar, tentando manter algum controle. Tentando descobrir o que fazer. Tentando saber o que acontecera com Mike.

Ah, Deus. *Mike.*

– Onde está Mike? – perguntou, querendo saber, mas com um medo súbito de descobrir. Tudo o que pôde fazer foi manter a voz firme.

Richard ergueu os olhos, com a mesma expressão de tristeza no rosto.

– Agora isso terminou – disse sem rodeios.

As palavras tiveram um impacto quase físico e Julie imediatamente sentiu as mãos começarem a tremer.

– O que você fez com ele? – conseguiu articular.

– Isso não importa.

– O que você fez? – gritou, incapaz de se controlar. – Onde ele está?

Richard deu outro passo na direção dela, a voz ainda suave.

– Não tive escolha, Julie. Você sabe disso. Ele a estava controlando e eu não podia deixar isso continuar. Mas agora você está segura. Cuidarei de você.

Ele deu outro passo e Julie recuou, afastando-se de Singer.

– Ele não a amava, Julie – disse Richard. – Não como eu amo.

Ele vai me matar, pensou Julie. Matou Mike, Singer e Pete, e agora vai me matar. Começou a se levantar quando Richard se aproximou, com o medo aumentando a cada passo que ele dava. Podia ver isso nos olhos de Richard, podia ver exatamente o que ele iria fazer.

Ele vai me matar, mas primeiro vai me estuprar...

A consciência disso era quase incapacitante, mas algo dentro dela gritou "*Fuja!*", e Julie reagiu instintivamente.

Ela correu, sem se dar o trabalho de olhar para trás, seus pés deslizando na areia enquanto disparava pela praia.

Richard não tentou fazê-la parar. Em vez disso sorriu, sabendo que ela não tinha para onde ir. Sabia que ficaria cansada; o pânico a aniquilaria. Então pôs a arma no cinto e começou a correr atrás dela, o suficiente para não perdê-la de vista e alcançá-la no momento certo.

Mike recobrava e perdia a consciência. Aprisionada em algum lugar entre um mundo de realidade e sonhos, sua mente por fim conseguiu assimilar o fato de que estava perdendo muito sangue.

E de que Julie precisava dele.

Tremendo, começou a se levantar lentamente.

Julie tentou correr o mais rápido que podia na direção das luzes da única casa de praia que parecia estar ocupada. Suas pernas estavam ficando cansadas e ela começou a ter a sensação de que não saía do lugar. As luzes pareciam próximas, mas tinha a impressão que não conseguiria chegar lá.

Não, disse para si mesma, *não!* Ele não me pegará. Eu conseguirei e as pessoas me ajudarão. Gritarei por ajuda, chamarão a polícia e...

Mas suas pernas... seus pulmões ardiam... os batimentos do seu coração...

Somente o terror a mantinha em movimento.

Correndo o máximo possível, olhou de relance por cima do ombro.

Apesar da escuridão, viu Richard se aproximando.

Não vou conseguir, percebeu.

Agora ela cambaleava. Tinha câimbras nas panturrilhas. Tudo o que podia fazer era permanecer em pé.

E ele ainda estava vindo...

Onde está todo mundo?, quis gritar. *Socorro!*

Sabia, com desanimadora certeza, que o som das ondas abafaria seus gritos. Alguns passos depois olhou para trás de novo. Mais perto.

Podia ouvir os passos dele agora.

Mas não consigo continuar...

Virou-se na direção das dunas, esperando que naquele lado houvesse um lugar para se esconder.

Richard via os cabelos de Julie esvoaçando atrás dela. Agora estava mais perto, o suficiente para tentar agarrá-los.

Estou quase lá, pensava, quando subitamente ela virou e começou a subir as dunas. Perdendo o equilíbrio, Richard tropeçou de leve. Deu uma gargalhada.

Tanta energia! Tanto esforço! Julie era igualzinha a ele. Quase bateu palmas, encantado.

Julie viu uma casa se elevando atrás das dunas, embora subir pela areia fosse quase impossível para ela. Com os pés escorregando, teve de usar as mãos para se equilibrar, e quando chegou ao topo suas pernas estavam bambas.

Por um momento, examinou a casa. Construída sobre pilares, tinha espaço para carros estacionarem embaixo, mas poucos lugares onde se esconder. Mas o imóvel seguinte tinha uma vegetação mais densa, e ela se virou naquela direção.

Foi quando sentiu Richard agarrar seus pés como um jogador de futebol americano interceptando o avanço do adversário. Perdendo o equilíbrio, caiu rolando pelo outro lado da duna.

Quando Richard a alcançou, curvou-se e a segurou pelo braço, ajudando-a a se levantar.

– Você é realmente um prêmio – disse, sorrindo e tomando fôlego. – Soube disso no momento em que nos conhecemos.

Julie se debateu e o sentiu afundar os dedos em seu braço. Lutou ainda mais.

– Não faça isso, Julie – disse ele. – Não percebe que isso sempre esteve destinado a acontecer?

Julie se contorceu, tentando soltar seu braço.

– *Me largue!* – gritou.

Richard a segurou ainda com mais força, provocando-lhe uma expressão de dor. Deu um sorriso divertido, como se perguntasse: *está vendo como isso é inútil?*

– Acho que devemos ir – sugeriu calmamente.

– Não vou a lugar nenhum com você!

Ela se contorceu, finalmente conseguindo se soltar, mas, quando se afastou dele, o sentiu empurrando-a por trás e a atirando no chão de novo.

Olhando-a de cima, ele balançou suavemente a cabeça.

– Você está bem? – perguntou. – Sinto muito ter tido de fazer isso, mas precisamos conversar.

Conversar? Ele queria *conversar?*

Dane-se!, pensou ela. Dane-se tudo.

Assim que ele começou a se mover em sua direção, Julie se levantou e tentou correr, mas Richard agarrou seus cabelos e os puxou com força.

Ela o ouviu dar uma risada de espanto.

– Por que está dificultando as coisas? – perguntou.

Na praia, Mike tentava ficar em pé, chegar à escada, lutar contra a náusea provocada pela dor, com pensamentos confusos e fragmentados...

Levantar... chamar a polícia... ajudar Julie... mas a dor... tiro... dor... onde estou... aquele rugido constante... de novo e de novo... dor... vindo em ondas... ondas... o oceano... Julie... tenho de salvá-la...

Ele deu um passo.

E depois outro.

Julie lutou furiosamente, atingindo Richard no peito e no rosto. Ele puxou seus cabelos de novo, fazendo-a gritar.

– Por que você continua lutando contra mim? – perguntou, com voz e expressão calmas, como se tentando chamar à razão uma criança rebelde. – Não entende que acabou? Agora somos só nós dois. Não há nenhum motivo para você agir assim.

– Me largue! – gritou Julie. – Fique longe de mim.

– Pense em tudo o que podemos fazer juntos – disse ele. – Sabe, nós somos iguais. Sobreviventes.

– Não vamos fazer nada juntos! – exclamou ela. – Eu odeio você!

Ele a puxou violentamente pelos cabelos mais uma vez, fazendo-a cair de joelhos.

– Não diga isso.

– Odeio você! – berrou ela de novo.

– Estou falando sério – disse ele, sua voz mais baixa e ameaçadora. – Sei que está chateada, mas não quero machucá-la, Jessica.

– Eu não sou Jessica! – gritou ela.

Quando estava quase em pé, Mike caiu de joelhos, mas se arrastou para a frente. Com uma das mãos na barriga, estendeu a outra para o corrimão e conseguiu se levantar.

Agora estava perto do topo e viu Pete no chão, com o rosto virado para baixo e o sangue empoçado ao redor da cabeça.

Mais alguns passos e chegou à varanda, dirigindo-se à porta. Sem o corrimão não tinha equilíbrio, mas manteve os olhos focados na porta, concentrando-se no que tinha de fazer.

Richard a olhou com uma expressão curiosa, como se não soubesse o que ela queria dizer. Piscou os olhos e começou a inclinar a cabeça para o lado, como uma criança estudando pela primeira vez seu reflexo em um espelho.

– O que você disse?

– Eu não sou Jessica! – gritou novamente.

Richard levou sua mão livre para trás das costas, e um momento depois Julie viu a arma.

Mike alcançou a fechadura e a girou. Quando abriu a porta, sentiu que estava saindo de seu corpo.

O telefone, pensou. Tenho de chegar ao telefone antes que seja tarde demais.

Foi então que ouviu algo irrompendo pela porta da frente. Erguendo os olhos, sentiu um súbito alívio.

– Julie precisa de ajuda – conseguiu dizer. – Na praia...

Chocada com a condição de Mike, Jennifer foi rapidamente para o lado dele e o ajudou a se sentar em uma cadeira. Então pegou o telefone e discou para o número de emergência. Quando começou a tocar, entregou-o para ele.

– Chame uma ambulância! – disse. – Consegue fazer isso?

Mike assentiu, respirando com dificuldade ao levar o fone ao ouvido.

– Pete... lá fora...

Jennifer se precipitou para a porta quando ouviu Mike chamando uma ambulância. Na varanda, primeiro achou que Pete estava morto. Sangue escorria de sua cabeça, mas, quando se abaixou para examiná-lo, ele moveu o braço e gemeu.

– Não se mexa – disse Jennifer. – A ambulância já está vindo.

Ela olhou para a escada. Um instante depois, descia correndo os degraus.

Richard encostou a arma na têmpora de Julie e ela instintivamente parou de se mover. A expressão de Richard não era mais calma. Ele parecia ter perdido o senso de realidade. Julie percebeu isso pelo modo como a olhou e o som áspero que emitiu ao respirar fundo.

– Eu te amo – repetiu ele. – Sempre te amei.

Não se mexa, pensou ela. Ou ele a matará.

– Mas você não está me dando uma chance de demonstrar isso.

Ele a puxou pelos cabelos, aproximando a orelha de Julie de sua boca.

– Diga. Diga que me ama.

Julie não disse nada.

– *Diga!* – gritou ele.

Julie se encolheu à fúria em sua voz, que pareceu brutal, quase feroz. Ela sentiu o calor da respiração de Richard do lado do seu rosto.

– Eu lhe dei uma chance e até a *perdoei* pelo que você me fez! Pelo que me forçou a fazer. Agora *diga!*

Julie estava com o peito, a garganta e os membros tomados pelo medo.

– Eu te amo – sussurrou, à beira das lágrimas.

– Diga de modo que eu possa ouvir. Com sinceridade.

Começando a chorar, ela disse:

– Eu te amo.

– De novo.

Chorando mais.

– Eu te amo.

– Diga que quer vir comigo.

– Quero ir com você.

– Porque você me ama.

– Porque eu te amo.

E, como num sonho, pelo canto do olho Julie viu um vulto surgindo sobre a duna, seu guardião correndo no escuro.

Quando o vulto diante de seus olhos tomou forma, Julie viu Singer se lançar sobre Richard, rosnando, com a boca se fechando sobre o braço que segurava a arma.

Singer não o soltou, e tanto Julie quanto Richard caíram para o lado. Ele sacudiu o braço tentando se libertar do cão, que o estava puxando e balançando a cabeça com todas as forças que ainda lhe restavam. Richard gritou, largando a arma.

Agora ele estava de barriga para cima, lutando para manter Singer longe de sua garganta.

Com o rosto contorcido de dor, afastou o cão com uma das mãos e tentou pegar a arma com a outra. Singer não parou seu ataque, mas Julie gritou e foi o som do próprio grito que lhe deu forças para se levantar e correr.

Subiu a duna com dificuldade, sabendo que não tinha muito tempo.

Atrás dela, os dedos de Richard se curvaram ao redor do punho da arma.

Foi o som do tiro que fez Julie subitamente ficar de novo paralisada. Singer deu um ganido longo e cansado.

– *Singer!* – gritou Julie. – Ah, Deus... *nãoooo!*

Outro tiro e outro ganido, dessa vez mais fraco. Olhando por cima do ombro, viu Richard tirar o corpo de Singer de cima dele e se levantar.

Julie começou a tremer incontrolavelmente.

Singer estava deitado de lado, tentando se erguer, ao mesmo tempo rosnando, ganindo e se contorcendo de dor, com o sangue escorrendo para a areia.

Ouviu o som de sirenes ao longe.

– Agora temos que ir – disse Richard. – Estamos ficando sem tempo.

Mas tudo o que Julie conseguia fazer era olhar para Singer.

– *Agora!* – rugiu Richard. Agarrou-a novamente pelos cabelos e os puxou. Julie estava lutando com ele, chutando e gritando, quando uma voz gritou do alto da duna.

– *Parado!*

Richard e Julie viram a policial Romanello ao mesmo tempo. Richard apontou a arma para ela e disparou loucamente. Um momento depois, deixou escapar um suspiro sufocado. Sentiu uma dor aguda e ardente no peito e ouviu um som como o de um trem de carga. A arma em sua mão pareceu ridiculamente pesada. Disparou de novo, errou o alvo e teve outra sensação de ardência na garganta que o forçou a recuar. Sentiu o sangue entrando em seus pulmões e gorgolejou enquanto tentava respirar. O líquido viscoso não lhe permitia engolir. Quis tossir e cuspi-lo na direção da policial, mas estava perdendo as forças rapidamente. A arma escorregou de suas mãos e ele caiu de joelhos, sua mente ficando embotada. Só quisera a felicidade de Julie, a felicidade deles dois. As formas ao seu redor estavam se tornando mais escuras e indistintas a cada segundo. Virou-se na direção de Julie e tentou falar, mas não conseguiu articular as palavras.

Ainda assim se agarrou ao seu sonho, seu sonho de uma vida com Julie, a mulher que amava. Julie, pensou, minha doce Jessica...

Richard caiu para a frente na areia.

Julie olhou para o corpo de Richard e então se virou na direção de Singer.

O cão estava deitado de lado, respirando com muita dificuldade e com a boca aberta. Julie foi até ele e se abaixou, esforçando-se para vê-lo através de suas lágrimas.

Quando pôs a mão na cabeça de Singer, ele ganiu e tentou alcançá-la com a língua.

– Ah... meu amigão – choramingou ela.

Ele sangrava por dois ferimentos profundos, seu sangue empapando a areia. Tremendo, Julie pôs a cabeça sobre o corpo do cão e Singer ganiu de novo. Estava com os olhos arregalados e assustados e, quando tentou erguer a cabeça, uivou, o som partindo o coração de Julie.

– Não se mexa... vou levá-lo para o veterinário, está bem?

Podia sentir a respiração dele em sua pele, rápida e rasa. Ele a lambeu de novo e ela o beijou.

– Você foi tão bom, meu querido amigo! Tão corajoso... tão corajoso...

Singer estava com os olhos fixos nela. Ganiu de novo e Julie conteve o choro.

– Eu te amo, Singer – murmurou ela, enquanto os músculos do corpo do cão começavam a relaxar.

– Está tudo bem, querido. Não precisa mais lutar. Estou segura agora, e você pode dormir...

Epílogo

Julie foi para o quarto enquanto Mike cozinhava, o cheiro do molho de espaguete se espalhando pela casa. Ela acendeu a luz.

Quase dois meses haviam se passado desde aquela noite terrível na praia. Embora se lembrasse de tudo o que acontecera lá, o que ocorreu depois era confuso, uma mistura de eventos simultâneos. Lembrava-se de Jennifer Romanello ajudando-a a voltar para a casa, dos paramédicos cuidando de Mike e Pete e da casa se enchendo aos poucos de pessoas. Então tudo se tornara vago, e depois escuro.

Ela acordou no hospital. Pete também estava lá e Mike ocupava outro quarto no mesmo corredor. Dias depois Pete estava de pé, andando, mas Mike ficou em estado grave por uma semana. Quando estabilizou e começou a melhorar, continuou no hospital por mais mais 20 dias. Durante esse tempo todo, Julie ficou em uma cadeira ao lado da cama dele, segurando sua mão e sussurrando para ele mesmo quando estava adormecido.

A polícia tinha mais perguntas e também mais informações sobre o passado de Richard, mas ela descobriu que não estava interessada em nada daquilo. Richard Franklin estava morto - em sua mente, nunca seria lembrado como Robert Bonham - e isso era tudo o que importava.

E também, é claro, Singer.

Mais tarde, a veterinária lhe disse que ele havia ingerido veneno para rato suficiente para matar seis cães em minutos.

– Não entendo – falou Linda Patinson. – Foi um milagre ele conseguir se mover, e ainda mais lutar contra um homem adulto.

Mas ele lutou, pensou Julie. E me salvou.

No dia em que eles enterraram Singer no quintal da casa de Julie, uma chuva fina e quente caiu sobre o pequeno grupo de pessoas reunidas para se despedir do dinamarquês que fora, em vida, o companheiro de Julie e, no fim, seu guardião.

Quando Mike saiu do hospital, as semanas seguintes foram passadas em um estado de atordoamento. Ele ficou a maior parte do tempo na casa de Julie. Embora ainda mantivesse seu apartamento, não dormia lá desde que eles foram para a casa de praia, e Julie ficou grata por isso. Ele sabia quando ela queria ser abraçada e quando queria ficar só.

Porém nada mais era igual. A casa estava vazia demais, os restos de comida eram jogados no lixo e não havia um cão esfregando o focinho em seus pés. Mas havia momentos em que parecia que Singer ainda estava lá. Pelo canto do olho, às vezes Julie via um movimento. Isso era claro, mas quando ela se virava para ver o que era não havia nada. Certa vez sentiu um odor que era inegavelmente dele. O cheiro de quando ele estava sentado ao seu lado depois de brincar no mar, mas quando ela se levantou do sofá em busca da fonte, o cheiro simplesmente desapareceu. Em outra ocasião, tarde da noite, sentiu necessidade de se levantar e ir até a sala de estar. Embora a casa estivesse escura, ela o ouviu bebendo água da tigela na cozinha. O som a paralisou e fez seu coração disparar, porém mais uma vez simplesmente desapareceu.

Uma noite, sonhou com Jim e Singer. Eles estavam caminhando juntos em um campo aberto, de costas para ela, que corria tentando alcançá-los. No sonho, gritou por eles; os dois pararam e se viraram. Jim sorriu; Singer latiu. Quis ir até eles, mas não conseguiu se mexer. Eles a olharam com a mesma inclinação de cabeça, o mesmo olhar, o mesmo brilho atrás deles. Jim pôs a mão nas costas de Singer e o cão latiu de novo, alegremente, como se lhe dissesse que era assim que devia ser. Em vez de irem na direção dela, eles se viraram de novo e Julie os observou se afastando, os contornos de suas imagens se fundindo lentamente em um só.

Quando acordou, Julie pegou a foto de Singer na cabeceira da cama, sentindo falta dele. Seu coração ainda doía ao olhar para a foto, embora isso não a fizesse mais chorar. Na parte de trás da moldura, enfiara a carta que Jim lhe escrevera, e a tirou de lá.

Enquanto o sol da manhã aquecia as janelas, releu-a, seus olhos se demorando no último parágrafo.

E não se preocupe. De onde estiver, cuidarei de você. Serei seu anjo da guarda, querida. Pode contar comigo para protegê-la.

Julie ergueu seus olhos úmidos.

Sim, pensou, você me protegeu.

Nota do autor

A criação de um romance é sempre um processo difícil. Frequentemente começa com uma ideia vaga ou, no meu caso, com um tema. Para este livro escolhi abordar o amor e o perigo. Em outras palavras, queria escrever uma história em que dois personagens incríveis se apaixonam, mas também acrescentar elementos de suspense e perigo que os pusessem em risco. Não me lembro de quando decidi escrever uma história assim, mas lembro-me de que pensei que me divertiria durante o processo de criação de um tipo de romance que nunca havia escrito.

Nossa, como eu estava enganado!

Embora tenha gostado do processo de escrever, a edição foi de longe a mais difícil que fiz. Do primeiro ao último rascunho, o livro passou por oito grandes revisões até meu editor e eu finalmente acharmos que havia cumprido seu papel: ser em primeiro lugar uma história de amor e, em segundo - de um modo que surpreendesse o leitor -, um thriller convincente.

Em minha vida, provavelmente, li milhares de thrillers, e ainda que em muitos os personagens se apaixonassem, não me lembro de ter lido nenhum em que o elemento suspense fosse secundário. O motivo para isso é simples: quanto mais assustador algo é, mais domina a história. Portanto, o desafio em *O guardião* foi encontrar o equilíbrio certo entre os dois elementos e tecer a trama de modo que o leitor nunca perdesse de vista o que o romance realmente era - uma história de amor entre duas pessoas comuns que descobriram que um sujeito perigoso cruzou seus caminhos. Embora isso pareça fácil, passei muitas noites sem dormir.

Também desejei escrever uma história que incluísse um cão. *Meu melhor companheiro*, de Fred Gipson; *Amigos de caça*, de Wilson Rawls; *O amor é para sempre,* de Terry Kay; ou *Meu cachorro Skip*, de Willie Morris - sempre adorei histórias com cães e achei que seria bom incluir um cachorro neste romance em particular. Sou grato a esses autores por suas obras e pelas horas de diversão que me proporcionaram. Também há uma história comovente de Cathy Miller, intitulada "Delayed Delivery" (A entrega atrasada), em *Chicken Soup for the Pet Lover's Soul*, que inspirou o prólogo deste livro, e gostaria de agradecer a ela - e aos editores - por fazerem meus olhos se encherem de lágrimas.

CONHEÇA OUTROS TÍTULOS DO AUTOR

O melhor de mim

Na primavera de 1984, os estudantes Amanda Collier e Dawson Cole se apaixonaram perdidamente. Embora vivessem em mundos muito diferentes, o amor que sentiam um pelo outro parecia forte o bastante para desafiar todas as convenções de Oriental, a pequena cidade em que moravam.

Nascido em uma família de criminosos, o solitário Dawson acreditava que seu sentimento por Amanda lhe daria a força necessária para fugir do destino sombrio que parecia traçado para ele. Ela, uma garota bonita e de família tradicional, que sonhava entrar para uma universidade de renome, via nele um porto seguro para toda a sua paixão e seu espírito livre. Infelizmente, quando o verão do último ano de escola chegou ao fim, a realidade os separou de maneira cruel e implacável.

Vinte e cinco anos depois, eles estão de volta a Oriental para o velório de Tuck Hostetler, o homem que um dia abrigou Dawson, acobertou o namoro do casal e acabou se tornando o melhor amigo dos dois.

Seguindo as instruções de cartas deixadas por Tuck, o casal se verá diante de sentimentos que há décadas sufocava. Após tanto tempo longe, Amanda e Dawson irão perceber que não tiveram a vida que esperavam e que nunca conseguiram esquecer o primeiro amor. Um único fim de semana juntos e talvez seus destinos mudem para sempre.

Num romance envolvente, Nicholas Sparks mostra toda a sua habilidade de contador de histórias e reafirma que o amor é a força mais poderosa do Universo – e que, quando duas pessoas se amam, nem a distância nem o tempo podem separá-las.

O casamento

O advogado Wilson Lewis é casado com Jane há quase três décadas. Os dois já criaram três filhos e têm uma vida confortável e sem grandes sobressaltos na bucólica cidade de New Bern, na Carolina do Norte.

Porém, quando esquece seu aniversário de 29 anos de casamento, Wilson ameaça a aparente estabilidade da relação. Esse descuido é apenas a gota d'água em uma longa lista de decepções que sua negligência e falta de romantismo já causaram à esposa.

Com medo de que Jane não o ame mais e esteja pensando em deixá-lo, Wilson decide se aconselhar com o sogro, Noah, e mergulha de cabeça em um ambicioso projeto de um ano para reacender a chama de seu relacionamento.

Quando esses 12 meses estão quase no fim, sua filha Anna anuncia que vai se casar dali a duas semanas, exatamente no dia do aniversário de 30 anos de matrimônio dos pais. Agora que a hora da verdade está chegando, o evento se torna a oportunidade perfeita para Wilson descobrir se valeu a pena todo o seu esforço para que ele e Jane voltem a ser felizes.

À primeira vista

Jeremy Marsh tinha três certezas: jamais se mudaria de Nova York, não se apaixonaria novamente e nunca teria filhos.

Mas agora ele está prestes a se casar com Lexie Darnell e aguarda a chegada da primeira filha, enquanto conduz a reforma de sua nova casa na pequena cidade de Boone Creek, na Carolina do Norte.

Em meio a tantas mudanças, Jeremy luta para reencontrar o equilíbrio pessoal e profissional ao lado da mulher que o fez mudar todos os seus planos. Quando tudo parece estar entrando nos eixos, Jeremy recebe um misterioso e-mail que dá início a uma série de acontecimentos que irão testar a força dessa paixão.

Atormentado pela ideia de estar sendo traído, vivendo uma crise criativa que o impede de trabalhar e angustiado com a gestação complicada de Lexie, ele não poderia imaginar que o pior – e o melhor – ainda estava por vir.

À primeira vista captura toda a incerteza, a tensão e a angústia da vida desse jovem casal, mas também retrata o romantismo, o companheirismo, a descoberta e o amadurecimento que só o verdadeiro amor pode proporcionar.

Uma curva na estrada

A vida do subxerife Miles Ryan parecia ter chegado ao fim no dia em que sua esposa morreu. Missy tinha sido seu primeiro amor, a namorada de escola que se tornara a companheira de todos os momentos, a mulher sensual que se mostrara uma mãe carinhosa. Uma noite Missy saiu para correr e não voltou. Tinha sido atropelada numa rua perto de casa.

As investigações da polícia nada revelaram. Para Miles, esse fato é duplamente doloroso: além de enfrentar o sofrimento de perder a esposa, ele se culpa por não ter descoberto o motorista que a atropelou e fugiu sem prestar socorro.

Dois anos depois, ele ainda anseia levar o criminoso à justiça. É quando conhece Sarah Andrews. Professora de seu filho, Jonah, ela se mudou de Baltimore para New Bern na expectativa de refazer sua vida após o divórcio. Sarah logo percebe a tristeza nos olhos do aluno e, em seguida, nos do pai dele.

Sarah e Miles começam a se aproximar e, em pouco tempo, estão rindo juntos e apaixonados. Mas nenhum dos dois tem ideia de que um segredo os une e os obrigará a tomar uma decisão difícil, que pode mudar suas vidas para sempre.

Em *Uma curva na estrada*, Nicholas Sparks escreve com incrível intensidade sobre as difíceis reviravoltas da vida e sua incomparável doçura. Um livro sobre as imperfeições do ser humano, os erros que todos cometemos e a alegria que experimentamos quando nos permitimos amar.

CONHEÇA OUTRO TÍTULO DA EDITORA ARQUEIRO

O inferno de Gabriel

Sylvain Reinard

Enigmático e sedutor, Gabriel Emerson é um renomado especialista em Dante. Durante o dia assume a fachada de um rigoroso professor universitário, mas à noite se entrega a uma desinibida vida de prazeres sem limites.

O que ninguém sabe é que tanto sua máscara de frieza quanto sua extrema sensualidade na verdade escondem uma alma atormentada pelas feridas do passado. Gabriel se tortura pelos erros que cometeu e acredita que para ele não há mais nenhuma esperança ou chance de se redimir dos pecados.

Julia Mitchell é uma jovem doce e inocente que luta para superar os traumas de uma infância difícil, marcada pela negligência dos pais. Quando vai fazer mestrado na Universidade de Toronto, ela sabe que reencontrará alguém importante – um homem que viu apenas uma vez, mas que nunca conseguiu esquecer.

Assim que põe os olhos em Julia, Gabriel é tomado por uma estranha sensação de familiaridade, embora não saiba dizer por quê. A inexplicável e profunda conexão que existe entre eles deixa o professor numa situação delicada, que colocará sua carreira em risco e o obrigará a enfrentar os fantasmas dos quais sempre tentou fugir.

Primeiro livro de uma trilogia, *O inferno de Gabriel* explora com brilhantismo a sensualidade de uma paixão proibida. É a história envolvente de dois amantes lutando para superar seus infernos pessoais e enfim viver a redenção que só o verdadeiro amor torna possível.

CONHEÇA OUTROS TÍTULOS DA EDITORA ARQUEIRO

Queda de gigantes e *Inverno do mundo,* de Ken Follett

Não conte a ninguém, Desaparecido para sempre, Confie em mim e *Cilada,* de Harlan Coben

A cabana e A travessia, de William P. Young

A farsa, A vingança e A traição, de Christopher Reich

Água para elefantes, de Sara Gruen

O símbolo perdido, O Código Da Vinci, Anjos e demônios, Ponto de impacto e *Fortaleza digital,*de Dan Brown

Julieta, de Anne Fortier

O guardião de memórias, de Kim Edwards

O guia do mochileiro das galáxias; O restaurante no fim do universo; A vida, o universo e tudo mais; Até mais, e obrigado pelos peixes! e *Praticamente inofensiva,* de Douglas Adams

O nome do vento e *O temor do sábio,* de Patrick Rothfuss

A passagem e *Os doze,* de Justin Cronin

A revolta de Atlas, de Ayn Rand

A conspiração franciscana, de John Sack

INFORMAÇÕES SOBRE A ARQUEIRO

Para saber mais sobre os títulos e autores
da EDITORA ARQUEIRO,
visite o site www.editoraarqueiro.com.br
e curta as nossas redes sociais.
Além de informações sobre os próximos lançamentos,
você terá acesso a conteúdos exclusivos e poderá participar
de promoções e sorteios.

www.editoraarqueiro.com.br

facebook.com/editora.arqueiro

twitter.com/editoraarqueiro

instagram.com/editoraarqueiro

skoob.com.br/editoraarqueiro

Se quiser receber informações por e-mail,
basta se cadastrar diretamente no nosso site
ou enviar uma mensagem para
atendimento@editoraarqueiro.com.br

Editora Arqueiro
Rua Funchal, 538 – conjuntos 52 e 54 – Vila Olímpia
04551-060 – São Paulo – SP
Tel.: (11) 3868-4492 – Fax: (11) 3862-5818
E-mail: atendimento@editoraarqueiro.com.br